李健吾译文集 XIII

上海译文出版社

● 综合译文集

1925年曾恶补英语,翻译童话,和英语老师的合影

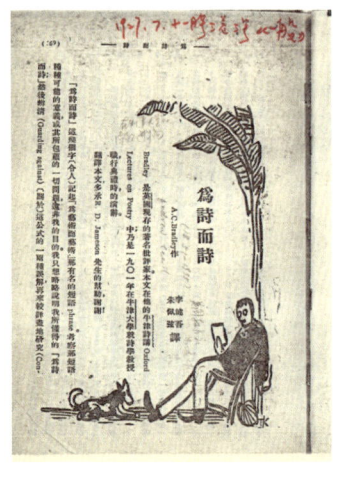 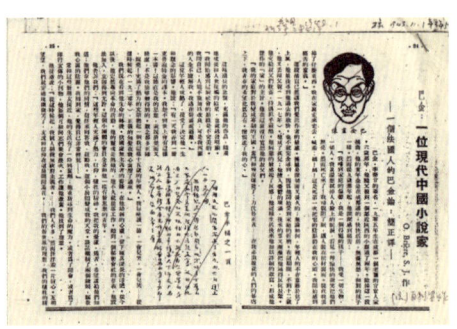

《一般》1927年7月三卷三号　　　《万象》1943年11月第3年5期

新文艺出版社1958年初版《巴尔扎克论文选》

目 录

综合译文集 …………………………………………………… 001
诗歌六首 …………………………………………………… 003
 美丽的海兰 …………………………………………… 005
 杜康格瑞 ……………………………………………… 008
 被遗弃的鱼人儿 ……………………………………… 011
 给一个老鼠 …………………………………………… 018
 献给失败的人们 ……………………………………… 021
 智慧 …………………………………………………… 022
童话八篇 …………………………………………………… 023
 农夫的麦田 …………………………………………… 025
 指时的花儿 …………………………………………… 027
 罗鹿和吉儿 …………………………………………… 028
 白发王子 ……………………………………………… 031
 寻找的一夜 …………………………………………… 036
 诚实的颈串 …………………………………………… 040
 白皮怎样得救 ………………………………………… 043
 金刚石的水杓 ………………………………………… 046

短篇小说一篇 ·················· *049*

　　七个铜板 ·················· *051*

杂文十六篇 ·················· *057*

　　为诗而诗 ·················· *059*

　　为诗而诗(续) ················ *068*

　　诗与人生：一篇对话 ············· *077*

　　诗人与卖艺的 ················ *098*

　　春天的门限 ················· *102*

　　艺术与商业 ················· *109*

　　巴金：一位现代中国小说家 ·········· *115*

　　歌德考选演员 ················ *136*

　　大自然的表里 ················ *138*

　　独白和近代戏剧 ··············· *144*

　　论画 ···················· *147*

　　巴尔扎克小说的历史意义 ··········· *151*

　　巴尔扎克葬词 ················ *160*

　　《古物陈列室》初版序 ············ *163*

　　"美的"与"美" ··············· *165*

　　什么是一位经典作家？ ············ *167*

巴尔扎克论文选 ················ *183*

第一部分　世界观 ··············· *185*

　　一　风雅生活论 ··············· *187*

　　二　关于工人 ················ *197*

　　三　关于劳动的信 ·············· *209*

　　四　社会解答 ················ *221*

第二部分　书评 ················ *247*

一 《欧那尼》或者卡斯提的荣誉 ············ 249
　　二 《泼皮》 ······························· 263
　　三 论历史小说兼及《弗拉戈莱塔》 ··········· 267
　　四 《安狄阿娜》 ··························· 271
　　五 《光与影》 ····························· 273
　　六 拜耳先生研究 ··························· 277
　　附：司汤达的答复 ························· 339

司汤达论文四篇 ······························· 353
　拉辛与莎士比亚 ····························· 355
　谈一个反对实业家们的新阴谋 ·················· 369
　《吕先·勒万》第一卷第二十七章 ·············· 386
　《生产者》，第一期 ·························· 390

圣西门论文四篇 ······························· 393
　论欧洲社会的改组或论欧洲各民族集合为一个整体并保持其民族独立的
　　必要性与办法 ····························· 395
　关于对抗1815年同盟会的措施的意见 ············ 442
　无产者阶级 ································· 451
　与工人书 ··································· 453

003

综合译文集

· 诗歌六首 ·

美丽的海兰
Fais Helen
无名氏作

我盼我在海兰安眠之所,
朝朝夕夕她哭着我;
哦,要我能在海兰安眠之所,
于旖丽的吉尔康娜之原!

起那念头底心该诅咒呀!
开那枪底手该诅咒呀!
在我臂中女郎海兰溜下,
为救我而死!

哦,想起来我的心只是痛煞,
我爱人溜下,从此不说话!
我小心翼翼放倒她,
于旖丽的吉尔康娜之原。

当我趋向水边,
只有我的敌人领路在前面,
只有我的敌人领路在前面,
于旖丽的吉尔康娜之原。

我抽出青霜映雪,

我斫他成片碎屑，
我斫他成片碎屑，
为那为我而死底她！

哦，美丽的海兰，不可画描！
我要将你的云鬟编成彩绦，
把我的心永久系牢，
直到我死那日！

哦，我要能在海兰安眠之所！
朝朝夕夕她哭着我；
她命我不要在枕席耽搁，
说，"快到我这里来！"

哦，美丽的海兰！哦，贞淑的海兰！
我真有福呀，要能同你盘桓，
在你安息之处幽寒，
于旖丽的吉尔康娜之原。

我盼我的墳草青青，
白巾掩过我的双睛，
在海兰的臂中我长倾
于旖丽的吉尔康娜之原。

我盼我在海兰安眠之所，
朝朝夕夕她哭着我；

这些云天我是厌恶了，
因为我爱人已为我而死！

译者注：

相传这一对情人是 Adam Fleming 与吉尔康娜伯爵小姐 Helen Irving（或 Bell）。他们在 Kirtle 河畔散步，在亚当的臂中，海兰被对岸的亚当的情敌射死了。

此诗译者押原来韵脚。要对着原诗读的，请自己翻阅 Golden Treasury。

(载 1927 年 10 月 14 日《清华文艺》2 期)

杜康格瑞

Duncan Gray

彭斯(R. Burns)作

杜康格瑞到这儿来求婚；
　　哈，哈，这求婚的劲儿！
在圣诞夕我们大家欢饮；
　　哈，哈，这求婚的劲儿！
马琪神态十足，睥睨无睹；
　　仰首不睬，样子有点嫚侮，
可怜的杜康呀侧立真苦；
　　哈，哈，这求婚的劲儿！

杜康急了哀祷，急了谄颂；
　　哈，哈，这求婚的劲儿！
马琪如爱萨克莱的耳聋；
　　哈，哈，这求婚的劲儿！
杜康出出入入地老叹息，
一双眼睛急得成了盲翳，
说要蹦下一个大山涧呢！
　　哈，哈，这求婚的劲儿！

光阴和机会全只是潮汐；
　　哈，哈，这求婚的劲儿！
冷落了底爱情真难忍耐；

哈，哈，这求婚的劲儿！
他说，我真要像一个傻胎，
　　　去死，为一个骄蹇的女孩？
让她为我滚——法兰西去哉！
　　　哈，哈，这求婚的劲儿！

这怎样起的让大夫来讲；
　　　哈，哈，这求婚的劲儿！
马琪病了——他越发地排场；
　　　哈，哈，这求婚的劲儿！
在她心里有点东西窒塞，
为开心呀一声叹息无奈！
哦，眼睛还说着那样话怪！
　　　哈，哈，这求婚的劲儿！

杜康是一个多情的乖乖；
　　　哈，哈，这求婚的劲儿！
马琪是个可怜的样子嗳；
　　　哈，哈，这求婚的劲儿！
杜康舍不得她有了意外。
怜惜鼓起来抚平了怒霾；
如今这一对儿高兴忘怀，
　　　哈，哈，这求婚的劲儿！

译者注：
在他的1792年12月4日的草记上，彭斯说："杜康格瑞是一位武士，走起来带一种神气：能把情感闭塞了。"

此诗译者按原来韵脚。

（载 1927 年 9 月 23 日《清华文艺》1 期）

被遗弃的鱼人儿

安诺德 Mathew Arnold

来呀，亲爱的孩子们，让我们走吧；
　　下呀，下到海底。
现在我的兄弟们在港口叫唤；
现在大风向岸那边吹去；
现在盐潮向海那边流卷；
现在疯狂的白马在浪里
呼着，揉着，忽上忽下地游戏。
　　　亲爱的孩子们，让我们走吧。
　　　　这条路，这条路。
　　　在你们走以前叫她一次。
　　　　再叫一次。
　　　用她听熟的声音：
　　　　　"马佳莱蒂！马佳莱蒂！"
孩子们的声音应该打动
母亲的耳朵（再叫一次）：
孩子们的声音，苦的发狂，
　她一定会回来的。
叫她一次，再走吧。
　　　这条路，这条路。
"亲爱的母亲，我们不能停留。"
那疯狂的白马恼了似地吐沫，
　马佳莱蒂！马佳莱蒂！

来呀，亲爱的孩子们，来到海底。
　　　　不要叫了。
向那白墙的城市看末一眼，
还有那风滩上的小灰教堂。
　　　　然后下去。
你们就叫上一天她也不来。
　　　　来吧，来吧。

亲爱的孩子们，我们听见
港上甜蜜的钟声不是昨天？
　　　　在我们藏身的洞穴，
　　　　穿过波浪的起伏，
一座银钟的遥远的声音？
风在寒冷的深洞安息，
在这里砂砾铺了一地；
在这残了的光亮摇曳；
在这里溪边咸臭的苇子拂摆；
在这里海兽团团排开，
围住它们草原的泥塘吃喝；
在这里海蛇蜷曲而又纠结，
水里晒干它们的鳞甲
在这里巨鲸驶过，驶过，
船一样地驶过，眼睛不闲，
永在周游世界？
　　　　什么时候音乐到了这边？
　　　　亲爱的给孩子们，不是昨天？

亲爱的孩子们，不是昨天
　　（再叫一次）她走了一个遥远？
　　从前她和你们和我，
　　坐在海心的金红宝座上面，
　　顶小的就坐在她膝盖上面。
她梳理着他晶晶的头发。
就听远远的钟声摇摆了下来。
她叹息，隔着清澄的绿水往上望。
她说："我一定要走，因为我的亲戚
今天全在岸上的小灰教堂祷告。
人间一定是复活节——唉！鱼人儿，
我却和你们在这儿消磨我可怜的灵魂。"
我说："去吧，亲爱的心肝，穿过浪涛去吧。
做完祷告，再回到这仁慈的海穴。"
　　她微笑，她穿过港口的海水上去。
　　亲爱的孩子们，不是昨天？

　　亲爱的孩子们，我们不已孤独了好久？
"海起了波涛，小孩子全在呻吟。"
我说："人世的祈祷真长。
来，"我说，于是我们穿过港口的海水上去。
我们上了岸，走过开满
海丁香的沙滩，来到白墙的城市。
穿过静静的，铺着石头的窄街，
来到有风下来的山头的小教堂。
从教堂传来一群人祈祷的呢喃，

然而我们站在外面刮来的冷风里面。
我们爬上雨蚀了的坟墓，石块，
　　　她坐在柱子旁边；我们看的清清楚楚：
　　　　"亲爱的心肝，"我说："我们孤单了好久。
　　　海起了波涛，小孩子全在呻吟。"
然而，唉，她绝不看我一眼，
眼睛封在那本神圣的书上。
　　　牧师高声祷告：门又关住。
走吧，孩子们，不要再叫了。
走吧，走吧，不要再叫了。

　　　下，下，下，
　　　下到海底。
她坐在营营的城市的纺车旁边，
　　　　高高兴兴地歌唱。
听呀，听她在唱："噢，喜欢，喜欢，
看着营营的城市，弄玩具的乖乖，
牧师和钟和圣泉，
　　　　我纺线的轮子，
　　　　快乐的阳光。"
　　　于是她一心歌唱，
　　　高高兴兴地歌唱，
　　　直到纺锤落下手，
　　　嗡嗡的轮子停住。
她偷偷来到窗口，望着沙滩，
　　　望完沙滩又望海；

眼睛凝成一根线；
有时是一声叹息，
有时是一滴眼泪，
从忧悒的眼睛，
和忧沉的心怀，
　　一声长、长的叹息，
想起一个小鱼人儿姑娘奇怪的冷眼，
和她金发的熠耀

走呀，走呀孩子们。
来吧孩子们，下来。
盐湖向海那边翻滚。
城市的灯也亮起来。
她要从睡梦惊起，
一阵暴风撼动门户，
她要听着风吼，
要听着浪号。
浪在我们上面漩吼，
而我们要看
琥珀的屋顶，
珠子的地板，
唱着，"这儿来过个人儿，
然而她呀三心二意。
孤零零的永久是
那些海的皇帝。"

不过,孩子们,到了半夜,
风柔柔吹来;
月光如洗;
春潮正当低落;
从荆棘满怀的高原
芬芳的空气向海这边送来;
高山轻轻给漂白的沙上
扔下一片阴影:
我们便快快爬上
小小的海湾,
静静的耀眼的沙滩,
和发亮的海草的堤岸,
潮水退了在干。
我们要从沙滩瞭望
那安息的白城,
山边的教堂,
 然后回到海底,
唱着,"那儿住着个可爱人儿,
然而她呀寡情无义。
她撇下永久孤零零的
那些海的皇帝。"

译者注:

译这首叙事诗的时候,我远在学校读书,如今只一转眼,却已是七八年了。从前译了些东西,自己总当作练习,随手就抛在一边,有些丢了,例如爱伦·坡的短篇小说,往年我最心爱的一个作家,译了好几篇，自己还模仿了一篇，然而如今随着乱纸，不知丢到哪里去了。因为是练习，我也就绝少加意。如今翻检旧书堆，看见两页小说（一篇名字叫做《天使》的短篇小说，是否发表过我都不记得了；老天爷！）稿纸的背后，有一首未曾发行的长诗，原来是我翻译的《被遗弃的鱼人儿》。安诺德这名字和我生涩许久了，尤其是他的诗，希腊味儿重，道德气味更重，我早就没有温习他了。但是这首叙事诗，我却比较欢喜，虽说当时做学生，我遇见一位"诗人"教授，讲解很坏。我说他讲解很坏，因为他把干燥的注释送给学生，却把"诗"留给自己。唯其他是一位诗人，我才格外愤慨。大约就在他低头讲书的时候，我用自来水笔译出这首长诗，倒像记笔记似的。

现在我照原诗分了三行，重抄一过，只为留下学生时代一个小小的纪念。年月过的那样快，对着这模糊的字迹，简直不相信是自己的工作。往年偶尔择出一两首诗发表，曾经得到朱湘的夸奖，我引为莫大的荣誉。现在一切，真是恍若隔世了。

(载1935年7月7日《北平晨报·北晨学园副刊 诗与批评》第58期)

给一个老鼠

彭斯(R. Burns)作

光光的,踞踏的,畏葸的小东西,
哦,怎样一个恐慌在你的胸里!
你的庸惊遁得那般迅急,
小腿叽喳地溜坏!
我深恨于傻跑追你,
拽着犁将你杀害!

我真难受呀,人的尊贵
破坏了自然的社会,
而且证实了可恶智慧,
它让你见了我就惊呆!
我,你可怜的地上的同类,
还是共生死的杀才!

你做贼哪,有时候,我不疑惑:
那又怎样,可怜的东西,你得求生!
一堆麦粒一小撮穗,
这个需求还真小!
拿起下余的我就颂乐,
也觉不出有啥少!

你的小不点点的房子也毁了!

风刮散了它松脆的壁垒:
如今即让再来盖一个新闺,
也没有一丝绿草!
而且凛冽的腊月的风跟住后腿,
活像刀割霜扫!

你见荒凉了田园,
快来了长腻的冬天,
于是在朔风之下,这儿方便,
你想来安歇,
直到,咔嚓!来了肆虐的犁尖,
穿过了你的窟穴。

那叶儿和乱草的小不点点的堆堆,
曾费过你一口一口的辛悲!
如今你出来了,活活受罪,
没有了屋椽,
忍捱着冬季的雨雪霏霏
和那刺骨霜寒!

不过,小老鼠,这也并非你一人
证明了先见会不妥呀!
老鼠与人们安排底最好的方针,
常常错了板,
给我们只留下忧伤迹痕,
落了一场空喜欢。

然而比我,你还是有福的!
你只有现世触着;
不过,哦呀!我向后瞩目
是情景惨煞!
至于向前,虽然看不出,
我猜想起来也怕!

(载1928年4月10—13日《文学周报》第6卷)

献给失败的人们

原作：Wait Whiteman

带着雄壮的音乐我来了；用我的军号和我的战鼓，
我奏起进行曲，不单为了凯旋的胜利，也为了败北授首的人们。

你听过人讲，赢了才光荣吗？
可是我说，输了也光荣，败了同样也有胜了的精神。

我为死者击鼓，
我为他们从号口吹出我最高和最轻快的声援

失败的人们万岁，
战舰沉到海里的人们万岁
所有失利的将军和所有屈服的英雄万岁
和最伟大有名的英雄媲美的无数无名的英雄万岁

(载 1936 年《绿洲》第 1 期)

译者注：
这是《草叶集》里《我自己的歌》(Song of myself) 第十八首

智 慧

原作:〔法〕魏尔伦

岩顶上面的天
　　　　那样蓝,那样静!
岩顶上面的树
　　　　摇着它的枝叶。
人看见天空的钟
　　　　悠悠在响。
人看见树上的鸟
　　　　润喉哀歌。
上帝!上帝!生命在这里,
　　　　简单,平静,
这和易喧嚣的声音由
　　　　城市传来。
你做了些什么,你这
　　　　不停在哭的人,
说呀,你做了些什么,
　　　　消磨你的青春?

(载香港《大公报》1946年8月17日)

· 童话八篇 ·

农夫的麦田

在田场中间,有一棵麦子。它是非常的高,所以常高举起它的头,在风中点头。

围绕着它的是几千几万,不像那样高的麦子。每一个全仰望着太阳,向它的邻人鞠躬,并且说:"早晨好。"

那棵高麦子说:"我们是多么金光灿烂呀!我们装扮得多么美丽!站在一起,活像一大堆兵!阳光抚抱我们。并且当细雨纷纷的时候,他们多么新甜呵!"

在晨风中向后地摇摆着,别的麦子们说:"对呀,对呀。所有世界待我们全很仁慈呵。我们毫不做事,只生出来,长成了,变成像太阳似的金光灿烂呀。"

那高麦子说:"呵,真的,我们只活着,长成了,变成金光灿烂呵。可是在这以后,一定有些事要我们来做呢。"

第二天,农夫来到田场看他的麦子,他摘下一些有须的头,在两手心中揉碎了它们。它们是装满了肥圆有金光的麦粒。

他说:"这些要做出怎样好的面粉来,怎样好的馒头,为我的小爱丽丝!麦子是烂熟了,立刻就得割下哩。"

于是,所有的金穗子的麦秆,全随风摇摆起来。它们耳语道:"现在我们全明白了,我们生在这里,全是为那农夫俏丽的小女孩呀。她一定活着,长成了,既健康又美丽呀。没有东西助她长成,如最好麦子做的馒头那样好呀。"

很快的,金黄的麦秆全被割掉。麦子让打碎,变成最好的麦粉。然后蒸烤成洁白的馒头。

但是,小爱丽丝却不知道馒头是由麦子做成,那麦子她曾在田场见过,那田场如今开着小雏菊。

译与侄女。

(载 1925 年 3 月 12 日《京报·儿童副刊》第 12 期)

指时的花儿

花园里一块青草地上，长着一丛小蒲公英。它穿着一件绿油油的短袄，头上蒙着些金黄色的卷发。

清早，它挺直地站着，举起快乐的笑脸捉住露珠，借此行它的早浴，觉得十分舒畅。黄昏，它披上绿油油的寝衣，很早的就睡了。

孩子们游戏时，他们母亲说："看，多么好的蒲公英！到晚上它自己知道去睡觉。"

蒲公英渐渐老了，它的金黄的卷发变成白色：于是小孩耍跑来吹它——一次，二次，三次。假如这些白发都飞远，便是他们的母亲急盼他们回来的记号。

假如还剩下十根白发，孩子们便说："妈妈让我们十点钟回家哩。"假如只剩下两根了，他们说："妈妈在两点钟的时候要寻我们呢。"

清早，孩子们醒来，看见牵牛花的小酒盅悄悄地从窗外向屋里望着。他们便说："十点哪！快起，牵牛花正在叫我们呢。"

每天下午，紫茉莉花便开了。它们的红白花朵，告诉小孩说："他们的父亲就要回家了。"

夜晚，月亮花在攀缘走廊的蔓上，伸开它们大而白的花朵。于是孩子们说："现在是睡的时候了，月亮花正在向下看着我们哩。"

整天的这些有定时开的花儿，像我们的钟一样，告给这一天里的时间。

（载 1925 年 3 月 19 日《京报·儿童副刊》第 13 期）

译者注：紫茉莉是一种植物，其花于傍晚或天阴时开放。

罗鹿和吉儿

有一天,罗鹿同他的游伴吉儿,沿着大路,推他们的小独轮车向前跑。

快到吉儿门口的时候,他们看见一个比罗鹿还小的小孩在前面,他的衣服很褴褛,光着脚。

吉儿说:"这是汤美,来,看我吓他一下!"

他一面说着,一面推起车向汤美冲去,好像要从他头上飞过似的。汤美一见,十二分害怕,立刻就哭了。

正在这时,从路旁小巷里走出一人——田夫老吉,他喊道:

"吉儿!"

吉儿停住他的小独轮车。

田夫说:"那么做,对吗?"

吉儿说:"什么,我并没有伤了他——"

"那就算伤害他——你恐吓他!"

"爸爸,恐吓他就算伤害他吗?"

"是的,那一定使得他难受呢,并且非常的难受!"

吉儿说:"我并没有想到这一层。"

他父亲说:"并且,你那样粗暴待他,要使他变成了你的仇人呢。"

吉儿笑着说:"爸爸,仇人!就便汤美是我的仇人,他也绝不能伤害我。"

田夫说:"来,让我告给你们一个故事,熊和山雀的故事;如果你和罗鹿跳进大车里,我就愿意告给你们——来——听呵。"

* * *

"一个夏天的早晨,在一座深静的树林里的一只狼遇见一只熊。

近旁一株树上,有个小鸟正在高兴地唱歌。"

熊说:"兄弟,这歌唱得真好听,实在动听;那是什么鸟儿?"

狼答道:"那是一个山雀。"

熊问道:"我很想看一看它的巢,你知道它的巢在哪里么?"

狼说:"等它的伙伴回来,我们或能看见。"

一会儿,母鸟嘴里含着喂它的小孩的食物,飞了回来。它飞到它伙伴唱歌的树上。

熊说:"现在,我要爬上这树去。"

狼说:"不,等着两个鸟离开巢了才去。"

它们往远处走了几步,不久便又回来,因为熊恨不得立刻上树去看见那巢。它爬上树去,打算吓一吓小鸟儿。

狼说:"小心点,山雀虽然很小,有时小仇敌却不容易对付呢。"

熊把它的黑鼻子送到鸟巢里,并且说:"谁怕一个小山雀?"

这些可怜的小鸟,害怕得哭叫起来:"去,去!"

熊说:"你乱七八糟的吱吱什么?是向我说话吗?来,我要教训教训你!"

它把它的熊掌放进巢里,用力压在小鸟的身上,那些可怜的小鸟几乎透不出一丝气来。过了一会儿,它离开它们,慢慢地走了。

这些小山雀吃了一场大惊,有些还受了伤。老鸟飞回家来,看见了气得了不得。

它们还能看见这熊慢慢地在树林里走着,可是它们不知道怎样的去复仇。

离树林不远,有一个山洞,四面围着很高的石块,因为那地方很幽静,熊常常睡在里面。

一天,熊正在树林里巡掠食物,远远望见两个提枪的猎夫走来。它这时很害怕,飞也似的跑向那个山洞里去,躲避猎夫的追捕。

山雀看见熊跑进石洞里,哆嗦着藏在里面。

于是一个小鸟对别的说道:"为什么熊藏躲呀?"

母山雀道:"你没有看见猎人手里拿着枪吗?假若他们能捉住熊,我们的孩子就许平安了。让我们帮个忙。"

所以山雀们开始围绕着猎人飞起来,飞向山洞那边,于是又转回来。猎人在追着鸟儿,要看究竟发生了什么事情。

熊渐渐看见猎人走近了,前面领道的便是它的小仇人——山雀。它从山洞这边跑到那边;它把自己藏在乱石中一个洞里。但是,它逃不出猎人的眼里。

在洞口上面,相隔不远的岩石上,站着狼。它听见这喧闹的声音。所以走来,偷偷向下望着。

它一看见熊被捕,立刻想到自己,急忙跑远了。它跑着,自己对自己说道:

"好哪,熊现在总知道认识一个朋友,比多一个仇人好了;无论仇人是大罢,是小罢,反正是仇人呵。"

* * *

田夫停住不说了,他已经讲完他的故事。

罗鹿问道:"他们捉熊做什么用呀?"

田夫说道:"呵,他们剥下它的皮来做帽子。把它的脚掌钉在牛厩和马槽里。"

(载 1925 年 5 月 21 日《京报·儿童副刊》第 22 期)

白发王子

（一）

在波斯的山地中，有一个古国叫西斯坦。在很久，很久——简直无人记得是多少年了——的时候，这个国由撒美皇帝统辖着。

撒美这时虽是有财有势，却很不快活；因为自己没有儿子，缺少继承王位的人。后来，上天终于送了他一个小孩。这个小孩长得极美，极可爱；只是他的头发好像一个老年人似的——长而且和雪一样白。

小孩生下来八天了，他父亲还不知道。谁都不敢向皇帝报告；因为他听见了自己的孩子和人家的孩子不一样，一定会生气的。等到第九天，宫里有一位妇人，鼓起勇气，去见威武的皇帝。

她向他深深地鞠了个躬，说她有话要对皇帝说。但是皇帝叫她出去，于是她喊道：

"愿上天降福于大英雄撒美！愿他福寿双全！因为皇帝得了一个儿子——一位美丽的小孩！他的脸如月亮一般，他的眼睛像朝日似的，他什么缺点也没有，不过他的头发像一位极老的老人——长而且白！皇帝，这是上天赐你的礼物。你要爱他，要感谢上天！"

撒美立起来，走进小孩的屋里。乳媪抱起月亮面孔的小孩，长得十全十美，就是头发像一位极老的老人。

皇帝注视着呼啼的小孩，心里觉得很爱怜他。但是，当走出屋时，一股傲气突然充满了他的心。他想：因为我这与众不同的儿子，世人要怎样的讥笑我！他越想越难受，于是他爱怜的心立刻变成一种羞耻失望的心情。

他喊道:"上天为何给我这样一个儿子?人们看见他的白头发,一定要笑死我呢。人们一定反对他,不让他承继我的王位。唉,还不如没有这个儿子好啊!"

撒美硬着心肠,命他最信任的仆人将小孩带到寂静的地方,让小孩自己死去吧。

在西斯坦边界,远无人迹的地方,有一座小山叫做爱巴。它的峰顶与星星相接,并且非常险隘,没有人能爬上山顶。在山脚下,皇帝的仆人扔了那小孩,他独自走了。小孩穿着太子的衣服,向着碧空微笑。

高呵!在大山最高的石上,有一个奇怪的大鸟的巢穴。这大鸟叫做西马;它的巢让我们看起来,真是神怪得很。那巢用乌木和檀香木做成。四周全是楠香木。巢的内外,活像一座舒服优美的王宫。

这个聪明的鸟儿在柔绵的山峰上,住有一千年了。它呼吸着碧天的清风,和发光的星星谈话,它还懂得人言。一般老人全知道这个神鸟。

西马看见山脚下卧着一个啼哭的小孩。太阳渐渐沉下,它听见小孩为孤寂和饥饿的哭声。它伸开翅膀,轻轻飞下;它用爪抓起小孩,带回自己温暖的巢内。

它说道:"我的孩子们,我给你们携来了一件稀奇的宝贝;这是皇帝的儿子。我愿你们如自己的兄弟一样,一点不许伤害他呵。"

它选了些最甜美的食物给小客人吃。在它的钩形的嘴里,带来野羊的乳,和家蜂的蜜。它给他烂熟香甜的水果,以及凡使小孩得益的食物,全送给他吃。它的儿女爱他如兄弟一般,分给它们最好的玩物。

一年一月过去了。西马绝不慢待他,也不娇惯他。小宝贝渐渐变成爱讲闲话的小孩,于是慢慢变为一个完美的青年。

(二)

有一天,几个旅客从爱巴山下行过,他们向上看,看见西马的大巢。忽然,他们看见一位年幼的人在高岩上散步,从那大巢里走出来,走进去的,好像在他自己家里似的。这个青年的相貌十分美丽,非常可爱,不过他的长的飘扬的发,却如雪一样的白。

旅客看见这种情境,非常惊奇。他们走到西斯坦国,每过一城,他们就向人讲他们所见的奇景;于是这个故事不久便传遍全国,渐渐这事传到皇帝仆人的耳朵里,于是他就报给大英雄撒美。

有一夜,撒美做了一个梦,一位骑马的人从山上走下,携着他曾经虐待的儿子的新闻,站在他面前说道:

"喂,傻皇帝,你想你多么傻呀!因为儿子是白头发,所以你让他死。你怕世人的讥笑,你仍然被称为英雄。看一个鸟儿的仁慈,它养育着你的儿子,你不羞吗?你还能活多少日子,这样坏,这样暴虐!快些!快些寻你的儿子去!"

撒美醒来,心中十分悲愁。他喊侍臣到林边,问他关于爱巴山上看见的小孩。有一位比其余勇些,于是很尖刻地说道:

"呵,石头硬的心的皇帝,你比老虎和熊还苛暴;它们爱自己的小儿,还不至于因有些缺点就扔掉了。你呢,无情的人,因为他有白头发,便抛弃了他。快些去,救回他,改悔你从前的错误。假若那孩子还活着,把他想法带回宫里。"

皇帝心里又难受又惭愧,鞠躬至地。于是,他令所有朝臣准备出发。第二天,他在大队前头,带着马匹、骆驼,和大象,径向大山寻他儿子去。

他走近爱巴山边,举目向天空一望,就看见山顶上面的大巢。他看见那聪明的鸟儿同一位白发披肩的青年人从灰岩边向下望。他知道这便是他的儿子;假如这山容易上去,他一定要爬上去。但是,他只能跪在泥土中,向上天求助。

上天听见他的哀求。西马看见皇帝亲自来寻他的儿子,便向白发的青年说道:

"呵,我可爱的儿子,现在是我们分别的时候了。我做了你十八年的母亲,你兄弟都早远飞了,只有你还住在我家里。可是如今你父亲寻你来哪;并且西斯坦国还等你去治理,去,你将要更光荣更有名誉呢。"

于是年青人的眼睛装满了眼泪。

他说道:"母亲,你讨厌我吗?我不配在这地方住吗?这山顶上的屋子比一个王宫好得多哩。你的翅膀保护我,比大队军人强得多哩。我不要什么名誉,只愿同你在一起。"

可是西马不听他的请求。

它说道:"这也使我心里十分难受;可是命运该如此呢。勇敢些,我的孩子,向前去,做世人要求于你的事情去!"于是,它用爪抓起他,轻轻地将他放在皇帝跪着的地方。大英雄举起他的头;当他看见白发青年在他身旁站着的时候,他大喜若狂。他向西马行礼,求天降福于它。

他喊道:"尊贵的鸟儿,天上的鸟儿!你能使恶人羞愧!我的光荣和寿命全应当是你的!"

鸟儿不回答,只飞向山顶的巢里。皇帝看见他儿子,觉得这年青人无处不值得赞美。他长得十全十美,除去白发,毫无毛病,实在,大英雄心中骄喜极了;所有随从的人,看见他儿子,全欢呼起来。

于是,这位少年穿上太子的衣服。腰上挂着刀,手里拿着长矛。

随军队开始向西斯坦走回。在前面，鼓手骑着大象，锣鼓齐喧，欢声大起。白发王子如今回家了。

(载 1925 年 5 月 28 日《京报·儿童副刊》第 23 期)

寻找的一夜

（一）

没有小孩再比金发的甘福可爱了，她的脚步如神仙行云一般轻，她的双颊如四月玫瑰一般红，她的眼睛如夏空一般碧蓝，她的心胸如装满阳光似的天真烂漫，她的思想如她发上插的花儿一般清香。

她同小鸟儿、小河儿、花儿谈话。每当日升时，牧童赶着羊群到山边去，你可以听见她的歌声。因为她柔和俏丽，所有村里的人，没有不爱这小姑娘的。

（二）

黄昏了，山谷中渐渐黑下来，星星一个一个出现在天空，新月也在浮云中驶行，村里的人家都燃起蜡烛，备好晚餐。

甘福如今在哪儿？她从来没有这样晚还不回家。她祖父徘徊在门口，伫望着她。"你看见甘福没有？"他见一过路人便问一次。

他没有甘福在座，简直吃不下饭。他一面向山望，一面唧唧哝哝的求天保佑她。

甘福的母亲站在窗口，远望山巅的落日，她也唧哝道："老天爷，保佑我的小姑娘，让她平安归来。"

（三）

祖父拄着拐杖，走到街上。他敲着各家的门扇。在每一个门口，他问着同样的话道:"你没有看见我的孙女甘福吗?"

有一人说他看见她了,在山上采野花儿呢。

"什么时候?"

"快上午的时候。"

又有一人看见她在往莫死谷的小路上。她坐在大石上,为她祖父做柳条花篮呢。

"什么时候?"

"大概在清早吧。"

还有人也看见她,那人见她坐在湖边,在太阳将落的时候;并且她携着一个花篮。

"但是,如今她在什么地方?"

几个年少的人叫道:"我们马上就——寻找她去!"

一位白发老牧人说道:"呵,甘福的爷,我怕出什么岔子哪。今天,我一只最小的羊儿也在山里丢掉了。"

"上天保佑我的小孙女!"

(四)

村里人全晓得甘福不见了,大家动身去寻找她。在山顶上,在村里,闪耀着白晃晃的火把。那几个年少的人从山里小路上来下去的叫道:"甘福!甘福!"可是,毫无回声。

祖父拄着拐杖,一句话也不说。他不能哭——唉,他心都快碎了。甘福的母亲坐在村前,哭着喊着她小姑娘的名字。

村里教书的先生来了。他听说甘福丢了,所以走来安慰他的朋友。他说道:"不要哭,甘福一会儿就寻着哪!"

可是她母亲依然哭着:"她是丢了,她丢了!"老先生劝道:"上天在暴风雨中既保护那些羊。也一定留心你的小姑娘的！"

（五）

在深的莫死谷中，远远传来一阵狗吠声。人们立刻举起火把向狗叫唤的地方走去。祖父和老先生也向谷里走去。只有甘福的母亲跑过他们，如疯似的向小路跑去。他们一面向那深谷里看，一面还清清楚楚地听见狗叫唤。

稍远一些，他们来到叫做鹿口的险罅。年少的人全持火把站在这儿，他们向下望那深罅口。但是，黑森森的一片，什么都听不见，除了尖利的狗声。这罅底似乎距他们很远——很远呀！

一位年少的人叫道："我们一定要下去！那是我的狗叫唤，或许找到了甘福哩！"

另一位叫道："对，我们一定要下去！什么地方有绳子？"

一会儿工夫，拿来了长绳子。有力的人们抓紧绳子的一段，预备都南爬下深罅。他抓紧绳子，把自己悬在石边，向下，向下，他溜下了。他能看见头上的火把；可是当他向下一看，只黑漆漆的一片呵。

最后，都南脚触着地了。他的狗跑来迎他。借着手里火把的光，他向四面看去。

他看见什么？在一块长着青苔的石上，卧着小甘福。在她臂里，抱着那丢去的小羊。

都南走近她，凝视她。她的眼睛闭着，她正熟睡哩。他又看那小羊，缠在它的一只腿上的，是一个小孩帽上的带子。于是，他向上对罅口的人喊道："甘福有哪！甘福平安无事！"

小姑娘惊醒了；她向四面一看，见都南站在旁边。她叫道："亲爱的都南，你来了，我真喜欢！如今，我们可以救出小羊了。"

全村人都晓得这事情啦。甘福看见小羊掉在深罅里,她趴在石边往下望,看见小羊在鹿口罅底躺着。她想也不想,就往下爬,去救小羊。这真是一件不容易的事情,平常的人还不敢冒险下去呢。

可是,她终于平安地爬到了罅底。她见小羊一条腿擦破了,于是拿帽带子缚住它。后来她渐渐困乏了,就抱着小羊躺在苔床上睡去。

村人很高兴地把甘福带回家里。他们觉得小孩的可爱,再也没有她那样可爱。都南的父亲送给她那被救的小羊。以后,甘福常带着她的小宝贝——小羊——在山边游戏;无论谁遇见她,说话都很仁慈,并且低声道:"愿天赐这可爱的小孩!"

(载1925年6月4日《京报·儿童副刊》第24期)

诚实的颈串

(一)

从前有一个爱撒谎的小孩,叫做宝儿;她的父亲和母亲,过了许多日子都不知道。但是,最后他们觉察出来,她是一个极好不说诚实话的孩子。那时有一位怪人,叫做马林;他能做许多奇异的事情,因为他非常聪明,所以绰号叫做巫师。

马林是一位爱好诚实的人,所以人家常把爱撒谎的小孩带到他那里,改正他们的过错。

宝儿的父亲说:"把我们的孩子带到奇怪的巫师那里去。"

于是母亲答道:"对,让她到马林那里去。他可以改正她的毛病!所以宝儿的父母便走向马林住的玻璃宫去。"

他们来到马林的宫殿,这年老的聪明人道:"我很明白怎样对待你的小孩;她不诚实!"

可怜的小宝儿又羞又怕地藏起她的头来。马林说道:"不要害怕。我正打算给你一件礼物。教你变成一个好孩子。"

于是巫师打开一个抽屉,取出一件带金刚石的可爱的颈串,放在宝儿的脖子上。她的父母很快活地回到家里,因为他们的小孩可以纠正过来。

当他们走远了,马林看着宝儿,说道:"到一年后,我要去看一看我的颈串;在这一年内,你绝不敢取下它来。"

(二)

你能猜着颈串是什么样吗?这真是一条神奇的诚实的颈串。

第二天,宝儿上学去了。同学们看见这美丽的颈串,一起拥到她面前说:"呵,多么可爱的一条颈串!宝儿,你从什么地方得来的?"

宝儿说道:"我父亲给我做过年的礼物的。"

忽然小孩全叫道:"呵,看,看!金刚石变得发暗了!"

宝儿向下看她的颈串,果然可爱的扣子变成粗糙的玻璃了。于是她很害怕地说道:"我告诉你们实话吧,这是巫师马林给我的。"

立刻金刚石又像以前的明耀。

女孩们开始大笑起来,因为她们知道,只有撒谎的小孩才被带到马林家里。

宝儿说道:"你们不要笑,马林就要送一辆车来迎接我们。六个白马拖着,丝做的缰绳,还有金线缨子。"

她不说了,因为所有小孩又全大笑起来。于是她又看她的颈串,呀,你想怎样了?那颈串一直拖长到地板上了,她每说一个谎字,颈串便一点一点地往下伸,往下伸。

小孩都喊道:"颈串怎样了!"

宝儿承认了她所说的全是假话;立刻颈串缩到原来的大小。

"但是马林给你颈串的时候,他说什么呀?"

"他说,这是一件礼物,送给诚实的——"

她不能继续说下去了;颈串变得那样小,几乎缠住她的咽喉。

宝儿哭着说道:"呵,亲爱的,我不干了!他说我是不喜诚实不说实话的小女孩。"

现在,女孩全不笑了。她们看见她哭,替她非常难受。

终究,宝儿改过来了。她想自己说谎话是不对的,是愚蠢的,她说:"我再不再撒一句谎了。"她就照自己的话做下去。

一年快完的时候,马林来取了颈串去。他知道宝儿现在用不着颈串,并且他正等着用颈串给别的小孩戴。

后来马林死了,没有人能告诉诚实的颈串变成什么样子。你喜欢戴上它吗?你相信金刚石总是亮的吗?

(载 1925 年 6 月 11 日《京报·儿童副刊》第 25 期)

白皮怎样得救

（一）

清晨，太阳从山顶探出头来，白皮睁开眼睛，挣扎着爬起。一群羊在它四围躺着熟睡。

老绵羊和小羊，一个随一个的全醒来；在绿草芊芊的小山边，它们吃起早餐。

早餐后，小羊开始游戏了。它们在一个牧场里赛跑，它们跳过途中的石块。它们计划它们的玩耍似乎和小孩一样；并且无论何处，白皮总是首领。

忽然它离开它的同伴，跑向一块大而平滑的石头去。在这块石头上它跳跃着，站住等候着，小羊都跟在它后面。在羊群里，这种游戏叫什么名字，没人知道，但是它们一个追一个，活如小孩玩耍一般。

太阳慢慢爬到天上，天气也变热了。那羊都停止了吃草，转过身，一同走向它们喝水的地方。

不过，今天它们寻不见一点水。从前由大石下跃起泉水的地方，现在仅剩下些石块砂砾。

这群羊慢慢走下山来，一路寻水；只有白皮不同它们一块走，自己跑向这里，跑向那里。它攀上峭岩，藏在石头的后面。实在，老母羊曾说过，它要叫它讨厌的白皮。

这片牧场，斜下去是一块低湿的平原，在水沼上有一条通铁路的桥。差不多每点钟都有火车从桥上过。

这群羊来到水沼的岸边。它们只找到黑粗泥，一滴水也没得喝。

靠近浮桥末端有一个沉陷在土中的水桶。白皮跑到桥边，向里望着。在桶里还有一点水,白皮用力伸下脖子,向桶底找水喝。末了,它掉下去,头向下跌进水桶里。

(二)

可怜的小羊!水桶的四边全是光滑的,它怎样也出不来。它母亲也愁得了不得,又没有人帮助它,眼看着自己的小孩掉在桶里,却无法救出!

小羊发狂地挣扎,越来越缓慢了。它的四肢无力地摇着,有时它又好像停止了呼吸。这个羊群几乎要少去一个,悲哀的母羊在一旁哭号着。

正在这时,一个尖利的声音从远处传来,浮桥上来了火车头,拖着装满行客的车辆。

一群笨羊十分地害怕,沿铁路乱窜地散开。

但是白皮的母亲仍站在水桶旁,渐渐地,渐渐地,机器的可怕的声音近了。似黑龙的烟直向它扑来,眼看就要撞着它。

难道它真不愿避开危险吗?难道它真不愿跑开吗?不呵!因为母亲的心总是勇敢的,母亲的爱总是浓厚的呵!假如它不能救出它亲爱的,恐怕它也要死在它身旁呵!

(三)

火车夫望见一群羊在前头。火车走进浮桥末端的时候,他看见一只小羊跌进水桶里。他喊道:"闪开!树林里去!"于是火车立即停住。

旅客拥挤在窗口,不知发生了什么事情。他们看见火车夫向前跑,他们看见他弯下腰,从沉陷在泥土里的水桶里抱起一只小羊来。

小羊的毛湿淋淋的，一滴、两滴……不住地滴下水来。

火车夫把半死的小动物放在它母亲身边。旅客们都一起欢呼，他真是一个仁慈的人。

火车夫将羊群从铁路旁赶开，让它们向山旁牧场跑去；他又为一群渴羊，装满了水桶的水。

火车夫跑回来，上了车；检票员一面跳上末一辆车上，一面嚷道："全上车呵！快上车呵！"

午后，一只快活的母羊，向牧场慢慢地走来，白皮跟在后面，慢慢地跟着它的母亲的脚迹走。

（载 1925 年 8 月 6 日《京报·儿童副刊》第 33 期）

金刚石的水杓

一

从前有一个时候，天气非常的热，并且极干燥。许多天未曾落雨。鸟儿渴坏了，停止歌唱，一切动植物，因为缺乏水分，都奄奄待死。所有人民全诵经求雨。

一天清晨，一个小女孩替她有病的母亲，出来各处寻水：她手里握着一把锡水杓。

她爬向一座高山，希望得到一点泉水。她蛇形向上，在山坡上看见枯燥的树木，安静的鸟儿，和愁苦的走兽。尖利的石头刺破她的脚，高峻的岩石，护着她的头，那种奇怪的形状，使她十分害怕。但她想到有病的母亲，所以并不转回。后来，她迎面碰见一块大的峭壁，不能再向前进。

她哭喊道："呵，好神仙，告诉我吧，怎样可以找到水呀！"

忽然有一位披着金袍的神仙站在她的面前，美丽得如同落霞似的。她从乱石中，指出一条狭路。小女孩随她前行，不久即来到一个隐在绿羊齿叶下的泉边。

她盛满了她的水杓，她小心谨慎地拿着它，轻轻地抬步，一滴水都不让摇出。

在下山的路上，有一只小兔，因为渴极了，奄奄一息地躺着。这个小女孩不忍使小兔渴死，便滴了几滴水，在小兔的舌上。但是很奇怪，这样一来，很脏的锡水杓变成闪光的银水杓了。

二

　　小女孩急忙走回家去，十分快活地将水递给她有病的母亲。仁慈的母亲举水到唇边，可是她并不饮下，她说："我的诚实的乳媪，先让她喝一些。"

　　当她将银水杓递给那乳媪时，它马上变成黄金水杓了。

　　最后，她母亲举水杓到唇边时，忽然一个影子由地板经过，在开开的门道处，站着一个年老的妇人。她的衣服褴褛，面色青白，身体很瘦弱。她的气力，只能伸出瘠枯的手，指向着水。

　　母亲同女儿彼此互相看着，她们要给出这最末一滴清水吗？母亲点她的头，小女孩将金水杓放在不识者的手里。

　　这个贫穷的老妇人，拿起水来全喝了，一滴也没剩。当她喝的时候，她的破衣服渐渐变成极美的仙袍，并且水杓发光——变成金刚石的水杓了！

　　小女孩嚷道："呵，妈妈，看！这就是我在山中看见的神仙！看，水杓像金刚石似的发光！"

　　她们再看时，那神仙不见了。不久，乌云布满天空，细雨开始降落，立刻树木、飞鸟、走兽和人民全有了水喝。

　　但是，水杓不知怎的，什么地方也找不着了。夜来了，小姑娘望着星星，在天上有一处，她望见水杓如金刚石般地发光。

　　所以现在，每当夜晚星星在头上闪光，母亲便指向北方的斗杓，并告诉小孩们这个故事。

　　故事完时，小孩问道："这故事是真的吗？"

　　于是母亲微微笑起来，答道："如果你能讲出这故事所含的意思，那么你就可以知道这是不是真的。"

（载 1925 年 8 月 20 日《京报·儿童副刊》第 35 期）

• 短篇小说一篇 •

七个铜板

〔匈牙利〕莫里兹·布雷多

西 渭 译①

是神的慈悲,穷人能够大笑。

你在破房子里面不仅仅听见哭声,就是本心发出的笑声,你也常常听得见。这是真的,穷人笑的时候,有时候倒应当哭才是。

我清楚这些人。苏斯 Sous 那一代人,我父亲就是其中一个,经过最穷苦的日子。他那时候在一家机器厂做小工。他不拿那时候夸嘴,别人也不。但是,事实是这样子。

事实是这样子,我以后从来没有像我儿时笑得那样多……怎么样笑,没有了我快活的母亲?她老人家红红的脸,才叫懂得笑,笑到后来眼泪也淌下来了,随后涌上一口痰,差不多要把她噎住……

有一天下午,我们俩找了一下午七个铜板,她这回大笑特笑,没有一回好和这回比。我们找,居然找着了!三个在缝衣机器的抽屉里面,一个在衣橱里面:此外就来得难多了。

是我母亲发见头三个铜板。她以为还可以在这小抽屉里面发见,因为她经常帮人缝东西,赚来的钱总放在这里面。对于我,抽屉是一个取之不竭的宝库,只要手往里面一伸,"芝麻呀,开开呀"马上就变出来了。②

所以看见我母亲在里面搜寻,针呀,顶针呀,剪刀呀,碎布头呀,锥子呀,纽扣呀翻得一塌糊涂,忽然奇怪上来,喊着:"藏起来啦!"我真是惊奇极了。

"什么藏起来啦?"

我母亲道:"小铜钱呀;"——于是她笑了起来。

她取出抽屉。

"来呀,小乖,它们藏起来了,咱娘儿俩倒要找找看!偏找出来!坏东西——坏小铜钱!……"

她蹲下去,把抽屉放在地上,小心又小心,活像她怕它们飞了;她简直一下子把抽屉盖住——就像一顶帽子扣住了蝴蝶。

不笑真还不成。

她笑着道,"捉住了!"她并不急着露出抽屉。只要有一个铜钱在,甭想溜掉!

我蹲下去,看有没有一个亮晶晶的铜板出来。但是没有动静。说实话,我们就不怎么太希望看得见什么东西出现。

我们彼此望了望,这种小孩子似的开玩笑把我们逗笑了。

我去碰抽屉。

我母亲责备道:"别动!轻点儿!当心逃掉!你就不知道铜板跑得有多快!跟黄鼠狼一样!……它们跑呀跑的,滚呀滚的,老天爷,它们要是一滚起来呀……"

我们一回到原来不笑的样子,我就伸出手,想弄翻抽屉。

我母亲又喊了一声:"停住!"

我怕了,赶快抽回手指,好像我碰着了炉子。

"当心呀,小败家子!看你多急着乱花它们呀!只要藏在这儿,它们就是我们的!让它们再待些时候好了,因为,你看,我要洗衣服:我缺一块胰子用。

"我起码得用七个铜板,要不然呀,人家就不给我胰子。我已经有了三个:我还缺四个,它们呀藏在这儿,在这小屋子里头。它们待在这儿,但是不喜欢人家惊吵它们,要不然呀,它们就会生气,跑掉,我们

---

① 李健吾用笔名"西渭"发表。——编者
② "芝麻呀,开开呀",一定是匈牙利什么民间的游戏儿歌。

就永远甭想再看得见它们了!所以,你得当心!因为钱呀,才叫傲气。得好好儿款待它。尊敬它。它说生气就生气,跟贵家小姐一样。有一首诱蜗牛出来的小歌儿,你不知道吗?你可以诱它出来——就像人喊蜗牛出来一样。"

我们这样聊着天,笑了多少回,我不知道;不过,像喊蜗牛那样喊钱,真是滑稽极了:

出来呀,铜板伯伯!
你家里着了火……①

于是,我倒翻小抽屉。
地上是千百样小零碎,可是,钱呀,没有!
妈妈噘起嘴摸索;白搭!
"我们没有桌子,多可惜!我们要是把它倒在一张桌子上面,就体面多了,我们就许找着了!"

我聚起所有的小物件,放回抽屉。我母亲这时候苦苦思索,看样子头都要涨破了。她不会偶尔把钱放到别的地方吗?可是她记不起来了。

我倒想出来了。
"妈,我知道什么地方有铜板。"
"什么地方?儿子,我们快把它们找出来,别等它们跟雪一样化掉了。"
"镜橱里面有。"
"噢!坏孩子,你怎么不早说呀,现在,我们怕没有什么指

---

① 原来的儿歌应当是:出来呀,蜗牛!房子着了火……

望了!"

我们站直了,走向镜橱——早就没有镜子了。不过,我知道,它的抽屉里面有铜板。有三天了,我打算偷掉这个铜板,不过我没有勇气。再说,我要是有勇气的话,我早就买糖吃了。

"这儿已经是四个铜板啦!不用发愁了:顶难找的也找到了。已经比三个多了一个。我们用了一个钟头找到这四个铜板,到用点心的时候,那三个会找到的。这么一来,天黑以前我好洗衣服了。快罢,也许我们在别的抽屉可以找到……"

噢!在别的抽屉,光这一句话就够了!因为这个旧镜橱伺候过好些有东西堆的人家。不过,可怜虫在我们家可没有多少东西抗。它又是痨瘵,又是虫蛀,又是摇动!

我母亲教训着每一个抽屉。

"从前有钱的抽屉!这一个从来什么也没有!那一个欠了一屁股……你呀,叫化子,不走运,你永远没有一个铜板!噢!你将来也不会有,有的也就是我们的穷苦!好,成,你要是不给我,我求你好啦!这个呀,顶顶有钱!"

她一边笑,一边嚷嚷,取出顶底下的抽屉,没有底的抽屉。

她拿它套住我的脖子,我们娘儿俩坐在地上放声大笑。

她忽然道:"等一等!我们这就要有钱啦。我到你爹的衣服里面找找看。"

衣服挂在墙上的钉子上。没有这么灵的了!我母亲拿手伸进一个口袋,马上找到了一个铜板。

她直眨眼睛,怎么也不相信。

她嚷道:"这下子好啦!可成啦!现在凑够几个啦?我们真是连数也不数了。一、二、三、四、五……五个!只缺两个了。两个铜板,算得了什么?好办多了!有五个,就会再有两个!"

她仔细搜索所有的口袋。但是唉！没有用！她一个也没有找到。玩笑话说得再好听，逗不出一个铜板来。

工作和刺激的大红点子早已烧着我母亲的脸蛋。原来人家就禁止她工作，因为她一工作总是生病。当然喽，这是一种例外的工作：谁也不能够禁止别人找钱呀！

吃点心的时候到了，简直过了。眼看就要天黑了。我父亲明天要一件衬衫用——洗是不可能了！干净的井水不够洗油渍的。

"噢！我多糊涂！我就没有找我的口袋。可不是，想到这上头，我倒要望望它看。"

她望望看。看呀，一个铜板。第六个。

我们兴奋起来。只欠一个了。

"看看你的口袋，你也看看。也许找得出一个……"

我的口袋？当然喽，我好好看了看的：全是空的。

天黑了，我们有了六个铜板，不济事，和完全没有一样。犹太人不肯赊我们，街坊和我们一样穷。总之，我们不会问他们要一个铜板的！

除了敞开儿笑自己穷苦以外，我们也没有事好做。

就在这时候，来了一个叫化子。他哼哼唧唧，直在数说他的可怜。

我母亲差不多笑醉了。

她说："够份儿啦！老头子。我一下午没有做成事，就因为短一个铜板买半磅胰子！"

叫化子，一个面孔平静的老头子，惊奇的模样盯着她。

他问："一个铜板？"

"是呀！"

"我给你这一个铜板。"

"什么，叫化子也周济人！"

"拿着罢，嫂子，我不缺这一个铜板。我只缺一样东西：挖坟的铲子。有了铲子，我就心满意足了。"

他把铜板放在我的手心，谢了又谢，说不出一个所以然，走了。

我母亲向我道："谢谢上帝！快跑罢！……"

她停了一下，然后笑着，放声笑着："铜板凑齐啦，我可来不及洗啦：天黑了，灯盏里头就没有一滴油。"

笑声噎住了她。痛苦的恶劣的噎窒。我向前扶她的时候，她摇了几回头，把头藏在手心，什么热东西流到我手上。

这是血，她亲爱的神圣的血，穷人里头难得有人能够像她那样懂得笑的人的血。

附记

作者莫里兹 Zsigmond Moricz，生于一八七九年，是现代匈牙利文坛最伟大的人物。"七个铜板"同时也是他一部短篇小说集的书名，一九〇九年问世，是他最早的作品。他本来是学理科的。一九二一年问世的《仙园》，是匈牙利首屈一指的长篇小说。农民是他重要的对象，他的农民剧给戏剧另辟了一条蹊径。他真正的造诣仍然属于散文方面。他的现实主义是健康的，有显著的福楼拜 Flaubert 的影响，他写过一部长篇小说《包法利先生》，就借用福楼拜的杰作《包法利夫人》的题目。这里所译的"七个铜板"，选自法文本"现代匈牙利短篇小说集"。活泼，深厚，流畅，严密，不作抽象的造语，勿怪乎匈牙利的风物在他的笔底下栩栩如生了。

(载《万象》1944 年第 2 期)

杂文十六篇

为诗而诗

A. C. Bradley

李健吾,朱自清合译①

Bradley 是英国现存的著名批评家。本文在他的"牛津诗讲"Oxford Lectures on Poetry 中;乃是1901年在牛津大学就诗学教授职,行典礼时的演辞。

翻译文本,多承 R. D. Jameson 先生的帮助,谢谢!

"为诗而诗"这几个字令人记起"为艺术而艺术"那有名的短语。考察那短语种种可能的意义,或其所包蕴的一切问题,远非我的目的。我只想略略说明我所懂得的"为诗而诗";然而辨清关于这公式的一两种误解,再来较详尽地研究与这公式关联着的独一的问题。我得先提供一些解释的话,但并不想去详细地证明这些话。我们论诗,须从它的本质上着眼,不用管在大多数诗篇里,与诗相具的那些毛病。我们须将格律的形式包括在诗的观念中,不将它当作只是一种可有可无的东西,或只是一种媒介物。最后,诗就是诗篇,我们想到一篇诗,须想到它实有的东西;我们大概可以说,一篇真实的诗是一串的经验——声音、影像、思想、情绪——这些经验,我们在尽力将诗当作诗读的时候,一一地感受着。自然这种"想像的经验"——若我为求简起见,可以用这个短语——因每个读者而异,因每次读的时候而异,一篇诗存在于无数的情形里。但那种无可奈何的事实,是事物本性里具有的,现在与我们是无关的。

那么,关于这种经验,"为诗而诗"这公式告诉我们些什么呢?如我所懂得的,它说的是这些事:第一,这种经验本身是目的,为它自己的缘故而值得有，有一种内在的价值。其次，它的"诗的"价值只是这种内在的品德。诗也可以有一种外在的价值，算做文化或宗教的一种手段；因为它传达教训，安慰热情，或助成善事，因为它给诗人带来名誉、金钱，或一种宁静的良心。很好，很好：为了这些缘由而宝贵诗的，也听之吧。但诗的外在的价值不是它的"诗的"品德，也不能直接决定它的"诗的"品德；所谓"诗的"品德，便是说，诗是一种惬心的想像的经验，这是要全然从内面评判的。在以上这两种论旨之外，那公式还得添上第三种，虽然不是必要的：无论制作中的诗人，或"经验"中的读者，留意了种种外在的目的，便会减低诗的价值。所以如此，因为将诗取出它自己的氛围气以外，便会改变它的本性。它的本性不是要做"实有世界"这短语［的意义］，如我们普通所懂得的一部分，但也不要做它的一个副本；它要自己做一个世界，一个独立的，完全的，自由的世界。要全部占有这个世界，你得走进去，遵从它的种种法律，这时候得忘掉在那另外的实有世界里属于你的，种种信仰、目的和特别的情境。

　　这些叙述可以引起的较重要的误解里，我想只提起一两种好了。我们可以看出，"为艺术而艺术"这公式常常引起的，反对的议论，并非对于"艺术本身是目的"这定理，而是对于"艺术是人生之全部的或最上的目的"这定理。这后一定理，我看似乎悖谬，它无论如何，是与前者大不相同的；因而关于它的种种议论，便在我的题目之外。诗在多方面的人生中有它的位置，这事实引起道德评判上的各种问题；但"诗本身是目的"这公式是说不到这些问题的。因为什么它都说，诗的内在的价值也许便会如此之小，它的外在的价值也许便会如此之糟，

---

① 这是李健吾先生在清华求学时与其恩师朱自清先生共同署名翻译的作品。布拉德利 A. C. Bradley（1851—1935）是英国教育家和著名作家。本文翻译出版时，原著者布拉德利尚未辞世，故译者前言中称其"是英国现存的著名批评家"。原文很长，共 11 章，这里发表的只是第 1 章的前三分之二。

那么，还是没有诗的好了。这公式只告诉我们：切不可将诗和人的福利放在相反的两面，因为诗是人的福利的一种；切不可直接援引别一种福利来决定这一种的内在的价值。若如此时，我们会看出，自己是在主张着我们所不盼望的了。"诗的"价值若是在激励宗教的感情，《领着吧，和蔼的光》Lead, Kindly Light① 便不比一首赞美诗的许多无味的叙述好了；若是在鼓舞爱国心，《战争的、流血的苏格兰人》Scots, wha hae② 为什么高于《我们不愿去打仗》We don't want to fight 呢？若是在缓和热情，萨孚 Sappho 的《短歌》Odes 将赢得很少的称赞了；若是在教训，阿姆斯特朗 Armstrong 的《保健术》Art of preserving Health 一定赢得很多的称赞了。

再者，我们的公式也许让人指摘，说是将诗与人生割断了。这种攻击引起的问题如此之大，我得请大家许我独断的而且简短的说明。人生与诗之间，关联颇多，但得这么说，这种关联是潜伏着的。这两者可称为同物的异形：一个有（用通常的意义）实有性，但难以充分满足想像；一个贡献的东西满足了想像，但没有充分的"实有性"。它们是无处相交的平行的发展，若是我可以随便用一个在后文有用的词儿，或可说，它们是"推此及彼的"。所以我们靠着别一个才懂得这一个，在一种意义里，甚至因为别一个才注意这一个；但也因此故，诗既不是人生，严格地说，也不是它的副本。它们相异，不仅因为一个有较多的质量而别一个有更完成的形象；并且因为它们有不同种类的存在。其一个接触我们，是许多实体接触我们，它们在空间、时间里占有一定的位置，因为位置而有重重感情、欲望和目的；这一个与想像有交涉，但还和别的许多东西有交涉。在诗里遇着我们的东西，在同样的时空系统中没有位置，或者若是它有着或有过这样一个位置，它也是从时空

---

① 纽曼 Newman 的诗。
② 彭斯 Burns 的诗。

那儿把属于它的许多东西剔开的;所以它与那些感情、欲望和目的并无直接的交涉,但只向沉思的想像说说——沉思的想像是空虚与无情之反的想像,饱和了"实有的"经验而仍是沉思的想像。那么,无疑的,何以诗对于我们有"诗的"价值,主要的原因是,它能用它自己的方法,送给我们一些东西;这些东西我们在自然与人生里也遇见,却在别的形式中。诗对于我们的"诗的"价值,只在它是否满足我们的想象这问题上;我们的其余的,如我们的知识或良心,只能照它们在我们的想象中变成的形状,来评判诗而已。以下这些也是如此:莎士比亚的知识或他的道德的洞见,弥尔顿的灵魂的伟大,雪莱的"憎的憎"、"爱的爱",以及帮助人们或使他们快乐的那种欲望,这种欲望也许影响过诗人,在他默想的时候——这一切,照原来的样子是没有诗的品德的:它们有那种品德,只在它们通过诗人全部的生命成为想像的种种性质而重现的时候;它们真是诗世界中的大权力了。

  我来讲第三种误解,这样便讲到我的主要的题材了。有人说,这公式剥去诗的意思:实在是一个为形式而形式的定理。"诗人只要说得好,他所说的是什么,是不关紧要的。就诗论诗,'什么'是无足重轻的:要紧的是'怎样'。材料、题材、内容、实质,决定不了什么;诗不能说到的题材是没有的:形式、配置,才是一切。还有:不但材料无足重轻,艺术的秘密正在'用形式毁弃材料'呢,"——像这类的短语与说话,在时兴的,文学与其他艺术的批评中,随时与我们遇见。这些东西是那些作家的宝藏;他们除掉它们无论如何不是中产阶级意如"俗人"的话这件事之外,什么也不懂。但我们晓得这些语句也让我们必得尊敬的无论他们有名与否诸作家郑重地用着;例如,从圣茨伯里 Saintsbury 教授,晚近的斯蒂文森 R. A. M. Stevenson,席勒 Schiller,歌德自己,也许可以引出像这些语句中这种或那种;它们又是美学兴盛的一国中某学派的标语。不用说,它们的来源不是着手一种艺术的那些人,便是研究一种艺术而于其方法有兴趣的那些人。普通读者——如此普通的一个人,我可以随便谈他——却惹火了。他觉得在一件艺术品中所费心寻找的,全让人家抢去了。他说:你要我看德累斯顿城的圣母像①,就如它是一块波斯毯子。你告诉我《哈姆雷特》的"诗的"价值,只在它的风格和用韵里,而我对于人与其命运的兴趣,只是一种智慧的或道德的兴趣而已。你积极地说,我若是受用《越界》Crossing the Bar② 这篇诗,不必留心著者丹尼生所说的,只要注意他说的方法好了。但在那种情形里,我费心在一篇诗上,所得的竟和费心在一串无意义的韵语上一样;我不信《哈姆雷特》与《越界》的著者对他们的诗篇如此看法。

题材、材料、实质在一边,形式、配置、手法在另一边,这种种的对待,是一个场子;我在这回讲演中,特别要指出一条通过这个场子的路。这是一个战场;这场争战,因并非小可;但是诸战士的呼声有着可怕的歧义。所谓形式论者的那些短语,每一种会有五六个不同的意思。以一种意义看,它们对于我似乎大致是真的;以普通读者不加矫揉的看法看,它们对于我似乎是假的、胡闹的。妄称我能在几分钟内了结一个关系艺术本原性的争议,或者还能领着到未经解决的诸问题上去,这是荒谬的;但我们至少能将在这争议中常被混淆的,某些简单的区别抽出。

那么,让我们先以一种特别的意义来看"题材";我们看见一篇未读过的诗的题目,说诗人选了这个或那个做他的题材,这时候我们心目中所有的,让我们用那特别的意义去了解。照我所推阐的而论,这种意义的题材,普通是些实用的或想像的东西,如受过相当教育的人心中所有的。《失乐园》的题材不外读《圣经》的人普通的想像中所有

---

① 拉斐尔 Raphael 的画。
② 丹尼生 Tennyson 的诗。

的"降谪"的故事。雪莱给《云雀》To a skylark 的诗的题材，不外一个不知道这篇诗的有教育的人，听见"云雀"这两个字时，心中所起的观念。若一篇诗的题目告诉我们的很少，或没告诉什么，那么，那题材不是从字典或同类的书里检查题字而集成的意思，便是一个读过这篇诗的人或许能说出的，如此简短的提示；例如他说，《古舟子咏》[①]的题材，是一个杀了一只信天翁而遭殃的水手。

这种意义的题材我不想将这个字用在别的意义上，这样看时，不是在诗内，而是在诗外。给《云雀》的诗的种种内容，不是"云雀"这两个字对一般人所提示的种种观念；它们属于雪莱，正如那文字属于他一样。所以题材不是诗的"材料"；它的对方不只是诗的"形式"，而是全诗。题材是一样东西，材料与形式合成的全诗是别一样东西。既然如此，"诗的"价值不能在题材里，是全在它的对方的诗里，确乎明白。同一个题材，可以写出各种优劣不等的诗；一篇完美的诗，也许是用像"一只小麻雀"这般微末的题材写成的，若麦考莱的话可信，一篇几乎无价值的诗，也许是用像"神的全在"这般奇伟的题材写成的：题材怎能决定价值呢？"形式论者"在这儿完全不错。他并不固执着什么重要的东西。他攻击我们的倾向，便是将艺术品当作只是抄袭或唤起我们头里已有的东西的，或者至多是提示那与习知的观念极近的观念。观赏景物的人在一个图画展览室里踱着，说这幅画如此地像他的表兄弟，或那幅风景简直是他故乡的影子；或者，发现一幅画是关于以利亚 Elijah[②] 的，自己满意了，便欢欢喜喜去发现下一幅的题材，只是题材罢了——他这个人除了是这种倾向的极端例子以外，算得什么呢？好，便是这倾向，弄坏我们许多的批评，譬如关于莎士比亚的许多批评吧，虽然聪明，虽然有部分的真理，但仍看出批评家绝未从自己的

---

① 《古舟子咏》是柯勒律治的音乐叙事诗。
② 即耶和华的先知，见《圣经》。

心走到莎士比亚的心去；就像柯勒律治这样好的批评家，也有些这种倾向，像他用自己"不快乐的软弱"的影子，来小看哈姆雷特崇高的奋斗便是了。赫兹里特 Hazlitt 决未避脱这种倾向的影响。只有那三大家 The great trio① 的第三人兰姆，似乎不时地表述出原作者的概念。

再者，这实在是真的，我们不能预先决定哪种题材宜于艺术，或指出写不成诗的任何题材。分题材为两类，美的或高尚的，丑的或卑劣的，于是按照诗的题材属于这一类或那一类而评判诗，这是重蹈覆辙，将诗人的意思与我们的先入之见相混了。我们应由事物在诗里的情形评判诗人，不应由他着手于这事物之前它的情形评判他；我们怎敢预言，我们以为只是诱惑的、沉闷的、讨厌的东西，他便不能用了来做成真诗呢？既做之后，他应否印行他的诗，这诗人作品里的东西，会不会仍然让庸碌无能的清教徒或庸碌无能的纵欲论者将它与"他们"心中的东西相混，这问题是与此无关的：这是一个较远的问题，是伦理上的，不是艺术上的。不用说，主张"为艺术而艺术"的人，普通总赞成勇敢的办法，不肯让公众之较好的、较强的部分，牺牲于较弱的、较坏的部分；但是他们的格言绝不拘束他们这样去看。罗塞蒂 Rossetti 删掉他最好的十四行诗之一篇，丹尼生所叹赏的一篇——丹尼生自己对于诗的道德的效用，是极端地敏感着的；我相信罗塞蒂删掉这篇诗，是因它被称为肉感的之故。人可以为罗塞蒂的评判可惜，而同时尊敬他的谨慎；但无论如何，他是以公民的资格，不是以艺术家的资格，来评判的。

那么，到此为止，"形式论者"似乎不错。但他若主张题材无足重轻，一切题材对于诗是一样的，我想他便走得太远了。他看见，一篇好诗也许写的针尖，一篇坏诗也许写的"人的降谪"；但他的论点并不因

---

① 即柯勒律治，赫兹里特与兰姆，三人皆当时评坛健将，尤以研究莎士比亚著称。

此被证明。那件事实表明题材定不了什么，但并非算不了什么，"人的降谪"比起针尖，实在是较为动人的题材，就是说，"人的降谪"给范围较宽广，呼吁较深切的诗的效用，供献许多机会。事实是，这样一种题材，于诗人着手以前，在一般的想象中，便有些美术的价值。它是一篇未成的诗，或一篇诗的碎屑，你随便叫它好了。它不是一个绝对的观念，或一件光光的孤立的事实，而是已经阑入"情绪的想象"的，一群人物、景色、动作与事件；而且在某种程度上，它已有了组织和形式了。虽然如此，一个坏诗人会将它做成一篇坏诗；但那时我们得说，他是不配这个题材的。若他将针尖写成一篇坏诗，我们便不能说这话了。反之，一篇写针尖的好诗，差不多定要大大改变它的题材的样子，远过于一篇写"人的降谪"的好诗所需要的。这篇诗也许如此彻头彻尾地革它题材的命，我们不免要说"题材可以是针尖，但诗的实质与此关系极少"。

  这便将我们带到别一不同的对待上。形成称为"人的降谪"那题材的那些人物、景色、事件，不是《失乐园》的实质；但在《失乐园》里，有多少人物、景色、事件，在某种程度上，与它们是相似的。这些，还有许多同类的东西，可以说是《失乐园》的实质，那么，便可以与称为这诗的形式的，那协律的文字相对照了。题材不是形式的叙述对象，而是全诗的叙述对象。实质在诗内，而它的对象，形式，也在诗内。我现在不去评判这种对待，但这种对待与别一种大大不同，是明白的。实际上这种区别在史诗和戏曲的旧式批评里，是用得着的；从亚里士多德流传下来，已蒙上灰尘了。譬如艾迪生在研读《失乐园》时，依次考究那寓言、那些人物、那些情思；这些就是实质了：然后他考究那文字，即风格与繁简；这就是形式了。同样的情形，一篇抒情诗的实质或意思，可以从形式区分。

  现在我相信我们可以知道，我们在讨论的那争议，起于实质与形式，题材与形式两种区别的混淆。极端的形式论者放他的全重量在形式上，因为他想，形式的对方只有题材了。普通的读者生了气，但他们犯了同等的错误，将应属于实质①的称赞归之于题材了。我愿念一个例子，表明我的意思。以下是一个良好的批评家的话，我得设想他当时是陷在这种混淆之中，才能解释这些话："诗的仅有的材料——就是自然界的现象与人的思想、情感——是不变的，因而诗人与诗人的差异便只在个人的样式上，就是将文字，格律、韵脚、声调等等，应用于这不变的资料上的样式。"那么《失乐园》的实质——诗中的故事、种种景色、人物、情思——还算什么呢？它们消灭净尽了。只有一边是形式，另一边呢，还不是题材，而是设想的不变的资料，自然界的现象与人的思想情感；其余什么也没有了。那么，全部的价值应向形式里去找了，岂不可惊么？

(待续)

(原载于1927年7月11号三卷3号《一般》)

---

① 著者原注："实质"与"内容"两个名词，我用得没有区别。

为诗而诗（续）

以上我们已经假定，实质与形式的对待是妥当的，而且这种对待总只许有一种意思。实际上这种对待有几种意思，但我们就算它是现在的样子吧，我们好讨论它的妥当性问题。我们不得不提出这问题，因为我们必得商榷以下两种争论：一说"诗的"价值或大部分在实质里，一说一部分或大部分在形式里。这些争论，无论真假，至少可算得是明明白白的；但我想我们可以看出，这两说都是假的，或都是无谓的：它们若涉及诗外的东西，便是假的，若说到诗内的东西，便是无谓的。因为这些争论明明白白包含着的，是什么呢？它们是说一篇诗里有两部分，两种因子，或两种成分，就是实质与形式；你能清楚而个别地想起这两样，所以你说着这一样时，不会说着那一样。不然，你怎么能问：价值在它们哪一个里头？但是实际上一篇没有毛病的诗里，并没有这样两种因子或成分；所以问价值在它哪一个里头，真无谓之极！从别一面说，所说的实质与形式若不在诗内，那么，两种争论都是假的，因为诗之为"诗的"价值，就在其本身里。

我所说的既不新奇，也不神秘；我相信，不论是谁，只要他将诗当作诗读，只要他仔细地考察他的经验，便会明白这个道理。我要问，你读一篇诗时——不要分析，更不要批评，只用你那能再造的想像力，使这篇诗渐渐地将整个的印象给你——是将某种意思或实质，与某种抑扬的声调分别地领会着，受用着么？是再将二者合而为一么？你当然不是的，恰如你见人微笑时，并不将那脸上表现情感的线纹与那些线纹所表现的情感，分别领会。那些线纹与其意思，在你是一非二，所以诗里的意思与声调也正是一事。若我可以这样说的话，我要说，有一种有音调的意思，或一种有意思的音调。你若读以下一行诗，"The sun is warm, the sky is clear"①（太阳暖暖的，天色清清的）你不能分别地经验，一边是暖暖的太阳与清清的天的影像，一边是不明晰的声律；你也不能将它们两者聚在一起经验；你只能在那一个"中"经验这一个。同样的情形，你真读《哈姆雷特》时，不能离开文字去想动作与人物，只能在文字"中"一点一点地领会着这些；文字是动作与人物的表现。当然，以后你离开了诗的经验而回想这个戏的时候，你可以将这整个儿分析开来，得到实质和形式；它们多少是互不相涉的。但这些是你分析的头脑中的东西，不是诗里的，诗只是"诗的"经验。若你要重味这诗的话，将分解所得的两种产物加拢来，是不行的；你只有回到"诗的"经验里才成。那时你所复得的，不是两种因子之和，而是一整个儿；你不能在它里面分开实质与形式，正如你不能分开有生命的血和血中的生命一样。若你欢喜的话，你可以说，这一整个儿有各种"样子"或"方面"，但它们不是因子或部分；你若去考察这一个，你会觉得这也就是别一个。你欢喜称它们为实质与形式也行，但这不是互不相涉的实质与形式，为那两种争论"所得"援引的。它们不"相合"，因为它们不是分开的：它们是一件东西，只是从不同的观点看罢了；在这种意义上，它们是即此即彼的。你可以说，内容与形式的这种即此即彼性，并非偶然；这是诗之为诗的本质，也是一切艺术之为艺术的本质。正如在音乐里，并非一边有声音，一边有意思，所有的只是表现的声音，你若问有什么意思，你只能指着声音回答；正如在绘画里，并没有与画"相加"的意思，只有画"中"的意思，或有意思的画，没有人能用别的法子真确地表现这意思，除了在画里，除了在"这幅"画里；诗中也是一样，真内容与真形式是不存在的，也不能想像它们是分开的。若有人问你，一篇诗的价值，是在分解这诗以后所得的，只在回

---

① 雪莱的诗。

想的分析里才有的，实质中呢，还是在用同样的方法得到的，以同样情形发生的，形式中呢，这时候你可以回答说，"诗的价值不在这样的实质里，也不在这样的形式里，也不在它们以外别的东西里，只是在诗里；诗里是没有这种种的。"

那么，第一，我们有了题材与诗篇的对待。这种对待明白妥当；价值在它们哪一个里的问题，也显明易晓；答案是，在诗篇里。第二，我们有了实质与形式的区别，若实质作独立的，种种观念影像及相类之物解，形式作有韵律的文字本身解，这是可能的区别，但这是不在诗中的东西的区别；价值不在它们任一个里。若实质与形式作诗"中"的东西解，那么，每一个就包含别一个中，而价值在它们哪一个里的问题，便无意义。当然，宽一些说，你可以说，在这个诗人或这篇诗里，实质方面更可注意，在那个诗人或那篇诗里，形式方面更可注意些；你可以在这个根据上，进而作种种有趣的讨论，虽然根本原则或价值的最后问题，于这些讨论是无关的。自然，离开那问题，我是不否认这种区别的有用与必要的。我们不能废掉这种区别。分别研究一本戏的动作或人物与其风格或声律，是正当而且有价值的，只要我们记着我们所做的是什么事。真的批评家分开来说着这些东西的时候，并不分开来想它们；它们只是种种样子罢了，那整个儿诗的经验是在他心里的；他老是在求着更丰富、更真实、更有力地重现这种经验。从别一方面说，轮到根本原则问题，"诗的"价值问题时，有些样子"就得"变为种种成分，可以分别地想着；于是引起同样假的两种戏论：说价值在两者之一中；或说这两者都在诗外，所以诗的价值不能在里头。

关于"分开的实质"的戏论：我只要说几句就够了。这种戏论难以立出程式，但不自觉地主张这种戏论的人，也许会反对我说："《哈姆雷特》的动作与人物确在戏里；我确能记着这些，虽然我已经忘记一切的文字。我承认我所有的不是全诗,而是一部分,最重要的一部分。"我可以回答:"若我们满不提到根本原则问题,你说的我都承认,只除了末一句话;那是会引起这样的问题的。宽一些说,我赞成动作和人物——像你也许想看的那样——与别的许多东西,是在诗里。然而即使如此,你绝不能说诗里这类的东西,你全都有了;因你忘记了文字,你必失却了动作与人物的无数细节。至于价值问题,我得坚持地说,动作与人物,如你所想的,全然不在《哈姆雷特》中。若在,指出来。你是不能的。在叫作《哈姆雷特》的一串经验里,无论什么时刻,你所觉得的只是文字。再来宽一些说,动作与人物(比你能够分开来想的多)集中在这些文字里;但你的经验并非联合一方面种种观念与别一方面某些声音而成;你所经验的东西里,这两者是混合不可分解的。你若说你的经验不是这样,我实在不能回答你,或者只能回答你:我敢相信你不能把诗当作诗读,不然,便是误解了你的经验。你若不否认你的经验是这样,你就会承认诗的动作与人物,如你所分开想的,并不是诗的部分,而是你回想中的诗的产物,与从全诗分出的一方面略略类似(Analogue,前译"推此及彼的")而已。得了,我不必争辩了,我倒是想坚持地说,像《哈姆雷特》这样长的诗,为使"诗的"经验丰富起见,常有那样的产物,俾加讨论,暂时打断那经验,也许是必要的。就"诗的"一词的广义说,只要你想着这种产物是从诗分开的,我也并不怀疑它的"诗的"价值。这种产物好像我们对于历史或故事里的英雄的回想;这些英雄在我们的想象中活动着,"样子比活人还真";我们觉得他们极有价值,虽然他们所说的,我们一点记不住。属于一篇诗的"实质"的,我们的种种观念和影像,所有的是这种"诗的"价值,这些观念与影像若尽善尽美,它们的价值更大。但是这些东西不能决定诗之为"诗的"价值,因为(姑不论"形式"也要争这种决定权)凡在诗外的东西，不能有决定的事，而这些原是在诗外的①。

我们转论所谓形式吧——风格与声律。诗里没有只是形式的东西。一切形式都是表现。我们只能将风格从其所传达的材料里，抽出一部分来，那确可以具有某种美的品德，如在一个构造完好的句子里，你差不多可以离开意思而赏玩其构造的形式。虽然如此，风格还是表现的，——表现意义，使之有条不紊、自然、流利等等；这些是种种观念在作者心中活动的样子——但并不是表现那个特别的句子的意思。暂时打断"诗的"经验，而加以分解，抽出风格这个近乎形式的要素，作比较分开的研究，这是可能的。但是这样看的风格之价值，并不重要；②一篇文章若没有别的价值，你决不能高高兴兴读一点钟。在"诗的"经验里，你决不能领会这种价值的本身；因为这时风格还表现着一种特别的意思，或者不如说，风格是那整个儿的一面，另一面便是意思。所以你所领会的，可以随便叫做表现了的意思，或有意义的形式。在这一点上，这也许可以请出牛津的权威，阿诺德 Arnold 与佩特 Pater；佩特无论如何是形式论者所不蔑视的权威。请问，归根结底，风格的一种德性，若不是真实或适当，佩特关于风格的宏论之要旨，又是什么呢？——字、短语、句子，应该将作者的知觉、情感、影像或思想，完全地表现出来；所以我们念济慈的一个描写的短语时，我们便会叫起来道，"那简直是真的"；所以用阿诺德的话说，文字便是"与其所代表的事物相等的符号"，或用我们的术语说，文字便是与内容合一的形式。若不是这样，佩特的宏论的要旨，又是什么呢？所以在真诗里，严格说，除了它自己的那些字，要用别的字表现那意思，或是要换字而不换意思，都是不可能的。翻译这样的诗，并不是给旧意思穿上

---

① 原注：若"实质"解作一篇诗的"教训"或"意旨"，这些话只须略略改动，仍然是对的；不过处处露出教训或意旨的诗，只有五千分之一罢了。
② 原注：从别一面说，这种意义的风格，若是没有，或有而太坏，那倒也是件大事。

新衣裳；这种翻译是一种像原诗的新产物；虽然一个人若高兴这样说，他可以说，意思方面比形式方面更像原诗。

在我看来，凡懂诗的人，于此必无异议，只是他不脱出了他的经验，不让学理懵懂住，而将"意思"这词儿用在一种别扭的意义里；那种意义，差不多是绝不适用于诗的。例如一般人说，"Steed"（驹）与"Horse"（马）意思相同；在坏诗里，诚然如此，真"是"诗的诗里，便不然了。拜伦在《马泽帕》Mazeppa 里说，

"Bring forth the horse!" The horse was brought：
In truth, he was a noble steed!
（"带上马来"！马带来了
这真是一匹名驹啊！）

若这儿两个意思相同，那么，调换一下看：

"Bring forth the steed!" The steed was brought：
In truth, he was a noble horse!
（"带上驹来!"驹带来了
这真是一匹名马啊！）

再问问这两个意思同不同。或者让我再引一行几乎不用诗的字眼的诗：

To be or not to be, that is the question.
（这是存亡的问题。）

你可以说，这与"我现在所注意的，是继续生活或自尽，两件事哪个更

不好些，"一句话意思相同。就实用的目的——例如验尸官的目的——而论，确是相同的。但第二种说法全然不能代表当时那说话的人，而第一种说法却能代表他，我们除了为实用的或论理的目的而说别的，怎能说这两句话意义相同呢？哈姆雷特善于"用文字抒述心意"，但他不会用我们的注解抒述其心意吧。

以上的讨论同样适用于声律。我若引一行著名的诗，描写的是，诸死者的灵魂站在河旁等着，哀求卡戎 Charon① 渡他们过去：

Tendebantque manus ripae ulterioris amore；

我若译了出来，'And were stretching forth their hands in longing for the farther bank,'（伸着他们的手，渴望达到彼岸，）原诗的魔力便不见了。何以不见了呢？一部分（我们已讨论过了）是因我用自己的十二个字代替维吉尔的五个字。有几分是因我将一行韵语变成了无韵的散文，而这行韵语，单就声音而论，是非常美的。但是更重要的，是因我翻译时，将维吉尔的"意思"也改变了。那意思是什么，"我"不能说，维吉尔已经说了。但我颇能看出，译文将伸出的手与手的老是伸着，那幅生动的图画，写得大为减色，而彼岸的遥远，群魂的渴望，那种精刻的感觉，也不能完全传达出。所以如此，一部分因为这幅图画与这种感觉之传达，不但靠着字面的意思，并且由于"Tendebantque"这个字拖长的声音，由于"Ulterioris"这个字的五个音节——也就是这个字的观念——所占的时间，由于"Ulterioris amore"两字的倒第二节同是长音"or"——这一切，还有许多别的，在这样分析的状态中，是不能领会的，也不是"加"在纯粹声音的美与字面的意思上，就能领会

---

① 希腊神话中卡戎是冥王哈得斯的船夫，负责将死者渡过冥河。

的；要领会，须领会它们整个儿，须将它们看作表现整个的诗意才行。

在好诗里都是如此。声律，与意思混合不可分解时，其价值可以说是不小。领会声律的才能，比之领会风格的价值的才能，也许更是关于诗的"特殊的"才能；诗之与他种艺术异者在此。但我们若就力之所及，将声律本身提出专论（相对的），它的品德就很不同了。它确有些美的品德；分量和你读一字不识的文字的诗时，所经验的一样。你确可以感到愉快，但这种愉快不大；而在实在的"诗的"经验里，你也全然不会有这样的愉快的。我重说一遍吧，这因你读懂得的诗时，这种愉快是并不"加"在那意思的愉快上的：有点儿神秘，这时的音乐是意思"的"音乐，音乐与意思只是一物。不论你怎么爱好声律，读中国诗，立刻就会厌倦；你读维吉尔与但丁而不懂他们的文字，不久也会厌倦。但从诗"中"看音乐，就大大地不同了。现在

It gives a very echo to the seat
Where love is throned;
（它发出回声
向着爱情君临的宝座；）

或者将以下的声音"打入你的心坎"，差不多像音乐本身一般，这就是（来自）

Of old, unhappy, far-off things
And battles long ago.
（古老的、不快的、缥缈的事物
与远古的战争。）

的声音。

那么，我们对于下面一句话，前面引过的那位批评家的话[①]，该说些什么呢？"知道什么是诗的人，读到——

Our noisy years seem moments in the being
Of the eternal silence，
（我们喧嚣的岁月似乎只是一瞥，
在永恒寂静的境界里，）

他会看出，完全离开意思，……有一种音调加在普通的抑扬的音乐上——这音调永远袅袅不绝，直到永恒寂静的本身将它停蓄住了为止。"我总以为这位作者是在欺骗自己。因为我很能懂得他们的热忱，若这是对于意思的音乐的热忱的话；但是论到"完全离开意思"的音乐，照我所能听出的（我不信无论哪个懂英文的人，能完全听出），我觉得这种音乐是有些愉快，但只是微细的愉快而已。而且我真疑心，仅就声音而论，那些字是否真是稀有的美丽，像维吉尔那行诗一样。

(未完)

(原载于 1928 年 4 卷 4 月号《一般》)

[①] 指柯勒律治、赫兹里特和兰姆。

诗与人生：一篇对话

埃尔顿(O. Elton)作

Oliver Elton(1861—)，英国利物浦大学英文学教授，著有《现代研究》Modern Studies，《英国文学概观》Survey of English Literature 等书。一九一八年，他讲《诗与人生》于马德拉斯 Madras 大学，其后改为《对话》，收在他的《一扎论文》A Sheaf of Papers 论文集内，于一九二三年印行。——译者

景为圣·托马斯学院的会堂 Common room of the College of St. Thomas（怀疑学者，而非中世纪经院学者的圣·托马斯）。季候为仲夏的黄昏。这宴会正迎着一片灿烂的落日，虽然不全让笼在里头；斜投下来的日光笼住了桌上的古银器和园内榆树的柔条。那位"学侣"在走之前又掏了一笔类乎有名的一八五一年的款项①：那位饮食有节制的院长弄他的梵文去了，至于那位老教师，时候虽然还早，已经做他俗到了家的俗梦去了。这一堆里头只有三位还逗留着，在公事完后，平时便逢场作戏，彼此用古典的名字称呼着，特别保有一种快乐而迂阔的交情。我们此后便拿这些来识别他们。亚里司提坡司②，是从唯乐学派的创立者那里起来的；那为人误解的学派，以为主要或者唯一的善就包含在一刹那的快乐里头。这位近代的亚里司提坡司被控为佩特③的末一个现存的门弟子。第二位朋友，巴内修斯④，是从罗马抑情学派中间最放荡不羁的那位那里取来的诨号：他是这一群里的理想家，染着强烈的柏拉图学说的色彩。第三位，帕里努鲁斯⑤，欢喜在两个极端的中间领港放论。他总是盛情地为别人寻一个相同的立足地，然后拿一个较高的论点调和了他们的意见。也许他心有所不安于他的成就罢；然而

从来没有这类机会来让他抱歉的。三个人不久都要老了；但是这种不带劲儿的老话他们既不强求也不回避的；他们也不像那类人，专爱比较他们先进的衰老的症候。正相反呢，和平日一样，他们起初说酒，随后就扯上了诗。

亚里司提坡司 不，不要给我再斟了。这会扫了兴呢。我的酒量已经行了。多喝的话，我的快乐会不十分清切，我的思想也不会这样好了。

巴内修斯 （捋起灰色长须）你的思想会更好哪，要是和我一样，只来上一杯。

亚里司提坡司 无论如何，我并非饮酒为了思想，也绝非饮酒为了不思想。不管你怎样想罢，反正我也不能就算做饮酒，单只凭着杯子同字音在一起叮当……

巴内修斯 我求你的饶恕，（因为我打断了你的话。）我怕掌管先生在过道里呢。掌管先生虽然叫做上酒的，其实他倒真是学院的督察官，顶好他不要听见……

亚里司提坡司 我只是正在讲，酒的满足就是它自身间的目的，和诗的满足一样。

巴内修斯 一个不同类的目的，而且属于不同的价值。

---

① 一八五一年是拿破仑第三放逐反对党出境，举行"苦迭打"（政变），被选为总统的第一年。"学侣"Junior Fellow 为毕业后的一种留校生，按牛津大学规程，须有某种特别资格，方得充任此职。详见《大英百科全书》。
② 亚里司提坡司 Aristippus（公元前 425—公元前 366?）为希腊哲学家，非洲北部 Cyrene（即今利比亚昔兰尼）人，故所创学派被称为昔兰尼学派 Cyreniacs；此派自苏格拉底哲学分出，以快乐为最高的目标，与鸠彼居鲁派不同的是，弃消极的快乐而不谈。
③ 佩特 Walter Horatio Pater（1830—1894）是英国十九世纪最深刻锐利的评论家中的一位，其哲学多为唯美论所主宰，故或称为近代唯美派的预言家。
④ 巴内修斯 Panaetius（公元前 185—公元前 109）是希腊罗得岛 Rhodes 人，信奉斯多亚派哲学，深为罗马西塞罗 Marcus Cicero 所称道。
⑤ 帕里努鲁斯 Palinurus 为维吉尔 Virgil 的《埃涅阿斯纪》Aeneid 史诗内埃涅阿斯 Aeneas 的舵夫。

亚里司提坡司 所有的快乐是属于不同的种类的。然而它们并不属于不同的价值，因为它们中间没有什么价值的衡度；这里只有一种量的衡度，这种衡度我可以随意称它做什么。所有的快乐，在它们自身内，就是目的，绝对的目的，并且不相同的目的。一首诗所赋出的快乐是不可测量的，自涵的，完全的，终极而丰裕的。

巴内修斯 正像一朵花不能以落日或者金刚石相为测量吗？

亚里司提坡司 属于一类的一朵花是很像别朵的；然而没有一首好诗会真像别个的。如果两首诗仿佛给出同样的快乐，这就是说其一或者其二都是坏诗。

巴内修斯 不过这些种属它们自己不又以等级和荣誉为区别吗？一篇史诗 epic 不比一节诗铭 epigram 更为高贵，一出悲剧不比一段蒙面舞蹈更为高贵吗？黑格尔[①]讲——

亚里司提坡司 黑格尔对我什么也没有讲。如果海涅[②]说的话实在，不错，他有一个句子曾经给我一种无比的快乐：就是"星星是天的脸上的耀耀的癫疮"。不过我不大相信黑格尔。我知道他把诗当作艺术中最高的，戏剧当作诗中最高的，悲剧当作戏剧中最高的，而索福克勒斯[③]又当作悲剧中最高的——好极了！不过这全是废话。这里没有那一类的等级。我所知于一件艺术作品的，只是它所赐予我的愉快；它的形式的完美所遗在感性上的惬当而怡情的铭印。我为我自己重新创造出一种属于快乐的造模而真实的意象，这种快乐便是艺术家在创造中感到了的。对于亚里司提坡司，这里就是那全盘的情由！

---

① 黑格尔 G. W. Fredriek Hegel (1770—1831)，德国哲学家，著作英译者有《逻辑》，《权力的哲学》与《艺术的哲学》等。
② 海涅 Heirich Heine (1799—1858)，德国著名抒情诗人，其诗情思深美又多讽寓，故为一般人所爱读。
③ 索福克勒斯 Sophocles (公元前 485—公元前 406)，古希腊三大悲剧家之一，所作如《安提戈涅》Antigone，《俄狄浦斯王》Oedipus the King 等，极出名。

帕里努鲁斯 （第一次启齿，神不守舍的样子）一种天主教徒的地道脾气，亚里司提坡司，并且一种使你的灵魂凡善皆容的脾气。只要艺术家的作品好，不论你多么不欢喜他的观念或者信仰，你决不至于失望的；因为你根本就顾不到什么观念呀，或者观念的虚质的。你的神只是表现。我对吗？

亚里司提坡司 你对了一半，帕里努鲁斯，然而你的恭维我却不敢奉领。在诗里头，那怡我心情的便是那使诗好的，也就是使诗活的——形式。不过我就一点也不顾到那涵在其间的真理或者观念吗？并非如此。没有形式，真理就会灭亡的。我所顾到的真理是在它所经文存在的仅有的形体里面。我追循着形式的星衢，它把身体赋予真理的灵魂；我藉着形式的快乐来寻访真理的快乐。否则这灵魂也只是一团涣漫的水汽，一个未生的没有本体 identity 的虚像。没有思想，没有情感是真存在的，除非表现了出来。没有经验会感到，除非表现了出来。艺术家把它表现出来，于是别人从此能够时时地了解它。并且一切表现所给出的快乐，同它的完美成正比例；而这种快乐自身就变为所表现的经验的一部分。这种快乐诗人在它恒久的形式中给出来；而我所寻探的也就是它。不过，朋友们，你们让我说话说得太长了；或许，毕竟——

（亚里司提坡司转过他僧侣般的餍足的光明的圆脸，瞥着酒坛子。同时巴内修斯再也忍不住了，破口道：）

巴内修斯 凭苏格拉底之灵，那似乎从未警告过你的神灵，亚里司提坡司，我求你想一想，你也许在欺骗你自己。你比你所知道的要好些。（亚里司提坡司握住酒坛子）你幻想你在寻快乐。（亚里司提坡司斟满一杯）你错了。（亚里司提坡司饮酒）甚至于就像你喝酒罢，你驳倒了你自己。（亚里司提坡司莫名其妙，在半空停住他放下的杯子）你以为你在追寻快乐；然而你所真正追寻的是酒。你所寻找的是东西 the thing，而不是感觉 sensation；虽然，若非为了感觉，你也不会寻找它的。巴特勒主教①早以行善的快乐证明了这个；善人寻找对象，——行善的事业，并非它分离不开的结果。他的事业并非由于自爱，虽然快乐从他的事业来了。这对于一切企望的事物是真的。在诗里头，你所寻找的是诗，并不是属于诗的快乐，虽然这个也来的。如果你只为寻找快乐，这里也许就没有快乐的，因为就是快乐也附着在某些东西 something 上面，你真正的目的上面。

亚里司提坡司　请问，某些什么东西呢？在诗里头，除开了表现，就无所谓别的东西，并且离开了所赋出的快乐也就无所谓表现。如今拿弥尔顿的十四个字来看，

> 道路漫长且险兮，
> 出地狱而迎光明。
> Long is the way
> And hard, that out of Hell leads us to light. ②

离开了表现，哪里是所谓的"东西"或者观念呢？或者你说，形式和观念糅成了某种毫无名目的第三者，某种 X！这才是我愉快的真来源吗？我过问不着，你还是听我的愉快去吧。

---

① 巴特勒 Joseph Butler（1692—1752），英国神学家，曾任布里斯托和达勒姆两地主教之职，著有《十五次布道》The Fifteen Sermons，《宗教的类比》The Analogy of Religion 等书。
② 弥尔顿 John Milton（1608—1674），英国大诗人。这里十四个字是由他的《失乐园》Paradise Lost 中引来的。这句话常人一定这样讲："The way is Long and hard ..." 所以其后巴内修斯始有讽刺亚里司提坡司的话。他的《行乐曲》L'Allegro 与《沉思曲》Il Penseroso 齐名：前者字意为"快乐的人"；开首诗人将忧郁逐去，唤回喜神，然后自晨迄夕，叙一理想日的事迹。后者字意是"深思的人"；开始诗人将欢悦逐去，唤回忧郁，然后自夕迄晨，所叙与前者适相反。

081

巴内修斯 我们最好还是离开了那条老胡同，不用瞎管艺术中形式和内容的形而上的关系吧。我单怕这场辩论立脚在性情上，而不遵循道理的。不过这我敢说，就是你对于形式的意见不能做准的。你以为形式同表现犹如某种实有的东西 something Positive，某种能被享受而滚转在"心之舌"上的东西，"霍拉旭"①；我就好歹算误用了哈姆雷特的话吧。然而不，形式最好也不过是消极的东西；它是一种纯洁的透明体；这意思就是：这里没有一点东西是不应该在这里的，也没有一点东西是作梗于艺术家的心和读者的心的中间的。你那十四个字全是"左道"字，除去对简单的位次上的变更以外，并无其他的特异。可是它们给出了那种观念的真理，永久存在，不需任谁去重表现一番。比起这个来，所有华丽和装潢的效力都没有用。不，朋友，往深里瞧你的心，然后你会找出诗中你所珍贵的是它的永久的真实性：形式不是那种能把你从真实性诱开的东西。这就是为什么这一类的诗会"较优于"那一类；因为它的等级和价值必得依着所表现的真实性的等级和价值。我假定表现是完美的，因为这是我们共同的立足点。没有艺术能从一个观念得出比它所涵的更多的"东西"；它只能得出一切在那里头的"东西"。所以弥尔顿的《行乐曲》比起《失乐园》来，是属于较低的等级的；在它里面没有那样多的东西；这种结果是不可避免的。真的，通常浅学之士倒瞧出这种真理来：他喜好诗，就因它使他"感出更好"来。正是如此，而且这就是它的职务。我劝你弄一枚烤过的杏子来换掉我最后的话的滋味，就

---

① 此处把亚里司提坡司称作霍拉旭 Horatio，颇有讥讽前者的意思。可参阅莎士比亚的《哈姆雷特》一剧，Act 1, Scene 2：
"Hamlet — Me thinks, I see my father.
Horatio — O where, my lord?
Hamlet — In my mind's eyes, Horatio."
这里的"眼"eyes 被巴内修斯改成"舌"tongue 了。

是，诗存在是为了"教育"亚里司提坡司的。

帕里努鲁斯 不要跳！亚里司提坡司，这只是我们朋友的俏皮劲儿，要知他是在好人堆子里呢。我的意思是柏拉图和理想家的全部落。他们总跟我们在一起的。托尔斯泰攻击一切的艺术①，除非在这里头他能寻出一个福音的鹄的，然而就是这个鹄的他也归纳到一种不健康的程度。雪莱②比较健康些；他终归是一个柏拉图信徒。我们知道他怎样讲："想像是道德的无上的工具，诗便由这个因而供出效果。"你一定得真弄清楚这个，哦！我的亚里司提坡司。关于你自命从"他的"诗里头所得的那种快乐，雪莱又该怎么说呢？

亚里司提坡司 雪莱的鬼也不能拦阻他给我的愉快，要是他真给我愉快。他的理想是妄诞的；他的乌托邦是残酷的；他的不信仰孩子气，只能把一种真正成熟了的怀疑思想加以折扣。不过那同我有什么关系呢？如果"你"，巴内修斯，不信仰他的论调，还有什么让你喜欢呢？对于我，这菁华是永在的。"不可超越的歌之神工"——这同"供出"有什么关系呢？或者同教育？教育！递过酒来。

（谈话暂停。日光近乎没有了，也没有照明。烛燃上来；白发酡颜的掌管晓得先生们的脾气，所以也没有扯过窗帷来。他们望着馥郁郁的黑暗，看不见什么，除去玻璃窗上光线的虚像在玻璃上游戏着，和惨白的镜子世界里头的漆亮的橡树。这景象为一只老藤遮住，它的紫花由低窗望去，仿佛黑色。如此的沉静，远远流水的声音也可以让他们听到。）

亚里司提坡司 我感动得要重新跳起来了。我的朋友们，如果我们是诗

---

① 可参阅托尔斯泰的《艺术论》。
② 雪莱 Percy Bysshe Shelley (1792—1822)，英国抒情大诗人。他常借着他的诗来表现他的理想和哲学，尤其在长诗中；除去其文字音乐般优美以外，常人多视为病态的东西。他的《西风歌》共分五节，前三节叙陆上、天空与海底的西风，后二节诗人自咏其志，回应全歌。

人，能把形体赋予此时的印象，你们会看出你们和我一致了。或者假定惠斯勒①画过它；除去完美的表现的快乐以外，怕没有人向他的作品会再多要求了；怕没有人会谈到教育，或者高尚的道德观念，或者俗人所讲的"上进"了。那么还有什么麻烦呀？好啦，假定阿诺德②——不是传教者，我的意思是诗人同观察者——歌咏过这种情景；什么地方是那区别呢？教育，真个的！

（别人好像坠入沉思里头。最后帕里努鲁斯仰起头来，有点刺骨地道："我否认这两难的情形。"于是他的朋友们同声答复，仿佛在重复一种公式，或者下棋时用的一套娴熟的"开场白"："帕里努鲁斯，留心帕里努鲁斯的运命！"这两句话在他们的辩论已经成为一个"过板"了。帕里努鲁斯在半路打岔是有名的；别人便以埃涅阿斯的舵夫的运命来恐吓他。）

帕里努鲁斯　然而我不见得就翻船的；你们也不会从我这里听到求和的话。我和巴内修斯所要求的一样，就是撇开形式与实质间的一切辩论（不谈）。它们二者全不能单独存在的：当然实质不是的。讽刺家谈到这种人，说他

先单单拿起了材料
不等一片形式的破布披上，

和亚里司提坡司一样，我绝不尝试那种乖谬的事情。如果亚里司提坡司信仰纯形式的话——这我知道他不的，——我就拿它

---

① 惠斯勒 James Abbott Whistler（1834—1903），英国印象派画家。他的《夜曲》Nocturnes 画集引起当时批评界一场大纠纷，或推为天才的杰作，或贬为一团漆黑。这些画只暗示出景物的要点，使其活动于想像内，不管实行情形如何。文中帕里努鲁斯即用此字调侃亚里司提坡司。
② 阿诺德 Mathew Arnold（1822—1888），英国十九世纪中期大诗人，兼批评家，曾任牛津诗学教授。

做礼物送了他吧。它只是出生前的一个空境，有一位诗人描写它道——这未出生的生命

用蛙声叫着，"我将来是什么呀？"

去这等问题的罢。可是我真相信有一类诗是"较优于"别一类的。我的价值的准绳是在形式和内容之外。然而它仍是以快乐和痛苦的审度而决定的。

亚里司提坡司　痛苦？痛苦自何而来？

巴内修斯　请问快乐自何而来，如果——

帕里努鲁斯　让我解释吧。诗的不同的种类和等级，我以它们对于"人生"和对于涵于人生中的快乐与痛苦的几种关系而鉴别。所以在这问题里头涵有两级的快乐与痛苦：两级 two orders，互异而又巧妙地相关联着。在诗人所呈现的经验里头，为他自己所固有的，这里有一种快乐与痛苦，有时是纯粹的，有时是淆杂的。还有一种快乐与痛苦，是由诗人的呈现赐予听者的（诗人这时已然被丢弃一旁了），也是有时是纯粹的，有时是淆杂的。最简单的情形就是，这两级有时合而为一，于是这里就全是快乐。然而有时更奥妙的，是它们绝不合而为一；于是这里就闯入了痛苦。快乐与痛苦的两级，或者不如说两世界，正应于诗的迥不相同的两极，普通还没有人把它们加以辨析。我的目的就在证明其中之一，就是那第二级，比起第一级是甚为优越；在这里那介于写出的经验的苦乐和听者的苦乐的中间关系，是更为复杂，事实上也就不能完美；而在第一级就没有这种纠缠，也就无所谓痛苦不痛苦的问题。

（亚里司提坡司和巴内修斯二人眼看让这一段话迷蒙住了，

不满足并且怀疑。"人生"这个词仿佛安慰住巴内修斯,不过"快乐"又多得无法叫他欢喜。"痛苦"这个词令亚里司提坡司加意小心,虽然"快乐"这个幸福的词逼得他不得不暂停判断。下面几句话使他稍微高兴些。)

帕里努鲁斯 关于他的"梦幻曲"Nocturne,亚里司提坡司是全然对的。他唯一的错儿是他谈"他自己的"快乐谈得太多了,一点不顾到所经验的"事物"里的固有的快乐,那种在艺术家的经营以外的"事物"。这首关于眼前情景的诗,这首绝写不成的诗,会是一首纯快乐的诗。这里毫无"启迪作用"的可能。把它看做一种方法来表现它以外的东西是完全无稽;这首诗就是属于那类不这样做的。因为它就没有甚至于想像上的或者被摒弃的痛苦的暗示。你是对的,亚里司提坡司;我说它是一种"梦幻曲"。除去表现传达单纯的快乐以外,它是毫无理由存在的。你不能把同形式溶在一起的内容从这种溶液所给出的快乐里分开。在这里头是什么快乐,这于我是无足轻重的;我们得到了它,并且在得到它的时候就认出了它,这便够了。巴内修斯的原理在这类艺术之前,失掉了他的依据。不过他的时运立刻就来了。

(其余二人并不打算终止他。他们知道帕里努鲁斯下了海的那些毛病。所以他决定做一段较长的演说;他的活润的长腔,覆于凋零的麻黄的头发底下,变得越发敏切了;椅子向前挪了挪,酒杯移开,为他的肘腾出地方,胡桃壳筑成的无谓的浮屠塔是滚了下去又摆上来;领巾在他末后结论的时候也依里歪斜了,这时重新结得端端正正的;眼镜放得远远的;酒坛里的一滴他也一吸而尽,因为这是他的权利;时时坠入他的朋友们所称为的经世的风度 Public air,仿佛一位有信用的讲师,客客气气地,想要解决他前生的疑惑——帕里努鲁斯往下讲道:)

帕里努鲁斯　是的，以人生为标准：这就是我的准绳。我们不用往远处寻问纯快乐的诗。品达①的颂扬竞技的长歌，在这一类或许是最齐整的。在颂扬武功的长歌里头，诗人自想抑制住我们从前所出的代价的记忆；它侵入痛苦的诗境。一切驾驷、农植、宴乐以及关于飞翔之类的歌，统统是属于这一类的；同样是一切诗之关于充满了和平的风景的，或者海陆间宁静时的自然的：关于涂了油似的港澳间的摇艇或者货船的；同样也就是诗之关于偶尔一见的毫无痛苦的爱情的；同样是一切诗之如"行乐曲的"，庆颂用风景交织而成的所得的快乐，最后由黄昏笼罩住一切。同样是一切著作之如莫瑞思②的——写《伊阿宋的生与死》的莫瑞思，有一段回忆着得意的衣样或者帷幕。或者如同在奥布朗③的国境，梦中的快乐和清醒时的人生的快乐相加在一起；因为那位诗人梦得太真切了。或者如同在伊利里亚④的国境，忧患都为虚妄，仿佛儿童的忧患，一拭即净。可是在戏剧中，便很难得到尚未掺杂的快乐；因为戏剧呈现出男女来。好啦，所有这类的诗正和一滴泉水差不多，是不能道德化的。它是它自身中一个绝对的目的。巴内修斯可以插嘴讲泉水是药性的。不过这是一个偶然的现象；这并非我们要喝它的缘故。渥兹渥斯⑤无论何时，只要能的话，便把水弄成了药性。然而他的训练平日虽是绝好，对于诗却坏不过。凡不是

---

① 品达 Pindar（公元前 518—公元前 438?），古希腊最大的抒情诗人，罗马贺拉斯评为："其诗如大江奔涌而下，泛滥两岸。"最著名的诗推《奥林匹亚颂》The Olympian Odes，每章各颂一竞技胜利的英雄。
② 莫瑞思 William Morris（1834—1896），英国诗人、艺术家和社会主义者。除去《伊阿宋的生与死》The Life and Death of Jason 以外，尚有《世俗的天堂》The Earthly Paradise 等长诗，前者司文玻因 Swinburne 评为："这里是一首自己培植成的诗。……和风一样清新；和光一样明耀；充满了春和太阳。"伊阿宋的妻，米地亚，是他患难中的恩人，后来被他所弃，于是她气愤不过，便拿一件染过毒的珠袍送与新人，因之发生惊人的悲剧。
③ 奥布朗 Oberon 是一个树林的妖王，终日嬉戏为乐，可参阅莎士比亚的《仲夏夜之梦》一剧。
④ 伊利里亚 Illyria，在爱琴海的东边，即古代相传的伊利里亚古国。
⑤ 渥兹渥斯 William Wordsworth（1770—1850），英国湖畔诗人中的主要一位，讽咏自然，寓以教训，故文中稍加挖苦。

这种情形的诗，便不再归辖于纯快乐的诗，而侵入痛苦的诗的范围，因为它暗示责任、冲突与某种"更坏的替代物"worse alternative。这末一类，记住，我还要加以详论；并且我还要证明出它是那较优者。哦，巴内修斯，我并不是想和渥兹渥斯为难。和赫尔维林山①一样，他永在着；同时，和赫尔维林山一样，他能等候。

亚里司提坡司　我真不知道，帕里努鲁斯，你还是这样一位"美学家"。

帕里努鲁斯　世上从来没有一位美学家，哦，亚里司提坡司。如果有一位的话，我所有的时候都在批驳他哪。因为我是以人生为标准而着想的；他却忘掉了人生，以他自己为标准而着想。诗所呈现出的真正快乐能使我愉快，无论在诗人呈现以前或者以后。然而你，亚里司提坡司，也许你自以为是一位美学家或者一位唯乐派呢，——好吧，让我假定你是一位：在生活中间，或者甚至于在快乐中间，你绝不丢舍下你自己。亚里司提坡司同他的感觉主宰了所有的时间。他是一位天之骄子。你以为你自己在享乐诗人对于歌唱的割草人的享乐的享乐；然而你绝未做过诗人所做的，你绝未钻入割草人的皮肤，当他在歌唱的时候。那么你如何能够重新生出"有创造力的艺术家所感到的快乐的憧憬而真实的意象"呢？

亚里司提坡司　请问，你怎么知道我在享乐或者不在享乐呢？

帕里努鲁斯　我在谈你的原则，不是谈你真正的情感。然而无论如何，纯快乐的诗不是从人生离异的；如果是一件离开人生的东西，它便毫无意义了。除去十分不幸的人们，通常人们生活上所遭遇的过程它都保存下来，装在理想的形式里面；然而就是十分不幸的

---

①　赫尔维林山 Helvellyn 在英国的坎伯兰 Cumberland。

人们，在梦中也梦见快乐的。把这种未经摧残的幸福多多赐予更多的人民，是文化的工作；不要以为任谁有它会有得太多了！诗把它呈现出来；这种诗之论注意的人民是多么少，是不足轻重的。让我们先有了事物自己，诗自然会来利用它的机会的。青年时时是在这里，期望着这类的幸福。不过青年还得深造；同时为反对这类快乐的增加与容受，文化仔细而可憎地造出许多障碍物来，所以青年的运命的转变的程度，全看教师能否扫清这些障碍物。如果教育的意义是这样的话，谈一谈教育我倒也不在心上。于是诗人来了，固定住这些印象，直到印刷和人类的记忆都不存在的那一天。他保留住伯克①所谓的灵魂的柔嫩（的部分）。他的作品所以是受了快乐的感兴，并且表现快乐，并且就在这同一的动作中，传达出被呈现的经验的快乐与它的完美的呈现所给出的快乐。所以他的作品便是它自身内的一个目的，并且是绝对良好的很少的东西里面的一个。只要人生允许我们，我能够永远增加快乐的诗的例子的。然而它却不（允许）。

亚里司提坡司　我得提醒你，我的能说的朋友，任何例子你还没有举过呢。在你说下去以前，让我们看一个吧。不要扯�烂了的。不要有名的古典东西！让我们也尝一尝新奇的快乐吧。然而它必得完美；最好更不要那些优越的动机由不完美中所凑成的（东西）。

帕里努鲁斯　不，你给寻找一个吧。这你在行的。

亚里司提坡司　（诵：）

　　桃红复含宿雨，

---

① 伯克 Edmund Burke (1729—1797)，英国政治家兼演说家，与著名之诗人、批评家约翰孙 Samuel Johnson 同时。

柳绿更带春烟,

花落家僮未扫,

莺啼山客犹眠。①

Peach blossom after rain

Is deeper red;

The willow fresher green;

Twittering overhead;

And fallen Petals lie wind blown;

Unswept upon the courtyard stone.

原诗有千年以上的光景了。这得归功于瓦德尔女士,她的《中国诗选》Lyrics From the Chinese 根据新近逝世的理雅各博士的移译本②,含有许多美丽的重写的作品。题目是清晨。现在,帕里努鲁斯,轮着你了。最好一首情诗:记住,它必须要不暗含着任何种的"被摈弃的痛苦"。

帕里努鲁斯 在现代,不这般容易吧。不过这首成吗?椿期先生③是它的作者:

(大意为:她来的时候不在午阳照着蔷薇的时候——白天太亮了。她不向灵魂这里来,除非它安歇下来,不工作也不游戏。但是当夜来在山头,大的声浪由海面滚来,于是她借着星光、烛光与梦光,到我跟前来。)

---

① 此诗为唐朝诗人王维《田园诗》的一首。朱自清先生特为查出。
② 瓦德尔 Helen Waddell (1889—　　),出生东京的英国作家、翻译家(已于 1965 年逝世——编者)。理雅各 James Legge (1815—1897),英国汉学家,久居香港,于中文研究颇深,著述有 The Life and Teachings of Confucius, The Religion of China 等书,《诗经》即彼译成英文。
③ 椿期 Herbert Trench (1865—1923),英国诗人,写有 Deirdre Wed, The Questioners 等诗。

She comes not when Noon is on the roses ——

Too bright is Day

She comes not to the Soul till it reposes

From work and play.

But when Night is on the hills, and the great Voices

Roll in from Sea, By starlight and candlelight and dreamlight

She comes to me.

很不错吧，我想？我只不敢保准这里没有"摈弃"。巴内修斯，你不来一个第三首吗？不要关于启迪作用的，你明白，否则，亚里司提坡司就要叽里咕噜了。

巴内修斯　我亲爱的先生，他绝不会叽里咕噜，如果我给他一切"他所需要的，加上一点也是"我"所需要的！

亚里司提坡司　亲爱的先生，谁告诉你我要叽里咕噜呀？

巴内修斯

　　　　（大意为：羞怯的城啊，你把你夏日的自身缠在柳行榆巷中间，每逢冬日来了，带出一些隐秘的宝物，拱柱、十字架、山墙；同时他瘦弱的阳光射下俭啬的明晔，照在直的细流和黄的柳床上。

然而你主要的荣耀是那座冬林，带着它的死羊齿和冬青的圣诞节的碧绿，还有苍白的苔藓，还有树呀尚未散掉它们的枯叶，说不定还能见它们挣扎到明春，好像为了它们新汁要从多情的梗内流出来。）

Coy city, that dost swathe thy summer self

In willow lines and elmy avenue,

Each Winter comes, and brings some hidden pelf,
Buttress, or cross, or gable out to view;
While his thin sunlight frugal lustre sheds
On the straight streams and yellow osier beds.

But, thy main glory is that winter wood,
With it's dead fern and holly Christmas green,
And mosses pale, and trees that have not strewed
Their withered leaves, which yet perchance are seen
Struggling to reach the spring, as though for them
New sap would rise from out the grateful stem.

法布尔①的《牛津巴克利咏》On Oxford and Bagley, 你们知道的。现在，亚里司提坡司，设如在那些纯快乐上再点一点儿别的好东西，例如健康、道德与天真，你可以说它们不同诗直接发生关系，然而我以为它们是它的目的、目标与信证的一部分。我们用不着在这种区别上争辩吧。你同意吗？是的。不过我很急于听帕里努鲁斯讲痛苦的诗，然后看你怎样把它应用到你所宠幸的快乐世界。

亚里司提坡司 容易得很。让他讲下去好了。不过他先得告诉我们痛苦的诗的意义。属于纯粹的痛苦？那可能吗？如果可能，它能继续到怎样的长久呢？还是痛苦仅仅在它的题旨里头？如果其结局仍为诗的话，它岂不为工作中的快乐所均衡了吗？我想这是必然的。这里一定有一种了然相抵的喜悦的平衡。

---

① 法布尔 Faber 疑即 Frederick William Faber (1814—1863), 英国神学家, 所制圣诗甚多, 颇著名。

帕里努鲁斯　无法解脱的痛苦的诗存在的——我的意思是题旨可以是纯粹的痛苦的。不过我也同意于它的不能长久下去——不能像纯快乐的诗那样长久的；因为痛苦在消耗自己，而快乐则在时时维新。雪莱有些短歌就纯粹是一种痛苦的呼号；可是这一会儿就会了事。没有解脱，这类抒情诗是不能持久的。至于谈到相抵的平衡同它如何的造成，这故事便越发长了。写作中间的快乐溶合于所呈现的事物的快乐；但是在初一寓目的时候，它好像和所呈现的事物引起的痛苦彼此矛盾。它不能同这种痛苦掺和。然而它也不能严厉地抑住它，或者勾销了它；因为这暗含着把意思也一笔勾销，未免荒诞不经了。这里没有真正的"相抵的平衡"；我们的感性 sensibility 并非一本流水账。实在的情形是，这里有若干种的喜悦为痛苦的诗所特有，因而也就隶属在它有痛苦的部分。要明白这种道理，只有由诗走回人生，走回所描写的实际的经验。"有些游戏是痛苦的，然而它们中间的喜悦抵消了它们的劳苦。"

亚里司提坡司　然而什么地方是那界线，并且什么样的痛苦是不宜于诗的呢？

帕里努鲁斯　没有人能划这个界线。这个界线是偶尔划出的，根本由于诗人的成功，唯一的证明就是我们同声说他成功了。如果诗人不试验，没有人晓得诗人能走多少远。亨莱[①]的病院诗以描摹身体与神经上的痛苦而扩大我们的诗的容量。至于我所说的奇特的喜悦，是多而且繁复的。在悲剧里面最为显然。荒原上的李尔王，寝宫内的奥赛罗[②]，狱中的马尔菲公爵夫人[③]——这些

---

① 亨莱 William Earnest Henley（1847—1903），英国诗人、批评家，曾充数种杂志的主笔；所写诗如 Hospital Rhymes，颇知名。
② 李尔王与奥赛罗均系莎士比亚同名的两大悲剧中的主要人物。
③ 马尔菲公爵夫人见于英国剧作家韦伯斯特 John Webster（1580—1623）所著同名悲剧中。彼与莎氏同时，以前很少人注意到他，一直到十九世纪才重新估定他在文学上的位置。

情景一定会惹出真实的痛苦，并且一定费去作家更多的痛苦。然而，——撇开语言与音乐所给出的痛苦（而不谈）——这种痛苦是既不继续下去，也不是无法解脱的。因为这里还有牺牲者的天真或者高贵所引起的快乐；或者，由于罪人的（天真或者高贵所引起的快乐），例如奥赛罗；无论我们情愿与否，这能引起一种喜悦的交流。在我们不知道结局以前，还有期望的快乐。还有了然于其痛苦的快乐。这是一个重要之点。就我看来，它可以从艺术家的工作所赋予的快乐分别出来，虽然它当然凭借着后者。理清忧患的性质是一种慰藉，把它说了出来是一种更大的慰藉；只是一次把它真说出来，忧患开始就要消灭，或者至少要换掉它的容色。这全然不同于赏鉴者流的满足。因为它把我们领回到人生，领回到栩栩如生的所呈现的情景。（我们晓得一篇东西不是真的，只是一篇小说，然后由这种知识我们得到那种假定的快乐：这是我所不屑于置论的；这对于艺术家是一种侮辱，并且即便真实，当日他一定是一个劣等的艺术家。）自然喽，可以呈现的痛苦的变化是没有穷尽的；虽然它还没有人生的痛苦那样多，有些例如齿痛，只能借着特殊的环境使其成为艺术的。在通常，纯粹身体上的苦楚不大可靠的；例如在《托斯卡》①里面，男子忍受酷刑，结果只为女人说出一件秘密。然而身体上的苦楚，遇着机会或者天才，能够变得很光荣，例如在叙述战事的英雄诗里面。

亚里司提坡司 但是结局——苦乐最后的平衡是什么呢？或者，要是你拒绝平衡这个名词的话，那"终结的"resultant 情绪是什么呢？

巴内修斯 我们最后让涤清了，洗净了，或者成为更好的人，或者精神

---

① 《托斯卡》La Tosca 是意大利著名歌剧作曲家普契尼 Giacomo Puccini（1858—1924）所制的歌舞剧。

上更洁净，或者如亚里士多德所谓的"清肠剂"Catharsis①。

帕里努鲁斯 不。我相信歌德的，我们最后简直没有什么差别。歌德以为亚里士多德仅指舞台上的结局或者完成一篇故事的需要而言；所以他说，散戏以后，我们会看出自己还是一样的嫉妒或者自私。无论那位希腊的老先生怎样解说，我总相信这是实情。然而我也相信在一件艺术作品完成的时候，一时会有一种复杂的终结的情感，不过我却不敢用苦乐的字眼来述说它；因为它建设在诗的全部"进程"的一种迅速的回忆上，一时喜悦来了，一时痛苦来了，发生许多的轮流交值。但是这种回想带入新材料，就像他们在辩论中所谈论的一样；我看见掌管挨近钟那里，轻轻示意哪。

（其他人很热诚地表示愿意听他快快讲完的兴趣，于是他继续下去道：）除去最短的以外，几乎每一首诗都有一种进程，或者一种弧线，这种进程或者弧线大都能够用相克相随的苦乐来说明。在雪莱的《西风歌》里面，进程是由一串情绪的冲突或者幽怨的情调，来到一段充满希望的音节；全盘非常短小。这收尾的音节又反应到全体的序列；因为每一首诗的末尾向例是比开端重要些。在大一点的作品里面，无论是史诗、叙事诗，或者戏剧（我只就悲剧而言），这里必定有一个渐渐向上引动的充满痛苦的危机；在它持续的时候，属于它的痛苦不仅掺上作品的优美，并且掺上期望与悬念的快乐，和我们了然于一段情趣盎然的情景的高尚的喜悦。这里也许是一个悲剧的终局；然而在这些掺和之外，它还掺有显赫的人物的描写；因

---

① Catharsis 一字意义颇晦，揣亚氏之意，或有"艺术的效果"的意义，特别在希腊悲剧上，可以陶冶人的卑污的欲念。一副道德上的清肠剂 Cathartic。

为他们能令人性向上希望，所以他们的存在，虽然是想像上的，不论有何种遭遇，总是充满了喜悦的。若干冲突起来了，尽量地发展，然后于想像满足之下而销溶。有时我幻想，假定我们能这样荒唐的话，把《神曲》或者《菲德尔》[①]的诗人的字句与音乐剥夺了，仅凭着他们构思的力量，他们该仍然立得住脚的。不过这种割离未免太可笑。

亚里司提坡司　是的。不过你的诗与人生的关联该怎么说呢？

帕里努鲁斯　在这样的创造中，我以为这样的诗应该遵循我们在梦一般的愉快的时光中或者事物的次序中所应服从的规律。不仅是一个快乐的结尾；并且是一种回忆上能令全体满足的结尾，一种最后的效果，与一种整个的进程。我们所经验的是一种想像上的；这种经验宁有而不可无，诗人[②]可以漫游，甚至于领着他所创造的人物，同时游览无数的地狱或者净罪所，然而他必得结尾结得令我们满意。自然或者人类的王国，上帝的概念或者神话，都能娱悦或者握住想像，而使其有理知上的烦扰；在这些中间，诗有绝大的权威；——简直是以良好的理由而维系我们生命的权威。那么，我的朋友们，如果"诗的进程"根本像我所讲的那样子，并且这种进程只能在痛苦的诗里面完备，这结论就是，这一类的诗因为更近人生，含有更多的人生，并且也含有特殊的快乐，所以同纯快乐的相比，是"较优于"后者的，如果我们拿人生的全部做标准来计算优劣的话。还有一个结论就是，同人生一样，诗的表现的模式绝不会涸竭，正也因为它们是人生唯一经久的记录。我说完了。

---

① 《神曲》Divine Comedy 是意大利诗人但丁的名著；《菲德尔》Phédre 是法国剧作家莱幸 Jean Racine (1639—1699) 创作的著名悲剧。

② 此处诗人指但丁而言。

巴内修斯 我不知道亚里司提坡司以为你这话过于显明,难以赞同呢;还是过于异端,难以容耐呢。

亚里司提坡司 我同意大部分帕里努鲁斯所讲的。在我的信条中,没有东西阻止我(不同意的)。我只不懂什么叫做"较优"或者"较劣"。如果两种诗全好,而且各如其量好的话,何苦还操那份子心哪?

　　(在这临别一箭以后,他们便睡去了。在大学里面,人们很少握一下手的;然而朋友仍然是朋友,到了下次黄昏,他们还是要煮酒论文的;这更合他们的口味,因为他们大约总不会有结论呢。)

(此译文原连载于1929年12月7日(220号)、12月8日(221号)、12月9日(222号)《华北日报》副刊上)

诗人与卖艺的

福楼拜遗作

噢嗐！噢嗐！

我们在大路漂流，互相扶持，悬空而立，纵身而下，取乐那些看我们的人们。有什么驱使我们，来干这类营生。

我们吞咽利刃，望身子放上重负，压坏自己，和危险的事物在一起过活。

我们需要时间，到远僻的国土寻找野兽，需要力气征服它们，需要狡猾——相信我们——训练它们谐着音乐步舞，使之履行，使之随意吼号。

一切生下来，额前或许不全带有人类的金字塔，床头或许不全永久具有怒爪挠墙。

仿佛造船，用锤头打进钉子，然后炙烤木料，用螺旋上住，我们往灵魂里涌进一堆硬东西，用铁扎紧，好叫灵魂破浪直前，弹性桅杆更向高处飞起，然后傲然向阳，灵魂的油漆的船底离开海洋。噢！我们年轻的时候受罪，我们在镜子里屈着自己，研究弄哭了大家的鬼脸。

我们歌颂自由和战绩，然而暴君用钱买下亿年不朽的，败将高声呼喊，骗去我们的警惕。

喝的明明是水，我们却用酒来协韵；我们没有爱情，却叫别人梦想爱情！红脸的兵卒卫锋，胡唱着我们的大话，老实的荒唐鬼嫉妒我们的欢悦，弃妇躺在我们的胸上呜咽，问我们表现爱情，何以表现得那样好，撼动她们的心魄，而我们好像全不理会！

噢嗐！噢嗐！

我们戴着花纸冕，挂着木刀，穿着亮眼的衣裳；我们的心是空的，却和轻气球一样地跳起。因为地上没有牵它下来的东西，只要一点点微风，它就飘了上去。我们从早到晚扮演帝王，英雄，强盗；我们往背上放些瘤子，脸上放些假鼻子，而且挂上大辫子，好叫人家害怕。

假金刚石比真金刚石还要亮；玫瑰色的衬裤和白的大腿的价值一样；假发和真发一样长，抹上油也一样香，卷起来也一样漂亮，太阳晒过去也一样闪着金光；脂粉让脸颊的热情更热，棉花的饵诱引起奸淫；我们在十字街头跳舞，我们破烂的衣服随风做声，而上面的金丝袖章，叫人想起人世的无常。

我们唱歌，我们喊叫，我们哭，我们握住大栏杆跳上缆索，我们敲着鼓，拽着斗篷，句子想法说得洪亮。乐器响了，棚子哆嗦着，浊气冲上鼻子，颜色旋转起来，话越发俏皮了，观众拥挤着，而我们，喘着气，目不离物，集中于我们的工作，完成奇异的玄虚，有人看着可怜的笑了，有人怕的叫起来。

我们的嘈杂让我们耳聋，我们的喜悦让我们黯澹，我们的忧郁让我们无聊，然而我们为之出汗，为之喘气，为之流涎，为之拘挛，为之受寒，为之癌肿。

该有多少时，周旋世界，我们永久卖弄统一的滑稽！这总是些猴子，鹦鹉，形容词，高大的女人，华严的思想！有多少回，我们望着月光，老说那一套话！摇着四月的露珠，啭着百灵鸟的小曲！我们没有用够叶子比幻想，人比沙粒，少女比玫瑰？我们多么滥用月亮，太阳，海！月亮因之而惨白，太阳因之而退热，甚至于海洋也因之而见小。

我们离别我们的家庭，国土忘掉，在我们上路的小车里，取走我们的神圣。我们一过什么地方，就有人来到窗边，就有人放下犁耙，而母亲揪住她们的儿童，唯恐我们拐走。有人把痰吐在我们的琴上，有人拿泥涂抹我们金刚石的胸饰，檐雨流过我们的背脊，所有人生的绝望流过我们的灵魂，而我们来在田野，好让自己一个人哭泣。

噢嗐！噢嗐！

在草上擦掉我们金靴的尘垢，昂起头，要美，要骄傲；转，骑着我们戏装的马转，从沙漠跑下来，笼头不上，来在唱彩的民众前面。和马一样，鬃上结着玫瑰色的绒球，观念揪起我们，而我们站在它们的后胯。吸它们的鼻息，拍我们的手，击我们的踵，催它们还要跑得快些。

唱，模拟一切生物的声音，从犀牛的鼾鼾到苍蝇的嗡嗡；我们用鸟羽装扮，我们用树叶渲染，我们用蚌壳，绿的棕榈，奖章和镀金覆蔽；鸣釜，寻乐，高歌；我们的身体旋扭于自然以外的姿态；仿佛我们的铜球，我们腾身上天；而我们的灵魂，呼叫而起。飞向远方，坠入一声绝大的啸啸。

噢嗐！噢嗐！

（载 1934 年 11 月 10 日《大公报·文艺副刊》）

译者注：这是一八四九年《圣安东的诱惑》的一节。一八五六年，《包法利夫人》写成，福楼拜被公家控告，作者恐怕《圣安东的诱惑》被人误做诽谤宗教，索性重新收起。这样一直隔了十五年，他念念不忘，又修改成一八七四年的《圣安东的诱惑》定稿发表。所以普通人说，圣安东的诱惑就是作者自己的诱惑。这整整占了他二十五年。一八七四年的定稿的英译，收入《近代丛书》，是小泉八云的译笔。但是从初稿到定稿，中间具有绝大的区别。例如，初稿五百四十一页，次稿只有一百九十三页，而定稿仅仅剩下一百三十四页！删削不可谓不厉害。牺牲不可谓不壮烈。其实，我们后人看来，次稿虽无足取，初稿却有绝对的价值。这代表另一个福氏，一部纯粹浪漫主义的热情的作品。一九零四年，白尔唐 L'Bertrand 征得福氏甥女同意，披露一八五六年次稿，惹起热烈的拥护，例如古尔孟，特别加以赞扬。等到高纳

Conard 发表了一八四九年初稿，大家马上看出这比次稿更在以上。《诗人与卖艺的》就是初稿中的一节，不知道为什么从次稿起，作者就删削了去。或许因为这一节过于独立，不和前后衔接。所以我们译出来，给大家看看，福氏对于自己多么不公道。有一点，我们必须指出，就是，"假金刚石比真金刚石还要亮……！"这一段可以用来解释福氏艺术观的一方面——最为托尔斯泰斥驳的一方面，也正是为人生而艺术和为艺术而艺术的冲突。王尔德便是根据福氏这种论调，等而下之，流于唯美的主张：我们可以说做颓废派，如果这也算做一派。

春天的门限

白蔷薇 红蔷薇

〔法〕马塞尔·普鲁斯特作

前些日,有一天为了这相当温和的冬天——今天就告终了——我在读书,发现前些世纪里,山查①有从二月就开起来的。对着这名字,我的心跳起来了,这是我初恋的一个花名哪。

就是今天望着它们,我还寻得见我第一次看见它们时候我的年龄和心情。只要我远远一瞥篱笆里面的白纱,当年是我的那个小孩子就重新生了下来。甚至于别的花在我心里唤醒的微弱的赤裸的印象,为了山查,也让那些伴着它的更老和更年轻的印象加强了,好比某些盛会的表演,一个年老的唱高音的歌者唱着他旧日的一个曲子,还有那些看不见的合唱者的新鲜的声音支持充实他疲倦的声响。所以,我要是沉住思想望着山查,这不全由于我的观看,另外还有我的记忆,我的活动着的所有的注意。我打算把这种深沉单自提开,我觉得花瓣在它上面一片一片零落了,而它哪,好像一种过去,一个灵魂,把自己加上花去;这就是为什么,我相信在这里认出好些赞美歌和好些旧日的月光。

* * * *

我第一次看见或者注目山查,是在马利亚月。②和弥撒分不开,到了庆祝的节日,犹如祈祷,放在圣坛上,它们参加来了,在好些烛台和圣瓶中间,它们打发它们的枝子跑向这里,一枝一枝横扎在一起,过节的模样,好些小白菁荄撒满了它们的叶子,好像撒满了一条新娘拖地的头纱,叶子的参差同时也越发显得枝子美好。再往高里去,绽开它们的花瓣,仿佛一件新近应景的装饰,握着那捧雾一样把它们个个影住的雄蕊，在我的深处，我一面用心模仿它们绽放的姿态，一面不问个中的道理，我想像着那种姿态，就像一个心不在焉的活泼的少女的浮躁的举动。离开以前，跪在圣坛前面，我一面站起来，一面就闻见从花里溢出一种杏仁的苦甘的气味。山查虽说动也不动地静静着，这种断断续续的气味仿佛是它们紧张的生命的呢喃（圣坛也因而颤动着，）犹如好些灵活的触角拜访一段乡野的篱笆，我们一看见某些赭色的雄蕊，就要想到这里，那些雄蕊好像具有春天的毒脓似的性质，一种刺激昆虫的力量，而这些昆虫如今全变成了花。

  那些夜晚，走出马利亚月，天气晴好和有月光的时候，我父亲不一直回家，由于对荣耀的爱慕。让我们沿着各各他^③散步散了许久，我母亲素来不大辨识得出一路的方向和所在，把他的对道路的熟识看作一种军事天才的英武。我们绕着火车站的大马路回家，那里有全市最写意的别墅。在每一个小花园里，明亮的月光，仿佛虞拜·罗拜^④，洒在花园里断残的白色大理石台阶上，喷泉的水柱里，半掩着的栅栏上。月亮晶莹的光毁掉了电报局，剩下的只有一根折了半截的柱子，依然持有一种永生的废址的美丽。在没有吸没一切的沉静之上，没有一点迹象，时不时地推出一些喧阗的声音，从遥远的地方传来，察觉不出，然而以一种"完美"，零星散开，它们来自远方的效果，好像只仗着它们的极其轻羽的《纤徐的进行》^⑤——好像音乐学院乐队奏得十分

---

① 山查 (aubépines) 商务印书馆植物学大辞典做为山櫨子，据云："蔷薇科，山櫨子属，栽培于庭园间，落叶灌木，高至五六尺，其茎处处有针状之枝，叶为楔形，有锯齿，春月，随新叶开花，花白色，雄蕊有二十枚，数花集生。"本文作者所谓白蔷薇 (épines blanches)，即指山查而言。
② 马利亚月 (Mois de Marie)：马利亚即本文"圣母"，耶稣的母亲。天主教——法兰西的国教——把三月看做她的季节。
③ 各各他 (Calvaire)：耶稣被钉上十字架的地方。《马太福音》："……到了一个地方，名叫各各他，意思就是髑髅地。"本文的各各他是过节时候一种应景的设施。
④ 虞拜·罗拜 (Hubert Robert)：法国的画家，生于巴黎 (1733—1808)，以善绘古代建筑著名，是法国十八世纪后半期的艺术家和园艺设计师。
⑤ 纤徐的进行"(pianissimo) 原文为意大利字，音乐名词。

优美的那些低柔的乐谱,一个音符不脱落,你以为远远离开音乐厅就听得见,而那些订座的老主顾,酩酊了,伸出耳朵,好像他们在谛听还没有转过泰维司街的①一队兵士遥远的进行。我拖着我的腿,困得要倒下来了,菩提树放出的香味,我觉得好像一种报酬,要绝大的疲倦才弄得到手,弄到手又不值得那种疲倦。忽然,我父亲止住我们,问我母亲道:"我们在什么地方?"她走得累极了,然而敬重他,只向他温柔地承认,她一点也不知道是什么地方。他耸耸肩,笑起来。于是,好像从他的衣袋掏出他的钥匙,拿着它,他给我们指着就在眼前的我们花园的后边的小门,它(花园)站在街角,来这无名的道路的尽头。等着我们,我母亲赞美他道:"你可真叫了不起!"

从这个时刻起,我一步路没有再走。我的脚也久已没有自主的意识,是花园的土地自愿地伴着我在这里行走:习惯性恰才把我抱进它的胳膊,好像一个小孩子,把我一直放在我的床上。

* * * *

有一星期天,用过午饭,我父母在一条通到田野的小道散步,我赶上他们,发现它充满了喃喃的山查的气味。篱笆筑得仿佛一座圣礼拜堂的围栏,消失在它们堆成圣坛似的花簇下面;在花下面,太阳往地上放下好些光亮的方格,好像它恰才穿过一面玻璃;它们的馥郁,浓浓地,无边无涯地散了开,好比从前我当着圣母的圣坛,花也叫人打扮好了,心不在焉的样子,各自握着各自那捧辉耀的雄蕊,"福朗布洼漾"②风格的精致发光的叶筋,就像教堂里面经坛的栏杆或者玻璃花窗的直棂的那些熠熠的纹络,杨梅的花的白肉似的笑逐颜开。在这星期天的温煦的下午,靠住它们,野蔷薇和它们一比,要多愿实,多乡下

---

① 泰维司街(Rue de Trévise):在巴黎第九区,往东偏北是东车站和北车站,往西较远是圣·拉萨车站(St. Lazare)本文所云车站不知是哪一个才是。
② "福朗布洼漾"(flamboyant):类似火焰的意思,一种峨哥特式建筑特有的风格。

气,迎着大太阳,长在这田野的小道,就像它们一口气吹得脱的那条羞红的抹胸的素缎子。

然而我白停在这山查前面呼吸,白把它们聚在我的思想前面,我的思想就不晓得应该怎样对付它们,而我哪,白失掉又白寻回它们的看不见然而坚定的气味,白把我连接在那种节奏,这里那里,扔掉它们的花,带着一种少年人的轻快,和一些音程似的思想不到的距离,它们向我蒙蒙漠漠地献上那同样吸取不尽的丰盈的柔媚,可又不要我往深里追究它们的柔媚,就像那些一连演奏了百遍的乐谱,没有往它们的秘密多走下一步。有一时我扔下它们,为的回头带着更新鲜的力量向它们拢近。在篱笆后面,土坡直直向田地陡斜上去,我一直走上土坡,搜寻一棵失迷的野罂粟,好些懒懒地停在后面的矢车菊,矢车菊拿它们的花这里那里装璜着野罂粟,好像一块毡子的边沿,上面稀稀零零,露出那画在板壁上,一定会成功的乡鄙的主旨;轻易不多见,零零落落,好像散开的人家,宣布一个村落就在近处,它们向我宣布麦浪汹涌的广大的幅员,在这里起伏不定的还有白云,于是看见绳索末梢挂起的唯一的野罂粟,让它的红焰顺着风,驶过脂肪似的黑浮标,我的心跳起来了,好像一个出门人瞥见一块低低的地面,一个补船匠修理第一只触了礁的帆船,在没有看清以前,就喊道:"海!"

随后我回到山查前面,好像回到那些杰作前面,隔上一时不看,我们看它们就越发看得入微了。所以,仿佛看见我们喜爱的画家的一件作品,和我们熟识的作品不同,或者犹如人家带我们去瞻仰一张油画,以前我们看到的只是一张铅笔的草图,或者我们仅仅听到的一段钢琴,后来披上乐队各式的文饰,我祖父为了给我这种喜悦,把我叫去,指着一家我们傍着走的园子的篱笆,向我道:"你尽看山查,你也看这红蔷薇!看它多好!"说实话,这是一棵蔷薇,不过是红颜色,比白的还要美。它也戴着节日的首饰——只有宗教的节日才能算做真正的节日的节日，不像世俗的节日，一种偶然的私心随便挑选一个日子算做节日，本质上却没有任何安息的意味——一种还要富丽的首饰，因为枝头的花，你压着我，我压着你，捆扎得没有一个地方不像没有经过打扮，就像那些点缀一把"罗考考"①小锄的绒球有颜色。因而按照我们乡村的美学，货色也就高了。犹如广场的"商店"或者杂货铺的饼干红颜色的，价码就要贵些，乡下人也就凭着价码的贵贱裁判货色的高低。

这些花正好挑了一样食品的，或者为过节粉饰得动情的颜色，而这些颜色，向它们献上它们优异的理由，就小孩子们看来，也就越发显出它们的美丽，为了这缘故，他们也格外觉得它们比别的颜色活泼，自然，甚至于他们明白他们的饕餮由于它们得不到一点指望，女裁缝也没有拣选它们使用，其实，好像当着白蔷薇，不过还要惊奇，我一下子就感到过节的意向不是人为地，由一种人工的技巧，输进花去，而是自然自动地把它表现出来，有一个乡下女贩的愿实，拿种过分动情的色调和一种外省的头发的式样，渲染着这些小小的玫瑰丛，做来献给祭坛的圣座。在枝子的高处，好像许多花边纸把盆子藏住的小蔷薇，逢着过节的时候，人家把这玲珑的火花放在圣坛上发光，万千颜色的黯淡的小菁葵蕃殖着，它们半开开，好像望着一只红理石杯子的深底，你看得见些血色的红宝石，比花还要露出蔷薇的吸人的特殊的本质，随便在什么地方发芽，在什么地方开花，本质也只是红的。夹杂在篱笆中间，然而和它不一样，犹如一个穿着过节的袍子的小姑娘，站在不要出门的胡著乱穿的人们当中，为马利亚月打扮妥帖，好像已然变成马利亚月的一部分，微笑着，一身新鲜的红的衣饰，天主教的愉快的灌木灿烂着。

---

① "罗考考"（rococo）：路易十五与路易十六初年流行的一种装潢风格。

那一年，比往年还要早些，我父母定好回巴黎的日子，动身的早晨，好像要我去照相，把我的头发梳得卷卷的，小心翼翼给我戴上一顶我从来没有戴过的帽子，给我披上一件丝绒大衣，事后我母亲到处寻找我，发现我在那陡斜的小径眼泪汪汪的正在向山查道别，用我的胳膊抱住扎人的枝子，并且，——好像一位悲剧的公主，嫌这些无益的首饰沉重，不感激那只讨厌的手，为了打起所有这些结，用心在我的额头把我的头发聚拢，——把我的新帽子和抓下来的我的纸花全踩在脚底下。我的眼泪没有感动我母亲，不过，看见帽子没有了顶，大衣也不知道丢到什么地方去了，她脱口叫了起来。我不听她劝。我哭着道："噢我可怜的小山查，并不是你有心让我难受，强我动身。你从来没有给过我苦吃！所以我总，总爱你的。"然后擦擦我的眼泪，我应许它们我大了的时候，绝不模仿那群男子的狂妄的生活，便是在巴黎，到了春天，不去拜访什么客，听什么无聊的话，我一定下乡来看早开的山查。

一九一二年三月二十一日

附记

普鲁斯特（Marcel Proust），法国现代的大作家，如若不是最大的作家。撇开一切成见，专从特创和造诣来看，我愿意承认他是巴尔扎克以后的第一人，和巴尔扎克可以分庭抗礼，而且几乎没有丝毫相同的地方。巴尔扎克用他的《人曲》[①]让我们观看一个物质的世界：金钱世界，普鲁斯特用他的《时间》（全名是《重寻失去的时间》[②] A la Recherche du Temps perdu）帮我们发现一个心灵的世界：意识世界。他的文笔是自己的，他的表现是特殊的，他的成就是意外的。纪

---

① 现在的统一译名是《人间喜剧》。——编者
② 现在的通用译名是《追忆似水年华》。——编者

德（Gide）就险些错过了他。一八七一年生于巴黎，一九一九年发表他惊世的杰作，得到贡古尔奖金，享了三年名，一九二二年便弃世了。从九岁起，他就和病结了不解的因缘，大半时光都消费在床上，只有夜里出去各处走走，挣下一个花花公子的名声。实际他却静悄悄地，不声不响地工作着。大功告成了，他也就流星一样不见了。他那部千万言的长篇小说里面的观念，文笔，手法，全可以从这一篇散文看出一个小小的面影。一个病人的联想力异常发达，一个现代文明的病人尤其如此。法国的心理小说到他可以说做集其大成。对着他的文章，我这门外汉只有惭愧。把它译成中文，简直是无地自容了。但是，谢天谢地，原文俱在（这篇散文最初发表于 Le Figaro[①]，其后由他亲友收在杂文 Chroniques 里面），中国的读者满应该让我藏拙的。

译者　一九三七年五月二日

（载《文学》1937 年 7 月第 9 卷 1 号）

[①] Le Figaro，法国著名报刊《费加罗报》。

艺术与商业

古斯塔夫·福楼拜 作

艺术的无用与商业的有用已然在社会变成成语。说实话，许多人宝贵一件衣料只为它的长度，一件东西只为它的重量，一种颜色只为它的光采，同时他们心目之中，一包棉花要比所有可能的悲剧重要的多；他们好像马勒布朗实 Malebranche 观看阿达莉 Athalie，会说："这证实什么？"

说实话，这些人所见于艺术的，仅是晚餐后一种消遣，一种开心的游戏，一种解闷的樗蒲，把戏剧看做警察在确实地点兜捕群众最好的发明；不用说，这些人把货物，食品，木柴，铜看做人间的首要，至于独立的，自由的，纯洁的思想，至于煌煌而创造的天才，至于诗，至于伦理，至于美术，他们要说，异想！空想！无用！依照他们，光荣属于吱嘎的机器，旋转的辘轳，推动的蒸汽！光荣属于靛，属于肥皂，属于糖，属于运人这一切的船，属于开发，筹划，因而富裕之人，属于讲售者！可是荷马，可是维吉尔 Virgile，可是莎士比亚，他们证实什么？高乃依 Corneille，拉辛 Racine，证实什么？用诗来滋养，用画当衣服，难道吃雕像？拉斐尔 Raphael 与米开朗杰罗，证实什么？给我引证些曾经为人类服务的名姓，皮提 Pitt，雅喀尔 Jacquart；①然而你们的诗人，你们的艺术家，虚荣的梦想者，死于饥饿，要求雕像！

呵！糊涂虫！难道灵魂不也有它的需要，它的嗜欲？假如你心里不感到这种本能，因为它要求的是：不用你们的食品育养，不用你们的森林取暖，不用你们的绸缎穿着，而是做些大事，而是满足这灵魂——焦渴的是无限，缺少的是梦想，诗，铿锵，酩酊，需要的是就天才之火取暖，以诗，以神秘主义环侍，好，假如你们心里不感到这个，你们以什么权利来同我谈智慧,思想,你们与我之间,没有丝毫东西相同。

我承认你们有一种建设与破坏,蹂躏与欺骗的才智,然而一颗灵魂,我否认你们有;你们根本没有灵魂。

就是你们,所见于文学的,只是不由引起你们大笑的喜剧,好比赶集的丑儿戏;所见于一幅油画的,只是帆布上摊抹的颜色;所见于建筑的,只是一些能够为你们营造关卡机房的东西。

我心甘情愿让给你们奢侈,商业,实业,港口,工厂,衣料与五金,然而随我在剧院哭,随我去听莫扎特Mozart,观看拉菲尔,一整天瞭望海洋的波涛!给我留下我的梦想,我的无用,我空洞的观念;你们的常识令我疲劳,你们的实利令我厌恶。

如今以为属于一种附带的利益的,往日看做最急切的需要;古代觉得艺术十分高贵,把它们的根源追溯到神祇;希腊人诗是一种颂歌,悲剧在宗教的节日上演,三千观众同时用聆听和领会人里面最伟大的东西,诗,同时崇奉自然里面最伟大的东西,神明。

当年是艺术的盛时,思想的祭司和神的祭司处于同一水平;诗是一种宗教,天才是它的祭坛。

希腊虽说为人征服,它没有以它的演说家和它的艺术家轭制罗马,它的主妇?喀东Caton预先料到这种战胜者败于战败者的胜利,然而他没有方法拦阻,他自己,临到晚年,着手学习他奴隶的语言。

于是雅典进了罗马,犹如艾土芮Etrurie,率领它的喜剧角色,早已进来。这座城,世界的主妇,注定了继续重新变做所有它曾经交锋,应当吸收的文化的胚种。说实话,征服者可以毁坏港口,焚烧军舰,拆除工厂,改变河道,堵塞沟渠,链锁人民,然而精神?你们到什么地方

---

① 皮提Thomas Pitt(1653—1726)是英国人,经营东印度的富商,子孙均受封为世袭贵族。雅喀尔Joseph Maria Jacquart(1752—1834)是里昂一个职工,于一八零一年发明一新式纺机。

寻找链子擒拿这用声音说话，用石头站立，用字表意筹思的浦洛代 Protée①？什么是阻止这洪流的堤坝？哪里是拘囚这太阳的牢狱？

意大利不曾一百次为所有的民族征服：艾吕勒人 Herules，匈奴人，哥特人 Goths，法兰克人 Franks，日耳曼人，诺曼人 Normands，西班牙人，阿拉伯人？全世界在它上面走，用脚践踏；然而这些民族，个个在这里停了多短的时候！在这南方太阳底下，在这无数伟大东西辉映的肥沃而自由的土地（我们现代国家傲然指着各自的活城，它却以更大的骄傲指着它死城的遗址）上面，个个死的多快！因为它的尘埃是伟大的，因为它的骸骨呈有光荣；凡具一颗诗人，画家的灵魂的，有不盼望走向这艺术的圣地，石头在这里不朽，残余在这里还有未来？

大家永远引证迦太基与威尼斯，作为以商业称霸的口实，不错，它们是伟大的城市，隔着历史，它们的财宝我们如今觉得仿佛雄伟，高傲。然而在这一类政府，我们如若感到一种少见的蓬勃和力量，不也感到一些怪诞和残暴？在现代，还有一个更苦相的宝座，一种更流血也更凄惨的光荣，如这座威尼斯城和它奸细屠户的人民？而迦太基的名字，对于我们不正充满了恐怖与淫猥。

荷兰同样以商业自立，这水手商人的小小民族，起初须同海洋奋斗，之后须同全欧洲奋斗，临了克服前者的危险，应有后者的财宝，蔚为强国；如今介乎高贵的法兰西与神秘的德意志，这最有未来的两个国家，它的面貌岂不卑琐？这法兰西，轻佻，随便，欣快，在拿破仑用剑征略欧洲以前，早已用它的文学征服，可是我们皇帝的剑留下了什么？每个国家拿了一块它的碎片，每个国王分了一条金紫，铺在他的宝座。皇帝与帝国死了，然而我们的诗人活着，高乃依活着，拉辛活

---

① 浦洛代是一尊善于预言的海神，身体随意变化，避免世人询问。

着，伏尔泰 Voltaire 永远统治，他的语言，这清澄透顶的语言，如他当日所拟，在所有的宫廷为人谈用。在伦敦，在维也纳，在柏林，在圣·彼得堡，演的不是我们被翻译过去的剧本？这意大利，但丁与维吉尔的祖国，如此贫穷，如此愁苦，我们不觉得更比英吉利伟大，庄严，甚至于算上它的战舰，它的印度，它的千百万人和它的傲慢？再说，迦太基如今留下了什么？威尼斯留下了什么？请问哪里是它的船，它的珠宝，它的强盗，它见嫉于世界的财宝？

不必问我雅典和罗马留下什么，它们的回忆占有世界。

当然，对于现代国家，商业关系大有用处，一种上天的奇迹，把人的利害用在他们的结合；实业献给国家一个取之不竭的财源，而为古昔社会所傲然无睹；到了我们如今，商业关系结挽政治关系，然而，尤其是，有观念流通。在东方与西方交换它们的出产之前，欧洲与亚洲，基督教与伊斯兰教，不打了两世纪的战争？南方与北方，基督教与天主教的携手，用了全个十六世纪，十七世纪，"三十年战争"与万千战役。随后，莎士比亚与拜伦来到我们这边，然而英吉利的别针与衣料却被阻止；统制对付不了天才，因为它是自由的，不朽的。

诗人犹如废墟之中寻见的那些雕像；它们有时候长久为人遗忘，然而在一片失了名的尘埃当中，完好无疵，我们重新寻见它们；一切毁灭，独有它们永在。

可是，你们不听见讲："这家伙，是一个诗人，空脑壳！这东西，是诗，瞎扯淡！"好啦，这诗人和这些诗比起你们石头分裂的宫邸，比起你们瓦解的帝国，比起你们散亡的珠玉，更为不朽；这种亵渎来自利害汲涸了心，之后汲涸了才智。起初，撒谎而已，如今许多人相信他们对，相信实业更比诗有用，身体更比灵魂值钱。然而差遣身体的是灵魂；没有艺术，我们在什么地方？算了罢！高乃依和拉辛比柯拜尔 Colbert[①] 和路易十四更有功于法兰西。

不断以为一捆货物比一部杰作更值钱，一方呢比一首诗更有价值，不有点儿下流，可笑？

请问你们的货物和你们的呢同你们说些什么？它们耗掉，烂了；荷马可老吗？

你们的商店货积如山，可是给我定制伪君子，奥赛罗，西拿 Cinna？

法兰西一年可以丢出几十万万法郎；一世纪，它造不出高乃依十行诗。

你们给我把年息一千七百万的诺森伯兰 Northumberland 公爵[②]，或者得到一切开发专利的人，面对面，和小丑威廉·莎士比亚摆在一起。第一位要怎么做？他要指给我看他的大理石宫邸，他的金杯，他的碧玉地毯，他的土地，他的粮食，他的工厂，他付薪的仆人，他的狗，他的车；这与我有什么关系？而第二位向我读诗，这就是说，他同我的灵魂晤谈，他挥动琴弦，弹出铿锵，酩酊；这就是说，他触动我，他令我哭，他让我伟大骄傲，我不由就顿脚，热狂包住我，我听见这部作品快乐，我羡忌他，我衷心膜拜他，我给他立庙！

不错，我吃第一位的粮食；他的船为我带来糖，他的牲畜给我毛，他的工厂给我呢；然而诗人！愿你的名字有福，天之子！因为你让我尝到些喜悦，商业给不了，权威给不了，财宝给不了，帝王不能够给的喜悦，你唤醒我灵魂所有的快感，你给我心所有的愉忱，你令我哭；那一位是我的裁缝，我的鞋匠；至于你，你是我的天使，我的爱；谢谢，因为你是诗人！

[①] 柯拜尔 Jean Baptiste Colbert (1619—1683) 是路易十四初年的大政治家，辛勤从政，百业为之振兴。
[②] 诺森伯兰公爵即司密斯逊 Sir Hugh Smithson，英国的贵族，改姓岳父姓氏，一七六六年受封为诺森伯兰公爵。

所以我们记住，在历史犹如在人生之中，精神永远指导身体。

小孩子所需要的，岂非像，图，笑，奶妈的故事？直到以后，肉在他里面发作了，身体这才痛苦，他这才变成饕餮，妒忌，色情，他这才诡诈，他这才欺骗；在这以前，他的精神观看，思维，然而如今，他派它侍奉，他设陷阱，思量盗窃。

同样情形是各民族，起初是诗人与祭司，战士与立法者，商人与实业家；只有未来如今宜，滋育这些未来文化的胚种。

所以，商业是财宝的分配者，犹如实业是人与自然的奋斗，机器变成理性的，创造的；这里正有全民族物质生活适意的精液，话是相当对的。喂罢，穿戴罢，让他的肚子有酒装，他的身子有金刚钻盖，他要愁苦，沦落，腐恶而死，因为灵魂，如上帝之不可见，然而支配我们如他之支配他的创造，需要一个牧场。所以，艺术是灵魂最高的表白，正是它的作品。

不要加以侮辱，这会是亵渎！①

---

① 本文写于一八三九年一月，时福楼拜方十八岁。犹如他所有三十岁（着手《包法利夫人》）以前的早期作品，本文不曾公之于世。它帮助我们了解实业革命之后，中产阶级与其唯利观的勃兴，如何为艺术家所厌恶，如何由反感而走上唯艺术观的崄径。福氏是情感的，反动的，归结于艺术的。

巴金：一位现代中国小说家

〔法〕百利安作

O. Brière, S. J. 作

——一个法国人的巴金论：简正译①——

巴金，李芾甘的笔名，一九零五年生在成都一个老旧的官宦人家。六岁那年，他随父亲到一个临近陕西的小县过了两年，除掉这一段插曲，他的童年全是在成都过的；快快活活，无忧无愁，和别的孩子一样。然而从九岁那年起，他深深感到痛苦：

"我尝到家庭的温馨，我是一个得宠的孩子……我爱一切生物，一切人。我真还想拭掉人人脸上的眼泪，看见一种愉快的微笑把它们照亮。然而死亡来了！我母亲闭了眼，让人装在棺材里面。从此我丢掉了什么东西。我在家里走来走去，喊着：妈！妈！这是死第一次把它的阴影扔在我的心头。我开始感到痛苦的意义。"

这段描写已经让我们觉出作者的敏感。摇撼是深切而又长久的；无论如何，年轻人的不在意终于占了上风，他最后寻到他过去的欣快。也不就完全寻到，因为他开始受到家庭的折磨。在这期间，不到十二岁，他又失去父亲（一九一七年）。他成了孤儿；他坠入忧郁的漩涡，后来的事又渐渐把他逼得反抗长辈。他被交给叔父们教养，待遇似乎严酷。他病态的敏感起了反感；他这种生活后来他加以详细的叙写，形成他的杰作《家》的主旨，他在这里没有宽恕他的叔父们。

"我的家庭对于我变成专制的王国。奋斗和报复爆发了：力代替正义……在我必须服从的人们的暴虐之下，我青春的希望化为乌有。憎恨进了我的心。"

这种滋长的忿恨，充满他的作品，随着他成长和人世接触的结果，也就越发明显。"我开始感到这个社会的组织是不完美的。我问自己，人能不能加以改良；可是我四围的人全不了解我。我逃在书里面避难。"

这位年轻人成熟了，接受了决定他一生和观念的影响。他说："有一天我弄到一册克鲁泡特金的译本。我想不到世上会有这样一本书！这简直是我的思想，表现清楚而又简洁，不是我能够办得到的。观念都多正确，煊亮！充满了热力的文笔燃起一个我这样十五岁的年轻人。我每晚读一节，一会儿哭，一会儿笑……从这时候起（1920年），正义的知觉在我心里醒了过来。"

我们现在看到他生命的转机，俄国虚无主义的书籍，在他幼弱的心灵，留下极其深长的印记。从今以后，他定然趋向革命的活动，他的灵魂是热炽的，他不久就从事工作。听到一个秘密会社的存在，他设

---

① "简正"是译者李健吾先生的笔名。此文初载于1943年11月1日《万象杂志》第三年5期，再载于1948年1月《开明》新3号总41号。

法加入,立即得到允许。这个小团体的会员全是和他一样有新思想的青年。

他告诉我们:"这些年轻人充满了热力、信仰、牺牲的精神。我把我的忧虑、痛苦、希望讲给他们知道;他们拿他们的同情、信任来回答我,鼓励我。这个小房间变成我的天堂。谈话继续了两个钟头,驱散我心里的阴霾。我回到家,觉得自己非常轻松……"

常和这些新朋友接近,他的生活有了一份兴奋剂;他重新寻到生命的魔力。或者为了开会,或者为了印行宣传小刊物,他每个月和同志们聚会几次。工作让他激奋。他找到了理想。

他接着说:"从这时候起,我被人称作无政府主义者。……我们人不多,然而汪洋着一片信心。互相望望,我们就安适地微微笑了,友谊和信仰在这房间开着花。……我们的新世界的理想,我们的牺牲的精神全不免幼稚,然而多美的梦!这就是我怎么样开始我的社会生活,我怎么样埋葬我的青春。"

一九二三年,他十八岁的时候,这个时期告一结束:为了了解他的心理的演变和全部的作品,这个时期是重要的。透入他著作每一页的忿恨,只有这个好解释。

一九二三年,他离开成都,再也没有回去。他到上海、南京读了三年书。一九二六年,他离开中国到巴黎求学。虽说有些中国学生和他友好,他在巴黎感到异乡的寂寞。为了驱逐悒悒无聊的心情,一九二七年,他动笔写他的第一部小说:《灭亡》,在一九二八年夏季完成。

一九二九年开春,他回到上海,在著名的《小说月报》发表他的小说,一举成名。他在上海过掉后半年,努力于翻译工作。例如他喜爱的作家克鲁泡特金的《自传》,就是这时期的工作。他甚至于还写些社会经济的论文。

从一九三零年起,他决然舍身于文学事业,开始写作有关自身的著述。他呈现出一种不可思议的深厚。一年不间断地有五部或者六部长短篇小说发表。不全受到同一的欢迎，这是他才分轻快的结果。然而全显示同一心理：反抗他当时的社会的激怒的灵魂。……①

* *

在他四十多种翻译和创作的长短篇小说之中，有三个"三部曲"值得注意，这就是说，小说前后相承，选好一个主题，企图予以透彻的探讨；因而，也就形成他最重要的作品。

第一个三部曲：革命

这个三部曲实际只有两部小说：《灭亡》，如我们所说，一九二九年出版；还有《新生》，一九三二年出版；第三部还没有写出来。

了然巴金的心理，我们正不必奇怪在他的第一部小说碰到这个革命的主旨。

《灭亡》是一个叫做杜大心的青年的故事，把自己完全献给革命；他希望以行动或者以文字改进人民的生活。扰乱他的生活的，是他爱上了一个叫做李静淑的姑娘，他觉得她违反他革命的理想：灵魂的苦楚、眼泪、忧郁！然而，他有一位同志，因为散布杜大心的刊物，让人捕去枪决了。他留下一个婴儿和一个无力的寡妻。杜大心觉得他应当承担起这个责任，为了良心平静，应当把生命献给他的朋友。他把自己的决意说给李静淑知道，她想拦阻他这样做，他回答她道："你想一想，要是我看见张伟群那样惨死，他的妻儿做了孤儿寡妇，而我却苟且偷生地来陪伴你，那么，这样的人还值得你底高洁的爱吗？从今后每天早晨起床、晚上睡觉的时候，一个背叛主义，卖掉同志的思想便来苦

---

① 此处有删节。

恼我，折磨我，使我感到良心上的痛悔。"第二天，大家听说，一个年青人图谋暗杀戒严司令，以身殉难了。

全篇叙述的情调是十分酸刻，锐利，有时候甚至于暴烈，充满浓厚的忧郁，反映二十三岁的年轻作者的心境，构思这部小说来哄骗他的苦闷。主人公杜大心是作者所爱的理想的典型革命家；不过他的死亡是一个错误，一个失败，对于事业并无利益；其所以如此者，倒是他肺病的心理。他算不得完美的革命家。

批评界以誉扬欢迎这部炽热的，过分的作品；它把"无政府主义者，浪漫的革命家"的辞藻派给作者，他并不因而有所反感。

这部小说的续集以"新生"的象征的书名在一九三二年问世。杜大心的朋友李冷和他的妹妹李静淑，被杜大心的死亡感动，从事于革命事业，是这部新小说的英雄。作者以日记的形式，让我们看到李冷迂徐的演变。一方面是他的妹妹和他的女友文珠，另一方面是主办一份革命刊物的三位朋友，努力把他们的朋友争取到他们的事业上来。他们成功了。有一天，李冷接受其中之一的建议，离开上海，献身于一桩革命的工作，毅然丢开他的未婚妻文珠：她第一个要他这样做。他在工厂组织成第一次大罢工，他入了牢，他的死刑许久才判决下来。处决的清晨，李冷在日记上写下这些字："也许今晚上我的血就会溅在山岩，我的身体就会埋在土里，我的名字就会被人忘记。但是我决不会灭亡，我的死反会给我带来新生。"这就是说，李冷的血将滋生出来一群年轻的革命家，继续他的工作。

第二部小说没有第一部小说生动：戏剧大都是内在的，心理的；我们看到一个人物迂徐的转变。行动少了。可是比起杜大心来，李冷多了凹凸，多了人性，因而也就更真实了；他不是一个在雪地上越滚越庞大的人士，一下子叫人悦服；他是一个经过长久艰难的演变被感化的人。所以他的暴烈的死亡，比起杜大心的死亡，自然就显得更有意义。这两部小说的主题是，革命家全应当为革命的胜利生存奋斗，不以自杀逃避斗争。生命无论受何等威慑，理想的英雄昂起头，无惧威慑，充满信仰，不被一切折服。

比起第一部小说来，气氛并不少所阴沉。然而名气小多了，或许是因为行动少，变化少的缘故。

第二个三部曲：爱情

组成这三部曲的三篇小说，陆续在一九三一年（《雾》），一九三二年（《雨》）和一九三四年岁首（《电》）问世。所以这个三部曲是完全的。

《雾》是一个年轻学生周如水的故事，回到家乡，偶然遇见他的旧情人张若兰；他们证实他们的爱情永远存在。不过，周如水在去日本以前，已经和一个他不爱的女孩子结了婚。戏剧就在这里：良心和热情的冲突。在情人和他心爱的父母之间，他无所适从。经过长久痛苦的考虑，不顾朋友（热烈的革命家陈真）劝告，心里是死，他和张若兰宣告决裂。一年以后，就在他听说她结婚的时候，他死了太太，自由了！

依照作者，这部小说的教训是，周如水缺乏勇气和传统决裂，因而也就正正当当受了惩罚。守旧，依恋于愚昧的习俗，他以为他的主人公显然是软弱，踟蹰（《雾》这个书名就是这样起的：踟蹰，因为他看不出解决的方法）；作者以为他的柔荏，他的懦弱，全是守旧的青年的特征。

最后，犹如其他作品，主题富于戏剧性，而叙述却不那样沉闷，那样令人颓丧，更轻也更快；倒是一首牧歌，并不接近巴金惯常的作风。主人公和他情人破裂的决心，表面看起来是教训，其实作者不赞成这种决心,正在加以攻击。

《雨》恰好是《雾》的续集。主人公吴仁民——周如水和热烈的陈真的朋友,新近死了太太;他一天到晚不知道怎么样才好,有一天,他收到往日一个女学生的一封信,说自己害着很重的痨病,求他去看望她;他去了,于是一部爱情的传奇开始了。这个叫做智君的女孩子活了下来。有一次用饭,她把她的女朋友张太太介绍给她的未婚夫,张太太就是郑玉雯;她用话暗暗透给吴仁民知道,他们的友谊永远在她心里活着。回到家,吴仁民感到自己软弱而又激动,给她写了一封决裂的信,责备她不应该欺骗他未婚妻的好意。玉雯试了他几次全不见效,她又被丈夫扔掉,一绝望,自杀了。另一方面,吴仁民明白他的革命同志指摘他放弃工作,把时间消耗在爱情上。开头这些话引起他的反感,随后他明白了实情,渐渐起了和未婚妻分离的决心。就在这时候,他收到熊智君一封信,说,张太太的丈夫以为吴仁民和他太太自杀有关系,要和他为难,她不得不嫁给姓张的。她为他牺牲掉自己;她不会活长久的,因为她不时在吐血,她不会妨害他革命工作的。吴仁民的绝望不用提了:"雨滴在石板地上的声音,非常清楚,就像滴在他的心上。"渐渐他冷静了,如今他自由了,可以为革命工作去了。

这一回,冲突不复是孝与爱,而是爱与革命。主人公不是一个模范革命家,因为他把时间消耗在爱欲的享受,妨害他的事业。朋友们劝他在革命工作上寻找安慰。这些忠告,以及不断的事变,收到成效。在小说进行之中,好几位同志消失了:最初是热狂的陈真,一辆汽车把他压死;这样死掉强似肺痨死掉;然后,怯弱的周如水,没有力量引动他爱上新人;最后,郑玉雯,以同一原因自杀。

感情属于一种极端的狂暴:一方面是爱情的酩酊和兴奋,但是没有猥亵场面;一方面是眼泪,绝望,以至于自杀。故事十分动人,进行也很自然。动作集中于一个人;前后也统一。

第三部《电》只有一部分继续前两部:我们在这里看到好几个熟识的人,但是主题已然不是爱情和革命的理想冲突;仅仅是革命青年的牺牲精神献给读者赞赏。

这次地点不复是上海,如前四部小说,而是一个 E 城,我们的朋友搬来这里从事实际的革命工作。没有中心人物,而每一个人物轮流据有场面。我们看见他们夜晚秘密聚在一起开会,商榷,办理一个妇女刊物。巡警就在近旁监视他们的行动,陆续加以逮捕:五个被捕去执行死刑,两个在自卫之中被杀死。其余人散在乡间。最后的场面:吴仁民和他的新未婚妻当仁不让,全抢着去到城里做一件危险的事;她叫李佩珠,十成十的革命家,最后她抢到了这份差事,去了……

这些行动的意义是什么,是革命的活动要比任何个人的满足重要;这些年轻男女的牺牲精神,他们对于危险的不在意,是一个真正革命家的归趋,他们的行动"照亮了这黑暗的世界,就像电光破开了乌云的天"。由于这个原因,在他所有的作品里面,作者最爱这部小说,销路最广的《家》也包含在内。但是批评家却有理由选择后者,我们看到两个主要的指摘就是:缺乏统一,没有中心人物,如我们前面所说,是一座画廊;第二,枪毙,捕捉,惊人的场面太多,我们看不出全书的结局。或许其中的涵义是,天下没有无益的牺牲,为了革命溅血是必要的,为了"光明的未来"的降临溅血是必要的。爱情放在一个非常轻忽的地位,和三部曲的书名并不相符;作者看出这一点,声请原谅:观念带着他走,不是主旨带着他走。

假如用一句话总结这三部小说的进行,我们不妨说:在一个青年尚未形成的心灵里头,《雾》是爱与孝的冲突;《雨》是爱与革命的冲突;《电》是牺牲精神,忠于事业的胜利,爱情则抛在一旁,不需过问。

第三个三部曲：激流

在年代上，这最后的三部曲最是重要，由于小说的长度，也由于得到的名望和胜利。今天，随便到什么小书铺，你可以找到几本出售。作者其他的小说，顶多也就是一百五十页到二百页的长度，而这三部书（《家》在一九三一年，《春》在一九三八年，《秋》在一九四零年问世）各自全有五百页到七百页的长度，仅仅就物质这一点来看，我们已然看出作者在从事一件更大的工作了。

这三部小说的主题是：一个家庭的崩溃，新一代和旧一代的斗争，家里相当专横的权威和子孙独立精神的火拼，少年中国在家庭观点上的演变。

因为主题相同，我们分析一下最重要的《家》也就够了。其他两部仅仅是题目不同，仅仅是把一个家庭的崩溃更加展开而已。

戏剧几乎全部限于高姓的家族；家族以外的事情，我们看到的也就是学生与兵士的斗争，一次短暂的内战。从开首起，我们很快就看出年轻的高觉慧对于家庭旧俗和繁文缛礼的反感；他要破坏；无论是和两位兄长觉新、觉民谈话，无论是在一家刊物上写文章，他全热狂地宣传他改革和解放的观念。他气愤他的长兄觉新，因为他永远顺从，虽说他永远为人牺牲；他憎恨他的叔父们，因为他们是自私自利的享乐者；他憎恨他的祖父，因为他象征旧家庭制度。觉新正好和他相反：懦弱，服从，忍受横暴——人家叫他娶一个他不爱的女人，不许他娶他所爱的女人，他接受一切，无所反抗。在他们两个人中间，性格年龄全好折中，有老二觉民，地位没有他们两个人明显，他比较更和老三觉慧相近。

喜庆事虽说常常有，新年，元宵，寿诞，整个的印象是阴沉的。忧郁，无聊，沉沉地压着三个兄弟，引起种种的反抗。觉新终于有些爱恋他的太太，然而他丢掉了她；他也丢掉了他不幸的避开的情人。觉慧私下里爱上一个叫做鸣凤的丫环；然而有一天，读着一本刊物，他决定把她删出自己的生命：一个革命家不应享受恋爱，应为社会服役。不久，高老太爷决定把鸣凤送给他一个六十岁的朋友做姨太太，绝望之下，她喊着"觉慧"跳了湖。他十分痛苦，然而不和别人一样，他不哭，他硬起心肠："我恨一切的人，我也恨我自己。"两代的裂口越来越大。最后，高老太爷叱责自己一个儿子，一场大闹，病倒床上，承认教育错误，怀恨而终……

结尾：受不住叔父们的压迫，和他们闹了一两场，觉慧得到兄长的赞助，永远离开了家，逃往上海，第一个树枝脱离了树干！

觉慧的反抗大致是这样完成的。我们删去许多和别人相关的枝叶：一句话，长辈蔑视小辈的感情，擅自为他们缔婚，而形成增深双方之间的壕堑。这些片段接续起来，作者告诉我们，组成一幅描述十年前历史的大壁画，实际更是一幅中国大家族生活的油画。虽说有些花园场面在若干部分雷同，兴趣从来不见减弱，情节互相连锁，悲剧层出不穷，终于正常地引到觉慧的叛离。

全书的情调是悲哀的，但是和他别的作品比起来，更有明暗，也不激昂。由于这个原因人家更喜欢读，觉得它更近于现实，人物也更合乎人性。不用说，觉慧和杜大心，李冷，陈真全是一类人物，但是比他们全要真实多了。小说既然平广，比较激烈的段落也就有了衬托；其实，巴金的拿手好戏是在悲哀场面：年轻的鸣凤，一腔绝望，要去投水，这一章具有动人的词藻，最美的悲哀的段落。

最后，《家》大部分是作者自己的家庭的历史。地点是成都，他的故乡。觉慧，觉民，觉新三兄弟代表巴金和他两兄弟；他们彼此全是无母的孤儿。觉慧就是巴金，和一个秘密会社来往，给一家革命刊物写文章，最后逃到上海，犹如作者。批评界有意要往里找，随便一个人物都要派做巴金一个朋友或者亲戚。他不得不加以驳斥，说他们过分，然而主要是，他不否认，并且证实觉慧就是他的画像。至于那些叔父们，饱受鞭挞，具有种种罪恶，显然巴金是有意报复，虽说他不承认，以为自己所憎恨的是制度，不是人。

巴金的短篇

巴金发表的短篇小说，至少要和长篇小说一样多，然而分量并不更为沉重。作者的心理完全相同；人物的性格，和在长篇小说里面一样，根据同一的计划演变。我们可以在这里看见绝了望的人，沉溺于痛苦，拿酒来解愁，呻吟，哭泣，被事变所碾压：这是弱者，悲观者，大多以自杀了结生命。在另一组相反的极端，有强壮的英雄，乐观，永远奔向一个高尚的理想，激于一种炽热的信仰，眼睛望着未来，无睹于现今，无睹于人世。他们的血沸腾着，奋斗，牺牲自己，为社会，为人类死掉。

他短篇小说的地点并不一定限于中国。场面常常在外国：法，俄，波兰等等的革命家在他的作品里面摩肩而过。好些东西是从一七八九年的法国大革命借来的：他们感情的浪漫主义正好配合巴金的胃口。他喜欢使用罗曼·罗兰一句话，一位他敬爱的大师："国家太小，人类才是我们的主旨！"

* *

我们相当知道他喜爱的主旨，他宏大的主题。现在让我们往里钻进他的灵魂，研究一下他对于人生大问题的观念和感受。

不可救药的忧郁

　　读过巴金的小说，我们最深的印象就是他的忧郁。他的作品没有一本是平静的，和悦的；他不曾有过灵魂的宁静；他的拿手文章是悲哀，是绝望的描写，因为这些境界和他的心情相近。"幸福！我一辈子用心想达到的就是这个……我一心要为人类争来幸福，然而我没有能为自己争到。这就是我一生的矛盾。"尤其甚者，他似乎有些夸耀地宣布自己不幸。他人物的一句话不妨看做他的话："我们要宝爱痛苦，痛苦就是我们的力量，痛苦就是我们的骄傲。"接着他讲："是的，我如若追寻幸福，是为了大众，我如若追寻苦难，是为了自己。"

　　这些宣言富有浪漫主义和内在骄傲的征记。巴金是一个勒内 Rene，一个维特 Werther，遗落于二十世纪。[①]欢喜以一种炫耀的自苦的精神来装饰他们的感伤。

　　对于他的英雄，这种阴沉的倾向以眼泪流露。大部分都哭，无限制地哭：有时候心里特别痛苦，正常地松一松；有时候，想起过去，不免哀哀自悲。眼泪的汪洋为他招来批评界的攻击；有人把他的作品看做"眼泪文学"。写小说或者自己读的时候，他一来就哭。他的感觉，十分敏锐，让他处处看到苦难。他把这看做宇宙的法则。"我是人类苦难的歌人，"他这样宣称。他以为苦难是人世的气氛；他喜欢重复着："人世是漆黑"的；"漆黑"这个字含有"不幸，不公道，过失"的意义。"一切都死了，只有痛苦没有死。痛苦包围着他们，包围着这个房间，包围着全世界"……悲观主义！悲观主

[①] 勒内是夏多布里昂 Chateaubriand 的同名小说《勒内》的主人公，维特是歌德的小说《少年维特的烦恼》的主人公，全是十九世纪初叶浪漫主义的代表人物。

义!他想要厌倦这个世界了。

然而他有信仰

不,一个真正革命家不会绝望的。他有信仰,相信未来,相信制度的改进,相信人类的进步,相信未来的幸福,一切可以在人世实现。这是巴金笔下的第一个字:他第一部小说的序文用这样一句话开篇:"我是一个有了信仰的人。"这是他或者他的英雄的术语,在灾难之中,鼓励自己去受难,或者拒绝一切失望的引诱,他说:"我有信仰,信仰主有我的理智……不是它,我就活不下去了。"李冷在日记里面写着:"信仰让我战胜一切。"李佩珠女士喊着:"我不怕,我有信仰!"而最大的不幸就是失掉它,如杜大心者是,因为那样一来。就不能防御绝望和自杀了。

甚至于在爱情的三部曲里面,作者也说:"最重要的不是青年男女之间的恋爱,而是他们的信心,无论什么事,全相信能够完成。"这种信仰是我们一切活动的根源,是他们面对危险,甚至于面对死亡的勇气的根源。所以随便一点点动摇都不可以。有一个人在《电》里讲:"明天也许埋在黑暗之中,然而我的信仰是不可动摇的。"你可以毁掉他们的身体,但是你永远毁不掉他们的信仰。

谈到这些关于信仰的语句,我们真还要用"宗教"两个字来解释,我们这样做,也许离实在的情形并不远。作者感到区别宗教的信仰和他革命的信仰的必要:"基督教的处女在罗马斗兽场中,跪在猛兽的面前,仰起头望着天空祈祷,那时候她们对于即来的灭亡,并没有一点恐怖,因为她们看见天堂的门为她们而开了。她们是幸福的,因为她们的信仰是天堂——个人的幸福!我们所追求的幸福却是众人的,甚至要除掉我们自己。我们的信仰在黎明的将来,而这将来我们自己却未必能够看见。……所以在革命者中间我们很少看见过幸福的人。……他们并不后悔……"这就是他对于基督教的诉状：基督教是自私的，追求自己的幸福，而革命家忽略个人的幸福，心目中只有别人存在！巴金喜欢宣扬这种自苦精神，喜欢这样炫耀："我有信仰，但信仰只给我勇气和力量。信仰不会给我带来幸福，而且我也不需要幸福。"

巴金和基督教：无神论者

比较宗教的信仰和革命的信仰，我们不如谈一下我们的作者对于宗教大问题的观念。在他作品里面，他时常喜欢引证福音书，把基督的话用去另给一种象征的意义。毫无疑义，基督教和基督本人吸引他，让他感到兴趣。不过他的认识，非常肤浅，似乎特别借自俄国大小说家，他的大师：托尔斯泰，屠格涅夫，陀思妥耶夫斯基。和有些人一样，在他看来，基督教义仅仅具有一种浪漫的价值；基督教的慈悲和牺牲的精神不免有所歪扭。耶稣只是一个温和而浪漫的革命家，所以不完整，也不怎么有力。

他是一个小孩子的时候，仗着他母亲，一位热心的佛教女信士，他还相信灵的世界。渐渐对于他另一个世界的信仰粉碎了。在《神·鬼·人》的序文里面，他同我们说起他宗教的演变："我一个人在漆黑的深夜，圆圆地睁着眼睛，大步走进花园里面去，我说我要去找寻鬼，让它带我去看看鬼的世界。花园里只有黑暗和静寂。我听不见一点声响。我看不见一个幻象。甚至在桃树下，在假山后面，那里也只有死沉沉的静寂。一切都死了。鬼也死了。神的公道也死了。我渐渐地忘了惧怕，忘了尊敬。于是我不再崇拜神，也不再惧怕鬼了。"

他的宗教：人道主义

这样一下子把宗教的信仰扫除干净，他继续告诉我们，新的神取代他童年的神。"我开始认识了一个东西，相信着一个东西——我自己：人。……站在这坚实的土地上面，怀着一颗不惧怕一切的心，我是离开那从空虚里生出来的神和鬼而存在了。我是一个人。我像一个人的样子用坚定的脚步，走向人的新天地去！"若干年后，做学生的时代，他在法国给他一个朋友写信："世上只有一尊神，就是人，为了他，我准备好了牺牲一切。"

这些话响亮虽说响亮，难免让人感到一点作态，但是至少也有简洁的好处。让我们听他讲一讲这种对于人的信仰到底是什么："从十五岁起，我就宣誓牺牲我的身子，我的生命。这时候我不觉得寂寞也不觉得恨。我只有一个野心：把我的所有的力量用在给我的同类争取幸福上面。"所以他的博爱主义的第一件事就是牺牲的精神，就是献身。《新生》有一个人物讲："我们为了信仰会要牺牲一个妹子，一个爱人，甚至会牺牲自己的生命。"《雾》里面的陈真，讲起他的一生，这样说出他牺牲的精神："离家时我也流过眼泪。不到两年父亲死了，家里接连来了几个电报叫我回去，我也不理。我这样做自己也感到苦痛，但我并不后悔，我这个身子是属于社会的。我没有权利为了家庭就放弃我的为社会的工作。我不怕社会上一般人的非难，我不要你所说的良心上的慰安。"

这种人道主义的第二件事就是人类的爱。其实严格地说，只有这一件事最是重要，因为牺牲自我只是结论：牺牲自我是为了人类的爱，有了这个才有牺牲，在《新生》里面，李冷的妹妹给他的母亲写信道："母亲底爱是不应该被一个人占有着的。这种爱应该普遍地散布出去。

母亲的爱正应该像阳光那样地普照,使世间不会有一个被爱遗弃的人。……母亲,我如今决定牺牲一切,要把你的爱放散出去,我拿你的爱去爱人类……"①

然而和爱的语言连在一起的更有恨的语言。巴金的英雄表示恨,表示了多少次,而又何等激烈!但是作者宣称,他不恨人,他所恨的是制度。他仅仅和制度,和观念作战。他说:"自从我知道使用笔墨以来,我就没有停止过攻击我的敌人。谁是我的敌人?他们是传统的旧观念,制度,正是它们妨碍社会的发展和人类的进步。"

生命的热恋

知道了他理想的面目,推动他的动机,我们现在来看一下他怎样努力实现他的理想。他不仅把人当作宗教,用心为他寻求幸福,他更觉得有一把火在烧他,逼着他付诸实施。"社会现象就像一条鞭子,不间断地抽着我,逼着我把笔拿起。"夜以继日,他不断在写。他疲倦,然而不能够自已。"我每写一部书,我就摸着我的腰,因为我知道这部书吸了我的血肉,把我更带近坟墓一步,不过我又不能够不这样做。"凡有戏剧性的主旨,凡足以激起他的兴致的主旨,观察缜密,他全部接受下来。夜晚他听见哭声;他立刻站起,在灵感之下,一气呵成。所以他的人物具有他的灵魂;很少作家像他那样和他们同化。他们以他的生命而存在。他们死了,他哀悼着。他喜欢不时浏览他们的动作,和他们一同哭笑。"我常常说,我的书充满了我的眼泪和我的血;这不是一句谎话……我的书和我的生命是一致的;我生命里的矛盾和冲突,重新在我书里寻见……我的生命和我的书一样,只是一阵苦痛的激

---

① 这封信是写给母亲的,原作误做写给李冷的。

动。我每部小说只是对于光明的一种热望。"

这种生命的热恋，占有他，也占有他的英雄。《雾》里面的陈真，虽说害着肺病，反而渐渐把自己集中在革命的工作上面。"当那热情在我的身体内燃烧起来的时候，我是怎样地过着日子！那时候我只渴望着工作。那时候一切我都不会顾及了。那时候我不再有什么利害得失的观念了。连生命也不会顾及的。那时候只有工作才能满足我。我这人就像一座雪下的火山，热情一旦燃烧起来溶化了雪，那时的爆发，连我自己也害怕！……我甘愿为目前的工作牺牲了未来的数十年的光阴。"在另一个地方，他说："对于我，一天城市的生活，要比一年乡间平静的生活，有意义多了。"吴仁民又说："我希望的是热烈激动的空气。我不要这闷得死人的沉寂。"

爱与革命的心理的冲突

这种对于工作的热情，由于热心革命，吸引我们的作者和他的英雄，只有一个严重的阻碍要克服：男女之爱。人物全是：二十岁到三十岁的青年，热烈地感到生命上异性的需要。他小说的主要根据可以说是全在这里；爱和事业的冲突。在巴金的小说里面，形成欢乐和责任的斗争。模范英雄并不示弱，毅然扔掉引起他们好感的异性。弱者相反地只想到爱情的享受；他们大都受到惩罚，结局不幸。最后，在这两极之间，另有第三类人存在：他们以为喜爱异性并不犯罪，同时又觉得自己不便放纵热情，因而忽略责任。

作者宠爱的人物，不用说，是这后一类。他一时叙写他们热情的火焰，一时叙写他们革命的灰心。我们看见他们详细分析自己，彼此检讨，最后达到这样一个结论："个人的幸福并不一定就和全体的幸福背道而驰。爱不是一种罪过。关于这一点，我们和别人没有两样。"男女之爱应当佐助革命事业,不应当加以妨害;男女之爱永远居于次要,这就是他们的理想!吴仁民和他的未婚妻李佩珠,在《电》的结尾,互相宣示忠诚,然后彼此同意,为事业不得不彼此分离。这是理想的男女之爱。

死和革命家

男女之爱所以贬到次要地位,是事业的信仰所致。也就是这种信仰,战胜了死亡。巴金告诉我们,"我呀,我用信仰来克服死亡。"我们前面看到,在巴金的作品里面,死亡占有一个非常重要的地位。在我们分析的几本小说里面,一大群青年不见了,大都死于非命:自杀,处决,甚至于遭逢意外,因为,像陈真那样一个革命家,死在床上不大相宜,即使痨病到了不可救药的地步。大家向死走去,迟疑,然而并不畏惧。杜大心全心全意地祈求死亡降临:"他把死当作自己的义务,想拿死来安息他一生中的长久不息的苦斗,因此他一旦知道死就在目前了,自己快要到了永久的安息地,心里也就很坦然了。他反而觉得快乐,因为他已经找到了一条路可以终止他的一生的苦痛了。"然而这种想法是一个革命家战败了,丧失信仰,屈服于困难的想法。一个完美革命家的正当的想法,是李冷在处决之前的宣示:"我的心是很平静的。我没有一点激动,也没有一点恐惧;我安静地走到生命底边沿,我没有留恋,我没有悔恨,我不悲痛,我不流泪。我要勇敢地走完那最后的一步。……死是冠,是荆棘的冠。让我来戴上这荆棘的冠冕昂然走上那牺牲的十字架吧。"革命者的死是光荣的,因为血永远不会白白流掉:它是工作的肥料。他死了以后,十个,二十个,一百个人起来继续工作,为他祝福;他值得在他们的记忆之中永生,因为他的血是为了争取人类的幸福流掉的。

巴金受到的影响

结束本文之前,最后又有一个问题提出。这些观念是巴金的,还是有一部分是他读书的结果?答案相当简单:巴金承受俄国作家的影响最大。我们已经说起,虚无主义者克鲁泡特金对于他思想的重大影响。就纯文学的观点来讲,我们应当补上托尔斯泰,此外还有屠格涅夫,高尔基。他喜欢他们的是:他们的社会思想,他们对于人类的同情心,他们对于人类痛苦的怜悯,他们入微的心理分析(巴金的小说只是心境串在一起而已,他自己就爱自白),他们对于悲哀的爱好(他的小说,没有例外,全是悲剧结尾),他们的现实手法(他的主要人物常常借自他熟识的真人,有名有姓为人说起)。最后,他的人物时常引证一句他们喜爱的俄国英雄的语言,或者甚至于把画像挂在他们工作的房间,当作一个启发他们向上的模范。

关于这一点,巴金遵循一般的法则:他同代的作家一致对于俄国小说表示好感。俄国小说家和中国小说家,具有类同的灵魂:欢喜同一的主题,爱把感情和悲哀延长;他们具有一颗不安的痛苦的灵魂,现实不能满足,因而想出一个乌托邦来安慰自己。

俄国影响之外,我们的作家对于法国的小说家也感到兴趣,特别是莫泊桑和左拉;理由,我们可以猜得出来,差不多是相同的。在一七八九年的革命家里面,他崇拜罗伯斯庇尔,丹东,马拉。卢梭对于他也有吸力,他们有些地方很近似……①

* *

最后,让我们把他的优劣开一张清单。我们必须恭维他质朴的风

---

① 此处有删节。

格，自然，生动，富有感情，从来不染矫揉造作的文学表现，热情汪洋，有时描写人类的忧患，达到最沉痛的情调。在《家》的序里面，他形容生命的意象正可以用来说他的文笔："这激流永远动荡着，并不曾有一个时候停止过，而且也不能够停止的；没有什么东西可以阻止它。在它底途中，它曾发射出种种的水花，这里面有爱，有恨，有欢乐，也有受苦。"在感情和表现的激动之下，藏着一种真实的口才，一种引人入胜的力量。他永远不俗。你有时觉得疲倦，然而永远感动，因为你觉得他诚恳。他之所以风魔中国现代青年，你也就可以明白了。我们可以说，在生存的中国作家里面，他最知名；同时，他也是最年轻的一个。他的名气或许还要增大，因为他告诉我们，他最重要的作品还在构制之中；它叫做《群》，继续《家》，《春》和《秋》的三部曲。

然而这是一种夸张的才分，还太年轻，滤清一番，调理一下欣快细致的颜色，会帮他得到更大的成就。他的描画往往太阴沉，充满了酸辛，令人灰心；我们希望他多来一点新鲜空气，宁静的场面，舒展一下我们的心灵。他的口才有时大而无当。他一离开这种幼稚的暴烈，他就有杰作写给我们；《家》，我们前面讲过，显然是近十年来最成功的小说。

一般地讲，他尊重道德，虽说有时他也让我们看些猥亵的场面。他要是有毒的话，我们相信，倒特别是在他喜好的热情场面和过分黑暗的描绘。他革命的理想相当隐晦，当然故意如此，畏惧检查的缘故……①用一句话来结束，我们不妨说：才分优越，富有生命，年岁太轻，效命于一种暧昧的事业。

---

① 此处有删节。

译者附记：

作者 O. Brière S.J.先生是法国人，似在（上海）徐家汇图书馆服务。原文刊在《震旦杂志》第三卷第二期。译者和他并不相识，因为觉得这篇批评文字值得给中国人看，所以破出时间翻译过来。有三个地方不得不加以删削，译者在这里表示歉意。有些话讲给外国人听无所谓，到了本国人的耳朵，也许就要不大方便。作者想必是一位神父，虽说语气并不过分和巴金的无神论为难。作为外国人看，更作为神父看，Brière 先生对于中国现代文学的见解，正也值得一个中国人尊重。他的引证往往简略，但是内容并不错误。译者有时直引巴金原文，有时因为手头缺书，只好另译一过，将来得再改回去。

(原载《万象》1943 年 11 月第 3 年 5 期，
《开明》1948 年 1 月新 3 号总 41 号)

歌德考选演员

艾克曼（Eckermann）的"歌德（Goethe）谈话录"有不少段落是关于戏剧的。这位闻名世界的大文豪曾经用了许多年月经营剧院，艾克曼以为他的文学著述一定减少产量。歌德说："是的，我也许少写了好些好东西；不过，仔细一想，我并不懊悔。所有我的作为，我总看做象征的标志；说实话，我制造的是坛子也好，碟子也好，我几乎可以说，全不关心。"

这话说了不久，他和席勒（Schiller）手造的剧院焚烧了。道是一八二五年三月的事。很快的这位老当益壮的大师就着手于新型剧院的建造。艾克曼和他的谈话时常转到戏剧方面。现在我们选译一节，是歌德叙述他往年怎样选择他们剧团的演员。

* * * *

我很难说清楚，我有种种方法进行。假如一个新演员先已有了哄动的名声，我由他演去，看他如何配合别人；看他的风格是否扰乱我们的全盘效果，还是他可能补足一个缺点。但是，假如他是一个年轻人，先前绝没有登过台，我最先考虑他本人的仪容；他有没有什么吸人的地方，尤其是，他有没有控制自己的力量。因为，一个演员不能镇定，不能当着外人显出他的最优越的地方，就一般而论，没有什么才分。他的全部职业需要不断的自我否定，一种戴面具的持久的生存。

假如他的外表和他的态度让我喜欢，我请他读剧本，试验他的发音机构的力和量，还有他的理解的深浅程度。我选一位大诗人的崇高的篇幅给他读，看他能否感受表现真正伟大的东西；然后给他热情和疯狂的篇幅，试验他的力的深度。然后我继续给他一些世故和漂亮的东西，嘲弄和机智的东西；看他怎样处理这类东西，是否具有相当的自由。然后我给他一些东西，表示一个受伤的心灵的痛苦，一个伟大的灵魂的苦难；我好知道他能否表现悲痛。

假如他样样使我满足，我有希望让他成为一个重要的演员。假如他的表现有所偏长，我注意对他相宜的路线。我现在也知道了他的弱点，于是加意调练，使他可以进修。假如我发觉语言的过失，土白，我劝他加以弃置，请他和剧团同人之中完全没有这种毛病的人来往，学习。然后我问他会不会跳舞和比剑，假如不会，我就把他交给跳舞和比剑的师傅。

假如他现在相当进步，可以露脸了，我先让他扮演和他的个性相宜的角色，仅仅要他尽量表现他自己。假如我觉得他现在过于狂暴，我让他扮演冷冰冰的人物；假如太冷静，太惹人腻烦，我让他扮演狂暴急躁的人物，他因而可以学着丢弃本色，拾取外来的个性。

说到分配角色，歌德指示道：

随便一曲戏，随便由演员去演，是一种大大的错误。一曲二三流的戏，用一流力量配合，会出人意外地改善，而且简直变成一曲好戏。但是，假如一曲二三流的戏用二三流演员来演，假如完全失败，不足为奇。

二流演员在大戏之中是好的。他们完成的效果，犹如一幅画里面光影之间的形象；他们正好衬出那些亮光之中的人物。

（载《世界晨报·每周戏剧 (3)》1946 年 1 月 26 日）

大自然的表里
艾克曼

歌德 Goethe 活到老年，有一位青年朋友艾克曼 Eckermann 常在一起，后来整理他们的谈话，成为著名的"歌德谈话录"。我们现在选译一段，是关于杜鹃①的生活，见于一八二七年十月八日的记载。歌德在另一个地方说，"我庆贺我自己，由于研究自然，得以不害那种病（精神上害病，依仗聪颖，混淆真伪）。"一个人应当尽量学习，这话真真不错。——译者

我们在空场吃着我们的鱼，然后饮一点酒，谈着种种有趣的话。一只小鹰飞了过去，飞的姿势和长相很像杜鹃。

歌德道："从前有一时，通常以为杜鹃只有在夏天是杜鹃，在冬天就成了鹰一类的飞禽了。"

我说："这种见解在民间依然流行。同时还毁谤这良善的鸟，说它长大了，吃掉自己的父母。所以平常用来比喻忤逆。我就知道现今有人听信这些怪话，固执己见，好比基督信仰的规律，不肯更改。"

歌德说："就我所知，杜鹃和啄木鸟归在一类。"

"有时候是这样的，也许因为它的软弱的脚有两个脚趾向后弯。不过，我并不这样分类。因为啄木鸟为了生活，有硬嘴剥裂树木的坏皮，又有尖锐强壮的尾羽支持自己工作，杜鹃没有这两样东西。它的脚趾也缺乏尖锐的爪子支持它；所以我以为它的小脚实际并不能攀缘，仅仅徒有其表而已。"

歌德进一步道："鸟学家或许喜欢把一只特殊的鸟归在某一项，不过，大自然行其所素，就没有把少数人规定的门类放在心上。"

我继续道:"夜莺也归在莺属(Gras-Mücken);其实就本性,行动和生活的形态而言,它更其像画眉。可是我还不高兴把它归入画眉之中。这是介乎二者之间的一种鸟;它自成一类,正如杜鹃自成一类,具有强烈的个性。"

歌德道:"关于杜鹃,我听到许多传说,大大引起我对于这种奇异的鸟的兴趣。这是一种明显的神秘,正唯其明显,解释起来反而困难。当着天下的事事物物,我们又几时不处在相同的窘境?最好的东西就在我们身边,然而我们瞠目不知所云。让我们来看看蜜蜂。我们看见它们远飞到若干里外寻蜜,方向永远不同。一个星期飞向西方,拜访一畦的开花的油菜;然后又一长时期,向北飞到一片开花的石楠;然后飞往另一方向,游赏灿烂的荞麦;然后飞往别的地方,来到一片开花的紫云英田;最后,另一方向,来到一片绚烂的柠檬花。但是谁曾经告诉它们,'现在飞到这边,有东西给你?''现在这边,有新东西?'又是谁把它们带回村庄,带回蜂房?它们或来或去,就像有看不见的绳子引路;到底是什么,我们就不知道。百灵也是这样子。它唱着由谷田飞起,飞过一片谷海,风吹来吹去,谷浪彼此相似;然后它回到它的子女旁边,落下来,停在鸟窠的小小所在,永不差误。对于我们,这些外在的现象和天一样明亮;然而它们内在的,精神的结却隐藏了一个实实在在。"

我道:"杜鹃也是这样子。我们知道,它自己并不孵养,仅仅把蛋放在别的鸟窠。我们进一步知道,它把蛋放在莺,黄鹡鸰和黑头莺(Monck)的窠;也放在知更鸟(Brauuelle)和鹡鸰的窠。我们也知道,这些鸟全是食虫的;而且必须如此,因为杜鹃自己就是一种食虫

---

① 此种鸟的拉丁文是Cuculidae,英文是cuckoo,汉语中取名杜鹃,又名布谷鸟,属于杜鹃亚科。估计译者是根据外文音译为鸪(jiā)鸪(gu),或为笔误,而实际在科学中无此称谓,这是两种鸟的混合。 为避免误读,在此次出版中一律改为杜鹃。 ——编者注

鸟，小杜鹃自然不能交给一只食粟鸟育养。但是杜鹃怎么就看得出这些鸟全真是吃虫的？因为上面说到的鸟，无论是形体颜色，全都极不相同，就是歌唱呼唤也各不相同。再说，它们的窠，构造，温度，干燥和潮湿大有差别，杜鹃怎么就能够把蛋搁了进去？莺的窠，用干秣和马鬃搭成，轻而又轻，冷气来了钻进去，风来了吹过去；开口在顶端，没有遮盖；然而小杜鹃在里面活得很好。另一方面，鹪鹩的窠外面用苔，草，叶子，厚厚地，结结实实地搭架，里面小心在意用羊毛和羽毛衬垫；一点点风也不要妄想穿过。顶端也封住，搭着盖子，仅仅留下一个小孔，让小鸟钻出钻入。当着六月的热天，待在这闭严的洞穴，真是闷也闷死了；但是小杜鹃在这里活得尽好。现在再看黄鹡鸰的窠，又多不相同。这种鸟住在河曲一边，种种湿地。它把窠搭在霉湿的废料上面，一簇灯心草中间。它在湿土里面刨一个洞，里面用草秆薄薄铺起——于是小杜鹃也就只好在湿冷之中孵养，成长；然而倒也活得满好。热也罢，冷也罢，干也罢，湿也罢，一出一入，任何鸟受不了的，它在最稚嫩的年月也不介意。这是一种什么鸟啊！而且年龄高大，容易感到湿冷，老杜鹃怎么就知道它们的差别？"

歌德道："这是一种秘密。不过，假如你注意到，不妨告诉我，杜鹃怎么样把蛋放入鹪鹩的巢，开口既然那么小，它怎么可以进去，在里面停。"

"杜鹃在干地孵蛋，用嘴把它放到窠里。我并且相信，它不仅仅这样对付鹪鹩的窠，就是别的鸟窠它也这样做。因为别的食虫鸟的窠，顶端虽说敞开，也并不大，或许就拿树枝紧紧围拢，杜鹃的尾既大且长，就不可能待在上面。但是杜鹃怎么会下那样异常小的一枚蛋，小到如小食虫鸟的一枚小蛋，真是一个新谜，令人静默赞美，却猜测不出个中的道理。杜鹃的蛋仅仅比莺的蛋略大一些些；当然，它不应该更大，因为它需要小食虫鸟孵养。依照大自然的普遍法则，蛋的大小和鸟的大小成为比例，如蜂鸟者是，如鸵鸟者是，——如今竟然另辟蹊径，实在令人纳罕。"

歌德道："我们当然纳罕，因为我们的观点太小了，不足以使我们明了。假如大自然显露的更多，我们或许就明白，所谓不合正常真还就在法则之内。可是，说好了，多告诉我一点。杜鹃下多少蛋，人知道吗？"

"谁想在这一点上往准确说，一定是一个大傻瓜。杜鹃非常飘忽。一时在这儿，一时在那儿；在一个窠内，从来不会找到一枚以上的蛋。它一定下好几个蛋；但是谁知道在什么地方？谁能够发见？但是，假定它下五枚蛋，大都由慈爱的义父义母孵养长成，我们依然要奇怪，大自然就忍心牺牲起码五十只我们最好的歌唱的小鸟，为了育养五只小杜鹃。"

歌德答道："大自然在别的地方也是这样子，似乎并不严密。她有的是生命浪费，有时候无所迟疑，就这样做了。但是，为了一只小杜鹃，就损伤许许多多歌唱的小鸟，又是怎么一回事？"

我回道："第一，最先出世的容易损伤；因为即使歌唱的小鸟同时和杜鹃下蛋，这是很可能的，父母特别钟爱较大的小鸟，由于偏心，单独喂养，然而自己的小鸟倒不在心，在窠里不见了，也不表示关切。而且，小杜鹃永远贪吃，尽小食虫鸟所能寻到的全要了去。在它羽毛丰满，能够离开鸟窠飞到树梢以前，需要一个极长的时间照料。甚至于早已能够飞了，它还不断要求喂养；所以，慈爱的义父义母一心一意照料它们的大孩子，不再想到二次孵养，就这样消磨掉整整一个夏天。基于这种缘故，单只一只小杜鹃就可以妨害许许多多小鸟的生养。"

歌德道："你这话有理。但是，小杜鹃会飞以后，还要被不会孵养它的别的鸟来喂吗？我好像听过这种说法。"

"是这样子的。小杜鹃一离开低处的窠，飞到一棵高橡树的尖梢，就发出高高一声呼喊,说它在这里。于是四邻的小鸟听见了,全赶来欢迎它。莺和黑头莺来了;黄鹡鸰飞了起来;甚至于鹪鹩,天性喜欢飞进低矮的篱笆,稠密的丛林,也征服自己的天性,飞向高橡树的尖梢,欢迎那为大众所爱的陌来者。但是时时送它食品的是教养它的双亲,其他仅仅有时候送一点精致东西给它而已。"

歌德道:"在小杜鹃和小食虫鸟之间,似乎存有很大的感情。"

我道:"小食虫鸟对于小杜鹃的感情是很厚的,万一有人走近鸟窠,这对小义父义母恐怖忧急,简直无法自制。黑头莺特别表示最深沉的绝望,在地上抖抖擞擞,好像抽筋的样子。"

歌德道:"这真奇怪;不过也还可以意想得到。但是我觉得疑问还是很多,譬方说,一对莺正在自己下蛋,怎么就会允许老杜鹃飞近它们的窠,把蛋放在里面。"

"这的确是一个谜;不过也不就完全不可解释。杜鹃飞开以后,小食虫鸟全来喂它,甚至于不孵养它的也来喂它,所以二者之间起来一种情谊——彼此相知相识,当做大家庭的一分子看待。说实话,一对莺去年孵养成长的同一杜鹃,今年就很可能把蛋带给它们。"

歌德道:"懂虽说难懂,倒也有几分道理。不过我总觉得奇怪,那些鸟既没有孵过它,又没有带过它,怎么就会喂它。"

我说:"怪是怪,不过也并非没有相似的例子。我猜想在这方面,有一个大法则弥漫着全个大自然。

"我有一次捕了一只小红雀,人喂它觉得它太大,让它自己吃它又太小。我足足半天不知道怎么办才好;不过,看见它简直不吃东西,我把它和一只老红雀(会唱歌,我一时关在笼内,挂在窗户外边)放在一起。我以为小鸟看见老鸟吃东西,或许走到食物旁边,模仿它的动作。然而它不这样做,仅仅向老鸟张开它的嘴,抖动它的翅膀,发出一种哀求的呼声;老红雀立刻起了怜爱的心思,认做义子,把它当做自己的孩子看待。

"过了些时,有人给我带来一只灰莺,和三只小莺,我把它们全关在一个大笼子里面,由老的喂它们。第二天,有人给了我两只已经有翅膀的小夜莺,我把它们也和莺放在一起,母鸟同样认了下来喂养。几天以后,我添了一窠翅膀将近长成的小'Müller-chen'(鸟名——译者),然后又是五只小'Platt-möuchen'(鸟名——译者)。莺全认了下来喂养,伺候它们犹如一位生身母亲。一嘴的蚁卵,一时在大笼的这一个犄角,一时在那一个犄角,任何时有一张饥饿的口张开,它就赶过去喂。怪事还有:有一只小莺同时长大了,开始喂那些更小的小鸟。当然,喂的样子有些游戏,幼稚的味道;不过,有决心模仿慈悲的母亲,也是真的。"

歌德道:"这里面的确有些神圣的成分,给我一种愉快的惊奇的感觉。"

(载《少年读物》1946 年 4 月第 2 卷第 4 期)

独白和近代戏剧

里尔克作

里氏为现代欧洲大诗人,中国现代作家受其影响最大者当推"十四行诗"与"伍子胥"的作者冯至先生。但是里氏虽属抒情诗人,对于戏剧也很热心,这里就是一篇他的文章,由法文转译出来,主张在没有达到梅特林克的无言的理想以前,恢复独白在戏剧文学的原有地位,记住这是一位诗人的见解,剧作家不一定就会完全同意。

独白在近代戏剧里面是有地位,还是没有地位?这个问题值得提出,有些人曾经赞成独白,检讨一下独白,尤其是它可能有必要出面的环境,或许并非没有兴趣。

英雄临到逼近一个决定的动作,迟疑或者困惑,独白便在这时候来了,职务是揭示这个人物最秘密的冲突,因为他的灵魂充满疑惑与忿怒,惓念与希望。说实话,对话不允许这种分析,而人人明白,这种分析又是应当有的。人用什么奇迹似的方法才可以照亮形成决心的那些最密切的深渊呢?说来也怪,是用语言:同一语言,显得没有力量在对话之间传达核心的真理,一到不是强迫了和别人对谈的时候,反而变得宜于表现一切真理。我们知道,统治不了外在境遇的英雄,碰到这种冲突,会以一种个人的方式,为我们描绘他的神妙的心境,而这种描绘——并非戏剧什么收煞的动作,——变成了它主要的动作。这就是说,叙述成分变得比动作更其重要。正是这种成分命令决定,转机,进度。

当然,办得到或者办不到,要看独白是否真正能够把这些神秘的阴影所在照亮,在这些阴影所在,一切决心正如证明的泉源,但是将来有一天,必须放弃过分重视语言,人将明白这只是许多桥梁之一,把我们灵魂的小鸟接到共有的人生大陆，或许最宽阔，然而不是最细致，人将感到永远不能在语言上表里如一，因为语言是太粗糙的钳子，如若配合大齿轮的最精密的机关，没有不立即粉碎的。于是人将放弃向字句要求灵魂的说明，如同人不喜欢为了认识上帝向他的奴仆请教。

在我们从人生里面感到这个以前，戏剧形式或许已经使我们有所顿悟。因为戏剧，就全盘看来，更凝结，更显明，关于一种人生的经验，而人生的成分千变万化，集中于若干小试验管，放入和外表相符的境界。在舞台的框架之中，这里似乎有空间容纳一切：对于它，没有动作太大，没有语言太重要。

但是有些影响却比动作语言还要重要。说确定些，它们只是让我们参预日常生活的东西；从我们的窗口一直搭到邻居的一些梯子。如若我们寂然独处，各自为政，我们差不多就用不着它们，说实话，我们感觉寂寞的时候，真还用不着它们。这时候，我们汪洋着一种更秘密的经验，从一个沉默虔诚的国度回来，虽说一无所为，逃脱语言的权能，其实是在创造。我们真正的生命的确就在这里居留，仿佛一种微妙的节奏超乎我们的动静，指导而且决定我们最后的决心。

承认"这种生活"，腾出空间给它（那在舞台上就是说：表现它），我觉得这才是现代戏剧特殊的使命，而独白，天真粗俗，真还像是对于这种尝试的一个真正的挑战。它强迫物之上的东西回到物之中；它忘记香味存在，正只因为脱离玫瑰，随风所之。

假如有人问我，如今用什么代替独白，我以为戏剧不留任何空白；因为需要解释的深沉的人生，应当自行发展，关闭，不断，犹如"外在的动作"，因为说确定些，它才是"外在的动作"的原因。假如这两种动作的平行现象，真是一目了然，那就一点也不需要加以稽迟，用追溯的，叙述的方法描绘悠忽的心境，也就不需要随时留意背景。

不必说，近代任何作家未曾指出怎么样才能达到这种成果。全不用独白。但是他们的忽视,没有使它成为多余,反而使人感到的它缺欠,以为"在某一关节应当添上"。演员开始惶乱了,吸烟,敲打玻璃窗,他似乎良心不安,为他的沉默要求饶恕。这显然不是一种进步。

然而梅特林克,唯一的诗人曾经更清切,更细心地感到这种秘密的人生的权能,说到他的显示,与其称为艺术家,不如称为牧师,全心全意只为激发它,提高它的神祇的荣誉工作。

他的人物失去他们的沉重。他们仿佛星宿,围着一种明亮的寂寞,在夜空高高会合。他们只能交臂而过,谁也留不住别人,他们是香味,然而你看不见香味来源的花园。此其所以梅特林克宣示的人生对于我们生疏,此其所以它的神秘主义,更深沉,更谜语般的,在我们所认为(他并不认为)有形体的不透水的东西后面上升。但是对于我,这位比利时大诗人的戏剧——不妨借版画家一个技术名词——,犹如一种新戏剧形式的"底子",还需要确切化。

这条路带远了梅特林克,目标大约就是这个:必须学着不要往场面塞满字句和手势,留下一点空间,好像你所创造的人物还要生长。我相信"后话"会自己有的。这种更秘密的生命仿佛势力流散,晴爽澄明,俯瞰一切:俯瞰字句和事故。但是必须先给它空间。

怎么样就可以收到这种成果,问题依然存在。但是要想真正答覆,除非是有一位诗人先会在这方面成功——成功于无意之中。

在未成功之前,独白是对的,它仿佛一面美丽珍贵的帷幕(尽量把东西往好里摆),挂在深沉显明的远景之前。你可以满足于一面帷幕。诗人。演员与观众可能一同来接受它的美丽或者它的价值。

然而藏在这面帷幕之后的东西只留给那些已经走得更远的人们。

(载 1947 年 1 月 25 日《大公报》"戏剧与电影"周刊第 15 期)

论 画

A. P. Herbert 作

人人能够在浴室唱歌，通常这么说；那是真的。唱歌是很容易的。可是画画儿呀，那就难多了。我曾经费了许多时间去搞画，画这个，画那个；我得参加一大批董事会和大会，遇到这种机会，我觉得画画儿几乎是唯一在演说期间能够满意地追求的艺术。人家在演说，自己当然不能够唱歌；所以，我照规矩总是画画儿。我不说我是一个专家，不过参与过好几次会议以后，我觉得凡是画画儿的门道我也就有数了。

第一件事，当然，是得寻到一个真正好的董事会；我所谓一个好董事会，是一个供给相宜的物品的董事会。一个支部会议就没有用了：他们通常只给你两张十三英寸宽十六英寸长的划线的纸，没有白吸墨纸，铅笔往往十分软。白吸墨纸顶要紧。就我所知道，一件东西尽你糟蹋，又有那样多的艺术快感给你，要以白吸墨纸为最了——也许除掉雪。假如你要只选一样，一张白吸墨纸上做铅笔印子，还是一片白雪上做脚丫子，我真回答不上来。

从物质观点来看，最好的董事会是关于商业的会议——例如，船公司。据我所知道，有一家跑"太平洋线"的就供给白吸墨纸；铅笔好到不能再好。我相信那家公司的经理是画家；因为他们给你两管铅笔。硬的一管画鼻子，软的一管画头发。

董事会选好了，演说也在进行了，画开始了。最好的画材是人。不是主席，或者包木芮·斫特勋爵，或者任何一位董事，而只是一个人。许多新手而在动手以前，先为他们的艺术选一个主题，那就错了；平常他们总选主席。等他们发现这家伙更像格兰斯顿，他们失掉了勇气。假如他们真肯多等一等，说不定真许就是官家的格兰斯顿。

我经常由前额开始,往下画到下颌。(第一图)

• 第一图 •

大样儿有了,我再添眼睛,这是画画儿最难的一部分;你就搞不清楚眼睛搁在什么地方顶合适。不过,眼睛要是天生就不好,一个有用的暗示是给这人来一副眼镜;通常这么一来,它会变成一位牧师。

可是帮了眼睛的忙。(第二图)

• 第二图 •

现在你得画出其余的头的部分,这近乎赌博了。我本人喜欢

"硬"脑壳子。(第三图)

• 第三图 •

我担心脖子不够硬;我希望他是一位作家,营养不良。不过这是最坏的硬脑壳子;它们会叫你没有法子把下颌和后脖子连起来。

再下去是放上耳朵;只要这个弄好。此外就容易了。耳朵比眼睛

还要难。(第四图)

• 第四图 •

我希望这不错。我觉得有一点太偏南。不过来不及了。画都画上

了。你一放上耳朵,你就束手无策了;除非你参加的董事会好的"不得了",供给铅笔还供给橡皮。

现在我画头发。头发可以顶细,或者发黑,或者发轻而稀。这全看铅笔的种类来决定。就我来说,我喜欢黑头发,因为这么一来,那条件就明显了。(第五图)

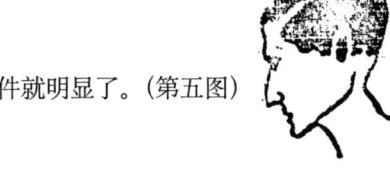

• 第五图 •

不到画头发,你永远想不到头有多大。画头发,往往要占一篇演说的时间,甚至于是主席的演说。

这不是我的最好的一个人;我相信耳朵画错了位置。我还以为他应当戴眼镜。不过那他就要变成牧师了,而我决定他是二十岁的菲力浦吉布斯先生。眼睛再坏,他必须露出眼睛。

我发见我最好的人全脸朝西,这是一件怪事。我有时候有时间画两个人面对面,但是朝东的那个人总是糟透了。

这里是,你们看好了。(第六图)　　右边的一

• 第六图 •

个人成了布尔什维克;额头低,眉毛突出——一个最不给人快感的人。可是他有一张强有力的脸。左边的那个人又是一个布尔什维克,和他辩论。但是画出来以后他成了一个女的,我只好给她添点儿"有醉意"。她是一位女讼师;不过我搞不清她怎么会面对布尔什维克谈话。

你学会了画人,此外也就只有距离和风景。

"距离"是一个骗人的玩意儿:最好是画一条法兰西长长的大路,

有电线杆子。(第七图)

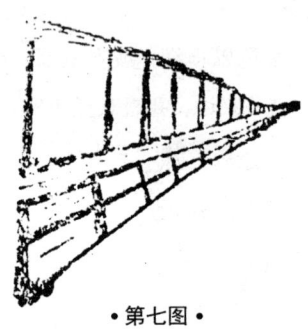

• 第七图 •

我也放进去一道篱笆。

"风景"主要部分是山和树。树顶有趣，特别是绒毛一样的树。

这里是一张风景。(第八图)

• 第八图 •

说不清是怎么来的，一个人跑进了这张风景画；并且巧的很，原来是拿破仑。不算这个，这张风景画并不坏。

不过要想画完这样一张有野心的大作，先得一篇很长的演说。

还有一件事我应当交代清楚。千万不要画一个人的正脸。那画不来的。

注：作者是英国人，一九一四年在牛津毕业，然后从军，做记者，文字轻俏，幽默讽刺。

(载 1947 年 6 月 1 日《生活》创刊号)

巴尔扎克小说的历史意义[①]

〔法〕布吕及耶尔

在所有小说之中，毫无资料或者历史价值的，正是那些自命为历史的小说，例如司各特的《昆亭·德瓦尔得》；或者维尼的《散马》；或者欧仁·苏的《拉太欧孟》。[②]我们说这话，不见得就是夸张，就是乖谬罢。"《昆亭·德瓦尔得》这部小说，特别为人称赞的是历史方面。巴尔扎克为这大生其气；他不和一般读者的看法一样，认为司各特大大歪扭了路易十一的形象，这位国王在他看来，还不为人理解。"徐尔维勒夫人回忆她的哥哥，就这样谈起。而他本人在1838年写信给韩斯卡夫人，也说："苏的灵魂是一个有产者的狭隘灵魂，他就不能理解路易十四和他的朝代的伟大，看见的也只是我们眼前可怜的社会上常见的世俗的零星病患。他觉得自己压在伟大世纪的巨大面貌之下粉碎了，于是为了报复，就诽谤我们历史上最美、最伟大的时代，我们最伟大的国王的强大与深厚影响所支配的时代。"[③]历史小说的历史价值就这样永远由人驳来驳去，讨论来讨论去；谁敢说巴尔扎克的《路吉艾利家族的秘密》里的卡特琳·德·美第奇，比司各特的"昆亭·德瓦尔得"里的路易十一或者欧仁·苏的"拉太欧孟"里的路易十四更真实？反正我是不肯做担保的。

但是写当代的小说家，即使无意于描绘自己的时代的风俗，更无意于讽刺，而只是讲故事，或者像莫里哀，只是"叫人欢喜"[④]，没有其他野心，也没有更多野心，他写的小说不管有没有别的价值，即使什么价值也没有，也必然总有历史或者资料价值；例如有时被称为巴尔扎克的最优秀生查理·德·拜尔纳尔·杜·格那意、《四十岁女人》的作者的小说[⑤]即是。原因就在：想叫同代人欢喜，你就不能不多少阿其所好（大家知道，即使抗拒或者假意抗拒，也有办法阿谀的），可是抗拒也罢，阿谀也罢，怎么能不表现这些所好啊？所以当代小说，就没有多少不是关于时代精神的资料的；甚至于小说家没有这种意思，小说也是见证、旁证；这样一说，恭维巴尔扎克的小说有历史或者资料价值，也就算不得一种了不起的誉扬了。

但是必须加以区别！任何见证，不管是历史上的也好，艺术上的也好，哪怕是审判上的也好，不全有同一价值或者同一重要：任何资料不全属于同一等级。多产的普莱沃⑥方丈，写了二十来部小说，确有历史价值的，从《曼侬·摄实戈》说起，我举也不过举上三部。它们属于它们的时代，但是一点也没有、几乎一点也没有表现这个时代；泰纳在这上头吃了瘪，因为人在《一位贵人的札记》或者在《克莱弗阑得》，就找不到一点点关于法兰西十八世纪的风俗历史⑦。普莱沃的小说属于它们的时代，不妨说罢，就像考旦夫人的小说⑧属于它们的时代，也像乔治·桑的大部分小说属于它们的时代一样，就是说，根据作家（只要他愿意）不能"不属于他的时代"的说法。研究两百年来文学上敏感的演变，我们确实是哪一部小说也不该忽略，连考旦夫人的小说也包括在内！它们是、将一直是这种题材的主要资料。但是人在称赞巴尔扎克的小说有资料或者历史的真实的时候，言下还有别的意思；意思是

---

① 本文是法国布吕及耶尔教授（Ferdinand Brunetière, 1849—1906）的《巴尔扎克》（1906）一书的第四章。这里删去一部分，主要是第二节（根据巴尔扎克几部小说，证明他在第一节提出来的见解）。
② 《昆亭·德瓦尔得》（Quentin Durward, 1823）。《散马》（Cinq-Mars, 1826）。"拉太欧孟"（Latréaumont, 1837）。
③ 巴尔扎克对这些国王未免赞扬逾分。他的说法并不正确。但是这并不妨碍这些历史小说不能算作真正的历史小说。
④ 见于莫里哀的《夫人学堂的批评》第六场。
⑤ 杜·格那意（1804—1850）是法国小说家，曾帮巴尔扎克办刊物，并在刊物上发表他的《四十岁女人》。巴尔扎克有《三十岁女人》。
⑥ 普莱沃（Prévost, 1697—1763）是最先把英国介绍到法国的小说作家。
⑦ 《一位贵人的札记》（Mémoires d'un homme de qualité, 1728—1731）。《曼侬·摄实戈》是它的第七卷，后来独立成书。《克莱弗阑得》（Cleveland, 1731—1738）。
⑧ 考旦夫人（Cottin, 1770—1807）写过五部小说，当时相当有名。

说，整个小说完全等于有助于他的时代的社会史的札记。基佐的"札记"，不用说，具有另一类优点，不过《人间喜剧》的照明还要亮、还要痛快，在理解复辟十五年和七月革命十八年的亲切历史上，基佐的"札记"①并不照的更亮，——我再说一句：也只是照亮了一部分而已。

"我的作品有它的地理，正如它有它的谱系和它的家族，它的场所和它的物产，它的人物和它的事件一样；"我们在《人间喜剧》的"前言"读到这话。首先这就制成它的历史价值。到巴尔扎克的前人的作品中找一下内地的位置罢，假如可能的话，你就测量一下也好。不妨说，根本没有，我们的十八世纪法兰西小说，地点只在巴黎或者外国，勒隆日是西班牙，普莱沃方丈是英吉利。但是巴尔扎克说得对，人从他的作品找到一份完整的"法兰西地理"、一份如画的地理、一份生气蓬勃的地理。所以关于各城、各省的描写，有些就享了盛名，也是理所当然的。例如《拜阿特利》里关于盖朗德小镇的描写，《朱安党》里关于福皆尔一地的描写即是。我们还记得在《寻找绝对存在》的开头，有福朗德风俗的描写，——与其说是描写，不如说成分析；假如可以说一句题外之言的话，我们不用迟疑，就在这里看出了一种变成《福朗德绘画史》的史家、命运多蹇的阿耳夫莱·米西艾②的方法的方法草案，甚至于也变成"英国文学史"的著名史家③的方法的方法草案。但是我们回头就知道，泰纳在批评上，从巴尔扎克的小说那里，受到了多少启发。

原因就是，在巴尔扎克看来，小说的描写——在这一点上，也在其他点上，十分不同于诗的描写——并不单独存在，也不为自己存在，譬方说，像雨果在《巴黎圣母院》里的描写那样。诗的描写、特别是浪

---

① 基佐（Guizot, 1787—1874）是法国历史家与复辟政府的主要人物；《札记》(1858—1868)。
② 阿耳夫莱·米西艾（Alfred Michiels, 1813—1892）是法国美术批评家；《福朗德绘画史》(1847)。
③ 指泰纳。

漫派的描写，本身就是自己存在的理由和目的、方法和意图。就是我们自己所要求于诗人的，也只是他兴之所至，选下了主题，然后根据主题，发扬韬略；至于因主题美丽或者个人情绪强烈而起的那种激昂的原则，我们却就不管了！但是巴尔扎克的描写，在本身之处，多少总有一个存在的理由；这种存在的理由，就巴尔扎克看来或者想来，既然永远解释得了那些在时间之流上形成人物或者场所的原因，仅就这一点来说，巴尔扎克的描写就永远有历史意义。其实他自己相信"解释得了"，我们有时发现就不那么解释得了；唯其不全解释得了，自不免就显得有点冗长，还不说没完没了。他对这种批评的种种反感，也护卫不了他不止一次该挨这种批评。因为我们只是周围空气或者生长环境的造物，理论上有可能；人在普洛旺斯，一定不像在布列塔尼那样思索、感受，或者在柏桑爽，一定不像在克安那样思索、感受。饮食也有影响，食物的质量、饮料的性质、啤酒或者葡萄酒、司吉打①或者威士忌，都有影响：我们也容易同意。可是事实上，欧也妮·葛朗台的痛苦遭遇，不见得就"必须"在索漠发生，或者巴尔塔萨·克拉艾②的痛苦遭遇，就"必须"在多维耳发生，譬方说，不会在奈拉或者维勒诺弗·达让发生。然而这只是无聊之徒的疑问，或者我干脆说了罢，只是他们的挑剔。描写的内在价值，别想动得了分毫。解释得了也罢，解释不了也罢，就字面上哲学意思看来，"决定得了"小说作者的人物也罢，决定不了也罢，巴尔扎克的描写仍是巴尔扎克的描写；把"法兰西地理"介绍到小说里来，当时没有比这再新颖的了，可是即使如此，我们今天也必须说，这种把当地的过去和现时打成一片而又凝为一个难以令人忘却的形象的艺术，半世纪以来，还没有人超过巴尔扎克。

因为——指出这一点来是适宜的，不过我们并不坚持，——别的小

---

① 司吉打 (schiednm) 是荷兰一种烧酒。
② 巴尔塔萨·克拉艾 (Balthasar Clails) 是《寻找绝对存在》的主人公。

说家师法他，学他，明白描绘内地风俗可以成为小说的资源，也努力给我们写出了他的布列塔尼的形象、他的普洛旺斯的形象、他的福朗德的形象，还有他的朗格道克的形象，或者他的故乡盖尔西的形象！然而巴尔扎克写的却是布列塔尼与诺曼底、阿朗松与昂古莱莫、格勒诺布与柏桑爽、勒穆尔与伊苏顿、杜峦与香槟！从1830年到1850年，法兰西的"内地生活"的画家，没有比他再赋有普遍性的了；也许有人要说，他那些描绘，有时也不见得就都酷肖，还可以讨论讨论罢？这不是我的看法！不过就算我们迟了一步讨论酷肖不酷肖罢，就算我们不承认他的《欧也妮·葛朗台》和他的《于絮尔·弥罗埃》、他的《皮耶莱特》和他的《混水摸鱼的女人》、他的《拜阿特利》和他的《杜尔的神甫》这些小说里的省或者城酷肖罢，所有这些描绘还有一个特点留了下来，就是：彼此不同。我们得到的印象，个个十分显明，回忆起来，就和各该地域分不开来。如果历史意义就是时代与场所的差异的意义，有所不同或者多所不同，岂不正好？历史上的时代，也正如艺术上的风格，其所以成为风格或者时代，只由于它们有区别。而这些区别，只有在它们连续或者承续的时候，才看的出来，才能看的出来，……

* * *

……七月王国在《贝姨》里活了过来，正如复辟的快乐年月在《毕洛斗》里活了过来，革命精神在《朱安党》里活了过来。

* * *

重视巴尔扎克小说的纯正历史的意义，大家也许就看出了我们的意思，这一类历史性虽然来自司各德小说的特征，却也不就相同。不过是否可以引申下去，譬方说，作为历史评论，重视巴尔扎克的历史评论，譬方说，可以像重视基佐的评论，或者甚至于像米实莱[①]关于革

[①] 米实莱（Michelet，1798—1874）是法国历史家。

命、帝国、复辟的评论呢？这是某些巴尔扎克迷的意见，照他们的说法，《乡村医生》(1833年)的百来页，——就是标题"人民的拿破仑"那一章，——就和梯也尔二十本关于《执政时代与帝国》①这部书一样真实。大家还引用"人间喜剧"的政治家拉斯地雅和马尔塞之流的谈话，其中特别惹人注目的是作为"一个隐秘事件"的附录的"后记"。但是我想，这也只能说明我们有混淆类别的需要而已！假如《贝姨》或者《独身男子》②不是众口称誉的小说，而是真正的历史，对巴尔扎克来说，又有什么好，我是说，又有什么光荣？难道我们一面摆出独立思考的姿态，一面却又永远去做旧修辞学的分类的奴隶？难道我们还相信小说是一种"较次的部门"？甚至于谈的是巴尔扎克的小说，我们也一时看成戏剧，一时看成历史，便自以为多少指出了它的价值？殊不知，正相反，他的真正独创性——整个这篇研究只是希望证明这一点，——就在当得起或者充实得了他自己的定义。巴尔扎克的小说不是历史，尤其不是历史小说，但是它们有一种历史意义、价值、重要。这种价值也正因为符合历史，才成其为价值，可是说来说去，他的小说还是小说。

我不妨补充一句，就是自从一种写历史的新方法得到我们承认以来，这种价值就显得明确、增高了。五十年来出版的种种关于革命和帝国的"札记"，已然就是支持大小说家的臆测或者归纳的大小证据。可是直到研究、发掘文献的结果和"札记"的内容不谋而合了，大家这才能对巴尔扎克的"历史意义"的正确性与深刻性，惊奇不止。

写到这里，我想起艾尔乃斯特·都德先生从前收在一本标题《第

---

① 梯也尔 (Thiers, 1797—1877) 是法国反动政治家；《执政时代与帝国》(1845—1862)。
② 即"混水摸鱼的女人"。

—帝国的警察与朱安党人》①的集子的故事，还有勒诺特先生②的《杜恩比》。我们在第一本书看到参议员克莱芒·德·利遇劫的真实以及多少有些官方味道的历史，这也正是"一个隐秘事件"的基本主题。《杜恩比》不是别的，只是巴尔扎克在"现代历史的背面"里撮述的事件的完整、细致的报告。警察在本世纪前五十年政治之中扮演了重要角色，这一回我们可以相信了，也许我们又要这样说了：巴尔扎克对警察手段的叙述，说明他的观察正确，但是对他的想象的丰盈，并不增光。不管怎么样，我们这里看出来的，倒特别是在处理历史的新方法上，巴尔扎克成了当代的先导。有些人把司汤达和贡古兄弟看成自己这方面的典范，认为只在领会与艺术方面欠下巴尔扎克的情分，现在我们这样一说，也许又要惊奇不止了。

　　我们在"人间喜剧"的"前言"里还读道："大家仔细了解一下这种组织的意义，就会承认：我赋与正确的、日常的、隐秘的或者明显的事实、各别生活的行为、它们的原因和它们的原则的重要性，就像历史家到现在为止，赋与各国公众生活事件的重要性一样。在安德省一座山谷里发生的介乎莫尔叟夫人与热情之间的无名战役，也许和最显赫的知名战役同样伟大。"根据习惯，他一说起自己来，就失之于夸张！在莫尔叟夫人的内心的战役与知名战役（不说最显赫的战役，单说最不荣誉的战役罢）之间，就总有这样一个区别：最不荣誉的"知名战役"打断了或者改变了成千人的命运，而莫尔叟夫人关于自己和热情的胜败，说到临了，也只和她自己有关……和这个大蠢人腓利克思·德·望德奈斯有关。不是我叫他大蠢人！是马勒维尔夫人。他曾经漫不在

---

① 艾尔乃斯特·都德（Ernest Daudet, 1837—1921）是《小东西》的作者的长兄；《第一帝国的警察与朱安党人》(1895)。
② 勒诺特（G. Lenotre, 1855—1935）是法国历史家与戏剧家。

意或者自以为得，拿《幽谷百合》的稿本送给了她。①不过这只是举例而已，我们就不必吹毛求疵了！假定举的不是《幽谷百合》，而是《贝姨》，我们就明白巴尔扎克的意思了。

他观察出来我们的行动、也相信我们的行动，总受我们私生活情况制约，即使是公众行动，也像今天说的，逃不脱制约关系。他相信遇到一件事，一个人决定这样做，另一个人却决定那样做，所以一般说来，原因要比我们想到的还要远、还要深，并不单靠时间多、情况多就算数，而是由于人物的长远思虑，不自觉，可也不就完全不自觉，也不正好就不由自主。"我觉得有一种内在的力量推着我走，我就不能抗拒。——我们检查一下这个罢，看看你给你的生活安排的方向是否是以使这种力量不可抗拒为目标。"假如历史决定论这个问题在今天是这样提出来的，难道我们不该提醒一声，巴尔扎克的小说早就这样提出来了吗？正是由于巴尔扎克，作为哲学家也罢，作为历史家也罢，不是由于别人，整个近代学派得到了这种理解历史的概念（这容易说明，我们也要说明的）；难道这不又是一种证据（假如必须最后再来一个的话），证明他的历史意义的深刻性？

但是像《贝姨》或者像《毕洛斗》这样一本小说的历史价值，并不构成全部价值。还有许多别的小说，例如《莫普拉》或者《玛丽亚娜》②罢，如果只有这么一个优点，算不算小说？拿我自己来说，我相信还是小说，我试着也说了理由。"酷肖生活"，即使只是小说的一种价值的话，也正是它的一种价值，或者不如说是主要价值。我们希望大家现在开始有所领会。假如巴尔扎克的小说确实还有别的特征，我

---

① 莫尔叟夫人（Mme Mortsauf）、腓利克思・德・望德奈斯（Felíx de Vandenesse）和马勒维尔夫人（Mme. Manerville）全是《幽谷百合》里的人物。参看小说临尾马勒维尔夫人给腓利克思的信。
② 《莫普拉》（Mauprat, 1836）是乔治・桑的小说，《玛丽亚娜》（Marianna, 1731—1741）是法国十八世纪小说家马利渥（Marivaus）的作品。

们希望大家在下一章,看出这些别的特征密切结合这基本而又首要的特征。巴尔扎克的小说自身的文学或者美学价值,只是我们所谓历史意义的价值的一种延长。

(载《文艺理论译丛》1957年第2期)

巴尔扎克葬词[①]

——1850年8月20日

〔法〕雨果

各位先生：

方才入土的人是属于那些有公众悲痛送殡的人。在我们今天，一切虚构消失了。从今以后，众目仰望的不是统治人物，而是思维人物。一位思维人物不存在了，举国为之震动。今天，人民哀悼的，是死了有才的人；国家哀悼的，是死了有天才的人。

各位先生，巴尔扎克的名字将打入我们的时代给未来留下来的光辉的线路。

巴尔扎克先生参预了十九世纪以来在拿破仑之后的强有力的作家一代，正如十七世纪一群显赫的作家，来在黎塞留之后一样，——就像文化发展中，出现了一种规律，促使精神统治者承继了武力统治者一样。

在最伟大的人物中间，巴尔扎克是第一等的一个；在最优秀的人物中间，巴尔扎克是最高的一个。他的理智是壮丽的、颖特的，成就不是眼下说得尽的。他的全部书仅仅形成了一本书：一本有生命的、有亮光的、深刻的书，我们在这里看见我们的整个现代文化走动、来去，带着我说不清楚的、和现实打成一片的惊惶与恐怖的感觉。一部了不起的书，他题作喜剧，其实就是题作历史也没有什么，这里有一切形式与一切风格，超过塔西佗，上溯到徐艾陶诺[②]，经过博马舍，上溯到拉伯雷；一部又是观察又是想象的书，这里有大量的真实、亲切、家常、琐碎、粗鄙，但是骤然间就见现实的帷幕撕开了，留下一条宽缝，立时露出最阴沉和最悲壮的理想。

愿意也罢，不愿意也罢，同意也罢，不同意也罢，这部庞大而又奇特的作品的作者，就在自己不知道的时候，加入了革命作家的强大的行列。巴尔扎克笔直奔到目的地，抓住了现代社会肉搏。他从各方面揪过来一些东西，有虚像，有希望，有呼喊，有假面具。他发掘恶习，解剖热情。他探索人、灵魂、心、脏腑、头脑与各个人有的深渊。巴尔扎克由于他天赋的自由而强壮的本性，由于理智在我们的时代所具有的特权，身经革命，更看出了什么是人类的末日，也更了解了什么是天意，于是面带微笑，心胸爽朗，摆脱开了那些令人望而生畏的研究，不像莫里哀，陷入忧郁，也不像卢梭，起憎世之心。

这就是他在我们中间的工作。这就是他给我们留下来的作品、高大而又坚固的作品、金刚岩层的雄伟的堆积、纪念碑！从今以后，他的声名在作品的顶头奕奕发光。伟大人物给自己安装座子；未来负起放雕像的责任。

他的去世惊呆了巴黎。他回到法兰西有几个月了。他觉得自己快要死了，希望再看一眼祖国，就像一个人出远门之前，要吻抱一下自己的亲娘一样。

他的一生是短促的，然而也是饱满的；作品比岁月还多。

唉！这强有力的、永不疲倦的工作者，这哲学家，这思想家，这诗人，这天才，在我们中间，过着暴风雨的生活，充满了斗争、争吵、战斗、一切伟大人物在每一个时代遭逢的生活。今天，他安息了。他走出了纷呶与仇恨。他在同一天步入了光荣，也步入了坟墓。从今以

---

① 这篇巴尔扎克入土时的悼词，雨果收在他流亡之前的《言行录》(Actes et Paroles) 的集子里。他在这里明确地指出了巴尔扎克是属于"革命作家的强大的行列"，作品也可以看成"历史"，而且是第一个指出的。这和另一篇关于巴尔扎克之死的生动、真挚的回忆，都是最早的重要文献。
② 塔西佗 (Tacite) 和徐艾陶诺 (Suétone) 都是罗马帝国时期的历史家。

后,他和祖国的星星在一起,熠耀于我们上空的云层之上!

你们站在这里,有没有羡忌他的心思?

各位先生,面对着这样一种损失,不管我们怎样悲痛,就忍受一下这些重大打击罢。打击再伤心,再严重,也先接受下来再说罢。在我们这样一个时代,不时有伟大的死亡刺激充满了疑问与怀疑论的心灵,因而对宗教发生动摇:这也许是适宜的,这也许是必要的。上天使人民面对着最高的神秘,对死亡加以思维,知道自己做的是什么。死亡是伟大的平等,也是伟大的自由。

上天知道自己做的是什么,因为这是最高的教训。一个崇高的心灵,气象万千,走进另一个世界,他本来扇着天才的看得见的翅膀,久久停在群众的上空,忽而展开人看不见的另外的翅膀,骤然投入了不可知。这时候个个人心所能有的,只是庄严和严肃的思想。

不,不是不可知!不,我在另一个沉痛的场合已经说过了,我就不疲倦地再说一遍罢:不,不是夜晚,而是光明!不是结束,而是开始!不是空虚,而是永生!你们中间有谁嫌我这话不对吗?这样的棺柩,表明的就是不朽。面对着某些显赫的死者,人更清清楚楚地感到这种理智的神圣命运,走过大地为了受难、为了洗净自己,大家把这种理智叫做人,还彼此说:那些生时是天才的人,死后就不可能不是灵!

(载《文艺理论译丛》1957年第2期)

《古物陈列室》初版序[①]

〔法〕巴尔扎克

许多人就生活的全貌来看生活,熟悉它的动力,便以为事物实际上不像作者在小说中所呈现的那样,不责备他情节过多,就责备他并不完整。现实生活确实是太戏剧性了,或者往往不够文学性。真实往往并不等于逼真,同样,文学的真实也不就等于自然的真实。有那样见解的人们,按照逻辑发展下去,就会希望看到演员在平台上真正自相残杀的。

所以,作者写《古物陈列室》用的真事,也就相当可怕。年轻人是在法庭受审,被判刑,被打烙印的;但是在另一种大致相仿的情况下,出现一些也许戏剧性不怎么强然而更好地描绘内地生活的细节。所以构成这一切的,是一件事的开端和另一件事的结尾。这种写作方法应当是一位风俗史家的方法:他的任务就是把类似的事溶在一幅画里。难道他写事件的精神,不该强似写事件的外表?他把它们综合起来。拿几个近似的性格构成一个性格,往往是必要的;同样,有些怪人十分滑稽,分而为二,作成两个人物。一出戏的头往往离它的尾巴很远。大自然在巴黎很好地开始它的制作,并以庸俗的方式结束,换一个地点就完成得恰到好处。意大利有一句谚语,表现这种见解,非常恰当:"这条尾巴不是这只猫的。"文学用的是绘画的方法,为了画一个美丽的形象,借用这一个模特儿的手、另一个模特儿的脚、又一个模特儿的胸脯、再一个模特儿的肩膀。画家的责任是赋与这些被选择的四

[①] 此文原是应人民文学出版社要求出版《古物陈列室·巴尔扎克小说选》而做的翻译(未见该书出版)。——编者

肢以生命，使它成为，或能存在。照一个真女人临模，你会掉头不看的。

(据手稿)[1]

---

[1] 此文曾载《文艺理论译丛》1958年3月15日第一期，但该期期刊无法获取原出版物，故只能据手稿整理。——编者

"美的"与"美"

(选自百科全书①)

〔法〕狄德罗

美的,可爱的(文法)②。和可爱的相对而言,美的是高大、高贵与匀称,令人赞叹;可爱的是玲珑、精致、惹人喜爱。在精神作品中,美的就要题材真实、思想高超、表现正确、方式新颖与结构匀称。光辉与颖特就足以使它们可爱了。有些事物可以是可爱的或则美的,例如喜剧;有些事物只可以是美的,例如悲剧。一件可爱的事物往往比一件美的事物更有价值;遇到这类情况,一件事物配有美的称谓,仅仅由于它的客观重要性,而一件事物被说成可爱的,只为它的客观影响极小。人这时候只注意到利益,忽视发明的困难。的确,美的往往具有高大这一观念,然而同一事物,我们说成美的,如果把它做小了,我们仅仅觉得可爱,却也是实。才情是可爱事物的制造者,然而产生伟大事物的,却是灵魂。隽思通常只是可爱的;具有感情的地方就有美。一个人把一件美的事物说成美的,并不证明鉴别力高;但是把它说成可爱的,本人若非蠢材,便是外行。

布瓦洛说:"依我看来,高乃依有时候可爱。"③就语无伦次了。

(载1947年6月1日《生活》创刊号)

---

① 根据狄德罗全集(J. Assezat 编订)第十三册译出。
② 另有一条谈"美(形而上学)",即《美之根源及性质的哲学研究》一文。
③ 引自布瓦洛(Nicolas Boileau, 1636—1711)的《讽刺诗》第三首第183行。高乃依(Pierre Corneille, 1606—1684)是法国古典主义悲剧家,用"可爱"一词形容他的悲剧,狄德罗认为失当。

"美"

美，相对词；是在我们心里引起对愉快关系的知觉的效力或者能力。我说愉快，为了适应美这一词的一般与普通意义；但是我相信，就哲学观点来说，一切能在我们心里引起对关系的知觉的，就是美的。参看美的一条[①]。美不是全部感官的对象。就嗅觉和味觉来说，就既无美也无丑。耶稣会教士安德烈神甫，在他的《论美》一书中[②]，甚至于把触觉也和这两种感官放在一道；但是我相信他的学说可以在这一点上驳倒。依我看来，一个瞎子有关系、次序、对称的观念，这些概念通过触觉进入他的悟性，就像通过视觉进入我们的悟性一样，不过也许欠完美和准确；但是这最多证明：比起我们眼睛好的人来，瞎子少受美的影响罢了。总而言之，宣称双目失明的雕刻家，塑造拟真的半身像，对美竟然没有丝毫观念，我觉得过于胆大。

(载 1958 年 3 月 15 日《文艺理论译丛》1 期)

[①] "美的 (beau)"原文是形容词，亦作名词 (le beau) 用；"美 (beauté)"是名词。狄德罗在这里对"美的"和"可爱的"加以区别。
[②] 安德烈 (Yves Marie André, 1675—1764) 是法国数学家、哲学家，他的《论美》(Essai sur le Beau, 1741) 一书，有声于时。

什么是一位经典作家?[①]

〔法〕圣·佩甫

圣·佩甫 Sainte-Beuve（1804—1869）在十九世纪之于批评，正如雨果之于诗，巴尔扎克之于小说，成为一代宗师，莫可比拟。写诗不成，写小说不成，他写批评文字，为现代文学开辟一条大道。喜剧从莫里哀开始，我们正好说，批评从圣·佩甫开始。他从浪漫主义的战场出来，冷定了，推倒新古典主义，然而很快走出了浪漫主义，带着一腔热情，以熟练的细致的分析，研读古今文学，科学而不板滞，活泼而不放纵，每星期一在报纸上发表一篇批评，集成他的庞大的杰作《星期一谈丛》。学问渊博，然而永远谦虚，直到去世的前夕，为了解释荷马，他还在上他的最后一课希腊文。他是一个永生的学生。他未尝没有偏见，同代活人没有从他得到足够的解释，然而他也只是一个人，我们不好向他要的太多。可是就他已经给了的来看，汪洋浩瀚，巴尔扎克的小说如若叫作"人曲"[②]，他的批评真也可以叫作"文曲"了。没有圣·佩甫，不会有泰纳，印象派的法朗士，或者学院派的布吕地耶。他们也就只是仅仅做到他的一面，有的抓住他的文字，有的抓住他的方法，有的抓住他的见解，然而他本人，就他的批评精神来看，却是无所不届，无往不宜。他没有空谈道理，或者就人论文，或者就文论文，是客观的，尊重一切，是主观的，拿心得作为反映。这里译的一篇论文，近乎空谈道理，是他的《星期一谈丛》仅有的一篇论文，——一篇非常重要的论文，胸襟宽大，语言透辟，几乎成为十九世纪以前欧洲文学的精义了。他指出新古典主义的利弊，为了符合他的定义，我们这里把通常译成的《古典》改成《经典》，古今在这里全有份了。假如追寻他的定义的真谛，用现代术语，正是民主精神的应用。

——译者，民国三十六年

　　一道难题，依照岁月和季节，可以有种种不同的解答。今天有人拿它对我提出，我想试试解决解决看，假如不成功，至少当着我们的读者，也要摇动摇动，检查检查，哪怕是强制他们自己来回答，哪怕是帮助他们了解他们的见解和我的见解，假如我能够的话。这类不和私人有涉的主旨，谈物而不谈人，我们的邻居英国人发挥成为一类，谦虚地题作"试论"Essais，为什么我们就不也在批评范围时时加以论列？这类主旨常常有一点是抽象的和道德的，所以应当平心静气地讨论，集中自己和别人的注意，攫取那短暂的静默，节制和闲暇，我们可爱的法国难得有这些东西，甚至就在有意学乖，不闹革命的时候，它的辉煌的天才也没有耐心忍受。

　　依照通常的定义，一位经典作家 Classique 是一位古代作家，已然为人崇敬，在他的部门具有权威。"经典"Classique 这个字，就这个意思来看，最先在罗马人中间出现。他们所唤做 Classici 的，并非所有阶层的全体公民，而是仅仅属于第一等公民，至少要有一个若干指定的数目的收入。凡收入较差的，便另用 infra classem 称呼，不如特等阶层的地位高。欧吕·皆勒 Aulu-Gelle 用 Classicus 这个字，引申到作家方面：一位有价值的重要作家，Classicus assidusque scriptor，一位为人敬重的作家，在太阳底下有产业，就可以不和普罗阶层的人群相混。这种表现需要一个相当进步的时代，因为对于文学已然像是有了鉴定和区分。

　　对于现代人，真实的仅有的经典作家，在根源上，自自然然就是

---

① 载《文风月刊》1948年9月15日9卷3期，译者署名刘西渭。——编者注
② 后来统一定名为《人间喜剧》，未统一定名之前，译者自定名为《人曲》，相对于但丁的《神曲》。——编者

古代作家。希腊人由于一种稀有的幸福和一种精神上的便捷，除去他们，另外没有经典作家。罗马人起先把他们看做唯一的经典作家，费尽心思，刻意模仿。经过他们文学上美丽的时代，在西塞罗 Cicero、维吉尔 Virgile 之后，轮到他们也有了自己的经典作家，差不多完全成为其后若干世纪的经典作家。中世纪并不似一般人所谓昧于拉丁的高古，而是缺少尺度和欣赏力，混淆行列和位次：奥维德 Ovide 的遭遇比荷马好多了，波埃修斯 Boethius 成了一位经典作家，至少也和柏拉图相等。十五、十六世纪的文艺复兴走来理清这长久的混乱，然后欣赏这才有了层次。从此以后，双道高古的真正的经典作家衬着明亮的底子，谐和地，各自聚在他们的两座山头。

然而现代文学产生了，有些特别早熟，例如意大利文学，已然有了他们的高古作风。但丁出现了，后人很早就把他敬礼为经典作家。意大利诗以后就瘦损了，但是只要它有意，它永远找到（因为它保存着）冲动和这种崇高的源流的回响。把这作为诗的出发点，崇高的经典的源泉，非同小可，譬方说，顺但丁而下，比起苦修于"我的草"马莱耳伯 Malherbe 之门的，到底好多了。

现代意大利有了它的经典作家，然而就当法兰西还在寻找的时候，西班牙有权利相信它也有了自己的经典作家。若干有才分的作家，固然赋有独创和一种异常的才华，属于辉煌的力量，然而隔绝，继起无人，立即中断，永远必须重新开始，没有坚定的庄严的文学制作送给一个国家做遗产。"经典"这个观念本身含有继承和持久，团结和传统，组合，流传和耐久。直到路易十四的美丽的时代到来之后，法国这才颤栗而又骄傲，感到它也有了这种幸福。于是所有的声音把这讲给路易十四听，谄媚而又夸张，然而带有相当真实的感情。这里出现了一种富有刺激性的少见的矛盾：有些人爱疯了"路易大帝"这个世纪的奇迹，甚至于拿所有古人来做今人的牺牲，佩罗 Perrault 是他们的领袖，他有心颂扬，神化了他遇到的那些人，然而那些人最最和他对立，成了他的仇敌。布瓦洛 Boileau 激怒了，支持古人，帮助他们报仇，反对夸耀今人的佩罗，所谓今人就是高乃依 Corneille，莫里哀，帕斯卡 Pascal，和他同世纪的名人，包含第一流之一的布瓦洛在内。忠厚的拉封丹 La Fontaine，论战时节站在博学的于埃 Huet 一边，重人轻己，就没有看见自己，正要轮到做经典作家的前夕。

最好的定义是实例：自从法国有了路易十四世纪，能够有一点距离来观看它以来，它清楚什么是经典了，比说任何理由都有力。十八世纪，甚至于在糅混中，由于四位大人物的若干作品，增加这种观念的了解。读一下伏尔泰 Voltaire 的《路易十四的世纪》，孟德斯鸠 Montesquieu 的《罗马兴亡史》，布丰 Buffon 的《自然纪元》，卢梭的《萨茹牧师》和描写幽思与大自然的美丽文学，再说一下十八世纪是否有值得留恋的地方，是否能够拿独立和发展的自由来和传统协调。但是来到本世纪开端，在帝国之下，当着一种显然新而有些冒险的文学的初期实验，若干人士起了反感，伤心远胜于严厉，他们把经典的观念缩紧了，也就奇怪地狭隘了。一六九四年的学院字典，解释一位经典作家，仅仅说："一位极为人欣赏的古代作家，对于他所处理的材料是一位权威。"一八三五年的学院字典更加收紧这个定义，原来有一点广泛，如今也正确化了，甚至于窄小了。他把经典作家解释做"任何一种语言的模范作家"；紧接着所有条目，不断出现这些词句，"模范"，为风格和结构而立的"规律"，应当"依遵"的艺术的"严格的规律"。这种经典作家的定义显然是我们的前辈[①]下的，那些值得尊敬的学院院士，面对着当时所谓"浪漫作家"，也就是说面对着敌人下的定义。我觉得，丢弃这些有所限制而且有所畏惧的定义，因而扩大定义的精神，

---

① 圣·佩甫在一八四四年当选为国家学院院士，所以才有"前辈"的称呼。

如今该是时候了。

一位真正的经典作家,就我所喜欢领略的来下定义,是这样一位作家:他充实人类的精神,真正增加它的宝藏,让它朝前多走一步,曾经发现一些并不暧昧的道德的真理,或者曾经重新从人心捉牢一些永生的热情,而这里一切似乎早已了然,也早已掘尽了;曾经表现他的思想,他的观察或者他的发明,形式不拘,然而本身宽适高大,细致合理,健康美丽;同所有人用一种自由的风格讲话,自有而又属于人人,一种不用新字的新风格,新而又古,轻轻易易就和任何时代同代。

这样一个经典作家,可能有一时是革命的,至少表面是,其实不是;他起初扫荡他的四周,推翻一切妨害他的障碍,只为迅速重新建立有益于秩序和美丽的均衡。

我故意要这个定义华严、浮动,或者,一句话,宽大。假如你愿意,你可以拿好些名字放在下面。我先往这里放那写《波里耶克特》Polyeucte,《西拿》Cinna 和《贺拉斯》Horace 的高乃依。我往这里放莫里哀,我们法国语言所有的最完美和最丰盈的天才。歌德(批评之王)说:

"莫里哀太伟大了,我们读他一回,他让我们多一回惊奇。这是一位奇人;他的死近乎悲剧,没有人有勇气想法子模仿他。他的《吝啬鬼》是一部最崇高的作品,恶嗜毁掉父子间一切感情,同时是最高度地戏剧的……在一出戏里,每一动作应当本身重要,趋向一个更重要的动作。就这一点来看,《达尔杜弗》[①]是一个楷模。第一场真是一个了不起的开展!一切在开始就具有卓越的意义,让人首先感到将有什么更重要的好事发生。莱辛 Lessing 这类戏的开展可以说做得很完美了;然而《达尔杜

[①] 即《伪君子》。——编者注

弗》的开展世上只有一次。就这一类制作来看，这是最伟大的了……年年我读莫里哀一出戏，好像我时时观看翻制意大利大师的作品的板画"。

我所下的"经典作家"的定义，我不装假，有一点逾越平日的习惯看法。大家特别往这里放进整齐、缜密、节制和理智，统治并且包含此外一切条件。雷穆萨 Remusat 先生需要恭维洛瓦耶-柯拉尔 Royer-Collard 先生，说："假如他具有我们经典作家所有的赏鉴的纯洁，词句的适宜，格调的变化，配合表现和思想的小心翼翼，他把特征给了这一切，然而特征是他自己的。"我们看得出来，这里所谓经典作家的征记似乎全看配合和细致，修饰和温和：这也是最最一般的见解。第一等经典作家，就这种意义来看，属于一种中流作家，平正，合理，文雅，永远整饬，还有一种高贵的热情，一种被轻轻掩盖的力量。玛丽·约瑟夫·塞尼耶 Chenier 曾经用诗记下这些有节制的完整的作家的诗学，他自己就是他们最好的弟子：

是常识，理智形成一切，
道德，天才，精神，才分和欣赏力。
什么是道德？理智加以实行；
才分？理智发出光辉；
精神？理智巧妙地流露，
欣赏力只是一种精致的常识，
天才是崇高的理智。

写这几行诗，他显然在想着蒲柏 Pope，戴浦赖欧 Despreaux①，贺拉

---

① 戴浦赖欧就是布瓦洛，Nicolas Boileau Despreau (1636—1711)，法国诗人，文艺理论家。最重要的文艺理论专著是《诗的艺术》。

斯，他们的大师。这种理论拿想象和感受本身来趋奉理智，或许是斯卡里杰 Scaliger 领头在今人中间动议，正确地讲，是"拉丁"理论，同时也是久久以来占有优势的"法兰西"理论。它是对的，假如用来得当，假如不滥用"理智"这个字面；然而，明显的是，大家在滥用。举例来看，假如理智可以和诗的天才混淆，假如可以在一首道德的诗札里合成一个，它就不会是戏剧或史诗的热情的表现里的变化多端和创造多样的同一天才。《伊尼特》Eneide 的第四卷，狄多 Didon 的热狂，什么地方有你寻找的理智？费德尔 Phedre 的疯狂什么地方有你寻找的理智？不管怎么样，这种理论的精神的倾向是把约制灵感的作家放在经典作家的第一流，不大愿意把放纵灵感的作家放在第一流，维吉尔的机会比荷马多，拉辛 Racine 更比高乃依多。这种理论喜欢引证的杰作是《阿达莉》Athalie，谨慎，力量，逐渐成长的大胆，道德的崇高和伟大的条件的确全在这里集结。应付最后两次战争的蒂雷纳 Turenne 和写作《阿达莉》的拉辛，是谨慎和明密所能为力的伟大实例，因为它们占有他们全部成熟的天才，进到他们超异的勇敢。

　　布丰在他的《演说》里面，谈论风格，坚持这种计划，安排和执行的统一性，以为是真正经典作家的印记。他曾经说："一切主旨是一个；无论它多么广大，它可能被关在一篇演说之中。你不应当采用间断、休息、段落，除非你处理若干不同的主旨，或者需要谈到伟大、棘手而又有参差的东西，天才的进展由于困难的增多而中断，由于环境的要求而受拘束：不然的话，多量的区分不但不使一件作品更加坚固，反而破坏它的团聚；书就眼睛看起来更清楚了，但是作者的计划反而模糊了……"他继续批评，眼前是孟德斯鸠的《法律的精神》，这本书内容优良，失之于支离破碎，而这位著名的作者，不到终点就疲倦了，不能够呼吸自如，不能对全部材料有所组织。但是，我痛苦，我不能够相信布丰就会不去想到博叙埃 Bossuet 的《宇宙历史的演说》，在这同一地点,用作对照。这主旨是那样广大,那样"一个",那位大演说家知道把全部"关在一篇演说之中"。你不妨打开一六八一年的初版本,还没有分章的时候(后来才分章,从书眉移进正文,加以截断):滔滔一篇,差不多是一气而下,你简直可以说,演说家就像布丰所说的大自然一样推进,"根据一种永生的计划工作,没有一个地方离题",好像了无芥蒂,深深打入上天的旨意。

《阿达莉》和《宇宙历史的演说》,是严格的经典理论所能献与友敌的最高的杰作。像这类绝无仅有的制作的完成,虽说具有庄严和惊人的单纯,然而我们依循艺术的习惯,真还希望放宽一点这种理论,指出扩展理论不一定就有松弛的现象。遇到这类问题,我喜欢引证歌德,他曾经说:

"我把经典叫做健康,浪费叫做疾病。对于我,《尼伯龙根》这首诗正如荷马一般是经典的,二者全都健康强壮。现今的作品是浪漫的,并不由于它们新,而是因为软弱,工愁善病,或者有病。古代的作品是经典的,并不由于它们旧,而是因为它们有力、鲜妍和开朗。假如我们就这两个观点来看浪漫和经典,我们不久就会全部一致了。"

说实话,我盼望精神自由的人先周游世界一匝,观赏种种不同的文学,探讨一下它们原始的严格和它们无限的变化,然后再来决定自己在这方面的见解。他会看到什么?先是一位荷马,经典世界的父亲,然而他本人,并不就是一位简单的个别的个人,倒更是一个全部时代和一个半野蛮文化的广大而生动的表现。要他做一个所谓正确的经典作家,必须在事后借给他一种计划,一种大纲,若干文学的意向,若干法则和礼貌,当然,他往富裕里发展他的自然的灵感,根本就没有想到这些东西。在他身旁,他看见什么?一些庄严可敬的老人,一些埃斯库罗斯 Eschyle，一些索福克勒斯 Sophocle，全都伤毁了，站在那里，仅仅为我们呈现一个本人的残余，不用说，别人犹如他们，一样值得活到后代，可是由于时间的损害，就永远倒了下去。只要这样一想，一位精神上公正的人就学会了怎样观赏全盘文学，甚至于经典文学，也不能够就让视野太简单，太有限制，那种自来赞不绝口的正确和整齐的秩序，实际是由于我们欣赏过去，人为地介绍了进来而已。

来到近代，又是什么？在文学开始的时候，我们看见的最伟大的名字正是那些最最扰乱冲撞某些有限制的观念（我们想拿来作为诗的美丽和端正的条件）的人。例如，莎士比亚，是一位经典作家吗？是的，对于英国，对于世界，他今天是；但是，在蒲柏的时代，他就不是。蒲柏和他的朋友在当时是唯一第一等的作家；他们初一死后，似乎确然就是了。今天他们仍是经典作家，他们配得上是，然而属于第二流了，那在天边高处回到原来地位的人永远把他们逼回他们应得的位次，加以统治。

当然，不是我要说蒲柏的坏话，或者他的优异的弟子们的坏话，特别当他们温柔自然如戈德史密斯 Goldsmith 的时候；在作家和诗人之中，除去最伟大的人物，也许就是最可爱的人物，最给人生增添情趣的人物。有一天，博林布鲁克 Bolinbroke 勋爵写信给斯威夫特 Swift 博士，蒲柏在信尾附了一句："我以为，假如我们三个人在一块儿过上三年，我们的世纪可能多得到一些东西。"不，千万不要信口就谈那些勿需吹牛，本人就有权利来讲的人们，倒是应当羡忌那些得宠的幸福时代，有才分的人们在当时自相提议类似的结合，而且并非一种幻想。这些时代，或者叫做路易十四，或者女王安妮 Anne，是真正唯一的经典时代，依照这个名词的有节制的意义，是唯一献给完善的才分的避难所和有利的气候。我们太清楚了，到了我们这失去联系的时代，有些才分或许并不低于前人，由于举棋不定，由于时局的严酷，就毁掉了，消散了。话虽这样说，时局即使有助于一切伟大的成长，即使远比一切伟大重要，我们仍要加以保留。让常人颠覆的困难，真实的卓越的天才一蹴而过；但丁，莎士比亚和弥尔顿，不顾艰难压迫和狂暴，能够达到他们所有的高度，产生他们不毁灭的作品。大家常常讨论拜伦对于蒲柏的意见，想法子来解释这种矛盾：《唐璜》和《哈罗德》Childe-Harold 的歌人恭维纯经典派，认为它唯一良好，而自己走的路子却完全两样。关于这一点，正是歌德说了真话：就诗的泉源和喷溅来看，拜伦十分伟大，但是他怕莎士比亚，就创造和人物的活动来看，比他强有力多了："他真还想否认他；这种无我的崇高窘住了他，他觉得他在旁边不能够舒展自如。他从来不否认蒲柏，因为他不怕他，他明白蒲柏在他旁边是一堵墙。"

假如蒲柏一派，如拜伦所希望，在过去一直保留优势，成为一种名誉的帝国，拜伦或许是他那一类作品唯一的元勋；蒲柏的"墙"的高度挡住人看见莎士比亚的伟大的形象，然而莎士比亚高高在上，御临万方，拜伦也就只是二流而已。

在法国，路易十四世纪之前，我们没有大经典作家；我们没有那些但丁，那些莎士比亚，那些原始的权威，逢到解放的日子，大家迟早回到他们前面。我们只有一些大诗人的轮廓，如雷尼埃 Mathurin Regnier，如拉伯雷，没有任何理由，没有惊人的热情和严肃。蒙田可以算是一位提前的经典作家了，属于贺拉斯一族，但是好像一个野孩子，四围少人照管，尽着笔，由着兴儿胡闹。结局是，我们从祖辈作家找东西，（不及任何民族）让我们在某些日子宣扬我们的坦白和我们文学的自由；结局是，我们在解放自己的时候成为经典作家更加困难。然而临到我们大世纪的经典作家如莫里哀，如拉封丹，也就足够胆大能干的后人接受正统了。

我以为今天重要的，是一边支持观念和信仰，一边往开里扩展。

没有万宝全书叫人做经典作家；这一点大家应当在最后看出。相信不管性格和热情，只要模仿某些纯洁、明慎、修饰和文雅的性质，就做得了经典作家，是相信拉辛之后，有拉辛子孙可做；可敬而又可怜的角色，就诗来看，最坏不过。还有：太快和马上就做同代人的经典作家并不就是一件好事；于是做不了后人的经典作家的机会就太多了。风达 Fontanes 活着的时候，朋友把他看做一位经典作家；二十五年的距离，你看成了什么样苍白颜色。这些站立不稳，称雄一时的经典作家要有多少！他们站在你的后面，有一天早晨你回身一看，真叫奇怪，全不见了。赛维涅 Sevigne 夫人曾经开心地讲，他们的存在只不过是为了"太阳早餐"①。说到经典作家，最吓人一跳的倒许就是最好和最伟大的：你不妨看看那些真正生而不朽永生茁放的雄壮的天才。就表面来看，莫里哀是路易十四时代四位大诗人之中最不经典的；当时大家冲他喊好，远在敬重他之上；大家欣赏他，而不知道他的价值。他以后最不经典的似乎是拉封丹：可是两个世纪以后，你看他们到了什么地位。今天众口同声，就普遍的教训的意义而言，不就公认他们最深厚，也最丰富，在布瓦洛甚至于在拉辛之上？

而且，这里确无所牺牲，无所贬价。我相信，欣赏的大庙需要翻修；但是，翻修的时候，仅仅往开里扩展就成了，让先贤祠成为所有高贵的心灵的，凡以持久难能的心力增加精神的享受和高贵的总和的人们都在这里有份。至于我，在任何情形之下，也不敢妄想（太明显了）去做那样一座大庙的建筑师或者清理人，我限制自己于表示一些愿望，对于工料估价稍尽绵薄。首先，我希望对于先贤无所排除，各得其所，从最自由的创造天才与最伟大的经典作家而不自知的莎士比亚起，算到具体而微小，倒数第一的昂坠我 Andrieux。"我

---

① 短暂的意思。

父亲的家有好些居室"①；但愿人间的美的王国和天上的王国能够一样真实。荷马是头一个，最像一尊天神，永远而且处处；但是后面，如像三位东方仙王做随从，有三位大诗人，我们久不相识的荷马，依照亚细亚古老民族的习尚，他们也写了些宏大可敬的史诗，印度诗人跋弥 Valmiki 和毗耶婆 Vyasa 和波斯诗人菲尔多西 Firdousi：在欣赏的国度，至少知道有那样的人存在，不将人类加以隔绝，是一件好事。向我们所能望到而且承认的原始致过敬礼，我们不再走出我们的天边，眼睛浏览着万千可爱或者庄严的景色，享受万千变化多端和充满惊奇的遇合，然而表面的混乱绝非矛盾冲突。最古的哲人和诗人，曾经把人类的教训写成格言，以一种简单的方式歌唱，彼此晤对，语言"精简香甜"，从第一句话起，不会以相互了解为奇。那些梭伦 Solon，那些赫西奥德 Hesiod，那些忒奥格尼斯 Theognis，那些约布 Tob，那些所罗门，为什么不也孔子？会欢迎最聪颖的今人，那些罗什福科 Rochefoucauld 和那些拉布吕耶尔 La Bruyere；他们听完前人讲话，也一定会说："我们知道的，他们知道，经验返老还童的结果，我们并无所得。"维吉尔站在最险突的峰顶和最容易接近的坡头，和四周的梅南特 Menandre，提布卢斯 Tibullus，泰伦提乌斯 Terence，费纳龙 Fenelon 谈天说地，具有广大的魔力和神圣的欢愉：他的柔和的面孔似乎有阳光映照，有羞赧着色，就像某天他走进罗马的剧院，有人正好读完他的诗，他看见人民全体一致对他起立，向他致敬，宛如致敬奥古斯都 Auguste 大帝。贺拉斯离他不远，怀着和好友分手的遗憾，也在主持（尽一位精细诗人和哲人的可能来主持）一群生活典雅的诗人和虽说歌唱却也懂

---

① 这句话来自《圣经》。圣·佩甫注道：歌德欣赏自由不同的天才，相信任何发展正当，只要能够抵达艺术的目的。西班牙的卡塔卢尼亚 Catalogne 有一座塞拉特 Serrat 山，住着许多修士，个个岩穴藏着它的修道之士。歌德拿它比喻帕尔纳斯 Parnasse（文学），说："帕尔纳斯是一座塞拉特山，层层全有房舍：人到四外观望去好了，会给自己找到合适的住宅的，峰顶也好，岩角也好。"

的谈吐的人们，——蒲柏，戴普赖欧，一个不大针砭了，另一个也不大斥骂了；那位真正的诗人蒙田也在这里，他把学派的空气从这可爱的角落完全去掉。拉封丹会在这里把自己忘掉，但是不浮躁，也就安于所居了。伏尔泰走过这里，然而喜欢归喜欢，不会耐心在这里久待的。和维吉尔站在同一峰顶，稍稍低了一些，可以望见色诺芬 Xenophon，质实的样子，一点不像一位队长，倒像缪斯女神的一位祭司，在四周集合了各国各种语言的古人，那些艾迪生 Addison，那些佩利松 Pellison，那些沃夫纳格 Vauvenargues，所有那些具有流畅的才调，精美的单纯和甜蜜而掺有装潢的被忽略的人们。三位大人物喜欢在中央正殿（因为这里有好几座殿）的门外会合，每逢他们在一起的时候，没有第四位，不管他多么伟大，想来参加他们的谈话或者静默，因为他们伟大而有法度，含有那么多的美丽和那种只在世界最年轻的时候来过一天的谐和的完美。他们三位的名字变成艺术的理想：柏拉图，索福克勒斯和德摩斯提尼 Demosthene。再说，向这些介乎神人之间的存在致过敬，你就没有看见那边有一大群相熟的优秀之士，永远喜欢跟随那些塞万提斯，那些莫里哀，人生的有经验的画家，这些心胸宽大的朋友，有益于人类的首辅，带笑拿起整个的人来，为他把经验注入欣快，而且知道用强有力的方法提供合理、热诚、正当的欢乐？这种描写要完全的话，一大本书也说不完，我不想再在这里继续下去了。你相信好了，中世纪和但丁占据公认的高地；在天堂的歌者的脚上，意大利差不多全部摊开，仿佛一座花园；薄迦丘 Boccace，阿里奥斯托 Arioste 在这里游戏，塔索 Tasse 重新找到索伦托 Sorrente 的橘树原野。总而言之，每一不同国家在这里有一个保留的角落，但是作家喜欢出来散步，他们万想不到会在这里会见一些兄弟或者师长。例如，吕克莱斯 Lucrece，就许高兴和弥尔顿讨论世界的源流和混沌的清明；但是，个人说个人的理，两个人同意的也许只是诗和大自然的完美的图画。

这就是我们的经典；人人可以根据想像完成素描，甚至于选择自己喜爱的一群。因为，必须选择，欣赏的第一个条件，在全部了解之后，就是不再继续不断地旅行，而是坐了下来，有所固定。没有比旅行漫无目的更其摧毁赏鉴的了；诗才不是"流浪的犹太人"。不过，谈起固定和选择，我的结论并非模仿我们所喜爱的前辈大师。让我们以感受、深入和钦佩他们为满足；我们来得这样晚，让我们至少做我们自己。让我们就各自的本能加以选择。让我们获得我们自己的思想情感的真诚与自然，这永远可能；让我们把崇高和这连在一起，假如可能的话，和一种高大的目的的方向连在一起，这就难多了。让我们说着我们的语言，承受我们生长的时代，我们在这里汲取我们的力量和我们的过失的条件，随时朝山仰起脸，眼睛看着一群一群过世的尊长，问自己："他们会说我们什么？"

　　可是为什么永远谈写作，谈做作家？或许将来有一个时代，人不再写作了。读书，再读书，随着自己的喜好读书是幸福的！将来人生有一个时期，世界走完了，经验全有了，福也享尽了，就剩下探究自己所知，领略自己所感，好像再看见自己所爱的人：成熟之中，心和欣赏的纯洁的喜悦。然后"经典"这个字得到它真正的意义，对于任何有欣赏力的人，不可抗拒，由于选择的偏私，定义倒反而形成了。然后欣赏力有了，形成了，固定了；我们应有的常识也就圆熟了。你不再有时间尝试发现，也不再有妒忌走出发现。你信托朋友，信托那些有长期经验的人们。老酒、老书、老友。你就像伏尔泰在这动人的诗句里对自己讲：

　　"享受，写作，活下去！我亲爱的贺拉斯！
　　······························
　　虽说我活得比你久；我的诗不会命长；

但是,来到坟边,我将用我所有的心力,
遵循你的哲学的教训,
在领受生命中间憎恨死亡,
读着你的充满见识和笔致的文章,
像喝着一杯活泼官感的老酒。"

总之,不管是贺拉斯还是另一个人,喜爱的作家不管是谁,只要能够使我们自己的思想富裕成熟,我们就会要求一位古老的好心人时时刻刻和我们谈话,就会要求一种不欺骗,也不随手丢下我们就走的友谊,就会要求那种爽朗仁厚的习惯印象来调停我们和别人和自己的冲突,因为我们常常需要。

一八五零年十月二十一日星期一

巴尔扎克论文选[①]

① 新文艺出版社 1958 年 3 月版。

・ 第一部分　世界观 ・

译者附记：这里四篇论文，都谈到工人和劳动问题。巴尔扎克对一个新兴阶级的关切和认识，显然不及他对统治阶级（特别是资产阶级）更有热情、更有了解，但是即使如此，单从这四篇论文看来，他对统治阶级却也充满了绝望情绪。他对工人和劳动的看法（从一八三〇年到一八四八年），有时候正确，有时候非常错误。例如他说"工人是野蛮人的前卫"，就没有想过，当时工人一天三餐不保，连童工也要一天工作十二三小时，哪里去找时间？没有钱、没有时间、没有心情、更没有机会：因为统治阶级根本没有想到这些制造财富的劳动者应该一样读书受教育。人造卫星的发射彻底扫清了这种谬论。毫无疑同，巴尔扎克是站在剥削者的观点来看问题的，他认为制造财富，必须有一种人接受被牺牲的命运。他对生产的解释，也是完全属于商品拜物教的观点。他受到英国经济学派影响，对工人生活又缺乏深刻认识，阶级同情的建立自然是有困难的。但是这依旧挡不住：他老早就注目到工人阶级存在这一事实。他深深感到了它的威力。他的小说《法奇诺·卡乃》的前两段便是有力的说明。

他一再表示自己拥护天主教。但是读过他的《人间喜剧》尤其是有自传性质的《路易·朗拜尔》（Louis Lambert），我们并不感觉他的思想就和纯正的天主教思想一致。

一个值得注目的现象就是：巴尔扎克的思想，越是属于早期，特别是年轻的时候，就越显出了它的反叛的声势。他入世越深，名利观念越重，对恋爱的实际看法又分外执着，也就越给自己蒙上了一层正统的、卫"道"的灰尘。

因而他的晚期思想，就更需要细致的分析来说明哪一点是主要的、一贯的，而哪一点是后加的、表面的。一个人活在他那样的时代，内心活动必然是错综复杂的，然而也决不是无迹可寻的。还是让我们通过他自己的语言来了解他罢。

一　风雅生活论①

通　论

Meno agitat molem.

——维吉尔

一个人的灵魂，看他拿手杖的样式，就可以一目了然。

——时髦翻译②

第一章　楔　子

文化把人配置在三条干线上……我们照杜班（Ch. Dupin）先生的做法③，给这三类分别抹上颜色，也许容易；不过在一部基督教哲学的著述里，出现幻术，未免参差太甚，所以我们也就不拿绘画和代数的X混在一起了。我们在公开风雅生活最秘密的学说的时候，也试着包括我们的反对者、那些穿筒子上半翻在外头的靴子的人们在内。

近代风俗制造出来的三种阶级是：

劳动者；
思想者；
一无所为者。

因而就有三种相当完整的公式，表现各色生活，从浪人的富有诗意与充满流浪生涯的小说，一直到立宪国王的单调与催眠的历史，都表现了出来：

忙碌生活；

艺术家生活；

风雅生活。

第一节　忙碌生活

忙碌生活这个题目缺少变化。人用十指干活，就放弃了一生前程，变成一种手段，我们再怎么博爱，可是得到我们称许的，也只有结果。面对石头堆，处处有人赞不绝口；万一他想起那些堆石头的人来的话，也就是怜而愍之；万一他们觉得建筑也还表现出了一种崇高思想的话，它的工人却像起重机一类东西，和手车、铲子、锄头打成一片，分不清谁是谁来。

这话不公道吗？不。由于劳动而被编成队伍的人，就像蒸汽机一样，个个以同一形式出现，统统缺乏个性。"工具·人"是一种"社会零"，它可能有顶大的数目字，加在一起，也得不出一个合数来，根本零前头就没有数目字。

一个农夫、一个泥水匠、一个兵士，是同一群众的一模一样的碎片、同一圆圈的部分、把子不同的同一工具。他们日出而起，日入而眠；有的闻鸡而起，有的闻鼓而起；后者穿的是皮裤、两欧（aune）④蓝呢、靴子；前者穿的是随手拾起的破烂衣服；他们吃的都是顶粗的粗粮：砸石灰或者砸人，收豆或者收尸，是他们一年四季努力的正经事

---

① 这是巴尔扎克1830年写的两篇论文，性质比较轻松，口吻相当调侃，有时候还显出了玩世不恭的情调。但是尽管如此，他在这篇游戏文字的第一章，表现了他早年对劳动人民和统治阶级的认识。这篇论文共有三部五章，分期刊登在《时尚》（La mode）杂志上（1830年10月2日、9日、16日、23日和11月6日）。这里仅仅译出第一章。

② 诗句见于维吉尔（公元前70—前19）的史诗《阿奈德》第六章第七二七行。意思是"灵魂使物体动"。"物体"一字，在法文又有金头或银头手杖（Masse）的意思，因而就产生了那句"时髦翻译"。巴尔扎克有这样一根手杖，很出名。

③ 杜班（1784—1873）是法国经济学家与工程学家。

④ "欧"是法国古尺，每欧等于1.188公尺。

项。劳动在他们就像一个谜，找谜底一直找到咽气那一天。他们一辈子干伤心的额外罚工，报酬常常就是弄到一条小板凳，坐在一间草屋门口，头上有一棵全是尘土的接骨木，不担心会有听差对他们说：

——走开，傻小子！我们只有星期一施舍。

所有这些可怜人，解决生活就是嘴里有面包，解决风雅就是橱里有几件衣服。

小酒贩、少尉官、雇员编辑，是忙碌生活之中比较不低三下四的典型人物；但是他们的存在照样不脱庸俗气息。永远是劳动，永远是起重机；仅仅机件更复杂了一些，理智的咬合不紧罢了。

照这些人想来，裁缝不但不是艺术家，而且永远以狠心的账单形式出现：他们滥用硬领的创设；他们起了喜好什么东西的念头，怪罪自己，就像他们偷了他们的债主一样；对于他们，一辆马车就是一辆随时等人喊叫的街车、一辆送殡或者娶亲用的出租马车。

即使他们像散工一样不存钱，保障他们的晚年，他们辛苦一生的希望却也很少超过这个：在布赦拉街（Boucherat）租一间五楼很冷的屋子；然后太太要一顶出门帽子和一双土白细布手套；丈夫要一顶灰毡帽子和一小杯咖啡；孩子们能上圣·德尼女校（Saint-Denis）[①]或者能得半官费；全家人一星期能吃两回煮汤用的带脂肪的肉。这些人不完全是零，不完全是数目字，也许属于十分之一罢。

在这愁苦的市区，有一笔恤金或者一笔公债利息，生活就解决了；有流苏窗帘、船形大床和玻璃罩蜡烛台，风雅就解决了。

忙碌的人，爬社会梯级，摇摇摆摆，就像大舰上攀援缆索的小水手一样。我们再往上爬，就看到了医生、神甫、律师、公证人、小法官、大商人、乡绅、职员、高级军官等等。

[①] 圣·德尼女校是拿破仑为有勋章的官吏的女儿创设的学校，附设在巴黎北郊圣·德尼修道院。

这些人物好像制造精密的仪器一样，活塞、连杆、摆，总之，样样机件，仔细打光，配好，上油，旋转自如，外头还有很过得去的绣花东西覆盖。但是这种生活永远是一种有变动的生活，思想在这里还不自由，不充分活跃。这些先生每天必须浏览几次备忘录的项目。这些小本子替代了从前窘辱他们的学监，时时刻刻提醒他们是理智存在（比起国君来，还要一千倍的三心二意、忘恩负义）的奴隶。

他们活到退休的年龄；对时尚的感觉已经钝了，讲究风雅的岁月也一去而不复返了。他们乘的出游马车，踏脚突在外头，充好几样用处，要不然也老模老样，类似名闻遐迩的保尔达（Portal）①的马车。他们对克什米尔呢还持有成见；他们的太太戴项链和耳环；他们的奢华是节省出来的；家中事事怪诞，你们看见门房上头写着："有事可问门卫"。他们在社会和数上，如果也算是数目字的话，是一而已。

对于这一阶级的暴发户，有男爵头衔，生活就解决了；车后有一个帽子插羽翎的高个儿猎装跟班，或者费斗剧场（Feydeau）②有一间包厢，风雅就解决了。

忙碌生活到此为止。高级官员、高级圣职、将军、大业主、部长、宫廷司库、亲贵，是在闲人这类，属于风雅生活。

解剖完了这可怜的社会身体，一位哲学家对成见感到十分厌恶，因为这些成见让人一个跟一个过来，却又像水蛇一样互相躲开，他忍不住就对自己道："我不随便建立一个国家，我接受现成的国家……"

这种成群结队的社会浏览方式，可以帮我们想出我们的第一批格言，照写如下：

---

① 保尔达男爵（1765—1845）是法国上议院议员，当过部长。
② 费斗剧场创建于 1788 年，大革命时期富有声誉，1801 年起，剧团扩大成为喜歌剧剧团，仍在该剧场演出。

格 言

（一）文明或者野蛮生活的目的是休息。

（二）绝对休息制造忧郁。

（三）风雅生活，就其广义而言，是使休息活泼的艺术。

（四）久于劳动的人不能了解风雅生活。

（五）结论：要时髦，就该不经劳动享受休息，这就是说：中头彩，作百万富翁之子，作亲贵，领干薪或者兼差。

第二节　艺术家生活

艺术家是一种例外：他的闲散是一种劳动，他的劳动是一种闲散；他一时风雅，一时马虎；他一高兴，穿起农民的工装，再一高兴，穿起时髦先生的燕尾服；他不遵守法律，他制定法律。无论他是一无所为，或者是寻思一部杰作，样子都像并不忙碌，他吆喝一匹口衔木制马勒的马，或者驾一辆四马如飞的俄罗斯轻便四轮马车；他身上没有二十五分钱，或者满把扔出金子，永远表现一种崇高思想，影响全社会。

皮耳（Peel）先生拜会沙陀布里安（Chateaubriand）子爵，发现有一间书房全是栎木家具，这位三十倍百万富翁的部长[①]，忽然之间，发现英吉利的碍手碍脚的笨重金银家具，和这种素朴情调一比，黯然无色。

艺术家永远伟大。他自己就有一种风雅与一种生活，因为他的一切反映出了他的理智和他的光荣。有多少艺术家，就有多少见解独特的生活。对于他们，时式只有低头；这些倔强汉高兴怎么作，就怎么作。万一他们占了一件丑陋的磁人的话，也是为了改变它的面貌。

一句欧洲格言，就从这种学说得了出来：

[①] 沙陀布里安（1768—1848）是法国天主教浪漫主义作家，1821年在伦敦当复辟政府的驻英大使。皮耳（1788—1850）的父亲是英国纺织业巨头，本人在1822年出任内政部部长。

(六) 一位艺术家，照自己的意思生活，或者……照自己的能力生活。

第三节 风雅生活

假使我们不在这里给风雅生活下定义的话，这篇论文就要软弱无力了。一篇论文不下定义，就像一位联队长被截去了两条腿一样，很难走路了。下定义，等于缩短，我们就缩短一下罢。

定 义

风雅生活是外在与物质生活的完美表现；

或者是：

学有才情的人用掉收入的艺术；

或者是：

教我们像别人一样什么也不作，样子却像他们一样什么也作的科学；

可是还要好的也许是：

在我们本身和我们周围的一切事物之中的韵味与喜好的发展；

或者更合逻辑的是：

知道怎么样给自己的财富制造名声。

依照我们的可敬的朋友吉那丹 (Emile de Girardin) [1]，定义是：

被转移到事物之中的贵族品质。

依照司密斯 (P. T. Smith)：

风雅生活是发展工业的原则。

依照亚戈豆 (Jacotot) 先生，没有必要写一篇关于风雅生活的论文，因为《代莱马克》(Télémaque) 里已经有了，参阅萨朗特

---

[1] 吉那丹 (1806—1881) 是法国报刊事业家。巴尔扎克这篇文章就登在他创办的《时尚》杂志上。他的夫人写过一部小说，题目就叫《巴尔扎克的手杖》。

(Salente) 的组织。①

听古散（Cousin）先生说来，这属于一种较高的思想品级："理智的运用必然伴有感觉、想象与感情的运用，它和原始设施以及动物主义的顿悟打成一片，给生活染上它的颜色。"参阅《哲学史讲义》第四十四页，看看风雅生活这句话是否真正就是这句谜语的谜底②。

根据圣西门的学说：

风雅生活是一个社会所能害的顶厉害的病；原则就是："巨富就是偷窃"。

根据邵德吕克（Chodruc）③：

它是轻佻与无稽的织物。

风雅生活和这些凡庸的定义都配合得上。它们是定义第三的迂回说法。但是照我看来，风雅生活还含有较重要的问题，所以为了对我的缩短的做法表示忠心起见，我试发挥一下这些问题。

一个阔人民族，是政治上一个不可能实现的梦想。一个国家必然含有生产者与消费者。下种、移植、灌溉、收割的人，何以正好就是吃的顶少的人？这种结果是一个相当容易拆穿的秘密，可是有许多人偏好把它看成了奥妙的天意。有一天我们来到人类大限的时候，也许加以解释。眼前，我们不怕有人骂我们是贵族，先干脆透露一句，那就是：一个人落在社会末一排，不该要求上帝说破他的命运，就像牡蛎不该要求上帝说破它的命运一样。

这句话不但富有哲学意味，而且也合乎基督教精神。在对宪章有所思味的人们看来，毫无疑问，这也就快刀斩乱麻，把问题解决了。因

---

① 亚戈豆（1770—1840）是法国教育家。《代莱马克》（1699 年）是费纳龙（Fénelon）的杰作。萨朗特是书中主人公经过的一个国家。
② 古散（1792—1867）是法国折衷主义哲学的宗师。1840 年，在狄耶内阁，出任教育部部长。巴尔扎克讥笑他这句话是"谜语"。
③ 邵德吕克（？—1842）是法国当时出名的风流美男子，晚年落魄，死于贫困。

为我们不是对另外一些人说话，还是说下去好了。

自从社会存在以来，政府必然就永远成了一种富人之间制定的对付穷人的保险契约。家产全部由长子继承，结局就出现了内讧，内讧又燃起文明人普遍追求财富的热心；财富是所有不同野心的典范，因为世家、贵族、爵秩、佞臣、娼妓等等，就是从不要属于受苦受气的阶级的心思出来的。

这种欲望让人处处看见悬挂奖品的旗杆①，可是爬来爬去，只爬到四分之一、三分之一或者一半高，苦恼自在意中；正是这种欲望，势所必至，把自尊心发展到极度，产生出了虚荣心。而虚荣心也不过是天天穿着一新的艺术。国王们待在广场大旗杆的尖尖头操演。各个人感到有必要猴在上头，作为他的权势的样本，给自己来一个担任教导过往行人的标记。也就是这样，才有了家徽、听差制服、貂饰、长头发、风标、红鞋跟、主教冠、鸽子塔、教堂的石板地和鼻子闻的香、前置词、绶带、华冕、假痣、胭脂、金冠、长尖头鞋、官帽、官服、灰鼠皮、朱红呢、刺马距等等等等②，一个又一个，变成一个人能享受若干休息、有权利满足若干幻想、有可能浪费若干男女、金钱、思想、辛苦的物质标记。于是一个过路人一眼望去，就看出了他是一个闲人，不是一个劳动者；一个数目字，不是一个零。

大革命忽然伸出大手，一把抓起一千四百年发明的全部服装，还原成了纸币。它一轻举妄动不要紧，却带来了一个国家所能遭逢的最大的灾难。忙碌的人懒的独自劳动，一心一意想着和倒霉的阔人同甘共苦，而阔人什么也不会作，除非是悠闲自在，大享其清福！

---

① 节日广场上立的旗杆，尖端悬挂奖品，旗杆圆滑，供竞赛游戏用。
② 家徽、听差制服、长头发、风标、红鞋跟、鸽子塔、长尖头鞋等等，都是贵族的阶级标志。有的属于一般的，例如貂饰、长头发、红鞋跟、长尖头鞋等等。有的属于个别的，因家而异，例如家徽、听差制服、风标等等。鸽子塔只许贵族的庄园有，风标也是这样。貂饰是中世纪一种头披，以长度显示贵族身份。前置词是姓前的虚字，表示贵族身份。

整个社会观看这种斗争进行，发现最热爱这种制度的人们也贬斥它，也宣布它可笑，不方便，败坏道德，危害人心，转眼就连劳动者，也变成闲人了。

　　所以从这时候起，社会又在组织，又在封爵，又在晋秩，又在受勋；从前钦差吓唬可怜的人民，说：Vade retro, Satanas!①……如今羽毛笔负起了这种任务，说：走开，老百姓！……法兰西是一个精通哲学的国家，经过新近这次努力，对建立国家所依据的旧制度的优良性、功利性、安全性作过了实验，仰仗若干兵士，自动回到"三位一体"②在尘世安放谷与山、栎与禾的原则。

　　公元一八〇四年，如同一一二〇年一样，一个男人或者一个女人，望着同胞，对自己道："我高出于他们之上；我溅他们一身泥，我保护他们，我统治他们；人人也一清二楚看见我统治他们，保护他们，溅他们一身泥；因为一个溅别人一身泥、保护或者统治别人的人，说话，吃饭，走路，喝水，睡觉，咳嗽，穿衣，娱乐，就不和被溅了一身泥、被保护、被统治的人一样，"大家公认：一个人能说这话，一百二十分开心。

　　于是风雅生活冒头了！……

　　就见它亭亭玉立，旖旎千般，新妆动人，说是老迈，却又少艾，说是高傲，却又妍丽，而且通过这段妙不可言的关于道德、宗教、君主国、文学、宪法、唯我主义的独白："我溅泥，我保护，我……"等等，得到了称许、改正、增加与新生。

　　因为有才分、有势力或者有钱的人们所遵循、所依以为生的原则，永远不同于伧俗生活的原则。

　　没有一个人愿意伧俗！……

---

① 拉丁文，意思是："滚开，魔鬼！"
② "三位一体"是天主教对"上帝"的解释，认为上帝的存在含有天父、圣子与圣灵三种成分。

所以风雅生活，就其本质来说，也就是态度科学。

现在我们觉得问题已经充分缩短，也玲珑细巧地加以说明了，就像那外（Ravez）伯爵阁下在首届七年议会负责提出来的一样。①

但是风雅生活在哪一个国家先开始？是否个个闲人都善于遵循它的规则？

下面两个格言，可以解决所有的疑问，给我的时髦见解充出发点：

（七） 就风雅生活而论，世上只有马人（centaure）、提耳玻利（tilbury）的乘客②，算得上是完整生物。

（八） 过风雅生活，单靠变成阔人或者单靠生下来就是阔人还不够，必须有风雅生活的感情才成。

梭伦（Solon）③在我们之前说过："假如你们没有学会当王公的话，先别作王公。"

(第一章完)

---

① 那外（1770—1849）是法国议会（当时七年改选一次）议员，长期担任主席。
② "马人"见于希腊神话，下半身是马。"提耳玻利"是英国同名者创制的一种轻便马车，两轮，敞篷。巴尔扎克讥笑风雅者出门必乘时式马车，故曰"马人"。
③ 梭伦（公元前 640—前 558）是古代雅典第一执政官（公元前 594 年）。

二 关于工人

秩序之友的合唱：

"你们是什么东西，也攻击我们？骚乱和无政府的庇护者！法律和国家的仇敌！公众秩序的执意破坏者！你们这些可恨的捣乱分子，时刻都在唆使、煽惑、鼓动人们图谋不轨！你们对秩序进行疯狂攻击，可是秩序必须恢复！必须有严厉的法律管制你们。叛变随时可能发生，你们总在培植无政府的邪说，你们时刻打击为国家谋利的政府，使它行动不得。政府必须不受革命企图的危害，必须拯救国家，拯救法兰西！必须吓退安息与和平的死敌！必须使他们心存畏惧，不然的话，政府就难以存在，必须镇压……让我们把乱党肃清了罢！等等。"

说这番话，佐以不同程度的兴致与口才，伴有兵士、枪炮、国民军，出之以配合时间、地点、情况的文章、公告、演说，这里就勿需乎细加解说了。

自由之友的合唱：

"啊！你们这些寡廉鲜耻的东西，你们摆出一付当权的架式，吸吮人民的血汗！你们浪费捐税！你们盗窃国家宝器，据为己有，厚颜榨取可怜的法兰西的鲜血和财富！你们是自由与进步、一切善良与正直的死敌！你们贪赃枉法，得其所哉，对不对？有权便好，可恨的奸贼！你们从前把自己说成自由之友，你们的原则到哪儿去了？你们如今把原则踩在脚底下，没有灵魂、没有心肝的叛徒！高官归你们！荣誉、财富归你们！你们在暴力压迫之外，还使狡计、贿赂，因为任何方法对你们都好，因为你们这些人就没有道德、没有良心，因为你们把感情和正义全踩在脚底下！啊！问他们这样的人要良心，要正义，等于问沙漠要收成，问尸首要生命！喂！当权的先生们，可是这必须结束！你们欺压的人民，你们真就以为还愿意长久忍受你们的可耻的专政？不！不！恶贯满盈，众目昭彰，审判的日子就在眼前了！去你们一边的罢，你们压制不住自由！说到最后，你们是什么东西？什么也不是，一撮无赖罢了。制裁你们的有整个勇敢的国家：它是为了自由而有的，它要的也就是自由，它的口号就是前进！等等等等……"

伴着这一合唱队的有阴谋、失意者组合、俱乐部、暴动、对参议院的控诉、被杀死的有产者、被暗害的兵士、作风不类民主的报纸的预告以及其他共和党的戏法。

形式虽说好笑，然而也正说明法兰西的相当单调的局势，也正是维克道·孔西代朗（Victor Considérant）①所写的一八三〇年以来法兰西的全部历史。

工人暴动是你们方才听到的合唱，十年以来，协力演出的戏剧的一段插曲。

但是为常识和为公众起见，秩序之友注意一下这种冲突只有在英国发生过，而且已经平定了，却也十分有用。所以这会在我们的美丽的法兰西发生，实在不可思议，因为法兰西似乎已经完成关于政府的种种试验，法兰西在五十年内，有过七种政府形式（立宪会议——国民大会——执政政府——总裁政府——帝国政府——复辟政府——七月政府）。欧洲当然有权利笑话我们，而且大笑话我们，只要现政府一天不

---

① 孔西代朗（1808—1893）是空想社会主义者傅立叶的门徒。

稳定：十年之中，出现了十九次内阁。找不到六个人妥协六个月，或者六个月和自己的政治纲领一致，这算什么政治局势？这显然不是人的过错，就是原则的过错，两个里头必然有一个。法兰西自从一八三〇年以来，一直停滞不前，难道真就没有方法找出其中的真正原因？我们不要忘记复辟政府敷好法兰西全部创伤，偿清三次革命的债务，还拿阿尔及利亚送给了法兰西。阿尔及利亚的位置，今天正好控制东方问题。

工人暴动其实不是一个孤立事件，这是一种疾病。即使你们从政治身体上把那颗红点子挑掉，你们知道，疾病照样还在，再到别的地方冒出来：什么地方，我不知道；什么时候，我不知道。

自从一八三〇年以来，政府的特点就是按照个别情况制定法律，并非根据法律，控制个别情况。这种特点是所有革命时期的特点。而革命时期也就是政治上有病的时期。这种小手小脚的做法是得过且过的庸才做法。这是经验主义，不是医治政治的伟大医学。

国民军的制服纽扣上有秩序和自由字样。自由恰好和秩序对立：他们像接合对立的事物一样，也把对立的字句接合起来。他们希望把你们方才听到的，也许全有道理的两种合唱协调起来。后者要政府有原则，不错，带来了不良后果，然而好处是有原则。秩序之友没有生死以之的重大原则。人民的名义，无往而不相宜；秩序的名义，动辄得咎。什么是秩序？人各一词。秩序是一个永远有关日程的问题。它只是利益的维持。利益是变化的，所以秩序也在变化，然而一个政府的原则应当是永久的，不变的。奥地利的全部力量都在这里。

难道整个社会不是建筑在牺牲大部分自然权①，增进社会福利之上？难道不是依赖社会力量抑制分歧的利益？难道不是为了国家发扬

---

① 自然权（droits naturels）类似人权。自然权的主要原则，包括在大革命前期的"人权宣言"内。

199

光大抑制个人主义与唯我主义？像人民所了解的自由，像有些人企图要他们了解的自由，正和整个社会对立。什么是一八三〇年所尊崇的？通过选举，人民专政。他们选出代表，代表选出国王。这种权利今天高于一切。人民通过代表，制定或者废除法律。于是一次又一次革新，选举导致新利益胜利，结局就出现了新制度。正因为两种意见：正统意见与共和意见，各走极端，又都相信可以通过选举取得胜利，所以一方面主张普选，另一方面主张选举改革。投票决定一切。投票改变一切；法律因而失去了稳定。联合阵线不顾公众常识反对，不顾朝廷反对，就推出了梯也尔（Thiers）先生当国务总理①，足可证明。下次议会开会，狄耶先生也许要被推翻了。而这永远合法。类似这样一种前所未闻的革命权利，使骚乱表面合法化，给国民军纽扣刻上无聊的字样，你们知道它把谁扶上宝座？百苏之神②！个人利益的崇拜。一个国家落到唯钱是视（选举、政治权利，没有一样不建筑在"你缴多少税"上）的地步，对抗私利、反对社会的运动的道德力量就不存在了。两党向百苏之神要求同意与改革。当局在这样的两党的议论之前，自然而然也就软弱无力了。

　　利益得不到照顾，人数又相当多，失意者群就变成了一个党。正如所有其他无产者一样，工人希望多得报酬。阻挠是阻挠不住的。政府没有权利干预劳资之间的纠纷。他只有权利轰击聚在街头和发生犯罪行为的工人群众。可是政府一对群众使用武力，错就不在群众，而在百口莫辩的政府，即使政府胜利，也错在政府。不管是哪一类群众，只要是由于不满意，聚在一起，就形成了对政府的控诉：政府有责任预为之谋才是。去看看欧洲其他国家罢。人家为了避免任何冲突发生，

---

① 梯也尔（1797—1877）是法国政治活动家。1840 年 3 月 1 日，第二次被推为国务总理兼外交部部长。10 月 29 日下台。他是巴黎公社的死敌。
② 每二十苏（sous）合一法郎。每苏为五分的一个辅币。

早就在研究、满足一般的需要了。

你们靠谁存在？靠人民！你们的责任是什么？照顾你们的委托者的利益。君主政体已经不存在了。我是威风凛凛的人民的一部分，我在受难，我在控诉：我的管家们，你们有什么话好说，对这有什么话好说？人民的要求是合逻辑的。你们政府接受这样的契约就欠思量，你们驳不倒这种逻辑的。

拿破仑托庇于上帝，自称皇帝！路易·腓利普托庇于两院，成为法兰西人的国王！发动罢，争论罢，辩护罢，恐吓罢，堵住耳朵不要听罢，问题照样存在。王权只是一种委托，一种规约的结果。

拿破仑和复辟政府曾经试用治标方法；制裁民法认可的均分财富的恶果。这就是无产者与失意者经常出现以及家道小康的持久原因。工人问题就在这里，我来说明一下好了。

格拉尼耶·德·卡萨雅克 (Granier de Cassagnac) 先生，——一位很值得注目的官方作家，当局吸收他是有远见的，——就把病解释的有条有理①。他给内政部部长建议，来一贴外用药；不过这是江湖医生的方剂：病根照样存在。真正的政治医生应该治病治本。他工作上有成就的地方，我加以利用，理论上有不妥当的地方，我也加以修正：这就是说，法律是病因所在，理论该从这方面建立才是。工人要什么？取消包工头。包工头是一种转手人，近年来，在劳资之间横插一脚。格拉尼耶·德·卡萨雅克先生指出包工头制度将使工艺品的完美毁灭无余，话是对的。格拉尼耶先生说：工人这话有道理。再过几年，这些艺术就要失传了。一点不错。为什么？这不是包工头制度的过错，而是潜伏的、社会的、来自远方的、产生这种制度的原因的过错。

美丽的成品，已经没有人有钱买得起了；在革命法律之下，什么

---

① 卡萨雅克 (1806—1880) 是法国报界人物，思想反动，支持君主制度。

也小了、碎了，革命之杵捣开了、碾细了一切；一个家庭在设置上、配备上、家具上所能得到的关怀，也只是与人寿同一久长而已。啊！你们感到像洛什耳德（Rotschild）①、阿古阿斗（Aguado）②等人发大财的需要。左翼作家把这看成偷窃。你们晓得，洛什耳德先生订购一座价值三万法郎的时钟、一些价值四万法郎的瓶子，他在巴黎还找得到艺术家承造，比起艺术在君主和每代不就死绝的贵族的保护之下的兴盛时期来，货色不但照样好，而且往往更好。需要刺激生产。生产响应订货，也是如应斯响。可是人越来越穷，工艺品也愈来愈次。我们拆毁府邸，翻修住宅。画家为公寓小房画些小画。大家花两苏租书，也不买书。一个包厢要三位公爵租赁。我们在参加巨富的出殡、祭典与埋葬。有人说："也好！"他们说"也好"时，其实是向文明话别。可是这些财富又有多大？反正我们越活下去，财富越难到手，还不说越不可能。哪儿是规定百年大计的不倒的合法团体？想看到平等制度在法兰西的果实，起码也得试验五十年。欧洲看到果实，魂飞魄散；思想家是目瞪口呆。廉价！从今以后，这就成了法兰西的法律。财富是骤风疾雨一般扯平了。一年有十万法郎收入的人屈指可数。你们废除财产世袭，其实这是留给贵族家庭唯一不危险的设施；根据这种设施，法兰西成立一个像英吉利政府那样的政府，一百年下来，法兰西就得救了。好啦！照你们的做法，过上五十年，屈指可数的财富，也就是一年有两万五千法郎收入罢了。然后有一天，你们就有了一队声势浩大的有一个阿尔邦（arpent）③或者有一所房子的业主。这就是法兰西的未来：巨大工资、凭手艺得来的一时巨富形成了被饥饿群众威胁着的贵族。这种未来标志就是由于贱价出售的需要而设立的包工头。劳工法

---

① 洛什耳德是欧洲十九世纪一个有名的银行世家。这里指的应当是在巴黎开设银行的洛什耳德（1792—1868）。
② 阿古阿斗（1784—1842）是西班牙有名的理财家，1828年入法兰西籍。
③ 阿尔邦是古代法国量地单位，约合四十二到五十一亩。

庭对里昂暴动①完全无效，可是在一个有确切权利作基础的正常的宗教社会，就非常有用；但是劳工法庭永远不如关于协会的民法条文，条文今天偏又无能为力：官方或者厂方永远不会把整千工人送进监狱的。首先，这些工人比较一下监狱制度和他们的穷困，觉得待在监狱好多了；其次，你们没有那么多的囚房。难道你们会像经专门学校入学测验来组织脑力劳动那样，也制定一条法律，组织体力劳动吗？可是这不就是复辟政府设立工艺学校的想法吗？首先，有了宗教才见它的好处。其次，有小工劳动，这种制度就不可能建立。当然，交通工程师应当在桥梁道路学校毕业，建筑师应当在建筑学校毕业，细木工、普通木工、锁匠应当在工艺学校毕业，花匠应当在园艺学校毕业，纺纱厂厂长、制造厂长应当在工商学校毕业，就像药剂师、律师、公证人、代理人、法官、医生，在他们的学系和他们的事务所毕业一样。对于你们，这种制度就是在某一时间内以一种更激烈的方式发问。这就是圣·西门的做法，选贤与能。无产阶级迟早要看出又有了贵族阶级的。总之，这完全打击应当不受任何限制的商业自由。这种制度在任何情形下，都构成社会时间的损失、青春的消耗，而且阻挡不了天才工人不受合法教育也会出人头地的事实。这将扩大怀疑带来的创伤，扩大对宗教的冷淡，扩大毁灭法兰西的等级的过错，因为这些学校没有丝毫道德特征。你们是无神学校。是什么情绪把国家这些中心机构紧密连在一起的？钱！求学期间，不该糊口吗？永远是百苏之神！

至于工资问题、劳动时间问题，根本没有丝毫政治意义。出品不多，这种热烈问题就不存在。资方起初不过问，不久也就抓住了工人的把柄。工资有它的高低变化的。但是在政府原则可能变动和反对社

---

① 里昂暴动，一次是1831年，一次是1834年，工人最初胜利，但是由于缺乏坚强的政党领导作战，终归失败。

会的讨论显然在威胁着所有权的时期，允许工人有权集会，认识自己的真实力量，却也十分危险。你们要知道，工人是无产者军队的有充分训练的下级军官，他们的将军就在共和党内。里昂暴动的起因，差不多和巴黎暴动①的起因一模一样，起初纯粹属于工业范围，后来才发展到了政治范围。里昂暴动没有让你们得到启发。只要你们细心想一想，前不久的暴动你们也就看不见了。你们将来看到的还要多！你们愿意知道是什么缘故吗？你们制定法律，不设立学校。现在，哪些学校能对基础动摇的政府提供力量，我看的出来；可是你们没有方法再让群众或者资产阶级明白：学校不可能是许多商讨问题的意志的成就。商讨问题的意志会被人叫成政变的。

　　一八三〇年的制度，完全相反，富有破坏意义：它停办所有导致建立法兰西、对法兰西提供一种治国之道与有行动能力的团体的学校；它贬低了威权。父权是社会机构最高的权力，依我看来，等于是全部社会，你们不能否认，父权今天受民法上父权一章的害处，还不如继承一章的害处大。事实上，一个儿子长到二十一岁，就希望"再见罢，父亲"，一心想去发财。从此以后，国家再也没有丝毫从属关系。父子的利益可能矛盾。人人只想到自己。个人主义是你们的法律的产物：你们有了纳税者啊。从来没有比现在税法和刑法再多的了。比任何其他国家都更需要强有力的等级支持的国家，却没有丝毫服从与尊敬的感情。只有宗教可以羁縻民族。可是国家今天没有得力的宗教了，教士成了公务员，不是区政府的雇员，就是国家的雇员。资产阶级不再信教了，杂货店老板信的是伏尔泰的宗教，你们要人民相信什么？你们要知道，希腊宗教的热狂精神就是俄罗斯政府的原则之一。公众教育交给在俗的人办，就少了黏力。它借部长古散先生之口，声势赫赫，告

---

① 1834年4月14日，巴黎紧接着里昂二次起义失败之后，发生变乱。

诉你们：那边有一根悬挂奖品的旗杆，不过爬上尖尖头，夺取奖品，却靠顽强和劳动。发迹部长把应该只是一种例外的发迹原则给通俗化了。这位部长只有一个学生，结局还自杀了。他说的话就不是法文，他把你们身经的斗争，说成"你们出身的斗争"[①]。结果就是：学生走出学校，立志要当国务总理，可是国务总理只有一个，年轻人只好且到什么地方胡闹一通，不说对本人是纯粹损失，国家也受到了重大伤害。这样一来，自由意志学说就达到了最坏的效果，你们在家庭、学校、无产阶级、政治，任何方面，不但约制不住私人利益，反而加以放纵。政治情形健康，工业、商业与劳动只是次一类事，可是到了你们手上，不但失去从属关系，反而在国家内，睥睨一切，莫可一世。资产阶级不是别的，只是工业、商业与劳动的组合。在资产阶级与政权演变的行动中心之间，如今已经没有障碍物了。人人可以大步跨入你们的政治机构：这种情形今天只有在法兰西看到。我们举例千万不要举美洲国家。就人口来说，土地有的是，比人口高出一百倍，这样一个国家，不好看成一个土地有限的国家的榜样的。

储蓄银行以及对个人利益的鼓励，就是自由主义在法兰西的过失，正如解放黑奴是欧洲博爱的愚行一样。你们要人在银行排队，就像九三年要人为面包排队一样[②]。储蓄银行是反政府的观念，就像彩票一样，起不道德的效果。

处处瓦解。你们所希望的等级，决不会是群众的想法；这是君主政权与宗教协调的结果，一种来自法兰西已经没有了的虔诚的宗教感情的等级。要法兰西再有这种感情，需要三十年。一八三〇年压坏了复辟政府千辛万苦烘培出来的胚芽。即使你们定出一个等级来，等级今天也是一个暂局，依照选举的意见，随时就会四分五裂。

---

① 古散的文法错误，原来是把关联词 d'oa 错用成了 dont。
② 1793 年，大革命时代，巴黎穷人有一时买面包排队要排一整天。

我这话很容易证明：就社会关系而言，法兰西今天只有一件事有组织，就是军队。"枪刺有眼睛"这句话、一八三〇年流行的皆兄弟也的作风、对非军人的尊敬和西班牙国内发生的事件（一种感染性的榜样），大大松懈了军队的令人钦佩的绝对服从和对军旗的光荣感。你们靠什么才有军队？靠对号令被承认与被了解的专制和对光荣（军旗）的感情：这两样东西，在军队之外，已经不复存在了。军队是一个小型社会。巴黎没有定居的工人有二十五万，由于进行防御工事，眼看数目就要到三十万，假使有一天失业闹事的话，你们就没有丝毫道德力量说服他们。军队又完全无济于事，因为工人将要唱起你们知道的自由之友的合唱；他们还有你们交锋了十年，不会也不敢消灭的最坚强的共和党在支持。工人是野蛮人的前卫。

你们知道，这种情况经过研究，人人了解，全都清楚。洛瓦耶-柯拉尔（Royer-Collard）先生、拉马丁（Lamartine）先生、基佐（Guizot）先生、拜尔旦（Bertin l'aîné）先生①，还有许多位，我也不必说出名姓来了，在他们枕着枕头，纳下心来寻思，而又不为别人寻思的时候，就不相信他们的明天。这种崩溃的征候，没有一个逃得过他们的眼睛；他们了解他们的遗憾，也相信内忧比外患严重。他们寻访一个完成雾月十八日与葡萄月十三日的行动的人物、一个坚强的统治天才来恢复威权②，因为目前当政的人们不能恢复。为什么？哎！是他们把威权毁了的啊。总之，现制度不但不寻访体大思精的人才，反而趋向于打击他们，迫害他们。

作家说起一件私人祸事来：好用"当事者拙劣无能"这种字样，就

---

① 洛瓦耶·柯拉尔（1763—1845）是法国唯灵论哲学家与政治活动家。拉马丁（1790—1869）是法国天主教浪漫主义诗人，七月政府时代，参加政治活动。基佐（1787—1874）是七月政府的中坚人物。拜尔旦（1766—1841）是法国报界巨头。

② "统治天才"指拿破仑。雾月十八日事变指1799年11月9日，拿破仑率军解散两院，成立总裁政府。葡萄月十三日事变指1795年，拿破仑率军击溃巴黎王党，稳定革命政权。雾月与葡萄月是大革命时代的共和历。

像历史家说起我们眼下的风俗,尽量作为一般泛泛说法,用到狄耶先生、古散先生与雷穆萨(Rémusat)先生①身上一样。有一家报纸希图责备这种字样;可是为了打开那些一意要眼睛闭住的人们的眼睛,就非用泼辣字样激起他们的注意不可。个别来看,狄耶先生、古散先生与雷穆萨先生,才具非凡,并不多见;不过在高级知识分子中间,有许多人少说也和他们相等,何况这些才具不就作成政治家的才具。黎希留(Richelieu)、马扎里尼(Mazarin)、红衣主教福列里(Fleury)、柯拜尔(Colbert)、卢如瓦(Louvois)②丝毫没有这些先生的希世才具。里奥诺(Hugues de Lionne)③根本没有才具。在会议上一谈就谈许久,还要和人辩论,毫无疑问,他们一定办不到;他们不可能开一门哲学课;揶揄别人也不见长;但是从来还没有见到那样刚强的意志、那样勤劳的工作者、那样持之有恒的观念化身、那样八面玲珑的外交家、那样坚持到底而又那样当之而无愧。同时这些人也不是人民谋反的果实、某些愚蠢的有产者的合作的果实。黎希留经过十年考验,才赏识马扎里尼,作为唯一可以信托国家大事的人介绍出去。这种选择、这种预见,就已经使黎希留成了一位伟大人物。马扎里尼临死,给路易十四留下两个雇员,举荐他们,如同当年他被举荐一样。这两个雇员就是柯尔伯和里奥诺。对政治有过研究的人,都晓得里奥诺,少说也有柯尔伯一样伟大:他在这非常时期,等于全部惊心动魄的外交。

所以一到这两个人和卢如瓦三位重臣弃世,路易十四的还算光荣的衰世也就开始了。我说起的政治家,来到狄耶先生、古散先生与雷穆萨先生当行的场所,个个无声无臭。我的意思不是说,语文、才情、

---

① 雷穆萨(1797—1875)是法国政治活动家与作家。1840年,狄耶组织内阁,他出任部长。
② 黎塞留(1585—1642)是路易十三的首相。马扎里尼(1602—1661)是路易十四专政之前的首相。福列里(1654—1743)是路易十五的首相。柯拜尔(1619—1683)和卢如瓦(1641—1691)是路易十四的亲信大臣,分掌财政与军政。
③ 里奥诺(1611—1671)是路易十四的外交大臣。

文学创作的天赋与政治家需要的才具互有抵触。那就未免可笑了。我一直说,现在还这样想:惯于驾驭观念、惯于研究观念、惯于加以概括的人们,正是中间出现近代伟大政治家的人们。但是我相信,我看到的却是这些当事者、过问国事的全部人员,对他们的使命,并不胜任。也许比起仅只聪明、渊博、多识、有才的人来,形势复杂多了。这里也许就是自从一八三〇年以来,法兰西地位低落的真正原因。不过我清楚的,而且不证自明的就是,法兰西当道在目前情况下,束手无策。

一个人只有离世独处,才能说这种话。反对政府的正统报纸,要说这话,又怕不利于自己的党。共和党人不这样想,而狄耶先生的报纸,属于犯了这些过失的党,希望把这些过失变成制度。当道的朋友,晓得这些见解尽管理由充足,就许伤害国王尊严。首先,这违反程序;其次,这些意见需要假设一连串政变发生。希望什么?或者孤注一掷,用用两院,或者凑巧遇到有理性的两院,自天而降:两不可能。

(1840 年 8 月 25 日,《巴黎杂志》)

三 关于劳动的信①

面对时局，谁能不想到共和乌托邦？沉默会是一种不幸，拿我来说，我就打破沉默。

假使法兰西要共和国的话，共和国一定成立。临时政府肯定共和国存在，同时要求国民会议也把共和国的存在确定下来，措词与措施，都让人相信一定会一致通过。有一家制造政府的报纸，忽然摇身一变，成了恐吓的翻版，宣布除共和国之外，谁要提出另外一种政府形式，就是背叛祖国。这家报纸就这样给了我们行若无事的自由。我们在君主专制之后，又有了恐怖专制。这篇文章写早了，如此而已。有些要求，不等半年过掉，也就提不出来了。

临时政府就像路易·腓利普一样，不再听取没有声音的话了。许多人看见成功，反而心有所畏，想到了摄政。但是这些好好先生想入非非了，即使全法兰西希望摄政，也办不到摄政，因为那些被希望摄政的人们，先就一口回绝②。有人说起亨利五世③。可是布尔邦一姓的首长，为了两种理由，就拒绝永远在法兰西再当国王。第一个理由我不说了，单单说说第二个理由也就够了，就是：他不愿意。

至于找一位布尔邦王室的国外亲贵，全法兰西会反对这种建议的。

所以由于布尔邦王室本身的决定，由于大多数法兰西人的决心，复辟是再也不能的了。

国王是制造不出来的了。这需要许多时间、许多条件，也只有拿破仑的天才和他的幸运，才逃的过这些条件，因为他就不执行这些条件。无论如何，四百万选票创造出了他的帝系；这一姓人不管现在成了什么，倒也经过选举，又有权利，又合法。法兰西假使非给自己来一位道皆（doge）④似的元首不可的话，如同英吉利一样，只有这里还是一条路。

不管怎么做，一八四八年运动将和英吉利一六八八年运动一样⑤，我们实现的将是一八三九年联合战线所希望的议会政府，或迟或早，也把我们挂在某一汉诺威（Hanovre）的支裔拉倒⑥。

这是必然要出现的事。

未来的国民会议没有中间派，因为它像国民大会一样，本身就是行政机构，部长只能是它的代表；它的内部势必分成左派、右派；代表傅立叶思想的那些激烈共和党，属于共产主义思想与共和国急进论。

如果左派占多数的话，会议内部纠纷要到什么程度，我也就不必先说了，反正激烈就是了；可是万一这种左派占多数的话，我奉告全体有常识的人：法兰西不会灭亡，国家照样存在，不过将陷于无政府状态，或者长期处于过激政体之下而已。

假使右派占多数的话，假使九百议席能有六百议席的话，面对着一个二月革命给左派向群众呼吁的权利的少数，右派又怎么样？我不回答这个问题，每个人凭自己的良心回答好了。

对祖国必须说真话，这就是真话，我不出卖，我奉送。

这是我们目前局势的政治一面，可是还有私人利益一面。

* * *

"劳动组织"这句话，意思就是"劳动者联合"，而"劳动者"一

---

① 这封信写在1848年，路易·腓立普被推翻之后，正当临时政府要求国民会议成立共和国的时期。巴尔扎克在世时没有发表。1906年9月1日，第一次在《两世界杂志》登出。
② 路易·腓利普被推翻后，有人想替他的孙子巴黎伯爵（1838—1894）活动，因为他当时只有十岁，所以想到摄政方式。
③ 亨利五世（1820—1883）是布尔邦王室长房末裔、查理十世的孙子，从来没有作过国王。
④ 道皆是旧威尼斯与热那亚的元首名称。字义是公爵，但是经过选举，任期有一定，权限由贵族决定。
⑤ 1688年，奥兰治亲王威廉出兵英国，推翻国王詹姆士二世。
⑥ 1714年，英国女王安娜死了，国会迎请德国汉诺威公爵（和英国王室有亲戚关系）来当国王，就是乔治一世。

词的唯一翻译就是"工人"一词。像有妖法一样，别的劳动全被取消了：理智工作、领导工作、发明工作、旅行者的工作、学者的工作等等。

工人们对联合这句话也有绝妙的了解，他们把自己编成队伍，有首领，也有代表。

由于劳动时间的限制，工资一下子就涨上去了；由于一天工价的增长，产额必然减少，出品也就更昂贵了。

有人想到制造买主吗？正相反，由于政治局势的不言自明的危险，买主反被取消了。但是维持（仅为了便利讨论起见，才非让步不可）高价产品的买主像既成产品原有的买主一样多：

（一）既成产品比高价产品早一步崩溃；

（二）由于这种延迟的结果，高价产品将贬值。

这一定使制造主破产。

不理这种不利的趋势？就算商业形势，巧不可阶，完全和一八四八年一月支配法兰西的商业形势一模一样，又待如何？我们就看看这种做法的后果罢。

工资一涨上去，消费品跟踪而上，因为小麦更贵了，不是由于短工和长工的工资提高，就是由于运输涨价；跟着又是租金上涨等等。于是一天劳动十小时，报酬增多，工人发现自己反而又和从前一样了。他吃掉、花掉他的工资。他的情形一点也得不到改善。把高价产品运到外国推销，又非放弃不可。法兰西制的产品，只有一条出路：国内消费。

正由于闭口不谈这一类后果，我们认为所谓社会问题的社会瓦解，就有十分严重的力量。

大家不希望再有任何种类、任何方式的特权；但是这就必须取消关卡，因为这些关卡对被保护的工业又制造出了特权。这样一来，法兰西商业又怎么办？这种步骤就许使它受到致命的打击，因为假如你们提高你们的产品的价格的话，外国工业就要在法兰西大量倾销它的廉价产品。假如你们保护全部高价产品的话，等于对外国工业宣布温和的战争，外国就会同样颁布禁令，而国外商业也就完蛋了。

十七年来，路易·腓立普为了法兰西的兴盛和商业，经常在对外上，忘记、牺牲法兰西的道德利益、政治利益；他这样把物质兴盛提高到了一种空前阶段。全部内外商业超过二十亿。这一切为了他的世系利益，他以任何代价购买这种和平，在任何对外谈判上，也放弃国家荣誉。

我在一八四○年①，写过这样的话：依赖利益，等于什么也依赖不到；在种种力量之中，最靠不住的力量就是商业、大腹便便的资产阶级。而推翻路易·腓立普的，事实上就是国民军；因为在法兰西，荣誉比金钱更值钱，如果你出卖国家荣誉过于明显的话，国家就不答应了，好比顶没有出息的懦汉，在太多众人之前挨了一记耳光，结局也有了勇气一样。

人像诺曼底②马贩那样狡猾，可以发财，但是人不能在法兰西这样一个国家这样得意二十年，所以在第十八年上，就倒下台来了。

这种二十亿的商业兴盛会不会再来？千万相信不得。这种数字就是许久也见不到了。

现在，为了拯救法兰西。必须进行阴谋，制造好事，赶上制造坏事的阴谋。我们不该像一位部长公民所希望，把没有教养、没有知识的人送到议会；要送也只有把国家各色权威人士送到议会，因为我们有更多机会在中间找到伟大政治家，尤其必须送勇敢的人去，因为他们听到破坏秩序的意见，会显出令人肃然起敬的毅力。

① 指《关于工人》一文。
② 诺曼底是旧法国的一省，省会是卢昂。

＊　＊　＊

时间是人的财富、全部财富，正如时间是国家的财富一样，因为任何财富都是时间与行动化合之后的成果，好比用一个代数公式，包括得了形形色色的活动。告诉人："你每天只劳动那么多小时"，等于减少时间，等于侵犯人类的资本。取消议价劳动，依我看来，还要糟糕，等于拒不承认这一基督教与社会的伟大原则："按照他的工作看每一个人"。这两种建议本身就破坏个人自由、私人财富与公众财富。总之，这是暴政，用了似是而非的学理名义，可是谁要应用这种学理，就会错误百出。这是替代自由与自发生产的军操。我们看到这种谬误，也替工人自己感到绝望；其实，追本溯源，这种谬误来自一个经济流派：他们的诚恳、他们的好意是可以相信的，不过检查一下这种所谓劳动组织的学理的后果，截到现在为止，我们所看到的却只是瓦解。

废除包工制（仅仅由于憎恨包工头），减少劳动时间，社会的得数是什么？这种做法的个人的得数又是什么？

你们划一生产，说："不要往前赶"，等于减缩一般商业，等于准备英吉利生产压倒法兰西生产，因为英吉利不像我们一样，解除工厂武装；人家保留作战的基础。我想，不会有人一厢情愿，认为资方应当负担额外时间的开支罢。首先，这等于提高生产价格，我们在旧情况下已经不大能和英吉利、瑞士与德意志竞争了。我们早先除去艺术家在式样上、设计上有赏鉴力以外，也就提不出什么别的优点。

其次，临时政府宣布：被减去的时间可以用到工人在知识与品德的培养上。于是这两种情况就成了生产限制，就成了制造"不要往前赶！"这就是政治得数：减缩一般商业，结局就是减缩国家收入，因为国家收入全靠商业周转。商业总数从前高到二十多亿。跌到什么数字好？一八一二年，拿破仑在有名的一八一三年预算报告上，夸他把一百三十六州的商业提高到了七亿！

如今，看看个人的得数。

国家厂矿，全有优良工人、普通工人、低劣工人。为了避免用这三种区别来伤害工人的感情，我们不妨对他们说：文学方面也永远有优良、普通、低劣作家。今天，文学方面，就文学本身而言，有一千人左右，戏剧文学有四百人。在两个圈子里面，成名的又有多少？人人可以回答，多也出不了十个手指。现在，平均来看，他们中间有多少人一年挣两万法郎，包括挣的更多的人在内？不打谎话，我们就算有五十人罢，也就到此为止！有多少人平均挣一万法郎？顶多也就是一百人！把剧场、报纸和书店付出的总数加在一起，实际不到两百万。在科学和论战方面，比例还要小。好，为数不到总数十分之一。

依我看来，全国厂矿工人，在健康、理智与制作方面的一致，比起脑力劳动者在才分与意志方面的一致，起码也是一样少见。行行有优良工人，工人们全很清楚。他们彼此充分了解，本领上也互相尊重，完全和作家一样：难道他们在发明家协助之下，不也正是一切物质产品的作家吗？最后，优良工人在农业方面很难见到，非有农业展览会的奖赏与竞赛来刺激不可！

不过，我们不把精神制作计算在内，就算承认优良工人与普通工人一样多罢。至于低劣工人，我想，不会有人愿意，为他们去改善现状的！哎！好，假设优良工人与普通工人数目相等，你们牺牲优良工人的极其合法的利益，来满足普通工人对工资划一的要求！你们阻止优良工人干他所能干、所愿干的议价劳动！你们不许他成家立业！说实话，你们禁止单身汉成家，十小时的劳动，十八岁的青年得一百苏，如同四十岁的工人一样，生手和熟手没有差别，有三口（起码）之家的家长也是那么多工资，而单身汉除去身上的工装、微不足道的租金和本人的日常需要之外，却什么担负也没有。

你们就这样消灭人民的家庭！消灭家庭，难道不就等于消灭消费？你们这样通过工资划一和时间限制来规定劳动，首先等于毁灭社会，因为爆破了它的基础；其次，在本质上，等于生产停顿：你们这样强迫优良工人只像普通工人一样劳动。他凭什么积极劳动，假如他得不到应得的酬劳？

这就是按照你们的做法，个人的得数。

工人是一种商人，资本就是他的体力。他出卖体力，没有一定价钱。加上银钱资本，他就一变而为资方。万一地球上某一点有许多工人的话，体力价值因为汇聚在一起就跌下来了，好比某一货物，由于同一现象，也跌价一样，而且往往低于真正价值。工人和东家共享交易的利益，完全如同资本家一样，喜欢投机经营的未来利益，不如喜欢立时得到奖励，因为工人立时得到他的时间，他的体力、他的协助的酬劳，而且根据特权，在任何利益、任何交易实现以前，因为特权是法律给他的！……所有这些道理，是那样简单，那样浅显，我不晓得怎么会让人忘的一干二净。

工人在美洲一天值二十法郎，在俄罗斯值十五法郎，在巴黎和伦敦值五与十法郎，按照他的劳动能力，因为巴黎和伦敦多的是体力。法兰西和英吉利供给美洲、俄罗斯与世界各地许多东西。这许多东西，别的国家就定不了这样低的价钱。

为什么工人留在巴黎和伦敦，不去美洲、亚洲、俄罗斯？因为在那些国家，生产不平衡，不连续，因为生活在别的地方，不像在这两大都市那样容易对付。假如缺乏工人的国家给他二十法郎，他为衣食住就得付二十一法郎，而且也不像巴黎和伦敦一样，随时随地有娱乐。有谁禁止工人共同使用他们的体力，建立企业，一跃而为资方吗？没有。有些工人就试来的，有些聪明、勇敢的工人，而且也不缺乏胆量和运气；他们在巴黎开了头一家工场，干得很起劲，临了宣布破产！……他们的场规很严；没有浪费，也不糟蹋时间；他们很有作为，得到支持，也得到我们的称赞，然而照样倒闭。我不信有谁比他们组织劳动更组织得好的！

改变劳资之间的友好习惯，等于毁灭国家的商业，因为这种习惯，在对自己有利的情况下，解决了制造问题。

通过劳动与工资划一，希望作到个人生产划一，等于希望实现胃、脑和躯干划一的谬想；等于希望才具划一；等于反自然之道而行之。可是在排这封"信"的排字工人中间，有的一天排到一万四千字，有的排一万，有的排七千！十岁小孩子只排二千！如果非按日计工不可，你们就会把书价提高百分之一百。这等于说明你们对法兰西全部生产干了些什么。

我们从前有一种天真想法，就是在政治上，特别是在法兰西，起码有一件事是众所公认的，那就是：除非通过普通法，否则国家就永远不该干预私人事务与商业事务。然而干预生产来源的支配，不是干预又是什么？……任何对商业事务的干预，无论是现在或者未来，国家都得不偿失。它不该妨害商业，也不该援助商业；商业需要的只是英吉利给它的一般保护。一八三〇年借给商业的著名贷款，实际上是一种买卖：政府是买主。看完这场戏的人，个个加以讥笑。这是最后的试验，国家以保护者身份在这里出现。如今它又像医生一样跑了过去。哎！好，眼看它要害死病人。表面看上去，措施有效，好像缓付到期债务的措施一样，其实有害。债务到期，自己就往后推。货物存放和证券交易——这种救济商业的当铺，算是一种变相的买卖罢，可是当到手的钱非常有限，商业就沾不了什么光。一切商业的本质和基础，就是自由。相信或者不相信，不是一纸通令可以制造得了的。下令制造信心，就像郝赦（Hoche）①说的"下令制造胜利"一样。漂亮，但是

---

① 郝赦（1768—1797）是法国大革命时期最出色的军事统帅。

办不到。规定劳动，还要糟糕，等于暴政的喜剧。生活是战斗，社会生活、商业生活、工人生活、农民生活、国与国之间的生活，全都一样。湿地正在按照季节变化长东西，难道你们这时候也下令叫干地长东西？经过这场战斗，一个人按照自己的力气或者运气，有的胜，有的败，有的阔，有的穷，有的成名，有的无名，有的得意，有的失意。你们今天为什么要帮工人来一个例外？你们只看长腿子的手；人人流汗，可是怎么只有一种人流汗，你们给他们特权？难道个个公民的不幸，你们都在手心掂过？难道写一出歌谣喜剧（Vaudeville）①，你们也一幕一幕分给一个一个歌谣喜剧作者？难道你们也分配作品给每一个脑壳？难道每一个演员晚晌演戏也演一刻钟、半刻钟？买卖人眼泪汪汪，弯着腰，望着他们的到期的债务的小账本子，难道他们揩眼泪也要一天几分钟一揩？一个国家的劳动是分割不开的！按照力量，个个有份。这种劳动就包括形形色色生产。哎！什么！你们宣布自由，免去对祖国的服从，也不解说清楚一个人保留那些自由。你们打算给普通劳动出证明书，给自发努力加上封条，借口资方压制工人。啊！我承认凡事都该适可而止，我责备你们学理不切实际，并非坚持目前的可笑做法。食物价格就是工资价格的标准。优良、聪明的工人在一个国家劳动，用足心思，卖足力气，照样供养不了家庭，这个国家一定是乱七八糟。但是错不在资方，而是罪在国家。这种国家受到的惩罚，就是里昂工人的黑旗，上面写着这样惊心动魄的字句（与其说是控诉，不如说是谴责）：“劳动或者死亡！”

　　政府不对。罪恶就在捐税分配失当。捐税的分配充满了错误。依我看来，这里就是法兰西的创伤，这里也就是对症的药，因为法兰西，

---

① 歌谣喜剧起于法国十八世纪，迄今不衰。一方面加重音乐成分，成为喜歌剧（opéra-comique）；一方面加重对话成分，成为轻喜剧，情节以误会为主；但歌谣喜剧本身仍然存在下来。

217

我们在别的地方说过，虽然是世上最有风趣的国家，却也同时希望得到各个国家的尊敬，同时希望面包廉价。假如不整顿，而且立刻加以整顿的话，我们就要变成这解决不了的问题的牺牲品了。但不是通过革命步骤，而是通过一种经过仔细研究的制度，又合理，又正确，影响消费，然而并不影响生产。

我们这里要大家注意；自从里昂出事以来，工人和无产者，在法兰西也不就像在别国一样可怜。他们在储蓄银行储存的数字有两亿多，根据资方账册，也有一亿五千万。巴黎大部分国家工厂的工人，有一个同人储蓄所，保障他们罢工、驾驭资方和控制投机。

劳动组织问题，今天不但拆毁了商业这件机器，而且也使工人走进了危险。所以这种制度的宣传家，就不得不要求工人拿出兵士战场献身的精神，可是他们怎么就忘记了：兵士在战场不会为他的家庭、他的面包、他的衣服、他的武器担心思，因为司令、法兰西或者敌人的土地，供给一切。不要拿出别的，只要拿出勇气来，法兰西人永远有的是勇气。

国家与其集中精力，规定劳动，组织劳动，远不如学学英吉利，重视生意，给国家生产寻找出路、开辟出路。这是唯一保护工人与商业的方法。这也是英吉利所以永远令人心折的地方。

自从你们在最可怖的政治变乱的第二天，用讨论代替行动以来，出了什么大事？听你们讨论的资本，东逃西散了！

哦！你们知道，资本是一只鸟，任何通令、任何革命步骤也打不下来。任何政权，哪怕像你们理想的政权那样眼明手快，也不能把它逮住。查看历史好了。中世纪最残酷的刑罚，有没有从犹太人的钱库抢到两个代尼耶[①]？路易十四在一七〇七年勒索到钱来的？他巴结萨缪

[①] 代尼耶是法国旧辅币，每代尼耶合十二分之一苏。

艾耳·拜纳尔（Samuel Bernard）①，成全这位犹太人的虚荣心，封为共拜尔（Combert）伯爵，好不容易弄到了一千万，萨缪艾耳·拜纳尔宣布破产！因为他的债权人拒绝使用代马赖（Desmarets）②的银行支票。摄政时期③，国家和告发人分到没收的财产，——数字之大，可以和提庇留（Tibère）的财产媲美④，——几时见到金币、银币来的？最后，国民大会有死刑作靠山，有国家财产作抵押，几时能止住纸币贬值来的？办不到；这些著名的实例，个个不可否认；办不到就是办不到！现在又想强迫钱来！哎！好，你们每一个错误的措施，就把资本回笼到法兰西工业上的时辰推迟了老远，结局就是把劳动推迟了老远。资本想的，就是我这里写的，不过不作声就是了，因为资本是哑巴，就像它对所有的强迫命令又是聋子一样。资本想不到破产的幅面比劳（Law）⑤所造成的破产还要大，震惊失色，听你们高谈阔论，由你们堆积没有力量也为难不了它的通令，看你们把废墟像聚宝盆一样聚的高高的，发现生产来源涸竭，因为你们讨论来，讨论去，好事无踪影，坏事连翩来。而资本也就溜之乎也，躲了起来，振翅逃之夭夭，像在一七二〇年一样，像在一七九三年一样！

英吉利坐享其成，收下逃亡的资本。英吉利眉开眼笑，看见德意志、意大利与法兰西的工业无限期停顿下去。英吉利看出我们的生产起码要停顿一年半，就加倍努力，成千杀害妇孺与工人，好让样样货物廉价，抢去世界市场。等我们想再开始商业斗争了，就见处处都是障碍和廉价的东西。英吉利真想每天送一百法郎给每位议员，再争论半

---

① 萨缪艾耳·拜纳尔（1651—1739）是路易十四、路易十五治下的大财主。
② 代马赖（1648—1721）是路易十四晚年的财政大臣（1705—1715）。
③ 摄政时期（1715—1723）指路易十五年幼尚未执政的一段时期。
④ 提庇留（公元前42—37）是罗马第二个皇帝，继承义父奥古斯都的财产，成为帝国首富。
⑤ 劳（1671—1729）是苏格兰的投机商人，摄政时期充当路易十五的财政大臣，创设西印度公司，开办银行，滥发纸币，1720年12月宣告破产，造成国家绝大紊乱。

年下去；他们帮了它的大忙，自然是糊里糊涂帮了它的大忙，因为他们个个都有一番最好的好意；只是他们永远不能减低食物的价格，一切困难都在这里：小麦问题控制劳动问题，改变捐税分配又和国民会议有关。这样一来，怎么办好？你们自己找寻答案去罢。

眼下即使法兰西拿出全部常识、全部理智来，也不够用了；恢复它的遭到祸害的神话一般的繁荣，必须来一位工业波拿巴（Bonaparte）[①]，必须还来一位共和国组织者。

资本是商业的命脉。对付资本的苦战，需要另写一封信谈。我们将在信上证明，资本就是投入现时劳动的过去劳动。用任何方式摧残资本、占有所有权，等于存心阻挠未来劳动。捐税应当全部加以调整，我们也会检查一下捐税问题的[②]。

[①] 波拿巴是拿破仑的姓，一般用来指称帝以前的拿破仑。
[②] 巴尔扎克没有写这封信。

四　社会解答①

权力

新政治学说，话就可笑，因为就权力来说，世上只有两种形式可能存在，不是贵族政体，就是民主政体。这些学说以为，为了推翻权力起见，新体系应运而生，日升月恒，而完整哲学是一种不可能存在的绝对科学。说这话的人，就是那些信口乱扯自由意志与自由的人。

权力有一套完整、精确的学说。

* * *

世上没有绝对权力。人所想象的唯一绝对权力，就是上帝的权力，照自己派给自己的规律行事：它能消灭人世，恢复安息；它允许人世存在一天，照法则进行一天。法则的总和形成秩序。

单纯权力不生产。

政治现象和自然现象完全一样：是两种滋长生命的力的战斗。

精神秩序的法则和物质秩序的法则相似。

世上只有原则、原因、困难与效果。

生命中立，两种相等的力在相争。

死亡是一个原则对另一个原则的胜利。

* * *

权力出自神论①，理由如下：万物得有生命，由于原始的创造。凡物被创造出来，通过自身机能的运用，作为个体，也作为种，活了下来：有机物靠运动，无机物靠内聚力。结果就出现了一种必然性，——行动的必然性，空间的必然性，——前者移动，后者占有一个场合。二者都有它的原始必然性、它的根本法则。思想是人的必然性，是人的生存条件。把许多人聚在一起，成为一个游牧民族、一个氏族、一个部落、一个区、一个市，可是除非像个体一样，通过一种等于权力的指导思想，这种社会东西就不可能存在。权力应当像思想来自头脑一样，来自一个单纯机构。假如你们同意这种理性的来源的话，你们就会作为基本真理，承认权力的神性，它是指导人世权力的兄长，权力是构成社会规律的一种必然性，一分为二，成为两种现象：意有所欲与力有所为，一种意志与一种行动。它在意志上应当绝对，但是在行动上就必然受到限制。绝对权力是不能被改变的权力，无论是受它的行动的利益的人们，无论是使它行动的人们，都改变不了它。权力的基本法则是不能转让的，例如父权。自主权力是有方法改变它的存在的条件的权力，例如基础建在选举之上的权力。自主权力最后就是希望达到绝对权力的界限（为了它的存在的利益，因为后者是真的，前者是假的，假的为了在政治上持久起见，也有趋向变成真的），选举人与被选举人之间有了分裂；《福音书》上说的好，任何分裂的王国要灭亡。

＊　＊　＊

　　以一种室中楼阁、不可能实现的平等的名义，以无产阶级的苦难的名义，希图改变国家、社会，等于冰岛人、堪察加半岛人向人类的前辈、地球上贵族居住的温带国度宣战，等于北方向南方宣战。介乎最不幸的巴黎人与最富裕的夫拉人（Foulah）③之间，介乎我们牢居的囚犯与拉伯兰人（Lapon）④之间，哪一位哲学家，看出他们在享受上、娱乐上平等来的？作为整体来看，人类不就正是自然教义的证明？不

---

① 《社会解答》，经居永（Bernard Guyon）教授校订，于1933年成书，初次与世人相见。巴尔扎克约写于1840年与1848年之间，原稿很难辨认，有的地方也只是撮要。但是对了解巴尔扎克的思想，却有绝大帮助。
② 神谕（droit divin）指《旧约》耶和华（上帝）先后对各先知的晓谕。《约翰福音》第一章说："律法本是借着摩西传的。"
③ 夫拉人是非洲西部一个游牧民族，多在法属苏丹一带。
④ 拉伯兰人指居住在斯堪的那维亚半岛北端一带的土著。

就正是经常、持久、绝对的不平等的法则的证明?

上帝是基督教的神圣原则。法则是所有社会的基础。在法则之前的平等、在上帝之前的平等,含有你们的机能的限度与动作,以及你们对机能的使用在内。

社会性质的国家有可能完美吗?它的完美有没有限制?有没有可能创造一种人不可能胡作非为的形式?一种人关心善胜过关心恶的形式?

* * *

政府是一种自然东西?

* * *

假如政府是自然的话,它是正确的。

* * *

政府应当怎么样产生才是?

* * *

复合政府①能存在吗?

* * *

君主专制政体可能有吗?

人

就政治而言,人是社会的基础。这话会是假的,如果我们说到人,不含有三个身体的话:一个男子、他的妻、他的小孩子。

人的意思就是家庭。

野蛮人是否一直孤独?

---

① 复合政府指英国式立宪政府:君主与民主的折衷形式。

这句闲话重要,因为许多哲学家、所有愿意从人谈到社会,从社会谈到宗教的哲学家,为了知道他是善还是恶、社会败坏他还是推进他,首先就从考查野蛮人入手。

霍布斯(Hobbes)[①]说:人本恶,社会推进了他。

卢梭说:人本善,社会败坏了他。

宗教说:祖先有过恶[②],对人起了影响,不过上帝掌握他的命运,所以宗教的目的,就是压制他的种种情欲,使他得以接近上帝。

我们深入一下好不好?历史和科学,今天给我们证明:亚洲高原是人的摇篮,人在这里很快就形成了社会。

人在森林自然、人烟稀少的地方,不适当地被人说成野蛮处境,其实随地可以看到:女人是他的奴隶,小孩子唯命是从,老人得到尊重。家庭是民族的基础,所有物形成民族与民族之间的权利,战争因占有而起。大自然待人,如同待动物一样:弱者毁灭,留下来的只有强者。宗教的痕迹,随处可见。语言简洁,如同希伯来语言一样。信奉誓言、祭祀祖先,无微不至;守法、随俗,绝无二书。有人望的,处处名高位尊。大难临头,就通过会议,加强首领的权势。民族之间有嫌怨,不是由于争夺土地,就是由于背弃民族对民族的道义。男女数目大致相等,就是一夫一妻制;女人多,就是一夫多妻制;男子过多,就是一妻多夫制。没有家畜的地方,渔猎的生产又不可靠,就人吃人。

法则处处需要一致。缺乏医学知识,免却老年人受苦,就杀死他们,因为他们没有任何遗产传后,这种做法自然也就表示孝心,就像在大自然中,羸弱或者畸形的小孩子,生命短促,出于天意一样。

这些事实,有根有据,是旅行家发表的两三千种游记的撮要,所见也都相同。

---

① 霍布斯(1588—1679)是英国唯物主义哲学家。
② 指《旧约》亚当、夏娃吃智慧之果,被逐出乐园事。

假如这就是不适当地被叫作野蛮处境的人,显然野蛮处境,作为社会,却也粗具规模:家庭、服从的必要、大难临头就提高权力。

你们不妨细读一遍那些游记,就会发现:一百个部落或者民族,就有七十个部落或者民族,首领的权力是世袭的。

结论或许就是,人在自然处境——比野蛮处境这种说法正确多了——中,不绝对善,也不绝对恶,而是在个人与政治本质上不完美的关系下,依照他操作的环境,感觉达到惊人的完美境界,离动物比离思想家近;然而他已经就是高深的思想者了,理由是他只承认数学上正确的东西,把精确的元素组合起来,组合本身必须永远明白如画。野蛮人就这样有了口才。

在新成立或者新移居的国度,到处可以发现:语言已经够用了,然而语言的基本条件,有时候就连计数法在内,还不存在。

假如有一个国度,居民来自亚洲或者欧洲的古老国家,可能就有些字显出了来源,然而死去的克拉普洛提(Klaproth)①、一位了解细节的重要性的人,所作的关于语根的语言学工作,就证明:有关基本生活的字,只在姊妹语言中,才有类似的情形发生。

语言问题,就这样在包纳(Bonald)②、卢梭与哲学家们手上给解决了。语言不是天赐的,而是一点一点积累的结果。因为,假如是上天所赐的话,地球上千百不同民族的语言和欧洲语言就会有共同语根了。难得一见的类似,来自被环境改造的器官的类似。

现在就剩下关于人的堕落的看法了。这种宗教看法有这种好处:在没有东西把众人连结在一道的地方,它倒是普遍的。野蛮人的会议

---

① 克拉普洛提(1783—1835)是德国东方学者,晚年定居巴黎。他在十九岁上,就办了一个《亚洲杂志》,对高加索一带作过调查研究,并出过一本《满洲文选》(1828年)。
② 包纳(1754—1840)是法国反动思想家,主张宗教与政治合一,坚持君主制度,认为先有语言,后有思想,语言是天赐的。巴尔扎克在语言问题上虽然和他的看法不一样,但是在其他方面,受了他很大的影响。

只有战士参加,他们没有领地,个个平等;大自然只留强者活了下来;唯一不平等的情形只在强者与老人之间存在,占优势的是老人,这证明大家尊重思想:经验高于体力。

旅行家得到的这一切重大、精确的知识,经过摘要说明,给了我们一个结论,就是:任何反对社会的论证,不会从自然生活这方面得到。

我们所谓野蛮的习俗是必要的。囚犯就非吃掉不可。

送回囚犯,不可想象。野蛮人没有牢狱,而奸诈也比任何锁链有力;找一个人看守另一个人,减弱武力;杀死是一条必然的法则;从白白杀死到有肉可食等于从无到有的区别。

这种习俗就这样有了。设想伊洛瓜人(Iroquois)[①]远离本土,攻打墨西哥人,他们是五个打五个,彼此没有吃东西,伊洛瓜人杀死一个墨西哥人,他们打败敌人,成了战场的主人,就把敌人吃了。从必要到习俗,不过一步之隔。习俗产生恶习;就像一般社会一样。

宗教的目的是压制坏倾向,发扬好倾向,宗教就是全部社会。它也许不是神的设施,而是人的需要。

* * *

到自然法则中寻找社会法则,成了久已有之的想望,可是经过细心观察得来的自然法则,却又完全证明:社会法则是各个社会创造出来的法则,平等是最可怖的幻想。

地球不光因为自己是地球而是地球。它不能和周围的大气分开,它的任何产物,人也好、动物也好、植物也好,没有这条气带,即使根据它们的条件,也生存不了,因为它们从它这里吸取营养,它把形体和变化给了它们。

大自然就这样给了它的万物在这氛围中生存的权利、吸取基本养

[①] 伊洛瓜人属于北美洲印第安人种,分布于加拿大与美国之间。

料的权利。这正是社会权利的最完整的形象。社会权利就其最广泛的意义看来，正是在某一环境、某一地点以及习俗大网下精神地、物质地生存的权利。

类似不仅精确，而且完美。

根据支配万物的明显的自然法则与大气环境中欣欣向荣的权利来看，结论是什么？是惊心动魄的不平等现象、形成宇宙美景的多样性（变化多端的统一性）。

人人照自己的体力吸收大气中的营养，按自己的结构法则活在里面，承受居住地点的条件，消耗自己所能吸到的东西。

自然界的结果非常明显，种类问题就非接受不可。

某一类树木、同一类动物，元气、寿命、形状、高度、幅员是否相同？

后者证明：类似的动物并不平等。

假使万物只有相等的部分让我们看到，大自然的目的岂不荒谬？

我们放下大气不谈，来看另一种命定的环境、大洋的液体环境，社会在这里是强制出来的：同一景象，弱者与强者，弱者多，强者少，一种最可怖的不平等现象。性命久暂和生活机会的不平等；彼此对强者的尊敬。鲨鱼和海马不再殴斗了，正如狮子与狼不相殴斗一样。

鲨鱼吞食小鱼，正如一棵柏树、一棵栎树，不许它们成长的空气地带、它们生存必需的地面再有别的东西出现一样。它们中间留下必需的距离，万一长密了的话，不是有的死掉，就是全都一般瘦小。

这就是永生的大自然的明显的法则：种上一排有几里长的白杨，观察一下它们的命运，它们将是多样的。

人有一个共同现象，就是寿命。这是一个无从应付的不平等现象。在许许多多平等现象之中，单它就形成了一种特权，还不说财富特权、消费特权、教育特权、智慧特权、记忆特权。这种不平等现象，有目共睹，你们就注意一下它的影响罢。

寿命现象来自一种自然法则。在这之外，又有悟性现象。这是器官完善的结果、器官贪婪的结果。它允许器官在大气环境中吸收更多的气、更多的阳光，根据宿命法则，超乎人类任何规约之上。

再次就是第三种现象、男女结合的生殖现象。这形成最可怖的社会不平等现象，而且也是难以估价的宿命法则的结果。

这三种不平等现象，切合动、植物两界的自然不平等现象，而社会就建筑在这三种不平等现象之上。

唯一的社会权利：包含在权利的普遍性中。它是严正、永久的权利。每个社会成员，得以按照自己的体力和对社会利益的适应，加以利用。我们都有同一权利、在我们生长的社会环境中欣欣向荣的权利。

假如这是一种战争状态的话，这是万物之间存在于森林中、海洋中、空气中与陆地上的一种自然战争状态。

自由意志

人的自由意志决定他的自由问题。

假使人没有自由意志的话，自由问题也就不存在了。

问题不再在知道，他是否应该维持意有所欲或者力有所能的机能，而是社会许他做什么。

自由意志是大自然的自由。

假使大自然没有给人一种无限的机能，而是加以限制，强迫他在一个无情无义的圈子里头活动的话，社会所欠于它的公民的，就不得多于大自然所许于人的。

所以自由意志就其最真实的意义看来，就是无拘无束，任意而为的机能、不受任何精神力或者物质力牵制,自行决定的机能。

我们就诚诚恳恳查看一下人的自然处境罢。

有些人,思想比身体强壮,在智力这方面伟大,在身体这方面孱弱,他们在这种处境,就不能使他们的欲念成为事实;又有些人,身体比思想强壮,乱做一些没有用的事。有些人不能行善,有些人可能为恶。而一切听命于气质。

每个人有他自己的特殊本性,换一句话说,他在自然处境中,提供出来一种身心之间关系的总和,驱使他做这样事,不做那样事。四尺八寸高的人和六尺高的人,一举一动,谁也不得不事与愿违。所以就没有自由意志。

智力中枢还要没有自由意志。看着四尺的人和六尺的人,你想含含糊糊,两可其辞,坚持两个人都有自己的自由意志,因为各是各:没有用,因为在自然处境中,就没有一个人是单独的。大狼和小狼、大狗和小狗,彼此十分明白,一个强过一个,一个拜服一个。所以没有自由意志。没有一个有理性的生物,不是按照有机体的条件——拉末奈(Lamennais),《哲学草案》(Esquisse),第六页①——而生存的。所以有机体决定有机物。

浏览一下人类全部行为,从绝无意义的行为到最重大的行为,理智就会在这里发现到一种起决定性作用的原因。在没有发现一种自发的行为或者思想之前,就是说,不经先验(a priori)的判断,不见先期存在的原因,不受外来的影响就发生的行为或者思想之前,说自由意志这话没有意义,是正确的。

欧洲,特别是法兰西,用了两世纪来争论自由意志,为了到达引起摆脱宗教的信仰自由。信仰自由通到政治自由。

---

① 拉末奈(1782—1854)是法国宗教哲学家,主张教会与自由结合,反对教皇,具有社会主义色彩。

自由意志这话只能有这种意义：有自由为自己决定一切，不靠上帝，也不靠君上。于是为了证明权利，为了把权利形成一种自然法则，就需要两百年诡辩。

暂时撤销上帝，大自然就为人在人本身内和人周围造下了困难。而这富有绝对意义的权利，就从人这里被困难褫夺了去。

社会破坏分子，每逢打算推翻什么既成局势，无论是推翻宗教（本质方面或者仪式方面，精神方面或者形式方面）也罢，无论是推翻政府也罢，总要先来几个能干的诡辩家，试着建立空白或者不存在也不能存在的精赤条条的原则。他们为了颠覆现存的权力（教会与王国），就造出一些哲学偏见：自由意志、信仰自由、政治自由。它们的表现就是革命。

明明承认事实，就不能另一方面假设虚无。

把自由意志解释成无拘无束的思想机能，自由意志是一个正确观念。这来自最残酷的暴君也灭绝不了的一种自然权利。阻止人自在寻思，只有把人杀了。思想是智慧在无限之中漫步。可是在寻思与赋与思想一种明显的形式之间，在寻思与表现思想、表白思想、发表思想之间，还有自然处境到社会处境的区别。

拉末奈先生以一种十分谨严的方式证明：任何精神活动，如果最后得不出肯定的结论的话，就是徒劳，就是精神的否定。

自由意志在能肯定；但是人只相对地肯定。人在自然处境，肯定或者决定，全和他的周围事物有关。

就哲学而言，要肯定，就得认识全部关系，理智非经详细检查不可。

肯定就是行动，而行动就是生活。在绝对自然处境（独自一个人在一座岛上），生活服从环境；可是人在野蛮处境，生活已经服从法则了。所以任何行动，不管是语言上的肯定也好，形成事实的肯定也好，不得不服从关系。行动是有限制的。

鲁滨逊在他的岛上，找到一些动物，他为自己的利益把它们杀了；他遇见一个人，把他杀了；他服从他的自由意志（任何宗教观念都不存在），他什么也不依赖。你们注意：他是在思维理由之下杀的。他也许不能不杀。

独自平安占有的需要，等等……

鲁滨逊上岸的小岛，就许有野蛮人，哪怕只有三家罢，已经有社会法则了。

塞克尔克（Selkirk）是真鲁滨逊①。要自由意志，又不要它无稽，就该把塞克尔克放到他的岛上才是，可是在他所处的环境中，还有起决定性作用的原因，这和荒诞不经，半斤八两。

毕利当（Buridan）是一个识见丰富之人。他以他的著名的问话证明了这种荒诞不经的情形。两个大小相等的盛荞麦的容器，中间站了一条驴，他问驴选择哪一个容器吃②。

还有更甚于此的。许多民族就连思维机能也没有。

思想有它的法则，它的法则得自社会，因为思维是语言的果实，语言又是社会的胜利品。

人只有在社会才有力。

野蛮人说的最完善的百十来种语言，经过检查，也不外乎日常需要的表现。它们不能用来作比较，也不能用来作……

希伯来语言和北方语言（近东与西欧）开头只有为数极少的字；假如探索过去的科学不作类似……这样没有用的事，而对北方语言一分为二的情形加以注意的话，也就一步一步追出根源来了。

---

① 塞克尔克（1676—1721）是苏格兰水手，1703 年随船出国，流落在智利附近一座荒岛上（1704—1709）。《鲁滨逊游记》写的就是他的事实。
② 毕利当是法国十四世纪经院学派哲学家，信奉唯名主义，否认人有自由。关于驴的故事，相传他是这样说的：一条驴又饥又渴，一边是一斗荞麦，一边是一桶水，距离相等。

文字的进展之于语言，犹如语言之于思想一样。文字的进展今天差不多又被找到了。商业最先沿小亚细亚和非洲的海岸进行，在文字符号方面，起了很大的作用。

证明无限的记数法，不是一天完成的。大家晓得，毕达哥拉斯（Pythagores）发现了数与数的关系[①]。

就某些关系而言，在既定限制中，进展是可能的。但是在宗教与政治范围内，进展就不可能了，因为它们所依据的观念是正确的、完整的、绝对的。

奴隶制

奴隶制的直截了当的说法，就是一个人的劳动全部归另一个人用。如果有人以为奴隶制已经废除了的话，真是白日做梦了。

我们今天看到无名的奴隶，他们比指明的奴隶：土耳其人的奴隶、古人的奴隶、黑奴，还要不幸。这三种奴隶有过活命。近代工业就不养活它的奴隶。古代杀死它的有罪的奴隶。业主今天饿死他的无辜的奴隶。古代，土耳其人，……[②]给奴隶留下他的宗教、他的伦理；工业败坏它的工人，毒害它的工人；他们饥饿的时候，他们受了它不道德的影响，拒不服从，集合或者团结的时候，政治权力不是炮击他们，就是监禁他们。

* * *

工业吸引工人，集在一起，形成不出产粮食的中心；工业增加人口，却不增加农作物；相反，它提高工价，也提高农作物价。它和农业

[①] 毕达哥拉斯是古希腊公元前六世纪的哲学家，在数学和天文学方面有卓越贡献。他的有名的乘法表说明了他对数与数的关系的认识，但是他这一派学者，进一步把数看成万物根源，就陷入了唯心论。

[②] 原稿这里是空白。就文字顺下来看，对黑奴而言，可能是"殖民地企业家"。

之间必然就起了冲突，因为它受了竞争的影响，希望食品跌价，压低工价，可是农业不能贬价贬到成本以下：这是近代政治解决不了的问题。

穷困到了相当比例，不仅是政府的耻辱，也是对它的控诉，也是它的崩溃。穷人多到一个相当数目，富人屈指可数，革命就不远了。革命不革命，就看有没有一位领袖、一件意外事故，可是任何事故都有自己的领袖，正如任何领袖会制造意外事故一样。

*　*　*

一阿尔邦地施肥，要一百法郎，其他开支：耕种、运输、赋税、收割、打场入仓……又要五十法郎，收获一场小麦，要用掉一百五十法郎。在法兰西所谓耕作良好的地区，到处都是这样。政府希望维持面包廉价，不管地主痛苦不痛苦。这要有一个终了的。农民穷，种地不上劲，出产就少。而这期间，工业却要添加更多的人口。工人找不到东西吃饱肚子，要不然就是，农民维持高价，工资不够工人吃饱肚子。

我们这时候就置身于这样一种尴尬境地：工人武装斗争，或者农业死亡。这样就有了劳动组织这话。

*　*　*

成品价的决定，要看原料来价与造价。

一切来自土地，牛肉、小麦、羊毛、蚕丝是工资与原料的组合物。

一切土地出产的东西，都有资本的利润背在身上。代表资本的就是土地与赋税。

减轻捐税，减低地价，就是减低原料来价。

减轻捐税，减低地价，同样就是减低制造价值或者工资。工资和食品价有直接关系。

减低工资，就是有可能在工业战场上和英吉利这个大调整者一决雌雄。

小麦价与肉价打击法兰西工业，打击到了它的要害。

小麦价和肉价有直接而又经常关系，减低小麦价，肉价就上升了，因为农业出产树林、草与小麦；草，就是肉，就是马，就是羊，就是牛。

要压低小麦价，就该出产更多的羊与更多的牛，附带出产更多的马（法兰西不出产）。

这就使劳动者可以有肉吃了。吃的好，劳动者就多干活，日子也就好过了。一磅牛肉、一磅羊肉卖三角钱，等于摧毁英吉利。英吉利已经把农业用到头，不能压低小麦价与肉价了。法兰西有许多公顷的生地，像英吉利熟地一样多，对法兰西土地，等于一与三十之比。开发这些生地，等于压低三分之一捐税。

压低目前捐税三分之一，等于压低造价三分之一，同样也就是压低原料来价三分之一，牛奶、肉、等等等等。

这等于免去法兰西到国外贩马的必要。

要收这种成效，必须灌溉生地，废除公共牧场。

牛、羊就会比现下多出产两倍，卖价便宜二分之一，因为牧场根本不占法兰西熟地。

让工人少花钱就吃的好，让他的每日工资留下一部分来不用，这才是政府应当考虑的最人道的计划，这比取消贩卖黑奴有意义多了；这是法兰西的霸业：它完全就在六角钱一公斤肉上和一角五分钱一公斤面包上。

宗教（有关历史沿革的楔子）

宗教的基础是人的一种先天感情，它的迹象是普遍的，民族、部落、野蛮游牧民族、自然处境的人，没有一个没有信仰。

这种先期存在的感情，就是种种哲学开采的矿山，它们在这里锻冶兵器，攻打所谓感觉论哲学、唯物论哲学等等……。

最靠近所谓洪水之灾①的民族，这种感情特别强烈。它需要一次堕落、一次惩罚、一次战斗的结果、一种优异的存在与盛怒的战胜者的知识的降低②。

得自进步与人类不倦的智慧的科学事迹，和这种感情在今天是一致的。

地球早年有些巨大的创造，如今不见了。地球也许是从高一级世界倾踬下来、跌落下来的。确然的是：它被修改过了。

完全出自人的活动的科学，证明形成各个社会的共同资本的观念或者神的启示是正确的。

忏悔的观念同样也差不多是普遍的。

这两种人的一般观念或者这种种的启示，就是基督教的基础。

这些结果、这种沿革，是不容有异议的。

不管上帝是和世界一道存在，或者是离开他的作品③存在，或者是在本身内存在，也为自己存在，或者是和他的作品不可分解地结成一体，反正我们意会到：作品有一部分④恶化了，受到了惩罚，不是被一刀割掉，而是被判罪改正自己，在心身干净以后，再回到宇宙大流。

所以人类可以从最坏平步直达最好（或者从最好平步直达最坏，假如地球单自活着的话，因为它在朝死亡走⑤）。人类有未来，个人也有。

对人来说，对社会来说，抛弃这些论点是危险的。它们含有社会

---

① 指《旧约》洪水泛滥，挪亚造方舟事（《创世记》第六、第七章）。
② 指亚当、夏娃违背耶和华的嘱咐，吃智慧之果（堕落），耶和华大怒（盛怒的战胜者），把他们逐出乐园（惩罚）。于是乐园的知识变成了人间的知识（降低）。
③ 指"世界"。
④ "一部分"指《旧约》传说中人类的祖先亚当、夏娃。
⑤ 原稿有一个眉注："迅速"。

的基本观点：服从。

天主教是最完美的宗教，因为它谴责检查被判决的事实，还通过教会，承认宗教的百年①补充。它这样做，就可以更合好无间地接近上帝。邪教给欧洲准备下来的命运，反而证明对天主教有利。启示在教会中继续存在，对邪教徒就有了限制。

其他

政治法则的意义是臣子与权力之间必要关系的适宜安排。

法则有两类：一般法则与个别法则。臣子与国家之间的联系、臣子与臣子之间的联系：这样就有了政治权利与生活权利。

所有权仰赖政治权利，使用权仰赖生活权利。

法则的基础是宗教。宗教是人与上帝之间关系的总和。宗教是唯一能批准生活权与政治权的权力。它有两类：教会与家庭。

所以社会为了存在，就该是宗教的、政治的、生活的。

一切有关宗教的事物，不得转让；一切有关政治的事物，必须万分难于改变；一切有关生活的事物，应当遵循社会变更②。

这样就有了教义、制度或者法律、法令。

法令规定下臣子与臣子之间的关系及他们之间暂时的关系。权力能改变法令，而不怕遇到困难。能取消，也能替换。

制度应当固定。

宗教应当永久。

但是法令不得侵犯制度，制度也不得变成法令。

所以任何人在国家都有三种身份：宗教的、正当的、合法的。权

---

① "百年"（séculaire）疑心是"世俗"（Béculier）的笔误。
② "生活"原文是 civil。

力、部长、臣子任何行为，都一定要符合这三种身份。

不可以作出丝毫违反宗教的事。

符合制度，就行为正当。

合法是服从民法。

合法是相对的，正当是绝对的，宗教是自发的、不容置喙的。

宗教保护制度，就像制度保护宗教一样，这两种权力应该像灵魂与身体那样结合起来。

国家的力量不在于臣子的财富，而在于国家有需要时，臣子有为国家捐献他们的财富的感情。

证明宗教感情是国家的力量，因为忠君、忠国只是人对上帝的责任的必然结论①。

* * *

法律是社会意志的表现，结局就有了构成责任的行为。

* * *

即使启示不存在，有了信奉上帝的感情，就等于启示存在；其后获得事实，它就成了人类知识的唯一泉源。

* * *

在政治上，一种反面可笑的原则，就该当作真实、绝对来看。它与反面之间的平均数会不够用的。

（例子……）

* * *

按照——我们只就近代来说罢——笛卡儿、马勒布朗士、斯宾诺莎、莱布尼茨与康德，智慧先感觉而存在也好，或者智慧与它的收获是感觉与经验的果实也好，社会与它的必然的法则并不因而就不存在。

---

① 原稿有一个眉注："爱国心与荣誉"。

给这种争论的片言只语添上一种政治意义，就没有用。

我们所在的地球与我们人类，出自等于宇宙的一种事物总合，而宇宙出自上帝。

这样就有了人、人类、宇宙、上帝：四种事物的真实总合，相为因果：它们是人类科学的重大目标。

* * *

我存在，我思维，我说话。

* * *

一个无神者的社会，很快就会造出一种宗教来的。

* * *

政治不能像哲学一样，把心用在建立社会上。对政治来说，社会已经建立好了，它相信社会存在。政治是民族的行动，正如宗教是民族的灵魂。

* * *

叛国是最大的罪行。造反永远不该得到恩赦。

* * *

精神活动应当像物质世界一样，服从同一法则，保持全部比例。

* * *

没有绝对平等，也没有绝对权力。

* * *

人在天性上同类，就法律而言平等，在政治上不平等，又不同类。

* * *

就宗教而言，一个人是我的近邻或者我的兄弟。他天然是我的同类，但是和我平等，就值得讨论了。

* * *

难道你下棋对棋子也一律平等看待吗?

* * *

一个家庭或者一个人，地位崇高，不可能加以惩罚，国王就该学学亨利三世，在法律以外行事；没有法律制裁臣子，国王等于没有法律。暗杀介斯（Guise）公爵是正确的，如果不合法的话，就像暗杀孔气尼（Concini）一样[①]。

债主不勒逼债户，禁止惜贷，全社会会蒙利的[②]。

* * *

居阿代（Guadet）[③]说：我们待在深渊深处；仅仅找到了一座迷宫；我们在里面行走，找到了一种……[④]

* * *

关于宗教。——一种物质、不可毁灭然而没有安息的存在告诉人们说：跳过去？或者一种优异的创造告诉他说：朝一个更好的处境走？

* * *

证明社会单位不是个人，而是家庭。

一经承认家庭是唯一可能的单位，寻找一下家庭之所以为家庭的法则。保持土地。

家庭构成的国家的一个好处，就是保证的浩大无边。富裕家庭效劳，不用给薪俸（公道）。政府不再干不公道事，也不再挑不公道事干。

所有方法全简单化了。

今天，想发财的人也想过问国事。

---

① 法国内战（宗教战争）时期，亨利三世（1551—1589）暗杀介斯公爵（1550—1588），因为天主教同盟想拥戴他作国王。孔气尼（？—1617）是路易十三的母亲（当时摄政）的宠臣。他本来是意大利人，夤缘内侍，权倾一时，但终为路易十三所杀。
② 原稿这句话被抹掉。
③ 居阿代（1795—1881）是法国历史作家。
④ 原稿字迹不清。

个人竞争代替了家庭竞争。希图建立家庭的个别人士代替了强大、富裕的家庭。社会问题上下倒置了。

* * *

观看，觉察，思索，立意，回忆，演绎与归纳，剔出，会意，区分。

科学与事实可能性。

动机与行动。

本能，感情，估计。

有一个东西高出于君王与民族的法律之上，就是切身利益。

调和自由意志与理性。

遇到没有考虑机会的绝对必然性的情况，自由意志又将如何？

假如没有自由意志的话，有没有一种宿命的必然性？或者宿命论？或者考虑？

教会创造出来天庥①，可是天庥把人的价值统统给取消了，等于取上帝而代之。不过这种教义，就社会而言，却也更为完善，理由就是：它使人有依赖行善而把上帝邀来心内的欲望。

如果我们不是一种必然性，也不受一种必然性拘束，也不受一种自由意志拘束的话，我们又受什么拘束？我们的行动的法则又是什么？一种介乎我们与物之间的关系法则、叫作理性的法则。

人看见、觉察、思索，人形成一种叫做观念的存在。

这种由人形成的观念，已经比人强壮了，部分已经比全体强壮了，一个观念比人命长，可以降服众人，等等……

他服从他自己的创造。属性支配人。思想所由出的有机体已经完

---

① "天庥"（Grâce）或者"圣宠"，是天主教特有的一种教义：它是上帝赐给每一个人的一种内在行善的力量，所以人作了错事，"忏悔"就能使它回来。由于这种内在力量，功德多了，人就渐渐接近了永生之道。

全不同于思想了；产生它的机械论不同于这种出品，正如蒸汽机不同于它所发生的运动一样。

* * *

哲学家提出这种两刀论法：决定的根苗是在我们之外，还是在我们之内？不是宿命，就是自由；大家忘记了两样都是。

* * *

把有关私人的问题从争论剔出，法兰西显然是讨论政治的激烈场所。

人民是否至上？

问题就在这里。

附加问题：如果人民是至上的话，该不该统治？如果人民该统治的话，能不能统治？

首先，人民是什么？

一个小孩子，一个女人，就文法而言，是人民的一部分，然而就政治而言，不该是人民的一部分。

这样一来，有三分之二人民立刻就被取消了。

法律如今给人制造了两种不同的成年。

法兰西法律不许人在二十五岁以前当公证人，或者担当某些公家职务。的确，政治权利的使用也要求有同样限制。

人民至上就是：件件政治大事，要向人民请教。

可是这样一来，作出决定的时候，事情往往也就不值得作了。

不了解这种意图的场合就许反对，因为招集一万人开会是办不到的。

可能五对五，来上一个否决。

选举被发明了。

通过选举来检查，来表示，结局就是可笑。

信赖人民至上的决定，它却出于自由意志；表示命令应当来自对所有关系的知识，而人民却一无所知。

* * *

推举代表，不是为了表示他的心意，而是奉送代理权，所以议会也就永远代表不了人民。

* * *

人民参预政府，等于力要作机器。

* * *

法兰西大革命是一种偏见的交换：这些偏见是拿大量的血支付的。

* * *

假使人能不吃饭而活下去的话，自由意志也许可能有。他只有吃某样东西是自由的，但是他必须吃；食品如此，精神亦如此。其实，自由意志而受原始的、本质的、必然的、宿命的条件拘束。算什么自由意志？

* * *

权力是手段，人人幸福是成果。人民当政，希望不用手段而有成果，今天就有思想家告诉人民，说人民对。这正是所谓缺德事。

* * *

王权不仅是一种原则。它是一种必然性，人民需要他们的国王，远甚于国王需要他的人民。

这种关系法则，通过事物本身宣布自己存在；它是事物的永久的合力；它的词句构成国家至上。然而人民没有能力了解这些关系，所以，这样看来，人民并不至上。

应该算数的不是票，而是理由。所以同意内阁的二百八十票，只能代表二百八十种理由。

而反对方面的一百票代表一千种理由。

遇到这种情形，对的是少数。

* * *

目前法兰西政策的重大缺点就是相信自由是社会的目的，其实只是一种手段而已。

* * *

欲望是一种幌子，一经占有，就暴露出来事物的本来面目。所以反对派一当政，永远改变见解：有些蠢人却把这种改变说成了出卖。

* * *

精神像身体一样有粪污，现时有些文学家，觉得从前真有粪污。

* * *

哲学或者政治把人集合在一起，永远会出大乱子，而宗教每星期把他们集合一次，却是为了他们的福利。

一个会议否决了一种法律，而另一个会议和国王却批准了它，这就应该成为一种法律，否则多数这句话就毫无意义了，也只有这样做，才显出了政府有代表的可能，不过应当用多数特权的地方，恰巧就收敛了。

个个党派、个个组织，都可以有自己的三天的①，不过这三天只属于一个和国家需要一致的政治团体。

* * *

想升高，有两个东西，那就是必须作鹰，或者作爬行动物。

* * *

关于放高利贷的法律，在权利上不是正确的法律，在政治上是正确的法律；同样是限制某些耕种的法律，不利于小麦，而利于草原与

---

① 指1830年七月革命的三天（27、28、29）。"三天"意即革命。

树林。

* * *

金、银是货物,但是金、银一升而为记号,就进了法律范围。

* * *

贸然进行改革,等于取消一种可以忍受也忍受了多年的困苦,代之以长久不治的灾难;等于取消腐败,代之以绝望:任何改革应当通过模仿慢慢来作。

* * *

大自然中,没有孤立现象,样样相连,精神行为彼此相连,形体行为彼此相连,所以一种权力的存在,也就有了不证自明的证明。
(解释精神行为——形体行为。)

* * *

区分一下感觉到的东西和感觉是两件事。

君主是国家利益的经常化身。

* * *

所以一个公民是一个十足二十五岁的成人,那么,法兰西有八百万公民,选举就算普遍了,而政权也就是这群人;但是这里出现了一个小困难:你不能把他们集合起来。假如你把这群人分成八十六份,每份八万人的话,政权就不再存在了,因为每份受到当地精神的拘束。

但是我们就检查一下至少散居在一州各地的全部二十五岁公民的集会中势必发生的情况罢。无产者、农民与穷人大概是七比一;最和财富无关的人会成为最和财富有关的人的主宰。那么,如果一定要有代表的话,毫无疑问,会有一种什么也不代表的代表出现。

* * *

只有在人人平等或者头脑同等清楚的社会中,选举才有可能进行。

* * *

无神论与民主政体之间，有一种众目共睹与一目了然的不分彼此的关系。民主政体不希望社会有统一权力，就像无神论不希望世界有上帝一样。民主政体把权力放在公民手心，就像把另一个上帝放在物体的能量或者物体本身之中一样。

* * *

假如今天的内阁权力不是专制权力，什么是专制权力？说实话，没有比执行一条全体通过或者好似全体通过的法律更可怖的了。

* * *

革命也好，不革命也好，根据真正原则而建立的社会照样要复活的；基础违反自然程序的社会，一经革命推翻，就永远不得复活。

* * *

假如没有自由意志或者自由的话，你就陷入天命论或者宿命论了。

对，假如你是无神论者的话。

不对，假如你是基督徒的话。

因为对先天意向来说，教育起平衡作用。

* * *

权力来自人民，摇摆不定；来自上帝，稳如磐石；权力可能有异议或无异议。这就是历史知识。

· 第二部分　书评 ·

译者附记：《欧那尼》（Hernani）是雨果在戏剧方面的成名杰作，也是法国浪漫主义最激烈的光荣战役。苟地耶曾在他的《浪漫主义史》（1872年）中，栩栩如生，追忆首演的战斗之夕（1830年2月25日）。法兰西剧院内，纷呶一片，而古典主义者的嘘声终于被采声压下。浪漫主义的大纛立起来了。

但是出人意外，应当归入战友之列的巴尔扎克，却在戏上演不久之后，提出严厉的批评。他这时还没有什么名声，——有也只是一点小名声，因为杰作才开始和世人见面。评论的口吻是尖刻的。末尾谈风格那几节很不公正。《欧那尼》既然能帮浪漫主义打定天下，即使不全部有道理，显然也一定有它的部分道理。特别是诗剧语言和青春气息，具有强烈的感染性。

巴尔扎克的评论，尽管口吻俏利，有失忠厚（雨果后来还是做了他的朋友），通过具体分析，却也说出了《欧那尼》（如果不是他的全部剧本）的基本缺点。巴尔扎克所指摘于雨果的剧本的，也正是他自己在小说上力求避免的（不见得就完全做到）。现实主义这个名词，当时还没有出现，而巴尔扎克的主要根据，正是这种现实主义精神。他决不是站在古典主义者立场来贬《欧那尼》的。他这篇书评写在他的成名的历史小说之后，他开始大踏步走进他的《人间喜剧》的真实世界。

一 《欧那尼》或者卡斯提的荣誉
——剧本，雨果先生作

一

假如雨果先生不是（或许由不了他）新派领袖的话，我们谈这出戏，就不会破坏我们为自己立的扼要述评一部文学作品的规则了；不过他的名字是一面旗帜，他的作品是一种学说的表现，而本人又是一位至尊。所以评论这出戏，细心从事，也就显得更有用了。假如作者走的是一条岔路的话，许多人亦步亦趋，不用说，我们这方面会丧失一些杰作，他那方面会丧失他的前程的。

关于《欧那尼》的分析，家家报刊登过，我们这里免去故事的剖解。我们的批评，一反本刊的常规，我们不妨说，只是写给作者与对这出戏有深刻了解的人们看的。我们挨次检查每个人物的行动，进而论及戏的整体和它的目的；总之，我们要研究一下这部作品有没有促使戏剧艺术跨前一步，假如跨前一步的话，又是什么方向。

查理五世（即卡尔劳斯）①显然是戏中最重要的人物，我们这篇文章就用来分析这个人物。

第一幕。——卡尔劳斯骤然到了扫耳小姐的房间。一个看妈在这里等欧那尼来。国王为什么急忙钻进衣橱②？为了侦察欧那尼？

可是许久以来，卡尔劳斯就在房子周围走动；他除去欧那尼的名姓，什么也打听出来了。老婆子不小心，说出欧那尼这个名字，国王偏偏没有听见。戏里有的是音响学现象，这是第一次出现。老看妈不认识这位骑士，他糊里糊涂躲进衣橱，为什么她不喊救？他吓唬她。他说起一些敌对计划。他自行落入看妈的掌握，看妈仅仅说一句"万一我叫唤……"就知足了，而她是一个看妈，还是一个西班牙看妈！——扫耳小姐来了，欧那尼接着也就来了。——他们说着话，衣橱的构造是国王正好什么也听不见……雨果先生跟不上先前的他了：他在《冰岛叛徒》不是用一捆谷秆就烧了一座花岗岩监狱来的③？——什么？这位谨慎的卡尔劳斯，既然是为了侦察来的，怎么会在钻进衣橱以前，不先弄清楚他能不能起码听见？……说到临了，他是国王，他有忠心的臣子供他驱使，他知道有一个情人常看扫耳小姐来，然而他就为自己想不出一点更好的办法，除非藏到那里头！……别再说下去了。——他出来了，因为他在里头出不来气；这是先前意料到了的：看不出衣橱有多厚的人，必然也就难以估计它的深度。吕意忽然出现了。——卡尔劳斯一句话就能封他的口，却由着他老半天唠唠叨叨，又是教训，又是发脾气；而这句话"我是国王！"他说是说出来了，可是只在作者需要它来结束吕意的歌子④的时候。——"国王"这句话，卡尔劳斯以后老挂在嘴上，话不但变得可笑，而且显出了他像害一种死心眼儿病：我们这里指出这一点来，一次算数，以后不再提起了。

　　这位国君，狡黠万分，居然当着一个生人（欧那尼），商讨国家大计；可是他一面听见扫耳小姐告诉欧那尼明天相会的时间，却也不假。古怪的情人，讲起这样的秘密，声音居然老高，让他们的对头听见！古怪的对比，情人们喊叫，卡尔劳斯在衣橱里头什么也听不见，而他们低声讲话，他倒句句听见！……帝王的耳朵是按照一种特殊音响学的规则做成的：莫非他们会随意变成聋子？

---

① 查理五世（1500—1558）是日耳曼皇帝的称号，在没有被选为皇帝（1519）之前，是西班牙的国王。他的名字是卡尔劳斯。
② 巴尔扎克在这里有一个注，认为当时衣橱并不存在，一般妇女用的只是柜（bahuts）或者箱（coffrets），而 armoire（所谓衣橱）在当时只是放武器的，从字面可以看出。在剧本里，这是壁橱。
③ 《冰岛叛徒》（Han d'Islande）是雨果早年一部小说（1823）。小说末尾写强盗在第二天斩首以前，要求狱吏给他一捆秆烤火。半夜火起，监狱烧掉。
④ 不是吕意自己唱歌。吕意在戏里有一行诗，称道年轻人幸运："夜晚在阳台底下唱着歌子。"

第二幕。——查理五世在扫耳小姐窗户底下等幽会时间到。三位爵爷陪他来，奉命在周围侦察另一个人的动静；但是这些笨蛋简直就不忠心，因为他们居然大撒手，而且是在萨拉哥萨，由着欧那尼的六十名党羽包围他们的主公。

这种惊人之笔，末流险剧家会试为辩解的。在这之前，卡尔劳斯先把扫耳小姐骗到了街头。一个女人有两个男人追求，前一夜才上过当，她会一听信号就下楼，也许真实，就算真实罢，说到逼真，却不逼真。国王对扫耳小姐用的语言，是一种难以饶恕的过失。接着扫耳小姐在街头，当着一位王爷，就跪下来了！……雨果先生简直让我们意会到古典剧作家用门廊的必要；因为说到临了，前一夜，还下了大雨！……他留意告诉观众来的。

最后，欧那尼到了国王面前。欧那尼有生一日，都要"拿他的匕首扎进他的心去"。卡尔劳斯有意胁迫他的情人；欧那尼知道，欧那尼有六十名帮手，居然和他的情敌谈了许久！……他要在决斗中杀他，国王却愿意被弑。

他们两个人研究地理，看世上有没有一个地方，查理五世政令不行，欧那尼得以存身。雨果先生也许有道理。拿破仑在雾月十八日破坏宪法，我们不就看见穆兰和戈耶拿大头针在宪法的条文上作记号来的①！雨果先生的仇敌指摘一个人太不拿憎恨当一回事看：说这话就罪不可逭。这场戏是目前争论的一个形象：欧那尼辩论，然而不杀他的对头，同样是我们的诗人们，让我们看些长篇大论的序言②，然而不掏出杰作打击他们的仇敌。

第三幕。——欧那尼成了吕意的客人，卡尔劳斯捉他来了。国王

---

① 雾月十八日（共和历）是 1799 年 11 月 9 日。拿破仑远征埃及回来，决定举行政变，推翻执政政府，废除宪法，解散两院，建立总裁政府。穆兰（Moulin）和戈耶（Gohier）是反对拿破仑解散执政政府的两个执政官。

② 特别指雨果的《克伦威尔》的著名"序言"。

的视力差不多和他的听力一样；在这场戏的前一部分，扫耳小姐确实披了面纱，坐在一张沙发椅上；而面纱就足够国王认不出她是他的心上人的。雨果先生对爱情的想法，似乎和对仇恨一样。卡尔劳斯的意志非常流动。他知道欧那尼在庄园里；他恐吓公爵，说要拆毁这目无国王的府邸；他要定了欧那尼，老头子不变出反叛，就拿头上来；可是他一见扫耳小姐，就对年轻姑娘、老头子和反叛讨价还价，尊严扫地，舞台上前所未有。他可以包围庄园，抢走欧那尼、老头子、扫耳小姐……算了罢！他要两相无事，他出卖西班牙的平静，来换扫耳小姐作质的愉快。这位眼看就要统治欧洲的大政治家显了原形。观众不了解这场戏；查理五世一辈子在拿各王国做生意：这必然是一种征象。

第四幕。——国王到了德意志。选举皇帝。称道这部作品的人，认为雨果先生的伟大的诗就在这里，同时这幕戏在只是国王的冒失鬼卡尔劳斯（没有更正确的形容词了）与一跃而为皇帝的查理五世之间，显出了一种绝妙的对比。我们却觉得他还是那么一个人；不过他在第一幕藏到一个衣橱里，只在第四幕藏到查理大帝陵墓里罢了[①]。

戏越来越发暗。查理大帝的墓门，随着作者的支配，说开就开，未免戛戛乎其难以令人信服。

这算不了什么！……可是活在十九世纪，还制造尼路斯陵墓[②]，也就很不幸了。卡尔劳斯躲在这里，心平气和，等候三声炮响，宣布他当选皇帝；哦！奇迹。这个人听不见欧那尼在近旁讲话，在衣橱里什么也听不见，隔着查理大帝陵墓的墙壁或者大理石，居然听见了阴谋家们在宽阔地道低声说话，不但一字不遗，而且相当容易。科学院不久就要写一篇漂亮论文，研究查理五世的耳朵了，我们等着罢。

[①] 查理大帝 (742—814) 是日耳曼帝国的建立者。首都是阿亨，所以后来选举日耳曼皇帝，便在这里进行。
[②] 尼路斯 (Ninus) 是传说中亚述的建国者（公元前 2000 年）。巴尔扎克讥笑雨果为了戏剧效果，设想一个可以自由出入的陵墓。

这些阴谋家的存在，既然或多或少，和卡尔劳斯这个角色的领会有关，我们现在就细看一遍阴谋这场戏罢。作者要一些人鸣誓，谋害皇帝，我们设想他们总会谨慎的。一般说来，阴谋家的第一个心思就是采取最严的步骤，掩护他们的聚会。他们有巡守，有奸细。把地道借给他们开会的特莱渥大主教，应当知道所有的出口的……但是没有用！……查理五世的军队包围这些阴谋家，如同他在第二幕轻易就被欧那尼的伙伴包围了一样。这些人那样坚决，看见皇帝走出坟墓，却胆怯了。没有一个人动。他们吹灭火把，尽着皇帝通名报姓，朗诵了八行诗，没有一个人试着一匕首封他的口！

　　但是我们觉得古怪的，就是查理五世有一种想法，先就有了的一种想法。他为了灯火齐明才这样做。他这种想法（灯）在脑里生了根，一连在这些诗里重复了三回：

　　我熄的虽多，点亮的却也更多。

他对阴谋家们说：

　　轮到我照亮了……看罢！……

他的士兵举起火把，亮煌煌一片通明。

　　不用说，有些异议，作者轻而易举就驳回了，但是尽管如此，我们还是说出来为是。假如阴谋家们不吹灭火把，皇帝又怎么着？难道阴谋家们眼里长了黑内障，几步之外，一片亮光，也看不见？难道士兵待在一个性质相当响亮的地道，这期间真还乖乖儿待着，不让人猜出有他们来？因为用心读的话，我们就知道他们来自地道各个角落，"四面八方"。假如阴谋家中间没有那么多老头子的话，人要以为他们是小孩子了。说到临了，阿亨这座城并不算大，调兵遣将，阴谋家们不会不知觉的。查理五世的病，这出戏的人物都害一点点；因为欧那尼受命暗杀查理五世，就听不见卡尔劳斯嚷嚷："——杀呀，我就是查理五世！"而这个强盗、勇士，应该一无所畏，却安安静静在讲：

我开头以为是查理大帝。
原来只是查理五世！

皇帝宽恕了他的仇人、特别是欧那尼，恢复他的财产，恩赐他和扫耳小姐订婚。这是《西拿》的场面①；不过……哦！不，我们不比较……欧那尼的不解的仇恨，像一片叶子，在十一月落了下来：一声恩赏，化为乌有。

　　皇帝这个角色到此为止。这就是查理五世！老天爷！雨果先生的历史是在哪儿读的？这出戏的结构，什么地方表明了对这位皇帝的灵魂，有过缜密的研究？雨果先生来在博物馆或者奥尔良公爵画廊，到查理五世画像前站上半小时，也许就会对自己说，卡尔劳斯这个角色的语言、行动，就没有一星半点，可能用在他身上。有几句独白可以除外；不过我们以后再检查细节好了。

　　一出戏是一种人类热情、一种个性或者一件大事的表现：《芬德》是一出戏表现一种热情的范例。——《亨利四世》、《亨利五世》或者《查理三世》是一出戏表现一种个性的范例。两位诗人以他们的天才，在这些作品里，创造地表现了人类的生活，拉辛理想化了它，莎士比亚绘出来它的全部细致变化。席勒在《威廉·退尔》里，表现了一件事和有关事宜：人、热情、利害关系。艺术提出来的目标，三位全达到了。

---

① 　《西拿》是高乃伊的悲剧。

但是查理五世的性格,在这里并不属于这三种原则的任何一种。卡尔劳斯不表现事变,不表现性格,也不表现热情。他可以把自己叫做路易十四或者路易十五。雨果先生也许有意要列一个王权公式罢。

假如我们的分析没有经常达到题材的悲剧性的高度,我们是不难脱罪的,因为戏本身说明问题。我们下一篇文章,专推敲扫耳小姐、欧那尼、吕意以及评论戏的各个部分。

(1830 年 3 月 24 日)

二

第一幕。——欧那尼走进扫耳小姐的房间。他对情人说起许许多多她早该知道的事:欧那尼多少是在这里写序罢。他显然是在对观众讲话。我们有权利相信,雨果先生对古典作家要求那样严厉,借用起码借用他们的长处,决不会借用他们的短处。我们看见的就该是动作处处代替语言。初步接触欧那尼的爱情,然后逐步深入到一种西班牙热情,才符合我们的希望。不。欧那尼爱扫耳小姐。池座的笨观众,你们自己安排去罢。不过这种代数方程式,既然在戏一开始就提了出来,起码就该一步一步有进展才对!不。这两个相爱的人,还停在这种局势:扫耳小姐需要知道欧那尼是一个亡命者,而欧那尼还需要问他的情人愿不愿意跟他走,换一句话说,她爱不爱他。戏既然这样开了头,一位剧作者就会让欧那尼在舞台上对他的情人讲:"吕意打算娶你,你得逃走!⋯⋯"扫耳小姐就会回答:"我们明天就逃。"——雨果先生不照梅里美那样做①,却可怜巴巴地走着古典剧作家的老路。

听结束第一幕的独白,欧那尼是一个十九世纪的年轻人,一个批

---

① 指梅里美的剧本。

评绶章和颈间挂着金羊勋章的理权派①，正如一个年轻人没有得过勋章，也会这样一样。作者既然把未雨先知的本事送给自己的人物，就该未雨绸缪，先在这方面为读者或者观众作好准备才是，特别是欧那尼后来拜领了查理五世的恩给、赠礼、饰物，就更该这样做了。不过作者说："这才算有个性。这年轻的强盗独白的时候憎恨卡尔劳斯；他在第二幕不下手；到了第四幕，他们变成好朋友。欧那尼是真实的，合乎维尼先生的真实②，这位为人首肯的真正诗人，逼肖现实，如同佛散的玉花酷似野花一样。"

我们已经批评过欧那尼和卡尔劳斯会面那场戏：所以我们在第二幕还要谈的，也就只有他和扫耳小姐那场戏。

欧那尼有六十名坚强的匪徒保护自己，却怕不能逃走。他看见了断头台，不要情人上断头台，可是扫耳小姐视死如归，偏要同归于尽。作为歌，作为民歌，未尝不好；但是到了舞台上，人物就该像通情达理的人一样，多少有些动作才好。欧那尼这期间带扫耳小姐一道逃走，是很容易的事。然而不。他们坐在一块石头上，说些情话、不合时宜的话。于是官方鸣起警钟来了。

我欣赏一个人物，这个人物就是吕意；窗外一片骚乱，而他在窗里睡着……不过这不是他犯的唯一错误，作者始终如一，用心作成他这个称谓：傻老头子！

第三幕的开始是吕意与扫耳小姐之间的一场戏。吕意热爱诗歌，确实少见。这个老头子不上场（按说应该上场）的时候，好像消磨时光，都在写牧歌和挽歌。别的人物全爱直言直语，他说隐话。这场戏

---

① 查理五世特别重视金羊勋章，在《欧那尼》第四幕第四场，他摘下自己的勋章，转挂在欧那尼的颈项。理权派指复辟时期基佐建立的政党，主张在王权与民权之间，走第三条路线。
② 维尼是一个军人出身的浪漫派诗人，当时改编过莎士比亚的《罗米欧与朱丽叶》和《奥赛罗》，接近雨果。

最大的缺点就是可以删掉，缩成四行诗，戏也不会受伤。雨果先生在序里虚心道：了解他，欣赏他，必须再读一遍莫里哀和高乃伊。但是这两位大人物，尽管常犯语言代替动作的错误，给人物安排对话，却也从来没有抛开利害关系、他们的热情以及事件不管过，而且手法深刻，只一句话就画出了热情，以天才充实了动作的贫乏。可是这里这句"这在草原唱歌的年轻牧人"①，管我什么事？一位浪漫派领袖，啰里啰嗦，重复一遍《夫人学堂》的某些话②，起码对他的原则在起取消作用。在第一、二幕之后，老头子还不知道欧那尼爱扫耳小姐，是难以理解的；可是就算他不知道罢，留下扫耳小姐和一个强盗待在一起，也是不大自然的信托。结论就是，不是这个老好人在萨拉哥萨一句谈话没有听见，就是他一直待在房间没有出来；不管是哪一样，这不是一个求爱的老头子的做法。巴道劳是这一类令人钦佩的典范，什么也知道，什么也疑心。吕意什么也不知道，什么也不疑心。不过雨果先生也许怕人说他悲剧化了巴道劳③。

  扫耳小姐和欧那尼重逢这场戏，是出现动作的第一场戏，他们（风格放开不说）说起他们该说的话、该做的事；但是这场戏软弱无力，和别的戏一样。

  现在，我们到了戏的主题、卡斯提的荣誉观点④。吕意不把他的客人交给卡尔劳斯，宁可把他的外甥女给他：这是一幅卡斯提的荣誉的描画。但是这还不算，他把她交给国王，为了营救一个他厌恶的情敌：这就是崇高。

  假如确有这种事的话，也就是证明西班牙这时期有一个傻老头子

---

① 见于第三幕第一场开始。
② 指阿尔诺弗对阿涅说的"某些话"。
③ 巴道劳是《塞维勒的理发师》一剧里的老头子。
④ 卡斯提是西班牙统一之前的一个重要地域。这里实际等于"西班牙"字样。

罢了。一个人放火烧掉自己的房子,因为卖国贼布尔邦元帅在里头住过①,他才是一个崇高的人;而吕意却是滑稽。滑稽,因为在查理五世喜欢据有扫耳小姐比喜欢要欧那尼的头还厉害的时候,他可以换一个样子做。强盗和公爵应当明白:扫耳小姐起码有危险。崇高的是两个人中间的一个,为别人的幸福而牺牲自己。勿怪乎欧那尼把吕意叫作"傻老头子",叫的有道理!这是戏里最真实的话,不幸却是,欧那尼一有道理,作者就受伤了。

然而这里还不是戏的主题。主题全部存在于欧那尼和老头子订的契约。老头子说:

——不是我,你会死的,所以你的性命由我支配!

此正所谓夺人之子,反自夸为救之之也。咄!什么样的恩人!这是一七九三年的自由:"不要离开巴黎,我们要在这里揍你;你离开,我们揍你揍的更凶。"

卡斯提的荣誉观点之崇高所在,就是欧那尼把性命输给老头子,将来任凭老头子摆布……喝采罢,法兰西人!戏里所谓卡斯提的荣誉,就是一大堆罕见的莫明其妙的东西和对理性的一种极端蔑视。也正由于这种蔑视,倒让它像煞卡耳德隆或者维加的一出稚气的戏了②。

欧那尼从阿亨来到萨拉哥萨,一路平安,吕意没有搅扰他的幸福,可是就在他进洞房的时候,老头子鬼蜮心肠,讨那属于他的性命来了。真糟!吕意曾经建议把生死之权还给欧那尼,只要他让他杀查理五世;这样看来,他对欧那尼的仇恨并不很强。假使他有权利杀掉查理五世的话,他会让欧那尼活下去的,可是他在阿亨没有能行刺,却在萨拉哥萨吹起角笛来了③。他必须弄死一个人。仇恨转移了,然而吕意

---

① 布尔邦元帅(1490—1527),背叛法国,投降查理五世,率兵攻打意大利,驱逐本国驻军。
② 卡耳德隆(1600—1681)和维加(1562—1635)都是西班牙剧作家。
③ 角笛是欧那尼的。他在第三幕末尾送给吕意,说:只要吕意一鸣角笛,他就赴死,决不反悔。

却也完全不可信了。

　　死神的镰刀割断爱与青春的初欢。假如作者有意要这个老头子当作死神的活形象用，他的第五幕可能还有可取之处；不过这不是他的想法。哪一个人物能引起观众的兴趣？是扫耳小姐？她的性格并不突出。她爱欧那尼，但是她的爱和所有的爱相仿。她从第一场到末一场，说来说去，只要她的亲爱的强盗，可是不知道迈前一步，拿她的命运和他的命运结在一起。难道是欧那尼？一个没有性格的男子，拾起仇恨，抛去仇恨，像一件衣服？难道是吕意？一个老头子，睡的时候，应该醒来才是，而且出卖忠心，又以他的爱情作价，买进一个人的性命，随而又以行刺作价，把它卖掉，最后幸福弄不到手，就用下流手段出气？戏的主题是什么？结论是什么？难道是照约行事？就目前来说，教训倒也适时①。

　　可是就创作而言，细看一过，学识渊博的批评家立即看出戏有一个一般缺点。作品是一部仿制品。第五幕是《罗米欧》煞尾的一种失败的改装。查理五世在陵墓里那场戏，是《西拿》那场戏，可惜不像。欧那尼在第三幕来找扫耳小姐毁约，远不如《拉麦尔穆尔的未婚妻》的结尾②。吕意发现扫耳小姐另爱别人，是模仿里米尼的福朗斯瓦丝③。古班·德·拉·古波利先生，早在一八二〇年，就写过一个表现欧那尼的场面。查理五世藏在衣橱里，就是尼罗皇帝藏了起来，还不说恐怖机关。所以戏犯了一个绝大的恶习，就是处处雷同，没有一点新东西。欧那尼作为强盗和爵爷，就是一种错误：假如只是强盗的话，也就算不得新了；假如只是爵爷的话，也就类似一切了。

　　至于风格，我们相信，为作者起见，还是不谈为妙，虽然这对一

---

① 路易十八复辟，曾经订立约法，表示遵行，但后来并未遵行。
② 《拉麦尔穆尔的未婚妻》是司各德的小说 (1819 年)。
③ "里米尼的福朗斯瓦丝"的恋爱故事，见于但丁的《地狱游记》第五节。派立考 (Silvio Pellico) 曾写成悲剧，在米兰上演 (1815 年)，写成歌剧的就更多了。

般人的教育来说，也许倒有必要。他们在戏里看到一些英雄思想，嗅出高乃伊的气味。但是像这样一位有才分的人，已经让人取笑够了，我们相信还该对他表示尊敬的好。我们只要雨果先生知道，最好的东西里面也很少属于他自己的东西。

吕采耳布尔公爵头嫌太大！①

不就表示查理五世要斩他的首级。这是拿破仑对克莱柏②说过的话。

三个男人在你的绣房！小姐，多了两个！③

远不如缪塞的《拉·波尔席雅》里的

她说，我们是三个人。④

"一个见解变成了人"⑤，是 Credo 的翻译。⑥

……我有一个乐园多好？
我会给你的！⑦

自有爱情以来，个个情人说这话。

---

① 见于第四幕第一场。
② 克莱柏 (Kléber) 是法国大革命时代的著名军人，身体魁梧，曾随拿破仑远征埃及。
③ 见于第一幕第三场。
④ 见于该叙事诗第二章。缪塞 (1810—1857) 是法兰西诗人、小说家与戏剧家。
⑤ 见于第四幕第二场独白开始。
⑥ Credo (字义是"我相信") 是基督教的"信经"，一般教徒祷告用的，有两种，开头都是"我相信"。大意是我相信耶稣基督是万物之主，是天父的独子……
⑦ 见于第三幕第四场结尾。

> 我们为你忙活,
> 你却在干这个!①

倒是雨果先生自己的。没有人和他争这行诗。皮隆眼红他这行诗,或者高莱也许眼红。②

查理五世喊:

> 卡斯提海军总司令,过来!③

我们提醒雨果先生一声,作为礼貌,卡斯提国王在十五世纪对他们的大臣说话,还不就像对狗说话一样。

欧那尼对吕意道:

> 对,我打算玷污你的床来的!……

于是扫耳小姐挺身而出,打断他的话,喊道:

> 爵爷,不是他……④

滑稽可笑,活像出自摄政时期阿外恩夫人手笔。⑤

国王驾临公爵府,责问为什么关大门,打算拆毁庄园,就因为吊

---

① 见于第四幕第五场开始。
② 皮隆 (Piron, 1689—1773) 是法国剧作家。高莱 (Collé, 1709—1783) 是法国民歌诗人,写过一些喜剧。
③ 见于第四幕第四场。
④ 见于第三幕第五场。
⑤ 摄政时期指路易十五年幼,尚未秉权的最初九年 (1715—1723),当时宫廷生活极为淫靡。阿外恩 (Averne) 夫人是摄政王宠爱的一个贵族妇女。

桥在乱时挂起。戏里多的正是这些无识的东西。

批判《欧那尼》这出诗剧，大公无私，对我们的时代有重要性，对雨果先生或许也有重要性。批评在本刊有一定的限制，讨论不会完整的，即令如此，一个人开门见山，对一种虚伪的成功表示抗议，也是有重要性的，因为万一我们变成它的同谋者，却就未免成为欧洲的笑柄了。

可能有人指摘我们只在推敲这部作品的缺点。我们应该如此：多少报刊在宣扬它的优点啊！……

总结我们的批评，我们说：这出戏的机关完全破旧了。故事即使是真事，也难以令人信服，因为人事不见得件件都好写戏；性格虚假；人物的行为违反常识。雨果先生答应给我们写一个三部曲，可是赞赏这第一部的人们，过上几年，将在大惊之下，奇怪自己会对欧那尼表示热衷的。在我们看来，截到现在为止，雨果先生是散文家高于诗人，诗人高于剧作家。雨果先生只是偶尔遇到一个自然的线索；他除非勤修苦练，诚恳接受严格以求的朋友们的劝告，否则就不适合写戏。在《克伦威尔》的序言与《欧那尼》这出戏之间，有一大段距离。《欧那尼》顶多也就是一首民歌的题材罢了。

（1830年4月7日）

二 《泼皮》[①]

一部小说，头一个条件就是引起兴趣。可是想要引起兴趣，就得使读者发生幻觉，相信书中的事情全真有过。在我们这个时代，大家潜心钻研，主要是改进艺术形式，就在同时，找到了一种猎取读者注意的新方法，多给读者一种证据，证明故事的真实性：这就是所谓历史色彩。一个时代复活了，跟着复活的还有当时那些重要名姓、风俗、建筑、法律以及事件，我们必须承认，实际就带来了一种类似威信的东西，大家看见虚构的人物，在大家熟悉的那些历史人物的氛围之中走动，就是不相信真有这个人，也不大可能。

可是历史所能借助于小说的，也就到此为止。它缩成一幅画的轮廓、背景，小说家在上面勾出了最适合引起他所希图表达的情绪的个别历史，再涂上了颜色。一部小说总是一部小说，决不应当听命于历史的严格要求，因为人不会到这里寻找过去的历史的。只要诗人不太一无所知，违反人所共知的事实，就可以不怕指摘，突破绝对属于历史事实的限制，行所无事，任凭情节迂回曲折。对他多所苛求，就是拘束他，就是用一个硬圈子来箍紧他的想象；也一定会瘫痪他的全部力量，完全制止他的飞翔；也就等于要小说家作历史家，结局就是，他一定会有历史家的枯燥感觉；也就等于说："我们不要小说"。

乍一看，这座新矿，摆在小说家面前，不单容易开发，似乎也该迅速开发才是，然而事实上，历史小说并不经常出现，我们也难得随时看见一部历史小说，当然，开创历史小说这一部门的司各德，并不在内。

原因是属于这类小说的好作品，需要许多条件。首先，需要大力钻研与工作；他必须有藏书家细读一本大书的耐心，而得到的却只有一件事或者一句话。其次，必须有一种特殊的才情，能根据一大批书的零星材料，创造出来一个已经不存在了的时代的全貌。

光有对一个时代的这种一般看法，还是不够的，因为这一切属于历史范围，作者于此之外，还得添上小说家的才具、强大的创造力、细节的精确性、对感情的深刻体会等等……怎么说好？条件之多，就是说也说不清楚。所以法兰西只有三四部好历史小说（维尼先生的《散马》应当放在首位）②，我们正可不必大惊小怪何以如此其少了。

我们新近看到两册八开本的书，标题《泼皮》，内容是一部关于弗朗西斯一世时期的历史故事。作者在序里预先好意告诉我们，他想做的只是"拂净许久以来就埋在灰尘之下、四开本里的大批事实、习俗和语汇，好让它们得以重见天日"。实说了罢，这话毫无用处：情节假使恶劣，那么，存在的只有古物学者的意图，人也就不去读它了；情节假使良好，那么，作者所认为是他的书的主要对象，就是说形式，也就变成完全次要的东西了。甚至于这种形式也对他有害。这很可能发生，原因如下：

作者倚重历史色彩，自以为只要叫人物说当时的语言，色彩就更完备，于是全部对话用古法文写。理论正确与否，且不去说它，单就读者来说，时刻照字源或者变化寻找一个古字的意义，也就麻烦之至；读惯古书的人们还感困难，从未读过古书的人们又当如何！这必然造成故事意义不明，脉络中断，结局就是对人物的兴趣有所削减。我们说到兴趣，我们并不改口；是的，这本书的素材虽然大致仿佛司各德与模仿他的人们的素材，不过还能相当令人急于去看那些不幸的事故：它们

---

① 这篇书评，没有署名，1830 年 5 月 12 日，刊在《政治新闻副页》(Le Feuilleton des Journaux politiques) 的第十一期。
《泼皮》(Les Mauvais Garçons) 的作者是阿耳奉斯·洛瓦耶 (Alphonse Royer, 1803—1875)。
这部历史小说（1830 年）的时代是十六世纪。
② 维尼 (Alfred de Vigny, 1797—1863) 是法兰西浪漫主义运动主将之一，他的历史小说《散马》(Cinq-mars, 1826 年) 的时代是路易十三在位期间。

接二连三，降在十六世纪腐恶社会之中一个善良的青年和一个可怜的姑娘身上。这个青年，根据惯例，儿时由浪人收养，不知道谁是他的家人，经常和他们冲突，而收养他的浪人部落的首领们，又总在保护他。形成时代特征的一般事实，就聚在这一素材的周围。首先是天主教教士生活淫乱和违反基督教教义的风俗；他们已经看见宗教改革的势力从旁涌起，以穷人的上帝名义非难他们，又从他们这边把财产夺去，因为他们占有这些财产，一定就要触犯耶稣的戒律。一位圣·日耳曼·代·波莱修道院院长，作为典型，就几乎具有人所非难于当时的修士的全部缺点。我们在这里还看到将要崩溃的封建制度，除去归顺国王之外，眼看别无活路，好像骨碌碌自己在朝轻贱的梯级跑，粉碎的日子也就不远了。最后，成群结队的叫化子、浪人、泼皮、各色窃贼，以及完全把基础建在继承产权上的社会机构的不可避免的后果，完成了作者企图绘出的一般画幅，他用相当生动和相当细致的颜色把这幅画表现了出来。

洛瓦耶先生是一个有才分的人，单从这第一次尝试就看出来了。我们相信他会感到这些损害作品的缺点，急于在下一部新作改掉了的。小说有些场面，非常完整，非常周密，然而精神在这里得不到安息。每个人物的姿态、感情与各自的相貌也刻画出来了，但是我们愿意在每个人物形成的生动场面，看场面慢慢开展，彼此经常交换最矛盾的感受。我们这样指摘作者，因为我们认为他有必需的能力领会这种指摘，在下一次可以避免的。还有，他的人物经常背道而驰，回想一下他们的来踪去迹，真还困难。总而言之，东西太多，就年轻人的作品来说，这倒是一个好缺点。

但是另一方面，只要我们肯在民众登场的画幅前面逗留一刻，我们就会交口称赞。这些动人的场面，所在多有，我们也举不胜举。例如在圣·日耳曼小市广场上，执行老孟阿意赖与他的年轻女儿莱娴的死刑就是。这个可怜的浪人,我们只在修道院的地窖见过短短一面;我们一见有人打算营救他们出来,就惴惴不安,心意悬悬,直希望这些围着枷号的贱氓巨浪,突破阻止他们前进的兵士行列。但是白希望!直到两个不幸的人的尸首在一只大锅里煮了起来,民众这才怒不可遏,在刽子手和他的走狗身上,给死者报了仇。我们还可以举出那些泼皮劫掠圣·日耳曼集。他们每次在小说里出现,总是骤风疾雨一般驰过,转眼之间,抢光田舍、收成,他们去后,留下的也就是哀告无门、疮痍满目。

书中处理的最差的,是逗笑这一部分。大学生布沙尔,别瞧肚子大,贪酒喝,还有他的廉价买来的滑稽太太,并不怎么好笑。同样是利戈莱和其他几个人物,他们的谈吐对轻松愉快也没有什么大帮助。

有几个性格,相当勾勒得好。他们中间,我们注意到一位拉玻恩伯爵夫人。她是一个热情、多情(就算世上有罢)的女子,爱容易变成恨,放荡成性,疚心对她的荒唐生活也不起什么作用;她热狂起来,就会犯罪,可是犯了罪,又念念不忘;心性暴烈,却又摆脱不了一个知道她的底细的男子的控制;总而言之,有一颗女人的心,而各样的爱、各样的恨,全在这里自相冲突;那些激昂心灵的种种矛盾,也全在这里碰头:这些心灵在正路上得不到满足,就不由自主,卷入了社会危机时期的不道德漩涡。

总起来看,在法兰西历史小说中间,这部小说是有它的可敬的位置的。作者孜孜钻研,辛苦经营,我们相信不久会有巨大胜利酬报他这种勤劳,并支持他拿趣味浓郁的历史事实来写小说的才分的苦心的。

三　论历史小说兼及《弗拉戈莱塔》①

　　文学是社会表现；这种真理，今天无人不知，可是达到这种结论，却是一个人广泛研究民族史与诗史的成就。

　　事实上，人有所感，就向四周借用种种色彩表达所感：他是意大利人，就拿意大利的蓝天浸染所感；他是德意志人，就拿德意志的灰雾浸染所感；他是十五世纪基督教徒，就拿十五世纪的神秘主义浸染所感；他是十八世纪哲学家，就拿十八世纪的怀疑论浸染所感。野蛮人的歌谣，音符粗犷、强烈，说明风俗与情欲的粗犷、强烈。人读摄政时期的马坠加耳②，就又见到那些标致的修道院院长和那些自命不凡、带着麝香的骑士；这些马坠加耳，就像那些寒冷的蓝色小焰一样，从腐化的物体里面冒出尖尖头来。一个国家的作品，既然星罗棋布，形成一面照出这个国家全貌的镜子，活在民族之中的大诗人，就该总括这些民族的思想，一言以蔽之，就该成为他们的时代化身才是：摩西与先知者，在他们各自范围以内，就含有希伯来的各个时期；荷马就是希腊的晴天照亮了的棱角；《阿奈德》就是奥古斯都整个世纪；拉辛的悲剧就是路易十四整个世纪，莎士比亚、但丁、歌德、弥尔顿，总而言之，有天才的人们全是历史纪念碑，美丽，因为具有当时的国别。

　　文学就像所代表的社会一样，具有不同的年龄：沸腾的童年是歌行；史诗是茁壮的青年；戏剧与小说是强大的成年。

　　历史戏剧与小说是法兰西与十九世纪文学的表现；使我们废寝忘食的对真实与强烈情绪的需要、包括过去而又包括未来的浩瀚的思想、形成现代全部作品的特征的绵密的理智与富有诗意的想象，就像青铜在骑马雕像的模子里面滚滚而流一样，在这里自由自在散开。

　　有一个人，头脑清晰，想象力异常活跃，解释我们的时代又最成功,他就是亨利·德·拉杜赦先生。他的《弗拉戈莱塔》是一本在最高度上集合了目前一部作品所需要的条件的书:这是一部完美的历史小说。

你们看过勒地耶尔先生的《柏鲁土斯》③,明白这位大画家的思想,不仅是要画出一幅惊心动魄的场面,而且希望再现全部古老的罗马,总而言之,柏鲁土斯判儿子死刑,就画家来说,只是一种方法、一种最适当的方法,把永生之城的创建者在他选定的时代聚在一起。事实上,我们不又在这就要决定世界命运的公共广场看见这崇高的一页历史,这极其素朴、伟大、峻严、灿烂的初期执政官的罗马,以及它的穿麻布衣服的元老、它的庙宇的壮丽柱廊、它的喧阗与贫穷而又自由与庄严的群众?然而这一切似乎只是附带物,看画的人的兴趣、注意,全部集中在距离最近的人物身上,因为画家的全部艺术就在充实这种幻象;每一只摆动的胳膊、每一条拘挛的纹路、一切,甚至于远处飞扬的尘土,都指向这所谓统一的中心,而没有统一,作品也就不成其为作品。其实,你离开这幅油画,由于印象鲜明,这场惨剧前不久还在你的眼前出现,你持有的回忆不仅是刚正不阿的柏鲁土斯、他的哭泣的同事和这两个年轻人(一个已经成了死尸,一个正在难过,因为判他死刑的是他的父亲),而且是伟大的城市,以及它的元老、它的宫殿和它的人民;画家的目的达到了,他使你认识到了罗马。

这就是历史小说,这就是拉杜赦先生的结构的秘诀,这就是讲起

---

① 这篇书评,用的是笔名,也可能是巴尔扎克口授,由友人出面,1831年1月,在《十九世纪的麦尔居尔》(Mercure du XIX siècle)刊物发表。
《弗拉戈莱塔》(Fragoletta)的作者是亨利·德·拉杜赦(Henri de Latouche,1785—1851)。这部历史小说(1829年)的时代是1799年,法兰西总裁政府派遣军队,远征那不勒斯王国,建立共和国,但是不久就又败在王党手上。
② 摄政时期,宫廷生活极为淫靡。马坠加耳(Madrigal)是当时流行的一种抒情小诗。
③ 勒地耶尔(Lsthière,1760—1832)是法国画家。《柏鲁土斯判子死刑》(Brutus condamnant ces fils à mort)是他的油画杰作,1812年出品,现藏卢佛宫。
柏鲁土斯(Lucius Janius Brutus)是罗马共和国的创建人。他的两个儿子参预复辟阴谋,他亲自判他们死刑。

那不勒斯与巴黎的《弗拉戈莱塔》。

一部历史，内容再广、再正确，也跟不上这些生动的场面说明一个地方的革命。我们在这些场面，看到那不勒斯人民从专制之下解放出来，而领袖人物对专制的报复，却是不痛不痒的喜剧；我们看到纵欲、残酷的卡洛琳娜，用爱情和报复来麻醉一个英吉利妓女；我们看到崇高的卡拉其奥娄，打断判他死刑的裁决文的宣读，要一个年轻旗手注意英吉利军舰比那不勒斯军舰优越；我们看到不称职而又残暴的法官，不许壮烈的卡拉法和他的勇敢的同伴声辩，就判了他们死刑；最后，我们还看到一个甘心作强盗的土匪，犹疑两可，不知道挑选可敬的绞刑好，还是拜领可耻的封邑好，而说这话威胁他的红衣主教吕否，却是一个有天才的江湖骗子，有本领把教皇职权变成凌驾群强的势力。

我们的总裁政府的颠覆、本世纪初期的风俗，同样以如画的方式，在这触目惊心的惨剧之中勾勒出来。当时的小丑、名流，在拉杜赦先生的快剪之下，个个栩栩如生。你最后来到一座旧修道院，景象逼真，远近在望，不由就起了宗教情绪，感动的几乎双膝下跪。

我们一想到方法和把这些事物统统捆在一起的链子，还有促使上千的轮子朝一个方向旋转的行动，以及许多作家看成首要观念的次要观念，我们就不知道称赞什么好了，是称赞一颗深得戏剧三昧的心灵的大胆喷涌，还是称赞把它具体实现出来的遒劲的艺术。

这里有一个不可言喻的生命，看不出它是男性还是女性，女人的懦怯与男子的刚强在它的内心交战着，它爱妹妹，又为哥哥所爱，对两个人又都无能为力：你把这个不可言喻的生命放在面前；全部女德汇综在惹人注目的欧贞妮身上，全部男德汇综在高尚的欧特维耳身上：你看到这些美德还不算数，再拿望而生畏与温文尔雅的阿德利阿尼，作为这两个典型人物的中间状态，放在他们当中；再拿热情朝这三个人大量投去；再拿意想不到的遭遇折磨这三颗心灵；随后，找不到药品医治这些难以形容的痛苦，就拿这种不幸提到它的高峰，再设想一种最大而又惊人的牺牲，总而言之，用尽我们的心机，你就会创造出来一部杰作，你就会写出来一部《弗拉戈莱塔》。

在这本书里，我们可以说，风格配合思想，最绚丽的颜色盖住了最豪迈的素描，最精致的绣货缀满最牢固的料子，简直可以说是细数环绕一座美丽建筑物的柱头装饰了。我用一句话总括我的案语罢：

《弗拉戈莱塔》像"雌雄同体"雕像[①]一样，将成为一座纪念碑。

---

① 现存卢佛博物馆。

四 《安狄阿娜》①

这本书是一种真实对虚构、现时对中世纪、戏剧本质对流行的谲怪事件、平易的实际对历史体制的夸张的反击。总而言之，如果你爱既柔和而又强烈的心情变化，如果你要心跳而又勿需乎去看削足断腕、嗅死尸气味，如果你对无名死尸公示所、虎列拉、卫生通告、政治家的出殡与剖验感到厌倦，就拿起这两册书来罢，动作在这里充满浓郁而又可怖的兴趣，但是既无匕首，也不流血。

安狄阿娜是一个弱女子，然而灵魂强壮，比她的身体强壮。她提起勇气，摆脱成见与民法所横加于自己身上的社会枷锁。她嫁给一个她不爱的年迈的联队长，漫不经心就相信了年轻的赖孟·德·拉米耶尔假装出来的热情，其实他不爱她，就像她不爱她的丈夫一样。于是在这三个人物身边，出现了书中的伟大形象拉耳夫·柏隆，他迷恋安狄阿娜，热情就像火山的火一样，又烫又藏在里头。你就不知道这四个名字中间有多少戏，多少眼泪，多少心情变化！动作在柏利地区②的偏僻角隅开始，起先是在一个既大且高的壁炉一旁，后来到了巴黎中心，在虚有其表的上流社会文化里出入，末了却在布尔邦岛③的荒野。多少对比与形形色色的画面！我不知道还有哪一部作品比它写得更素朴的，造意也更美妙的。事件一个接一个，一个赶一个，没有故意布置的痕迹，就像在生活里一样，事事相抵触，偶然发生的悲剧往往比莎士

---

① 这篇书评用的是笔名，1832 年 5 月 31 日刊在《漫画》(La Caricature) 上。
《安狄阿娜》(Indiana) 的作者是乔治·桑 (George Sand)。这部要求女性解放的现实生活的小说 (1831 年) 是她的早期作品。
② 柏利地区 (Brie)，指巴黎东边一带。
③ 布尔邦岛 (Bourbon)，在非洲以东，马达加斯加岛附近，现名留尼汪岛。

比亚所能写出来的还多。要而言之,这本书一定成功。我们这样说,不过是给事实作旁证而已,而且兴高采烈地作旁证,不怕读者会和批评意见不一致。

五 《光与影》①

赞美没有使我闭起眼睛。雨果先生在孕育上,有一种绝对、专制的体裁、一种类似单调的东西,我希望不再出现才好;一一列举,对他说来,不仅是修辞学上一种词令,还是表白思想的方法,就连结构也从这里衍出。雨果先生不能再有进展了,除非是通过一首诗。这种宏大作品,法兰西就没有,要有也只有靠他。阿里奥斯托②的滑稽诗体,他也擅长。所以写这一类诗,用这种诗体也好,用塔索③的高贵诗体也好,他采取的方式、他对形象的令人赞赏的感受、他的富丽的色彩、他的强有力的描写,对他都很有帮助。

在《光与影》里,一切是幻想;这是可爱的阿剌伯式浮雕,就没有一点可指摘、可批评的地方。写意是文学上最自由的东西了。报纸这一次同声赞扬大诗人。有些文法错误,他不应该犯却犯了,我不胆大指出,怕有一天要变成先例的。这行诗我相信他本人也会改的:

为什么金色的雾升上村落?④

可以有三种不同的解释。而这一行:

温柔的夜莺在幽暗的阴影里歌唱。⑤

这样一种重复语法,尤其是介乎名词与形容词之间,也该出现于一位强有力的彩色画家的诗里?

……壁虎

浴着月光，在大粪池里跑着。⑥

雨果先生在湿地方找的到壁虎，将是一种宝贵的发现，值得送到博物馆，而博物馆还非当作新种看待不可。壁虎喜欢太阳，活在干地方。我指出这个错误，因为艾斯梅拉尔达在《圣母院》已经拿面包喂过燕子。还有：

我在那边冥想，闲步于昏沉的田野……⑦

我之所以指出这些错误，正因为依我看来，雨果先生在这部诗集达到了优雅、精美、雄伟、素朴的非常境界，有几首诗并不师法拉辛，但是大大超过了他。截到现在为止，法兰西诗的最高造诣，当然就是《以斯帖》和《阿达莉》的合唱（《我见世人崇信邪魔》等等）⑧；可是标题《诗人的职责》的第一首，就思想、就形象、就表现而言，却也确实高于伏尔泰所称学不到的那些歌词。

我们的大诗人真正称绝的，是他对各种情态的深刻领会：他是我们的第一个抒情诗人。单这一个特征，就值得科学院一致选他为院士；不过他有中世纪文艺女神偏爱的古怪方式；他有北部行吟诗人和

---

① 《光与影》(les Rayons et les Ombres) 是雨果的诗集；巴尔扎克这篇书评，用的是书信体，作为寄给韩斯卡夫人的；他批评了几本书，《光与影》是其中一节。巴尔扎克在这里肯定了诗人的地位。
② 阿里奥斯托 (Ariosto, 1474—1533) 是意大利诗人。
③ 塔索 (Tasse, 1544—1595) 是意大利诗人。
④ 见于《世界与世纪》第十一行。巴尔扎克指摘 monte (升上) 这个动词，本身可作上弦、上溯、上挂等解释。
⑤ 见于《智慧》第三章第三节第七行。
⑥ 见于《修道院所见》(1813年左右) 第十四节第四行。
⑦ 见于《某公墓内》第七节第一行。
⑧ 《以斯帖》(Esther, 1689) 和《阿达莉》(Athalie, 1690) 都是拉辛的悲剧杰作。《我见世人崇信邪魔》合唱，见于《以斯帖》第三幕第九场。

歌体诗人的千变万化的体裁的秘密；他像马洛①一样，能从他的强有力的嘴里吹出田歌；他像十六世纪的诗人一样，拿韵脚和语言做游戏。他高兴的话，来一首民歌，就比白朗皆②好。所以他不学歌德，写一出古典悲剧，我觉得遗憾。他一写悲剧，《柏里塔尼库斯》③或者《席纳》对诗学和思想的严格要求，他就只好接受。这样他就会封了某些批评家的口了。

雨果先生表白他的思想，通常是一百二十分清楚，他的散文不输于他的诗；他是一位令人心慕的散文家；但是这一次，序文的词句时明时暗，夹上先知者的声调，我为之不安了。有些句子似乎冗长的论文的结论，作者就该取消才是。这篇奇特文字是这样结束的："人的心灵有三把钥匙，可以开开一切：号码、字母、音符。知道、思索、冥想，全在这里。"我厚起脸皮，实对你说了罢，在这些美丽的语言和集子里的诗之间，我看不出丝毫关系。其实雨果先生充满这些奥林比亚天神的雄伟的简括语言，他的谈话一来就流露出来。他是我们时代最有才情的一个人，而且属于一种可爱的才情：他处世就富有一般人认定作家没有的常识和方正，认为作家没有，却又认为选举出来的蠢才才有；好像习于震撼观念的人就不理解事实似的！殊不知：能难者，亦能易。六十年前，阿栾达先生④觉得费尔丁⑤的任务比一位大使的任务难，他说：理事有迹象可循，而诗人披纷理乱，却必须合乎众人的口味。有产者蔑视文学，终年辱骂，雨果先生，还有拉马丁先生，总有一天洗雪这种耻辱的。假如他搞政治的话，我先告诉你了罢，他会大显身手的。他这人无所不能，他的精细配得过他的天才，但是不和我们目前的政治

---

① 马洛 (Marot, 1495—1544) 是法兰西诗人。
② 白朗皆 (Béranger, 1780—1857) 是法兰西民歌作家。
③ 《柏里塔尼库斯》(Britannicus, 1669) 是拉辛的悲剧。
④ 阿栾达 (Aranda, 1718—1799) 是西班牙的政治家与外交家。
⑤ 费尔丁 (Fielding, 1707—1754) 是英国小说家。

家一样，他不但精细，而且高贵、尊严。至于他的口才，别提有多好了：他是人所能想望的最干练的报告员、最有条理的头脑。你也许不知道，他的两个旧出版商可以当选，而他先前却没有份！据说，他今天可以当选了。我们活在什么样令人心赏的时光！《民约论》的作者①不是议员，说不定会被送上法庭的罢。

(1840 年 6 月 25 日，《巴黎杂志》)

---

① 指卢梭。

六　拜耳先生研究

(Frédérie Stendalh)

前记①

　　一九二八年，高尔基根据过去从事创作的经验，写成自传式的《我怎样学习写作》，他在这里指出十九世纪法国小说对他的影响，说："对于一个作家的我，有着真正而深刻的教育意义的影响的，这就是优秀的法国文学——司汤达、巴尔扎克、福楼拜；我很想劝劝初学写作者多读这些作家的作品。这是些真正的天才艺术家，形式的伟大的巨匠。"在这三位不朽的大小说家中间，司汤达（一七八三——一八四二）出现最早；他在拿破仑手下当过士兵，给恋爱下过定义，为浪漫主义寻找内容，把意大利风物介绍给全欧洲，喜欢和进步人士来往，然而终生潦倒。这个最爱热闹的人，晚年足足十年被贬在罗马附近一个小城当领事，既寂寞又贫困。他回到巴黎，要求外交部给他调换一个地方，走出衙门，一跤摔在地上，中风死了。他的真姓名是亨利·拜耳 Henri Beyle，司汤达 Stendhal 是他的笔名。很少人注意到他。他从十八世纪走进十九世纪，好像一个陌生人：人家要热狂，他要冷静；人家要描写，他要分析；人家要梦想，他要现实；人家要富丽，他要正确。然而他热情，爱莎士比亚，爱意大利，爱戏剧性的故事。报纸上登出他死的消息，寥寥两行，还拼错了司汤达这个笔名。就是心仪已久的巴尔扎克，写了一篇七十二页长文颂扬他的小说《巴马修道院》La Chartreuse de Parme，②也拼错了他的笔名。拼错姓名几乎成了巴尔扎克的习惯了。

　　巴尔扎克这篇有分量的批评，或者不如说深致而慧心的"研究"，如他自己所云,在文人相轻的旧社会里面,是非常难能可贵的。这位比司汤达小十六岁的后生(一七九一——一八五〇),差不多已经完成现有的《人曲》的大半,受到全欧洲的敬重,但是司汤达,《红与黑》已经在一八三〇年问世,临到再版《巴马修道院》,他的热心的表弟高龙Colomb还不得不写一封信请巴尔扎克加以"提携"。司汤达在一八三八年仅仅用了五十二天,写成到今为止造诣最高的政治小说,或者最戏剧的心理小说,以二千五百法郎廉价卖掉五年版权,同时提出叙述滑铁卢之役的一章在《立宪》Constitutionel上发表。书在一八三九年四月问世,作者离开巴黎,回到他做领事的小城。一年之后,小说有可能再版,于是想起高龙的请求,巴尔扎克在自己主编的《巴黎杂志》Revue Parisienne第三期(也就是最后一期)发表这篇著名的研究。这是一八四〇年九月的事。高龙的请求大约很早就提出来了,因为一八三九年三月二十日,巴尔扎克有一封回信,表白他对小说的钦佩:

"先生,

我在《立宪》上已经读到一段《修道院》的文字,我简直起了妒忌的心思。是的,我禁不住自己一阵醋上心头,我为《军人生活》(我的作品最困难的部分)梦想的战争,如今人家写得这样高妙、真实,我是又喜、又痛苦、又迷、又绝望。我对你说的是真话。这写得就像包尔高鸟涅Borgognone和吴佛尔曼Wouverman兄弟,罗萨Salvator Rosa和司各特Walter Scott。③所以你一提出请求,我就急着接受,我就要你把

---

① 编者说明:本文是李健吾先生1950年翻译出版巴尔扎克《司汤达研究》一书(平明出版社)时所写的前记,这里刊登的是他生前修改过的文本,如今添加在《巴尔扎克论文选》中的《拜耳先生研究》一文前,供读者参考。
② 小说以《修道院》称,其实全书只有两次提起这个修道院,还是在结尾的地方。不过巴马的确有这样一所修道院,在东北城郊,如今改成教养院了。——译者注
③ 包尔高鸟涅,是米兰画家,约当十五六世纪之间。吴佛尔曼兄弟三人都是十七世纪荷兰画家。罗萨(1615—1673)是拿波里画家。司各特(1771—1832)是苏格兰一位小说家,小说大都以中世纪骑士生活做背景,风行一时,司汤达认为是儿童读物。——译者注

书送来,没什么好惊奇的。相信我,我对你讲的是真心话。看了断片,我急着要看整的。跟你可以交换支票、贵重信件,我用不着太害怕。我这个读者太孩子气、太入迷、太好说话,所以才一看过,我就表示我的意见,不大可能。我是世上最和气的批评家,太阳上头的斑点也会廉价出售。要过好些天,我的冷静和我的判断才能够恢复。

问候你好。

巴尔扎克"

他隔了一年动笔的《研究》引起大批评家圣·佩甫的诽谤,栽诬巴尔扎克受了司汤达的贿赂才写的,因为他决不相信同代一位大作家会肆口恭维另一位大作家。一八四六年,巴尔扎克另一封信给高龙,有一句话提起这件旧案道:

"……我写那篇谈论拜耳的文章,具有过高的大公无私和信心,所以你要怎么样处理它,由你好了。"

是的,巴尔扎克的信心证明他对,因为未来不久就要拿光荣献给遭受同代漠视的司汤达;同时巴尔扎克的大公无私也分外证明他自己的伟大。一八四〇年四月,他私下里给他的波兰爱人写信就说:"拜耳新近有书出版,依我看来,这是五十年来最美的书了。"他决不矫情。他的诚恳深深感动了远在国外的寂寞的司汤达。他写了一封长信回答这篇《研究》,但是似乎寄错了地址,巴尔扎克一时没有看见。我们现在连复信一并译出,附在巴尔扎克的批评后面,作为对两位"惺惺惜惺惺"的文学天才做一次有意义的巡礼和批判的珍贵资料。

译者附记：亨利·拜耳（Henri Beyle）是司汤达的本名；巴尔扎克在这里错把 Stendhal 拼成了 Stendalh。司汤达（1783—1842）在拿破仑的部队当过士兵，喜欢和进步人士往还，给恋爱下过名闻遐迩的定义，为浪漫主义寻找战斗的内容，把文艺复兴和意大利的卓越成就介绍给本国，然而这最爱热闹的谈笑风生的人，晚年却被贬在罗马附近一个小码头当领事，既寂寞，又贫困，终其生潦倒。他回到巴黎，请求外交部给他调换一个地方，走出衙门，一跤摔在地上，中风死了。他从十八世纪走进十九世纪，好像一个陌生人：人家要热狂，他要冷静；人家要描写，他要分析；人家要梦想，他要现实；人家要色彩，他要正确。然而他热情，爱意大利，爱力量，爱戏剧性故事，爱莎士比亚，爱一切属于美丽和正义的真实东西。

他的《红与黑》早在一八三〇年问世，给现代小说开辟出来一条宽阔的大路——和司各特的历史小说背道而驰的大路。巴尔扎克这时候正在计划他的杰作。他比司汤达小十六岁。但是临到再版《巴马修道院》（La Chartreuse de Parme）的时候，作者的表弟高龙（Colomb）不得不写信给巴尔扎克，请他加以吹嘘或者提携。司汤达在一八三八年，仅仅用了五十二天，就写成了到今天为止造诣最高的政治小说或者最有戏剧性的心理小说。他以二千五百法郎，廉价出售五年版权，便离开巴黎，回到他的领事所在地。书在一八三九年四月问世，其中有一章关于滑铁卢战役的，单独在《立宪》上发表，一年以后，有可能再版了，巴尔扎克想起高龙的请求，就在他主编的《巴黎杂志》（Revue parisienne）第三期、也是最后一期，发表了他的细致而深刻的著名的《拜耳先生研究》。这是一八四〇年九月的事。他对司汤达的爱慕，是发自衷心的，一八四〇年四月，给他的爱人写信，他就说："拜耳新近有书出版，依我看来，这是五十年来最美的书了。"

他的《研究》十分感动司汤达。司汤达立刻就写了一封诚恳的信回他,而且换了三次信稿。但是他似乎寄错了地址,巴尔扎克一时没有见到。从回信来看,巴尔扎克的《研究》并不完全贴切,对作者的政治态度也有近似曲解的地方,但是有一点绝对不可否认,那就是他对作品的热爱和近乎仗义而言的真挚的感受。他们彼此都不虚伪。享有盛名的巴尔扎克用不着俯就没没无闻的司汤达。而司汤达的感谢也不就可以作为理由取消他在文学上的一贯主张,——我们相信,司汤达的认识是正确的。他在风格上要求明白清楚,要求言之有物,将永远是正确的。

我们把回信一并译出,放在《研究》后面,希望中国读者加以比较研究,因而获得一种明确的独立的见解。

在我们这个时代,文学显然有三种面貌;这种三首一身形状(triplicité),——古散先生憎恨三位一体(trinité)这个字样,另造了这么一个字表现①,——我觉得不仅不是没落的征候,而且是文才荟萃的相当自然的结果:这正好作成十九世纪的颂扬,它不像十七和十八世纪,或多或少,曾经受制于一个人或者一个体系的束缚,只有一个同一的形式提供出来。

你爱怎么称呼这三种形式、面貌或者体系,就怎么称呼罢。由于知识传播迅速的缘故,文学在一个时期,发现欣赏者数目增多,读书有了不可思议的进展,而这三种形式、面貌或者体系,本来就在自然之中,如今正好适应这一时期应有的共鸣。

每一代和每一民族,都有哀悼、沉思、默想的心灵,特别嗜好高

---

① 巴尔扎克写这篇论文的时候,古散正在当教育部部长。
"三位一体"是宗教名词,天主教认为上帝是天父、圣子与圣灵的共体。古散虽然憎恨这个宗教名词,可是照样主张哲学与宗教同盟,认为它们是"一对不朽的姊妹"。

贵的形象、浩大的自然景物，把它们移植过来。这里出来一派，我愿意把它称为形象文学，属于它的有抒情诗、史诗以及一切用这种方法审视事物的制作。

相反，又有好动的灵魂，热爱迅速、行动、简洁、冲突、动作、戏剧，避免讨论，不欣赏梦想，然而喜欢结局。这另是一种体系，从这里就有了我为了和前者对立起见叫作的观念文学。

最后，有些全才，有些两面兼顾（bifrons）的智慧，无所不精，要抒情也要动作，有戏剧也有歌行（ode），相信完美必须对事物具有一种概观才成。这一派或许就是文学上的折衷主义罢。它要求照世界原样表现世界：形象与观念、观念在形象之内或者形象在观念之内、行动与梦想。司各特充分满足了这些折衷的本性。

哪一派占优势，我不知道。我不希望有人根据这种自然区别，就下武断的结论。所以我不同意说：形象派某诗人没有观念，观念派某诗人不会创造美丽的形象。这三个方式只适用于诗人作品留下来的一般印象、作家照他的斜坡似的精神倾注思想的模型罢了。任何一个形象反映一个观念，或者说的更正确些，反映一种本身即是观念总汇的感情，虽然观念并不永远在最后形成形象。观念要人加以发挥，而发挥却不就个个相宜。所以形象在本质上是通俗的，容易家喻户晓。假定雨果先生的《巴黎圣母院》和《曼侬》①同时出现：《巴黎圣母院》吸引群众，比起《曼侬》来，就快多了；在顶礼人民之声（Vox populi）的人们看来，似乎是旗开得胜了。

一部作品不管它是哪一种体制，要在人类记忆之中长久保存下来，只有遵守理想和形式的法则。文学里的形象和观念，大致相当于绘画中所谓素描和颜色。卢本斯②和拉斐尔是两位大画家；但是如果有

---

① 《曼侬》（Manon）即《曼侬摄实戈》，比《巴黎圣母院》问世正好早一百年（1731年）。
② 卢本斯（Rubens, 1577—1640）是福朗德（在比利时一带）的大画家。

人以为拉斐尔不是一位颜色家,可就大错特错了;那些否认卢本斯是一位素描家的人们,不妨作为对素描的敬礼,跪到这位福朗德名人放在热那亚耶稣会教堂的油画前面去。

拜耳先生,——更多为人知道的是他的笔名司汤达,——依我看来,是观念文学最卓越的大师之一。这一派有缪塞、梅里美、戈日朗、白朗皆、德拉维涅、波朗赦、喀尔与闹及耶诸位先生和吉那丹夫人。莫尼耶由于他的谚语喜剧的真实性,也属于这一派,虽然他的谚语喜剧往往缺乏中心观念,但是并不因而就减少成为该派特征之一的那种自然情势和精密观察①。

这一派已经给了我们一些美好作品,优点是事实丰富、形象有节制、简洁、明确、有伏尔泰的短句、十八世纪特有的一种叙述方式、特别是喜剧情调。拜耳先生和梅里美先生,态度虽然非常严肃,但是他们提供事实的方式,具有我说不上来是什么的揶揄和狡诈感觉。喜剧情调含在他们的字里行间,就像火包在石子当中一样。

雨果先生当然是形象文学的巨子。沙陀布里安先生为这一派行洗礼,巴朗赦先生为这一派制造理论根据。拉马丁属于这一派。奥拜尔曼也是。巴尔比耶、苟地耶、圣·佩甫诸位先生,以及许多不成功的模仿者都是。在我方才说起的作家中间,就有几位,感情有时候多于形象,例如塞囊古尔先生和圣·佩甫先生就是。维尼先生

---

① 梅里美(Prosper Mérimée, 1803—1870)是法国小说家。他和司汤达是忘年交。
戈日朗(Léon Gozlan, 1803—1866)是法国小说家,写过一本(1865年)关于巴尔扎克的回忆录(Balzac en pantouflea)。
德拉维涅(Delavigne, 1793—1843)是法国诗人与剧作家。
波朗赦(Gustave Planche, 1808—1857)是法国批评家,巴尔扎克在1836年曾和他一道编过刊物。
喀尔(Alphonse Karr, 1808—1890)是法国讽刺作家。
闹及耶(Charles Nodier, 1780—1844)是法国童话作家。
吉那丹夫人(Girardin, 1804—1855)是法国作家,有一本小说叫做《巴尔扎克的手杖》(1836年)。
莫尼耶(Henri Monnier, 1805—1877)是法国讽刺作家,并有剧本传世。

以他的诗更甚于以他的散文,也参加这伟大一派。这些诗人都缺乏喜剧情调,他们忽视对话,只有高地耶具有强烈的喜剧情调,不在其列。雨果先生的对话太是自己的语言,变化不够,他不变成人物,而是把自己放进他的人物里。但是这一派也像另一派,产生了一些美好作品。它的特征是字句富有诗意、形象丰富、诗意的语言和大自然的密契。另一派是人的,这一派是神的,因为它有一种仰仗感情朝创造的灵魂本身上升的倾向。它喜欢大自然胜于喜欢人。法兰西语言缺乏诗意,它正好作成法兰西语言一剂大补药,因为它发展诗意的感情,而许久以来,我们的语言的实证主义(原谅我用这个名词)以及十八世纪作家印在语言身上的干枯气质,就在抵制这种诗意的感情。卢梭、拜纳尔丹曾发动这次革命,在我看来,革命是成功的①。

  古典主义者与浪漫主义者相争的真正原因,就完全在这种对智慧的相当自然的区分上。观念文学统治了足足两世纪,后继者只得把他们知道的唯一文学体系当全部文学看。不要责备他们、这些古典主义捍卫者!观念文学是法兰西天才所在,有一连串的战绩。《萨伏衣教务协理的信仰宣言》、《老实人》、《席拉与尤克拉特的对话》、《罗马人的盛衰史》、《内地书简》、《曼侬》、《吉尔·布拉

---

① 巴朗敕(Ballanche, 1776—1847)是法国神秘主义作家,对沙陀布里安有过影响。
  拉马丁(Lamartine, 1790—1869)是法国浪漫主义时代诗人,讴歌天主教。
  奥拜尔曼(Obermann)是同名小说(1804年)的唯一主要人物,作者是塞囊古尔(Sénancour, 1770—1846),法国浪漫主义的先驱,小说不谈爱情,也没有情节,全是忧郁的表白。
  巴尔比耶(Auguste Barbier, 1805—1882)是法国诗人。
  高地耶(Théophile Gautier, 1811—1872)是法国浪漫主义运动健将,后来倡导为艺术而艺术。
  圣·佩甫(Sainte-Beuve, 1804—1869)是法国批评家,他对巴尔扎克,巴尔扎克对他,互有成见,后文提到他,就有讥讽口吻。
  拜纳尔丹(Bernardin de Saint-Pierre, 1737—1814)是法国小说家,描绘海外景物,成为浪漫主义的先驱。

斯》，比起形象文学的作品来，更在法兰西精神之中①。但是后者拿诗给了我们，而前两世纪除开拉封丹、塞尼耶②和拉辛之外，根本就没有想到诗。倚重形象的文学还在摇篮时期，就已经出现了几位毫无疑义有天才的人；但是看见另一派有天才的人还要多，我相信我们美丽的语言前程远大，远在黯淡之上。双方的争论结束了，我们不妨说：浪漫主义者没有创造新方法出来；例如，那些在剧场埋怨动作缺乏的人，反而大量使用长台词和独白；我们还没有听到博马舍的活泼、紧凑的对话，也没有再看到莫里哀的永远从理智和观念出发的喜剧境界。喜剧境界是沉思与形象的仇敌。雨果先生那次战斗打赢了。但是熟悉情形的人们，都还记得沙陀布里安先生在帝国时代受到的攻击，同样险恶，很快却也就结束了，因为沙陀布里安先生是单独一个人，缺乏雨果先生的联合阵线 (stipante catervâ)，缺乏报章打对台，缺乏更知名也更为人欣赏的英吉利与德意志的卓越天才来支援浪漫主义者③。

至于第三派，虽然前两派全参加，但是风魔群众的机会，却不如前两派多，因为群众不怎么喜欢中间论调 (mezzo termine) 这种混合物，把折衷主义看成一种违反自己的热情的安排，因为这种折衷主义把热情压下去了。法兰西喜欢战争。和平期间，照样打架。不管怎么

---

① 《萨伏衣教务协理的信仰宣言》是卢梭的教育小说《爱弥儿》(1762 年) 中的一章，因为本身重要，常常被提出来看。
　《席拉与尤克拉特的对话》(Le Dialogue de Sylla et d'Eucrate) 和《罗马人的盛衰史》(1734 年) 都是孟德斯鸠的作品，《对话》附在《盛衰史》之后。
　《内地书简》(Les Provinciales, 1656—1657)，共十八封，是哲学家帕斯卡 (Pascal) 为攻击天主教教会而写的。
② 塞尼耶 (André de Chénier, 1762—1794) 是法国大革命时期诗人，死在断头台上。
③ 1830 年，雨果上演他的剧作《欧那尼》(Hernani)，剧场变成古典主义者与浪漫主义者的战场。
　沙陀布里安的《基督教的真谛》(Le Génie du Christianisme) 在 1802 年问世，虽然轰动一时，却也受到各方面的攻击。书是献给拿破仑的，流亡的王党加以攻击；同时书又颂扬基督教，进步学者也加以攻击。

样，司各特、司达艾耳夫人、库波尔、乔治·桑，在我看来，全是相当卓越的天才①。至于我，我把自己摆在文学上的折衷主义这面旗子底下，理由如下：我不相信十七、十八世纪文学的严峻方法描绘得了现代社会。在我看来，介绍戏剧成分、形象、画面、描写、对话到现代文学里头，势不可免。我们就老老实实招承了罢：《吉尔·布拉斯》的形式使人疲倦：事件和观念的堆集，具有我说不上来是什么的空洞感觉。观念变成人物，是一种更美的智慧。柏拉图关于心理的伦理学就用对话来写。

就我看来，在我们这个时代，截到目前为止，《巴马修道院》是观念文学的杰作。拜耳先生在这里对另外两派全做了一些让步，明白事理的人可以承认这些让步，同时这些让步又满足两派。

这本书虽然重要，可是如果我迟了许久才谈的话，大家晓得，原因是我很难得到一种类似不偏不倚的心情。就是现在，我还拿不稳自己保持这种心情，其实我已经又仔细，又寻味，在读第三遍了，这部作品我觉得真了不起。

我知道我一赞赏，会惹出许多打趣的话来。经过一段时间，热情也该冷却了，而我照样还那样热狂，别人当然要把我骂成入迷了。想象力活跃的人们，——有人会说，——对某些作品发生好感，其来也疾，其去也速，而俗人偏偏傲然自得，出之以嘲笑口吻，说他完全不懂这些作品。心地简单或者甚至于聪明的人们，目无余子，一掠而过，会说我喜欢颠倒是非，乱拿价值送人，如同圣·佩甫一样，也有自己心爱的无名作家。一言以蔽之，我不知道就事论事。

拜耳先生写了一本章章精采的书。他在人们很少找到规模宏大的主题的年令，又在写过二十部左右绝顶聪明的著作之后，写出了一部

---

① 司达艾耳夫人 (Staël, 1766—1817) 是法国作家，第一个介绍德国文学过来。
库波尔 (Cooper, 1789—1851) 是美国的小说家，内容多关于印第安人。

只能为真正高超的心灵或者人士所欣赏的作品。总之,他写了一部现代《诸侯论》,假如马基雅弗利活在十九世纪的意大利,而又流亡在外,就许也写这部小说的①。

所以拜耳先生应享盛名而不享,最大的障碍就是《巴马修道院》只能到外交家、部长、观察家,最杰出的社会仕女、最优秀的艺术家当中物色胜任的读者;总之,到欧洲一千二百或者一千五百出类拔萃的人物当中物色才行。所以这部惊心动魄的作品,发表了十个月以来,没有一位记者阅读、了解、研究、宣扬、分析、称赞,甚至于影射一笔也没有,也就大可不必惊异了②。我自信还不算太外行,就在最近,第三次读它;我越发觉得作品美丽了,我精神上感到一种行善最乐的幸福。

一个才分绝大的人,仅仅少数人有本事看出他有天才,而他见解高深,又不能获得那种逢迎时尚之徒所希求、伟大心灵之士所不耻的红极一时的声誉,那么,试着还他公道,不是行善,又是什么?假如庸人们知道了解卓绝之士,就有机会提高身份,《巴马修道院》的读者会像《克娜丽莎·哈尔劳威》问世的时候一样多了③。

本乎良心的称赞,具有非言可喻的快感。所以我这里要说的话,全部是说给高贵、纯洁的心灵听的。他们尽管受到相当无聊的攻击,依然活在每一个国家,就像没有被发现的昴星一样,活在顶礼艺术的各家流派之中。人类一代又一代,在世上全有自己的灵魂星座、天、天使——依照瑞典大预言家斯威登包尔格爱用的说法,——选民④。真正

---

① 《诸侯论》(Le Prince Moderne, 1531 年)是马基雅弗利 (Machiavel, 1469—1527) 的作品。他是意大利人,对当时政治有深刻认识。
② 《巴马修道院》成书的那一年 (1839 年),《巴黎杂志》(Revue de Paris) 有一篇报道,长达十三页。销路相当不坏,一年半后就绝版了。
③ 《克娜丽莎·哈尔劳威》(Clarisse Harlowe, 1749 年) 是英国小说家理查逊 (Richardson) 的作品,书翰体,叙述一个贤德女子,受家人虐待,又受所爱的男子欺骗,感伤冗长,然而在十八世纪风靡一时。
④ 斯威登包尔格 (Swedenborg, 1688—1772) 是瑞典神秘主义哲学家。

的艺术家是为选民工作。他们为了争取选民的判断,忍受困苦、暴发户的骄横以及政府的忽视。

有恶意的人,也许嫌我篇幅冗长,我希望大家就宽宥了我这一点罢。首先,这部作品,异趣横生,引人入胜,加以分析,比起让出地位、没有刊登的中篇小说来①,即使是最苛求的人,看了也会分外喜爱。其次,这部作品,往往一章就是一本书,一位批评家想加以适当解释,起码要用三篇文章,而且篇篇会像我这篇一样长,何况只有相当熟悉意大利北部的人,才能加以解释②。最后,相信我好了,我将依靠拜耳先生的帮助,尽量充实内容,好让大家欢欢喜喜读到末了。

法耳塞那·代耳·东高侯爵,有一个妹妹,名字叫做吉娜,——安皆莉娜的简写,——哥哥要她嫁给米兰一个贵族阔老头子,她不听哥哥的话,偏偏嫁了一个一贫如洗的伯爵皮艾特那奈那。她的第一性格、少女性格,相当像《浮柏拉斯》里的李鸟耳夫人的性格③,假使一个意大利女人可能像一个法兰西女人的话。

伯爵夫妇属于法兰西派,是欧皆王爷宫廷的出色人物。故事开始,我们是在意大利王国时期④。

东高侯爵是奥地利的奸细、一个依附奥地利的米兰人,等待拿破仑帝国崩溃,等待了十四年之久。所以这位侯爵、吉娜·皮艾特那奈那的哥哥,并不住在米兰:他住在科摩湖上他的格里安塔庄园;他在这里带大他的长子,教他爱奥地利、信奉正道;但是他有一个小儿子,名字叫做法柏利斯;皮艾特那奈那夫人爱疯了他;法柏利斯是小儿子,像

---

① 本文登在巴尔扎克创办的刊物《巴黎杂志》(Revue Parisienne) 第三期,前两期在同一地位,登一篇他写的中篇小说。
② 巴尔扎克去过三次意大利,从1836年到1840年,而且在米兰等地,住过一时。
③ 《浮柏拉斯》(Faublas, 1787—1790) 是古如来伊 (Louvet de Couvray) 的小说。他是法国大革命时代的志士 (1760—1797)。
李鸟耳夫人 (Lignolle) 是书中主人公浮柏拉斯的情人,热情,然而有脾气。
④ 欧皆 (Eugène, 1781—1824) 是拿破仑的宠臣,1804年,受封为意大利王,在米兰统治达十年之久。

她一样，不会分到一文财产。谁不晓得高尚的灵魂爱护被剥夺继承权的子女！所以她愿意看他头角峥嵘。再说，法柏利斯恰巧是一个可人意的孩子；她取得哥哥的许可，让他在米兰进中学，有时候还带他观光观光王府。

拿破仑头一回垮台。他被流放到厄尔巴岛，奥地利人夺回米兰。米兰变成反动世界，有人当着皮艾特那奈那侮辱意大利军队，他一还口，造成他的死因：他在决斗中被杀了。

伯爵夫人有一位情人，不肯为她的丈夫报仇，吉娜用了一种报复方法羞辱他：这种方法，阿尔卑斯山以南视为壮举，巴黎就有人觉得愚蠢。报复是这样的：

这位情人膜拜她膜拜了六年了，只是眼饱肚饥，一无所获，她平日心下讨厌透了这个厌物，现在却对他有了恩情。他正在梦想颠倒，她写信给他道：

你愿不愿意当一回明哲之士？设想你从来就不认识我罢。我有一点蔑视你。

吉娜·皮艾特那奈那。

随后，她要这每年有二十万法郎收入的阔人失望到底，就gingine……（Ginginer 是一个米兰动词，意思是：一对情人在没有说话之前类似眉来眼去的种种行止。它有一个名词：某人是 gingino[①]。这是爱情的第一阶段。）于是她玩弄了一阵这个傻瓜，就把他丢了。随后，她每年领一笔一千五百法郎恤金，赁了一家四楼住。这期间，米兰人人仰慕她，全来看她。

---

① ginginer 的字义是玩弄。gingine（不是 gingino）的字义是玩具。

她的侯爵哥哥邀她到科摩湖上祖传的庄园住。她去了，为的是再见到她的可爱的内侄法柏利斯，保护他，安慰她的嫂子，在故乡科摩湖的优美风景中间，考虑她的未来和她视如己出的内侄的未来：她没有养过孩子。法柏利斯崇拜拿破仑，听说他在焕湾登陆①，打算去侍奉他的姑父皮艾特那奈那的皇上。他的母亲是一个每年有五十万法郎收入的阔侯爵的太太，支配不了一文钱，他的姑母什么也没有，她们拿她们的珠宝给他：法柏利斯在她们看来是一个英雄。

热情激昂的义勇军，穿过瑞士，来到巴黎，参加滑铁卢战役，事后回到意大利，父亲诅咒他，因为他预闻一八一五年的阴谋，危害欧洲安全。奥地利政府的黑名单有他的份，所以对他来说，回到米兰，等于去司皮拜尔格②。从这时候起，不幸的法柏利斯，为了他的英雄行径，受到迫害。这了不起的孩子成了吉娜的一切。

伯爵夫人回到米兰，得到奥地利当时留在米兰的布柏纳③和若干明哲之士的允许，不迫害法柏利斯。她听从一个精明能干的参议教士④的劝告，把他藏在诺瓦拉。在这重要关口，偏偏一文不名。不过吉娜是一位绝世美人、那种伦巴底特有的典型美人（bellezza folgorante）。这种美丽，只有在米兰和司喀拉才能意会得出，你在这里看见成千伦巴底佳人⑤。生活动荡多故，她形成了最美好的意大利性格：聪明、灵敏、意大利式丰韵、最动人的谈吐、不可思议的自制力；总之，伯爵夫人是孟太斯旁夫人，又是卡特琳·德·美第奇，如果你同意的话，也是

---

① 焕湾（Golfe Juan）在法国东南，邻近意大利，拿破仑于1815年离开厄尔巴岛，在这里登陆。
② 司皮拜尔格（Spielberg）是奥地利的国家监狱，地点在现今捷克境内。
③ 布柏纳（Bubna，1772—1825）是奥地利元帅，1818年受命统治意大利北部。
④ 参议教士是有权参加主教主持的最高会议的教士，由主教指派，并可代理主教进行工作。
⑤ bellezza folgorante 是天香国色的意思。
司喀拉（Scala）是米兰的著名歌剧院。司汤达在《罗马、那不勒斯与佛罗伦萨》里说："司喀拉剧院等于是本城的客厅。只有这里才是社会；家里不接见客人的。有了事，彼此就说：我们到司喀拉再谈。"

卡特琳二世①：绝色下面有最胆大的政治天才和最丰盈的妇女天才。扶养她的内侄成人，不顾心怀妒忌的长子的憎恨，不愿父亲的憎恨与冷淡，一再救他脱险，在欧皆王爷的宫廷，显耀一时，随即没没无闻；几番变故，她倒元气充沛，机能活跃，本能又醒过来了，——由于早年得意，由于丈夫效忠拿破仑，时时外出，好合不常，所以她的本能就一直昏昏沉沉，睡在她的灵魂深处。人人看出或者猜出她是一座热情宝山，蕴藏着最优美的女性感情的泉源和琼玉。

年老的参议教士，受了她的诱惑，把法柏利斯藏到彼蒙特的小城诺瓦拉，交给一位本堂神甫保护。警察搜查，神甫用这样一句话就挡回去了："他是一个小儿子，不满意自己不是长子。"吉娜原来梦想法柏利斯作拿破仑的副官，这时一见拿破仑囚禁到圣·海伦岛，明白法柏利斯的名姓留在米兰警察的黑名册上，对她说来，就是永无出头之日了。

就在滑铁卢战役期间，欧洲动荡不安的时候，吉娜结识了帕马名闻遐迩的国君那吕斯·艾尔乃斯提四世②的国务卿莫斯喀·德拉·洛外尔。

我们先在这里打住。

莫斯喀伯爵是自来最值得注目的梅特涅的写照，仅仅是从奥地利帝国首相府移到帕马这个蕞尔小国罢了，读过这本书，我们的确是想不承认也不成。帕马这个国家和名闻遐迩的艾尔乃斯提四世，

---

① 孟太斯旁夫人 (Montespan, 1640—1707) 是法国国王路易十四的宠姬。
卡特琳·德·美第奇 (Catherine de Médicis, 1519—1589) 是福罗伦萨人，嫁给法国国王亨利二世作王后。
卡特琳二世 (Catherine Ⅱ, 1729—1796) 是俄国彼得三世的皇后，后来当了皇帝。
② 帕马是意大利北部一个公国，大革命期间，由法国统治，1814 年，拿破仑送给他的皇后作领地。她死了以后，由法国王室接管，直到1860年，并入意大利为止。所以司汤达的小说不符史实，他只是虚构了一个小朝廷，说明任何朝廷而已。

我认为同样就是摩得那公爵和他的公国①。拜耳先生说艾尔乃斯提四世是欧洲最富的君主之一：摩得那公爵的财产是人所皆知的。作者避免真人真事所用的才分，远在司各特设计《开尼渥司》之上②。其实，两对人物表面并不相似，否认也没有什么不可，只是内情太逼真了，瞒不过行家。拜耳先生三番四次赞扬帕马国首相品格高尚，梅特涅亲王可能不如莫斯喀伟大，其实清楚这位著名政治家的生平的，就晓得他有一两件恋爱例子，至少也和莫斯喀的恋爱一样久长。相信奥地利的国务卿也像莫斯喀一样，在私事上处处伟大，不就等于诽谤。至于莫斯喀在全部作品之中的面貌、至于被吉娜看成意大利最伟大的外交家的人的行为，需要天才创造大小事故与无数起伏的经纬，衬托这位了不起的人物。梅特涅先生从政已久，然而所作所为，也不见其就比莫斯喀分外高明。你只要想想作者创造一切，打乱一切，理齐一切，如同宫廷上事事杂乱无章，而又条理分明一样，哪怕是最胆大的心灵，而又熟悉造意的艰难，面对着这样的工作，也要手足无措，瞠目不知所云。就我来说，我相信这是文学上的奇迹③。敢于虚构一个像石瓦色先生那样、波铁木金那样④、梅特涅先生那样有天才的人，创造了他，又拿被创造者的行动本身来证明创造，让他在一个得心应手的环境活动，这不是一个人的制作，而是

---

① 梅特涅（Metterich，1773—1855）是奥地利帝国的首相，"神圣同盟"政策的实际指导人。他在欧洲诸国都有间谍网。他是反动和民族压迫的灵魂。巴尔扎克推测莫斯喀是梅特涅的写照，并不正确，司汤达完全否认了，不过另一方面，也证明了人物的典型意义。
　　摩得那（Modène）的统治者当时是奥地利大公爵福朗斯瓦四世（1779—1846）。他是一个出名的专制暴君，镇压"炭夫党"，坚不承认法国的七月政府。
② 《开尼渥司》（Kenilworth，1821年）是司各特的小说，最严密，也最哀婉。背景是英国十六世纪宫廷生活。伊利莎白女皇宠幸的赖斯特尔，和一位小姐私下结婚，慑于女皇的淫威，逼死爱妻。
③ "奇迹"在原文是"神灯"，故事见于《一千〇一夜》。
④ 石瓦色（Choiseul，1719—1785）是法国路易十五的外交大臣。英法七年战争，法国丧失东印度殖民地，他争回部分权力。
　　波铁木金（Potemkin，1736—1791）是俄罗斯元帅，干练有为，极得女皇卡特琳二世的欢心。

一位仙子、一位法师的制作。事故极其繁多，——借用狄德罗的名句，极其茂密，而叙述又异常简单，你们不妨设想，司各德的最有条理的复杂布局也达不到这种境界。

下面是莫斯喀的写照。我们是在一八一六年，注意这一点！

"他可能是四十或者四十五岁，貌相高贵，没有丝毫不可一世的气概，一种得人好感的愉快而又朴讷的神情；不是他的主上古怪，要他头发扑粉，作为政见稳健的保证的话，他也许还要好看一些。"①

这样一来，梅特涅先生扑粉，要面孔——已经非常柔和了——显的柔和，扑粉对莫斯喀，却名正言顺，成为主上的旨意了。拜耳先生虽然用了不可思议的力量，一页又一页，移植神妙的造意，蒙蔽他的读者，隐匿他影射的人物的真相，但是心在摩得那，并不甘愿待在帕马。任何人见过、认识、会过梅特涅先生，就相信听见他在用莫斯喀的嘴说话，把声音借给他用，把姿态交给他用②。艾尔乃斯提四世虽然在书中死掉，摩得那公爵还在世上活着，大家永远记得"这位以峻严——米兰的自由党人说成残暴——闻名遐迩的国君"。作者谈起帕马国君，用的就是这样的词句。

这两幅写照，著笔时，虽说有意讽刺，其实并不尖刻，一点没有报复的意味。梅特涅先生曾经拒绝拜耳先生就任特里雅斯德的领事，所以他也用不着对他表示满意，同时摩得那公爵看见《罗马、那不勒斯与福罗伦萨》、《漫游罗马》等书的作者，也永远不会喜从心来③，但是尽管事实如此，这两个形象还是来自宽阔的爱好和高尚的

---

① 司汤达在《罗马、那不勒斯与佛罗伦萨》一书说起那不勒斯国王，发现七个年轻臣子看戏，露出自己的黑头发，就勒令他们从军，押往西西里。
② 巴尔扎克在维也纳（1835 年）会见过梅特涅。
③ 1830 年 11 月，法国的七月政府任命司汤达到特里雅斯德（Trieste）当领事，奥地利拒不承认，只得改派他到靠近罗马的一个小港口（教皇辖区）奇微塔咪岐阿当领事。
  拿破仑失败前，司汤达辞去官职，住到意大利。1817 年印行《罗马、那不勒斯与福罗伦萨》，1829 年印行《漫游罗马》，对摩得那公爵很有指摘。

礼貌。

这是创造这两个人物过程中一定会有的情形。就像所有用陶土与凿子、画笔与颜色、羽毛笔与人性宝库来工作的人一样,拜耳先生在应有的热情激动之下,打算描画一个意大利小朝廷和一位外交家,结局却写成了典型的诸侯和典型的首相。著笔时,还有揶揄的心思,但是艺术天才一对艺术家出现,临摹工作也就即时中止了。

形象一完成,读者接受事实,感到热烈兴趣,也就接受作者画出来的意大利的美景、城市以及叙述——好些地方,有一篇东方故事的魅力——上必不可少的种种建筑物。

这段冗长的题外话是不可免的。我们继续往下看。

莫斯喀爱上了吉娜,完全像梅特涅先生爱上了莱卡默一样,属于一种异常、永久、无限的爱情。他不怕连累自己,有了外交消息,先讲给她听。帕马的国务卿在米兰出现,随后得到完美的解释。

要你们了解意大利男女这种名闻遐迩的爱情,就得给你们讲起一桩相当有名的事件。一七九九年,奥地利人撤退,就见有一位包……尼尼伯爵夫人①,坐着马车,和一位参议教士在城道上散心,他们不关心革命和战争,只是相爱。城道是一个优美的散步地点,从东门②开始,仿佛巴黎的仙乡一样,区别只是:左边多了那座大礼拜堂(il Duomo),有隽才的弗朗西斯二世说成"变成了大理石的金山";右边多了阿尔卑斯山的白雪皑皑的流苏、壮丽的弧形起伏。一八一四年,奥地利人卷土重来,看到的第一桩事就是伯爵夫人和参议教士,坐着原来的马车,也许说着原来的话,在城道原来那个地点。我在这个城市,看见一个年轻人,和情妇住宅相隔才不过几条

---

① 全名是包劳尼尼(Bolognini)伯爵夫人。1838年,巴尔扎克来到米兰,住在东门马路,和她是近邻,所以相识,有一篇短篇小说《夏娃的女儿》,就是献给她的。
② 东门(Porta Renza)即现在的威尼斯门,城道介乎威尼斯门与新门之间。

街，就难过起来。一个意大利人看中了一个女子，就再也离不开她了。

拜耳先生说："别看莫斯喀神色自若，风度翩翩，他少一颗法兰西型灵魂，不懂得忘记他的愁闷。床头有一根刺，他要刺钝，宁可扎自己的鲜血活跳的四肢。"这位高人一等的男子，看出伯爵夫人有一颗高人一等的灵魂，恋的他如醉如痴，一言一动，活脱脱像煞一个小学生。国务卿对自己说："说到临了，老年只是少气无力进行这些胆怯的好事罢了。"伯爵夫人有一天黄昏注意到莫斯喀的美丽而又善良的视线。（梅特涅先生的视线，就连上帝也欺哄得了。）

她告诉他："你在帕马也有这种视线的话，他们就起了不上绞刑架的希望了。"

最后，经过三个月的挣扎，承认他的幸福一刻也少不了这个女人，外交家为自己的幸福拟了三个不同的计划，要她挑一个最好的计划实行。

就莫斯喀看来，法柏利斯是一个小孩子：伯爵夫人对内侄的过分关心，他看成一种母性流露，娱乐妇女的善良灵魂，一等男女之爱占到统治地位，也就不了自了。

不幸莫斯喀是有妇之夫。他于是把桑塞外利纳·达克席斯公爵弄到米兰来。让我这里多引几句拜耳先生的文章，你们作为例子也正好看看他的生动、洒脱、有时候还不免错误的风格，增加读我这篇分析文字的乐趣。

国务卿说："公爵是一个六十八岁的小乖老头子，灰白头发，很斯文，很洁净，非常有钱，但是品格不怎么高。——除此之外，这位公爵并不太蠢，他在巴黎定制他的衣服和他的假发。他不是一个事前存心为非作歹的人，而且诚心诚意相信荣誉就是挂一枚勋章，提起家私，他就难为情。他一心想做大使。嫁他好了，他送你十万艾居、一份预赠的贵重产业①、他在帕马的公馆和最豪华的生活。他接受这些条件,我就任命他为大使,挂大勋章,婚后第二天出国上任,你是桑塞外利纳公爵夫人,我们快快乐乐过活。公爵同意一切,我们这样一安排,他成了世上最快乐的人:再也不在帕马露面了。你如果厌恶这种生活的话,我有四十万法郎,我就辞职,我们住到那不勒斯去。"

伯爵夫人答道:"你知道你和你的公爵的安排,极不道德!"

国务卿答道:"也不见得就比任何朝廷所作所为更不道德。专制政权有这一点便利,就是使一切名正言顺。我们年年害怕一七九三年临头②,只要减轻这种恐惧,就是无上道德。将来我当院士,你听听我这方面的演说词,就知道了。皇上同意这种做法,公爵同你的关系如同兄妹一般,他梦想不到会定这门亲事,这等于救他:他借过二十五拿破仑③给伟大的巴拉·弗朗太,自以为活不成了。巴拉·弗朗太是一个共和党人、一个有一点天才的诗人,我们判他死刑,好在是缺席审判。"

吉娜接受了。她如今是桑塞外利纳·达克席斯公爵夫人,仪态和蔼可亲,精神温润从容,帕马宫廷同声欣羡。她的公馆在本城最得人心,她在这里颐指如意,成了这小小朝廷的趋奉中心。

国君艾尔乃斯提四世的写照、公爵夫人的觐见、她和各个阀阅人家的酬酢:每一细节都显出了非凡的才情,深刻而又简洁。帝王、大臣、嬖幸与妇女的心,从来没有被人这样描画过。你们读到这里,就知道笔下生花了。

公爵夫人的内侄逃避奥地利的迫害,在他的忏悔教士和本堂神甫保护之下,从科摩湖来到诺瓦拉,路上遇到帕马国的陆军将领法比

---

① 艾居是法国一种古币,值三法郎或者六法郎,通指值三法郎一种。
"预赠产业"(douaire)是丈夫婚时,指定在他死后维持太太生活的产业,并可以由她做主,传给她的后裔。
② 一七九三年指法国大革命而言。有时候缩为"九三"。
③ 一种值二十或者四十法郎的金币。

欧·孔提:他是这本书和这家朝廷奇妙人物之一、一位只要知道本朝兵士的制服应当是七个还是九个钮扣的将军;但是这位滑稽将军却有一个娇滴滴的女儿克莱丽雅·孔提。法柏利斯和克莱丽雅两个人,躲避宪兵盘查,交谈过一言半语。克莱丽雅是帕马的最美的姑娘。所以国君一看桑塞外利纳夫人在他的宫廷风头奇健,就想到借重克莱丽雅,抵消这位美人的影响。困难之至!女孩子不好应邀进宫的:他于是封她为在家女修士。

圣上有一位情妇,他的弱点是模仿路易十四。所以为了夸耀起见,他找了一位巴尔比伯爵夫人充自己的拉法里耶尔[①]。她是有钱必拿,就连买进供应物品,她也不肯放过。巴尔比夫人不有一点贪财的话,艾尔乃斯提四世就会难受的:他的情妇的不义之财是王权的一个记号。伯爵夫人吝啬,他多走运!

公爵夫人告诉莫斯喀:"她接见我,好像在等我赏她一份小账。"

但是顶让那吕斯·艾尔乃斯提四世伤心的,就是伯爵夫人没有才情,没有可能和公爵夫人比上一比;他觉得丢面子,这是他忿懑的第一个原因。他的情妇三十岁,可以说是意大利佳人的范例。

"她有一双最美丽的眼睛和一双最优雅的小手[②];但是她的皮肤布了无数细小皱纹,看上去,她就像一个老了的年轻女人。国君随便说一句话,她也装出一副诡笑来要他相信她懂,所以莫斯喀才说:她心里打呵欠,打久了,就打出了那些皱纹。"

圣上对公爵夫人的第一次意外打击,她靠和克莱丽雅交朋友,搪了过去。也幸而克莱丽雅是一个不懂事的姑娘。他玩弄政治,许可在帕马成立叫做自由党(上帝晓得都是些什么样的自由党人!)的一种政

---

① 拉法里耶尔 (La Vallière, 1644—1710) 是路易十四早年的宠姬,失宠之后,皈依宗教,退居修道院。
② 司汤达原文是"小脸"(mines),巴尔扎克错看成"小手"(mains)。

党。一个自由党人是一个请人画出意大利大人物但丁、马基雅弗利、彼得拉克、赖昂十世和在天花板上给孟提画像的人①。这成了讽刺当道没有大人物的警句。自由党领袖是一位那外尔席侯爵夫人,长的相当丑,心术也相当坏,作为反对党也很淘气。法比欧·孔提将军属于这一党。绞杀乱党的国君,也要治下来一个自由党,不是没有理由的。

艾尔乃斯提四世也有一个楼巴尔德孟②,就是他的财政大臣或者大法官,名字叫那席。这位那席,天生颖慧,是人所能想象的最可畏地可笑或者最可笑地可畏的人物之一:他一边笑,一边送人上绞刑架,生杀大权在他成了取笑的工具。他是国君一天也离不开的左右手。那席是福骰、福及耶·旦维耳、麦尔蓝、特利布莱与司卡班的混合物③。有人把国君叫成了暴君,他说这是制造阴谋,把他送上绞刑架。有两个自由党人已经被他送上绞刑架了。自从这次行刑轰动意大利以来,在战场上勇猛、统率全军的国君——明哲之士的国君,也慑慑生畏了。这位那席变成恐怖人物,形象魁岸,然而始终滑稽可笑:他执掌这个蕞尔小国的生杀大权啊。

公爵夫人在宫廷压倒群伦,也是势所必至。伯爵与公爵夫人、一

---

① 彼得拉克(Pétrarque, 1304—1374)是意大利最初的人文主义者之一,同时也是著名的抒情诗人。
赖昂十世(Léon X, 1475—1521),1513年当选为教皇,一方面保护文艺,推动文艺复兴,一方面又推销免罪券。引起宗教改革运动。
孟提(Monti, 1754—1828)是意大利新古典派诗人,诅咒革命,攻击教会,歌颂拿破仑,最后又赞扬奥地利,成为所谓"自由"的征象。
② 楼巴尔德孟(Laubardemont, 1590—1658)是法国首相黎希留的心腹,主持刑事,决无公道可言。
③ 福骰(Fouché, 1759—1820)是一个政治投机分子,大革命时代是山岳党人,帝国时代当警察部部长,复辟后又当路易十八的警察部部长,最后亡命奥地利。
福及耶·旦维耳(Fouquier-Tinville, 1746—1795)是大革命时代恐怖政策的主持人,自己也死在断头台上。
麦尔蓝(Merlin, 1754—1838)是大革命时代风云人物,先后主持警察部与最高法院,帝国时代是拿破仑的顾问,复辟时代是国家学院院士。
特利布莱(Triboulet)是法国十六世纪初叶宫廷豢养的滑稽人员。
司卡班(Scapin)是莫里哀喜剧《司卡班的诡计》里的主要人物。他是一个勇敢而又有急智的听差。

对关在小小京城的笼子的老鹰，很快就引起了主上猜忌之心。首先，公爵夫人诚心诚意爱伯爵，伯爵一天比一天火热，这种幸福就使一位百无聊赖的国君厌烦。帕马的国务院离不开莫斯喀的才分。那吕斯·艾尔乃斯提和他的国务卿宛如手之与足①。这也是事实，他们两个人一同拟了一个空中楼阁的（拜耳先生预防它不实现的辞令）计划，统一意大利北部。国君在专制政体掩护之下，阴谋登这立宪王国的宝座。他一心一意要学路易十八，给意大利北部也来一个宪章和两个议院。他自以为是一位大政治家，他有他的野心：他用这个计划（莫斯喀完全晓得）提高他在自己眼里的卑微地位，他有他的财宝给他开路！他越需要莫斯喀，越承认他的国务卿有才分，灵魂深处也就越有理由形成一种不可告人的妒忌。人在宫廷乏味，人在桑塞外利纳府开心。有什么留给他自己，表示自己权倾一世？也就是找机会折磨他的国务卿。他折磨透了他！国君起初以开玩笑口吻，试试要公爵夫人作情妇，她拒绝了；他的自尊心受到打击，心情如何，分析尽少，也不难猜测。国君不久就起了念头收拾公爵夫人；因而打击他的国务卿；他寻思使她痛苦的方法。

整个这一部分小说，有一种值得注目的文学上的坚定。这幅画规模宏大，好像有五丈长、三丈高，而手法、制作，又有荷兰画派的精细。我们来到戏剧篇幅；最完整、最激动、最奇异、最真实、从来搜索人心最深致，然而的确曾在一些时代存在过的戏剧；而且这种戏剧将来照样有人在宫廷搬演，正如路易十三与黎塞留、弗朗斯瓦二世与梅特涅、路易十五、杜巴利夫人②与石瓦色先生，就已经搬演过。

公爵夫人特别欣赏这种地位，因为有可能为她的英雄、感情上的

---

① 原文是"宛如暹罗两兄弟"。这是一对合身双生（1811—1874），曾在各地展览，并娶两个英国女子为妻。
② 杜巴利夫人（Dubarry, 1743—1793）是路易十五的宠姬，死在大革命时代的断头台上。

儿子、她的内侄法柏利斯谋一个出路。法柏利斯的前程,将来要仰仗莫斯喀的天才。他是小孩子的时候,她爱他,长成少年,她继续爱他。我可以事先告诉你们,这种爱将来要变成一种达到崇高境界的热情:吉娜起初不体会,后来也就觉出来了。不管怎么样,她将永远是大外交家的女人,除去她的心为这年轻的偶像热烈跳跃之外,她也没有干出别的什么对不住他的事。她不欺骗这有天才的人,她将永远使他快乐、骄傲;她的最细微的感情,她也叫他知道;他将感到最可怖的妒忌的冲击,但是永远得不到借口抱怨。公爵夫人直率、天真、崇高、退让,像莎士比亚的戏剧一样生动,像诗一样美丽,最严的读者也将找不出话指摘。从来就没有一位诗人,像拜耳先生在这部胆大的作品里,异常幸运,完成了这样一种命题。公爵夫人是一尊气象万千的雕像,看过以后,不由人不赞美艺术,而又诅咒自然吝啬,不多拿出这样的典范。你们阖住书,就见吉娜仿佛一尊神像,在眼前站起:她不是米劳的维纳丝,也不是美第奇的维纳丝;她是狄婀娜,兼有维纳丝的风情、拉斐尔画的圣母的温柔与意大利型热情的奔放①。公爵夫人根本没有法兰西品质。是的,敲、锉、雕这座大理石像的法兰西人,没有加丝毫本土气息进去。戈丽娜②放在这栩栩如生、色授魂与的形象一旁,简直成了一张不像样的草图了。你们发现她伟大、颖慧、热烈、永远真实,而作者小心翼翼,藏起了春情那一方面。作品没有片言只语令人想入非非或者撩拨人意。尽管公爵夫人、莫斯喀、法柏利斯、克莱丽雅、国君父子、书和人物,或前或后,处处热情到了疯狂的地步,尽管这是意大利本来面目,细致、虚伪、诡诈、冷静、坚韧,随地玩弄政治,《巴马修

---

① 米劳的维纳丝(Vénus de Milo)女神雕像,现存巴黎卢佛博物馆,仪态高贵。
　美第奇的维纳丝(Vénus de Médicis)女神雕像,现存佛罗伦萨屋非齐画廊,有一种娇羞的神情。
　狄婀娜是童贞女神,喜好行猎。
② 戈丽娜(Corinne)是司达艾耳夫人的同名小说的女主人公。

道院》比司各德的最有清教气息的小说也要醇雅。把一位使莫斯喀一流人幸福而又事事相告的公爵夫人和一个膜拜自己内侄法柏利斯的姑母合成一个高贵、辉煌、几乎无可非难的人物，不是杰作又是什么？让逊派不敢谴责的拉辛的芬德、法兰西戏剧文学的这一卓绝角色①，就没有这样美、这样完整、这样有生气。

所以就在公爵夫人一帆风顺的时候，就在她小看这时刻需要提防暴风雨起来的宫廷生活的时候，就在她待伯爵最有恩情而伯爵如醉如痴的时候，就在他荣升首相，居一人之下，万人之上，位极人臣的时候，她有一天对他道："法柏利斯怎么办？"

伯爵一听这话，建议请奥地利赦免她的亲爱的内侄。

伯爵道："就算那些骑英国马在米兰街道闲荡的年轻人有一点跟不上他罢，可是他在十八岁上游手好闲，将来前程也只是游手好闲，又算什么生活！只要上天真有一种爱好给他，哪怕是钓鱼也好，我会尊敬他的；可是赦旨一到，他在米兰有什么好干的？"

公爵夫人道："我要他作官。"

莫斯喀道："一个年轻人，表现激昂，离开科摩，奔到滑铁卢，依附拿破仑，你也好请一位君上封他一个大小官职，而且有一天就许相当显要？东高子弟，不可能经商、当律师、行医②。你要忿忿不平了，不过，你会明白过来的。只要法柏利斯愿意，他马上就可以当帕马大主教，这是意大利顶显贵的一个职位，再上去就是红衣主教。帕马出过三个东高当大主教：一位是在一千六百多年写过什么的红衣主教，一位是在一千七百年的法柏利斯，还有一位是在一千七百五十年的阿斯喀

---

① 让逊派（Jansénisme）是法国十七世纪的一个教派，根据让逊（Jansénius）的理论，反对耶稣会，要求生活严肃，他们的集合地在巴黎附近波·罗雅修道院。悲剧家拉辛在他们中间受教育，不顾他们的反对，从事于悲剧写作。芬德（1677 年）是同名悲剧的女主人公，热爱丈夫前妻的儿子，自缢而死。
② 因为他们有贵人身份。

涅。只是，我真就当一辈子国务卿？这是唯一的困难。"

经过两个月的讨论，公爵夫人提一点，伯爵驳一点，最后，想着一个米兰小儿子地位不稳，这位意大利女人，绝望之余，有一天对她的朋友说出这句深沉的话来："再给我证明一下法柏利斯没有别的出路。"

伯爵又证明了一回。

公爵夫人爱的是高牙大纛，可是除非投靠教会，拜封教会高级职位，她就看不出她的亲爱的内侄在人世还有别的出路，因为意大利的未来在罗马，不在别的地方。对意大利有过细心研究的人，就明白在这里成立统一的政府，重新建立国家，只有再来一位席克斯特五世才有可能①。只有教皇有力量撼动意大利，重新组织意大利。这样你们就明白，三十年来，奥地利怎么样经心经意监视教皇选举，要什么样年迈的糊涂虫去当教皇。"宁亡天主教，不亡朕的统治！"似乎成了奥地利政府的口令。一位候补教皇有法兰西见解，啬刻的奥地利破费一百万，也要阻挠他当选。总之，万一有一位了不起的意大利天才，花言巧语，把皇位骗到手的话，就会像冈戛乃里②一样死掉了的。法兰西教会有什么了不起的天才送补药来，罗马教廷不肯服用，或许正是为了这个缘故：包尔加就不放过机会，邀他们和他的忠心的红衣主教们坐在一起③。圣谕《救主最后晚餐》的作者④，了解伟大的法兰西思想、天主教民主精神，就许得机一用。促使教会内部改革，他就许挽回它的声誉，扶起教皇的权势。而迷失道路的天使拉末奈先生，当时就许不发不列他尼人那样的固执脾气，放弃天主、使徒与罗马教会⑤。

---

① 席克斯特五世（Sixte-Quint, 1521—1590），1585年当选教皇，接近法国，很想有一番作为。
② 冈戛乃里（Ganganelli, 1705—1774）是教皇克莱芒十四（Clément XIV）。
③ 包尔加（Borgia）一姓出过两位教皇，这里指亚力山大六世（1431—1503）而言，曾和法国联盟。
④ 指教皇保罗三世而言，1534年当选为教皇，1536年颁布《救主最后晚餐》这道圣谕。他是一个希图振兴天主教的教皇，反对新教，保护文艺，很想有一番作为。
⑤ 拉末奈（Lamennais, 1782—1854）是法国宗教理论家，希图革新天主教，遭受教会压迫，郁郁以终。他是布列塔尼人。

所以公爵夫人采用了伯爵的计划。这位伟大的妇女,如同伟大的政治家一样,面对计划,免不了一时的踌躇、迟疑;但是主意一定,她也就决不改变。公爵夫人心有所欲,永远有理由坚持到底。她这种一意孤行的顽强性格,给这出变化多端的戏剧的每一个场面打上我说不出来的恐怖印记。

没有比启发法柏利斯认识他的未来的命运更见聪明的了。两位情人一五一十,对法柏利斯说起他的可能的机遇。法柏利斯聪明绝顶,不惟领悟一切情况,就连教皇的冠冕也如在目前了。伯爵并不希望他成为一个意大利随地多有的教士。法柏利斯是一位大贵人,尽可一辈子愚昧无知,但是照样好当大主教。法柏利斯不肯过咖啡馆生活,他讨厌贫穷,又明白自己没有可能从军。他说起到美洲当一名美利坚公民(我们是在一八一七年),他们向他解释,美国生活乏味,不高雅,没有音乐,没有爱情,没有战争,崇拜美金,尊敬匠人、群众,群众投票,决定一切。法柏利斯讨厌贱氓政权。

伟大的政治家向年轻人指出人生的真正面貌,年轻人听了下来,幻想一一成了泡影。达莱以朗先生的"热心不得!"这句话,年轻人都不懂,他也不懂①。

莫斯喀对他道:"一个人热心不要紧,可是口有所言,心有所爱,就会把他卷进对他将来不利的党派。"

话多深刻!

国务卿指示新信徒,将来再来帕马,一定要有主教身份,穿紫袜子②;他打发他到那不勒斯读书,带上一些给大主教的介绍信,大主教是一位明哲之士,又是他的朋友。这些在公爵夫人客厅一边斗牌一边

---

① 达莱以朗(Talleyrand, 1754—1838)是法国帝国时代的外交家,复辟时代照样荣华富贵。他在政治上主张以退为进。
② 教皇的官员穿紫袜。

说的指示，意味盎然。我引证一段，你们就看出作者所赋与这伟大人物的精到见地、生活知识了：

他告诉法柏利斯道："将来人家教导你的话，你信也好，不信也好，但是千万不要反对。假定人家教你斗牌的规矩，难道你也反对不成？晓得了规矩，照规矩出牌，难道你不想赢？不要落入说起伏尔泰、狄德罗、赖纳耳①以及所有那些头脑不清的法兰西人（两院制的愚蠢政府就是他们赐给我们的）来就骇怖的窠臼。说起他们来，要有一种安详的揶揄口吻，他们是早就被驳倒了的人：九三年已是明日黄花。小小风流勾当，玩的高明，人家原谅你，可是你那些反对论调，人家却是念兹在兹。一个人马齿加长，不谈阴谋勾当，可是多了一份疑心。你要相信一切，不动好胜的念头；要能晦迹；目光锐利的人，将从你的眼睛看出你有才气；对于寻常人，等你当了大主教，再有才气也不迟！"

无论是行动上，或者语言上，莫斯喀总显的高人一等；这本书也就由于他的惊人的明若观火的见识，一页又一页，都像拉·洛赦福苟的格言一样高深②。热情使伯爵和公爵夫人犯错误，他们不得不用他们的天才加以弥补。假如有人请教的话，伯爵解释他在帕马从艾尔乃斯提四世身边得来的祸殃，就许头头是道。可是他的热情使他对自己完全成了瞎子。只有才分能使本人看出自己这种痛心的可笑情况。说到临了，大政治家也只是杂技表演者，一不当心，就眼睁睁看着自己最美好的建筑物倒坍。黎希留在愚人日化险为夷，全靠太后那碗汤，因为她不服保持肤色的"母鸡奶"，不肯去圣·日耳曼③。公爵夫人和伯爵

---

① 赖纳耳（Raynal, 1713—1796）是法国史学家与哲学家，攻击教会与殖民主义，多年逃亡在外。
② 拉·洛赦福苟（La Rochefoucauld, 1613—1680）是法国格言家。
③ 路易十三的母亲玛丽·德·美第奇，提拔黎希留当首相，后来又讨厌他，坚决要路易十三去掉他。路易十三勉强答应了，第二天，廷臣趋奉母后，认为政权到了她的手心。岂知路易十三去了凡尔赛，同日又把黎希留找来，好言安慰，让他继续担任首相，并把母党全部驱除。这一天是 1630 年 11 月 11 日，也就是所谓愚人日。
母鸡奶是蛋黄加开水加糖，往常当药服用。

过的一直是剑拔弩张的日子；所以读者接触他们的生活，心飞肉跳，没有一章割舍得下，峰峦叠起，险阻重重，而作者的解释，又玲珑透剔。最后，光注意这一点还不够，我们还该注意到这些危机、这些惊心动魄的场面就交织在书的经纬之间：花不是外加的，和料子只是一个东西。

公爵夫人一看她的朋友和国君的斗争开始，就抑抑不欢，对他道："我们不该让人看出我们相爱才好。"

于是喜剧应付喜剧，她让艾尔乃斯提四世猜测：她并不怎么迷恋伯爵。他从她这边得到短期幸福。但是国君狡诈，迟早看出了他受绐。失望增强恶意带来的暴风雨。

只有一个五十岁的人，年事富强，才分老到，才能孕育并完成这部伟大作品。这里是无往而不美。国君这个角色就是大手笔，像我已经说过的，是一个典型诸侯。作为人看，作为君主看，孕育全很成功。让这个人去当俄罗斯皇帝，他照样治理得了，可以成为伟大人物；然而人照样是人，会有虚荣心，会有妒忌心，会有热情。在十七世纪，在凡尔赛宫，他就是路易十四，而且会像路易十四收拾福开一样，收拾公爵夫人①。最大的人物，像最小的人物一样，在批评上，没有什么可吹毛求疵的：他们该怎么样，就怎么样，没有一个例外。这里是生活、特别是宫廷生活，不是漫画式的素描，像郝夫曼试写的样子②，而是严肃的、恶意的素描。总而言之，路易十三的左右磨难黎希留，这本书解释的一清二楚。有些机构，关系复杂，例如路易十四的内阁、庇特的内阁③、拿破仑的内阁或者俄罗斯的内阁，由于关系隐晦，解释势必陷于冗长，就不可能有这样一部作品；然而像帕马这样一个国家，你们却一览无余；最高的宫廷的阴谋，你们通过帕马，可以有所了然，因为仅是

---

① 福开（Fouquet, 1615—1680）是路易十四亲政前的财务大臣，生活异常豪华，路易十四亲政后，乘其不备，加以逮捕。
② 郝夫曼（Hoffmann, 1776—1822）是德国浪漫派小说家。
③ 庇特（Pitt, 1759—1806）是英国首相，坚决反对法国大革命。

名字不同（mutato nomine）而已。包尔加的教廷、提庇留的宫廷、腓力普二世的宫廷①，都是这样；就连北京的宫廷，也应该是这样的！

让我们走进这出惊心动魄的意大利戏剧罢。它是以一种可爱的方式，又慢又合理地准备成功的。宫廷的细节和它的新颖人物，我就略而不述了，例如：王后以为自己应当愁眉深锁，因为国君有宠姬；太子过的是囚禁生活；伊扫达公主、前引大臣、内政部部长、要塞司令法比欧·孔提。多小的事，也不能忽视。假如你们像公爵夫人、法柏利斯和莫斯喀一样，同帕马宫廷发生关系，你们斗牌期间，就有人议论你们的是非。首相自以为要解职，就十分认真其道道："客人散了以后，我们寻思一下今天晚晌防御的方法；顶好的方法是趁大家正在跳舞，我们就到波河附近你的萨喀领地去，从那边到奥地利，有二十分钟就成了。"

说实话，公爵夫人、国务卿、帕马个个臣子，都有死在要塞的可能。

国君对公爵夫人表白他的爱慕之情，她对他道："你我将来有什么脸面再见莫斯喀这个又勇敢又有天才的人？"

国君道："我想到了：我们不会再见到他的！要塞就是他的去处。"

桑塞外利纳夫人自然把这话告诉了莫斯喀。他作好了准备。

四年过去了。

国务卿在这四年，不许法柏利斯到帕马来，他答应他来，只在教皇封他相当于主教职位的官员，有权穿紫袜子以后。法柏利斯并不辜负他的政治导师的期待。他在那不勒斯有几个情妇，而且爱收骨董，为了掘发古物，连马也卖掉，行为正常，没有引起丝毫妒忌来，简直好当教皇了。他回帕马最大的愉快就是摆脱可爱的阿某公爵夫人的追

---

① 腓力普二世（Philippe II, 1156—1223）是法国国王。

逐。他的导师把他教育成了一个有学问的人，得到一枚十字章和一笔赡养费。法柏利斯初到帕马，社会活动，宫廷各方面引见，形成可能读到的这一类世态、性格与阴谋的最高喜剧。不止一个地方，高明的读者会放下这本书，对他们自己道："我的上帝！这一段真好，其深刻，安排的也真得当！"

读到下面这一类话，他们会体味话里的道理的，就是君王，为了自己的幸福，也该好好体味一番："生在帝王人家（或者帝王人家近旁）的明哲之士，很快就失去他们判事的能力；他们讨厌谈话自由，粗野不文，不许人在面前这样谈话；他们要看的只是假面具，然而以为自己懂得鉴别脸色的美丑。妙的是他们自以为有判事的能力。"

如今开始了公爵夫人对法柏利斯的天真的热爱和莫斯喀的苦恼。法柏利斯是一颗钻石，加工打磨，也打磨不掉什么东西。吉娜打发他去那不勒斯的时候，他还是一副铤而走险的野小子神气，马鞭似乎就是身体生而有之的一部分，如今再一看他，在生人面前，有一种高贵与安详的风度，而私下仍是同样青春之火。

莫斯喀对他的女朋友道："你这侄子，多高的职位也相称。"

但是大外交家起初注目法柏利斯，后来看了一眼公爵夫人，觉得她眼神怪怪的。他寻思道："我五十岁了。"

公爵夫人非常快乐，分不出心想到伯爵。莫斯喀只一眼就看穿了这种深刻影响，就是再来挽救，也无济于事了。

那吕斯·艾尔乃斯提四世，猜到姑母爱内侄有一点非伦常所许可，——在帕马这就是乱伦，——简直喜出望外。他给他的国务卿写了一封匿名信谈这事。他拿稳莫斯喀读到了信，然后请他过来，不留时间给他看望公爵夫人，东拉西扯，会谈亲切而又保持国君身份，要他如坐针毡，方才快意。当然，一个高尚心灵为爱情而痛苦万分，永远是一场好戏；但是这是一个意大利人的心灵、一个有天才的人的心灵，所以关于莫斯喀妒忌这一章，我还没有见过比它更动人心目的。

　　法柏利斯不爱他的姑母；他把她当作姑母崇拜，但是作为女人，她引逗不起他的情欲。不过，他们谈起话来，一个手势、一个字就可以炸开青春，一个无足轻重的表示就可以使姑母出走，因为财富、荣誉在她都算不了什么，当年她在米兰，不顾耻笑，就能住在四楼，一年只有一千五百法郎收入。未来的大主教觉得自己如临深渊。国君快乐无比，如同修仙得道一般，期待他的亲爱的国务卿私人幸福破灭。莫斯喀、伟大的莫斯喀，哭的活像一个小孩子！好法柏利斯，了解莫斯喀，了解他的姑母，考虑周到，不要出现祸殃。我们这位教廷官员，不管爱不爱，就爱上了一个末流女演员小玛丽耶达、一个演戈弄比娜的女演员。她早就有了她的阿耳甘、一个叫吉赖狄的①。他在拿破仑底下当过龙骑兵，是一个剑术家、一个里外全丑的男人，吃她，打她，偷她的蓝披肩和她赚来的全部东西。

　　莫斯喀松了一口气。国君心神不宁了，计划落空，他打算通过桑塞外利纳夫人的内侄制服她，不料内侄却是一个了不起的政治家！公爵夫人的热情太真实了，她的亲昵也太危险了，所以尽管有玛丽耶达梗在中间，法柏利斯还不放心，又向伯爵——他也是一位收藏家，正在派人掘发古物，——建议：下乡指导工作去。国务卿膜拜法柏利斯。玛丽耶达、玛丽耶达的干妈（mamaccia）——一个刻划了四页的惊人的人物，切合世态，真实而又深刻，——与吉赖狄，连同他们的戏班，全部离开了帕马。这三个人物：吉赖狄、干妈、玛丽耶达走过大路，恰巧赶上法柏利斯打猎。法柏利斯看见玛丽耶达行路，正在纳罕，就见龙骑兵的意大利人的妒忌心发作了，打算弄死这个吃教饭的。他们冲突起来了。法柏利斯一看独眼龙吉赖狄要坏他的脸相，意外的决斗变严

---

① 戈弄比娜（Colombine）和阿耳甘（Arleguin）都是意大利"职业喜剧"的定型人物。戈弄比娜往往不是阿耳甘的太太，就是他的情妇。

重了：他杀死了他。吉赖狄先动手，掘发古物的工人全看见了，不过法柏利斯明白那外尔席的党羽和自由党人一定会利用这可笑的遇合攻击他，攻击各部部长，攻击他的姑母，所以他逃走了，过了波河。他靠吕道维克——一个在桑塞外利纳家当过用人的写十四行诗的年轻人——的伎俩，找到躲藏的地方，来到波伦亚，又看见了玛丽耶达。吕道维克一心恋着法柏利斯。这个旧车夫是次要人物之中最完整的一个。法柏利斯的逃走、波河的风景、年轻的教廷官员经过的名胜的描绘、他离开帕马亡命期间的遭遇、他和大主教——另一个勾勒完美的人物——的通信、最琐碎的细节，无不惨淡经营，打着文学天才的印记。而又处处是意大利，大有使人搭邮车，到意大利，搜寻这种戏剧与这种诗之势。读者不知不觉就成了法柏利斯了。

法柏利斯在流亡期间，不顾当时法令严密的奥地利可能对他的危害，又去探望他的故乡，科摩湖与祖先的庄园。这时是一八二一年，人在护照这一点上不好大意的。教廷官员一经被识破是法柏利斯·代耳·东高，就会押到司皮拜尔格的。作者在书的这一部分，完成了关于柏拉乃斯修道院院长的动人的描绘。他是一个普通神甫，膜拜法柏利斯，研究占星术。形象的勾勒十分认真，人看了，简直非信方术不可，即使不信的人，说起方术来，也不再打趣了。方术这门学问，不像人想的那样，没有理论根据，这话我们以后再说好了。我不知道作者抱什么见解，不过他称道柏拉乃斯院长，也是真的。柏拉乃斯院长在意大利是一个真实人物。人觉得真实，就像狄先画的某一人像一样，一看就看出来是威尼斯真人，还是虚构①。

国君授意进行法柏利斯的案件。那席在这上头大显身手。财政大臣调开有利的证人，收买了几个坏蛋，就厚颜无耻，启奏国君，根据这

---

① 狄先（Titien，1477—1576）是威尼斯画派宗师。

无聊案件，——一个东高子弟，为了自卫起见，被迫动手，杀死一个叫吉赖狄的！——判决在要塞监禁二十年。国君希望是死刑，好下诏赦免，羞辱桑塞外利纳夫人。

那席道："不过，我的法子更狠，这样一来，他的前程就永远毁了。罗马教廷再也没有可能照顾一个凶手了。"

国君终于难倒了桑塞外利纳夫人！啊！这下子公爵夫人可真有种啦，帕马宫廷起了骚动，戏剧光采奕奕，有了巨大幅度。近代小说最美的一个场面，毫无疑问，就是桑塞外利纳夫人来向君上告别，对他提出了最后通牒。《开尼渥司》里的伊丽莎白、艾美、赖斯特尔的场面，也不如它伟大、惊心动魄、富有戏剧性。入虎穴，捋虎须；蛇被擒住了，打滚也没有用，只有求饶：女人制住了它。吉娜为所欲为，发号施令，得到国君取消起诉的敕令。她不要赦免，国君只好写上"起诉不合法，中止进行"。就专制君主而言，这实在可笑。她要他可笑，也得到了这种效果。在这一场戏上，莫斯喀是了不起的。一对情人一时得救，一时无望，一个手势、一个字、一个眼色，都是危险！

就所有行业而言，艺术家有一种难以克服的自尊心、一种艺术感情、一种难以磨灭的人对事物的良心。你败坏不了，也永远收买不了这颗良心。一个演员，尽管怨恨他的剧场或者一位作家，永远也不会把戏演坏了的。邀请一位化学家，对尸首搜寻砒霜，只要有砒霜，他会找出来的。作家、画家，即使面对着断头台，也永远忠实于他们的天才。女人就不这样了。宇宙是她的热情的脚镫。所以女人在这方面也比男人更美、更伟大。女人是热情，男人是行动。假如不是这样的话，男人也不会膜拜女人了。所以也就是在宫廷社会——最能引起热情的地方——这个角落，女人投出她的最生动的光辉。她的最美丽的舞台就是专制政权社会。这也就是为什么法兰西已经没有女人了。然而莫斯喀伯爵有他当国务卿的自尊心，就把公爵夫人坚持的字句从国君的敕令里删去了。国君以为他的国务卿爱他,甚于爱桑塞外利纳夫人,瞥了他一眼,——读者明白这是什么意思。实际是莫斯喀作为政治家,不肯副署一道丢脸的敕令而已:国君误会了他的意思。公爵夫人是满怀得胜的心情,为了救成功法柏利斯,愉快异常,而且信任莫斯喀,就没有再读一遍敕令。大家以为她失败到底了,她曾经公开为离开帕马作准备来的,可是她旋转乾坤,现在又从宫廷那边回来。大家以为莫斯喀要去职了。大家把惩处法柏利斯看成国君对公爵夫人和国务卿的侮辱。不对,放逐的却是那外尔席夫人。国君笑了,报复如今在握了:这个羞辱过他的女人,他要活活把她折磨死。

那外尔席侯爵夫人,不学奥维德写《忧郁集》[①],像所有那些曾在宫廷掌过大权的流亡者一样,反而加紧工作。她猜出国君那方面的变化,她盗去了那席的秘密文件,那席也由她盗去,他晓得国君的真意。侯爵夫人有公爵夫人给她写的一些书信,她差她的情人到热那亚的监狱,伪造一封公爵夫人给法柏利斯的信,说起她的成功,约他到波河附近的萨喀庄园相会,——公爵夫人避暑的胜地。可怜的法柏利斯奔去了,被人捉住,戴上手铐,关进了要塞;就在关进去的时候,他遇见要塞司令法比欧·孔提的女儿、美丽而高贵的克莱丽雅,他感到那种致命的生死不渝的爱情。

法柏利斯·代耳·东高、她的内侄、她膜拜的人、她一心要他好的人,关进了要塞!……想想公爵夫人急成了什么!她晓得了莫斯喀的错误。她再也不要看见莫斯喀了。只有法柏利斯活在她的心上!关进了这可怖的要塞,就可能死在里头,让人毒死在里头!

这就是国君的策略:十五天恐怖,十五天希望!他就要制服这匹烈马、这个高傲的灵魂、这位桑塞外利纳夫人——她的胜利和幸福对

[①] 奥维德(Ovide,公元前43—16)是罗马帝国时代诗人,晚年被放逐到黑海附近,《忧郁集》(Tristes)是在这期间写的。

他的宫廷的光耀虽然必要，却也使他深深感到耻辱。为了这桩游戏，桑塞外利纳夫人就要瘦了，老了，丑了：他可以随意驱使她了。

这场惊心动魄的决斗，——公爵夫人先使对方受伤，扎进心去，可是没有弄死对方，此后整整一年，她要天天受到新伤，——是近代小说天才所创造的最引人入胜的篇幅。

这是全书精华所在的晶莹夺目的一章。为了免却我对这一章的分析，我们就看看囚禁的法柏利斯罢。

刘易斯的《修士》关于贼的那一节、他的最好的作品《安娜孔达》、安娜·赖克里弗末几本书的兴趣、库波尔关于野蛮人的小说的变化莫测的兴趣、一切我知道的关于旅行以及囚犯的不可思议的见闻①，都不能和法柏利斯在帕马要塞的拘禁相提并论。要塞离最近的地面有三百多尺高。这望而生畏的深水潭似的牢狱②，成了他和克莱丽雅相爱的地点：他在这里快乐，他在这里展开了囚犯的天才，而且喜爱他的牢狱，远过于阆苑仙乡。那不勒斯湾只在拉马丁的艾耳维尔③看来，才风景优美；然而在一个像克莱丽雅那样女孩子的眼睛里，在她的婉转动听的歌声里，就有森罗万象。作者通过具有莎士比亚式动作的说服力的细小事故，描绘——他真能描绘！——出了这两个活在时刻有被毒死的险境之中的美丽生命的恋爱进展。有想象力的人，或者仅仅有感情的人，读到这一部分，一定会呼吸短促，脖子伸长，眼睛突出。这里全部完美，又迅速，又真实，没有一丝雕琢的痕迹。热情在这里达到它的极峰：一时是伤痛，一时是希望，一时是忧郁，一时是狡诈，一时是

---

① 刘易斯（Lewis, 1775—1818）是英国小说家，《修士》（Le Moine）是他二十岁上写的一部恐怖小说。
安娜·赖克里弗（Anne Radcniffe, 1764—1823）是英国女小说家，写的也是恐怖小说，但比前者成功。
② "深水潭"原文是"渥克吕斯"（Vaucluse），法国南部一道有名的山泉，水从深潭流出，成为扫尔格河（Sorgue）。
③ 拉马丁1811年旅行那不勒斯，用艾耳维尔（Elvire）这个名字纪念他在当地相爱的一个姑娘。

消沉，一时是灵感——和天才的灵感可以比并的灵感。什么也没有忘记。你读到的是一种关于囚犯使计的万宝全书；这里有发乎本性的绝妙语言，有赋歌唱以生命、赋声音以意义的方法。在监狱读这本书，囚犯不寻死，也会挖一个墙洞出来。

就在法柏利斯引起爱情、感到爱情的时候，就在监狱内部的戏剧最动人心的时候，你们明白，要塞周围起了激烈的战斗。国君、司令、那席图谋下毒。就在国君虚荣心受到了致命打击的时候，害死法柏利斯也就被决定下来了。于是可爱的克莱丽雅、你们也许在梦中能见到的最明媚的女子，显出了她的全部情意，不顾几乎给她的将军父亲招致的杀身之祸，帮助法柏利斯逃走。

我们一到作品这一紧张阶段，就明白先前大小事故之所以然。正因为我们是通过这些遇合看到人物、留意他们的行动，所以没有这些遇合，也就漆黑一团，都像虚伪、不可能了。

我们再看公爵夫人。看见这高贵女子痛苦，佞臣们、那外尔席的党羽个个喜笑颜开。国君见她安静，反而烦躁，没有一个人说的上来她怎么会这样安静，就连莫斯喀也不了解。莫斯喀尽管伟大，现在我们看出他不如这个女人了。从这时候起，她像是意大利天才的化身。她不露声色，大胆计划。至于报复，就要彻底。她得罪国君也得罪够了，明白就是求也求不来了；他们之间，只有你死我活；不过公爵夫人由着那吕斯·艾尔乃斯提四世毒死法柏利斯，即使报复成功，也百不抵一、美中不足了。必须救出法柏利斯来。在读者看来，这种尝试似乎根本难以成功，专制政府早已采取种种步骤，法比欧·孔提司令早已不负所托，以全部荣誉保证，从严管理他的囚犯。

这位司令近似赫德逊·劳威①，而且狠上十倍；他是意大利人，决

---

① 赫德逊·劳威 (Hudson-Lowe, 1769—1844) 是在圣·海伦岛监守拿破仑的英国将军。

心要为那外尔席夫人复仇：她由于公爵夫人的缘故才失势的。吉娜一点也不在乎。原因如下："丈夫想到管太太，远不及情人想到接近情妇次数多；禁子想到关牢门，远不及囚犯想到逃命次数多；所以困难尽多，情人和囚犯照样应该成功。"

她帮他逃命！哦，什么样动人的描绘：这逃不开可憎的宫廷的绝望的意大利女子！她向自己道："得啦，前进，不幸的女子（读到妇女们这句伟大的话，人会哭的）！尽你的本分，假装忘掉法柏利斯！"忘掉他！这句话救了她：说这句话之前，她一直没有哭。于是公爵夫人进行阴谋，和首相一道进行阴谋。她不留体面，当众谢绝了他，但是他照样愿意为她烧杀帕马，杀死所有人，甚至于国君！这位真心诚意的爱人承认自己错误，他成了世上顶坏的人。唉！什么样可怜的借口！他不相信他的主上会这样虚伪、这样懦怯、这样残酷。他明白他的情妇是不会妥协的。法柏利斯这期间成为她的一切，他觉得也是自然的。他有大人物对待情妇的那种弱点，就连负心也了解，而且很可能为她们的负心而死。多情的老头子是崇高的！吉娜请他过来，宣布决裂，这期间他只对自己说了一句话。仅仅一夜，公爵夫人就衰老了。

莫斯喀在心里喊道："天呀！她今天四十岁了！"

这是一本什么样的书！人在这里听见这些热情的呼喊、外交家这些深刻的语言，而且每页都有。另外，注意这一点：你们不会在这里遇到那些小吃、那些夹七夹八的糟粕的。不，人物有行动，有思想，有感情，戏剧永远在进行。诗人的观念富有戏剧性，他从来不为捡起一朵小花，在路上弯腰，整个就像一首颂诗一样迅速。

看下去罢！公爵夫人向莫斯喀表白心情的时候，色授魂与，然而绝望使她崇高。见她变的这样厉害，他以为她病了，想请帕马与意大利最有名的医生那扫利来。

她道："你这建议是恶意还是善意？你想叫外人晓得我多绝望吗？"

伯爵道："我完啦，她简直不拿我当普通正经人看啦。"

公爵夫人显出最高傲的神色，向他道："你记好了，我不为法柏利斯囚禁痛苦，我没有一点点意思要走，我对国君万分尊敬。现在谈谈关于你这方面：我打算独自指导我的行为，作为一个心地善良的老朋友，和你分手。你就当我六十岁好了，少妇的我已经死了。法柏利斯关在监狱，我就不能相爱。总而言之，祸害你的前程，我就成了罪孽深重的女人了。万一你看见我表面像有一个年轻情人的话，也犯不上难过。我以法柏利斯的幸福对你鸣誓，我不曾对你有过一次负心，五年之久……也够久的啦！"她试着笑吟吟道："我鸣誓，我从来没有动过那种念头，打过那种主意。话说完了，请便。"

伯爵走了，他一连思索了两天两夜。他最后嚷嚷道："天呀！公爵夫人就没有同我谈起逃狱；她有生以来，只有这么一回欠真诚，难道她和我闹决裂，也只是希望我背叛国君？一定是的！"

我没有对你们说过，这本书是一部杰作，单看这粗浅的分析，不也就明白了吗？

国务卿想到这上头，走起路来，活像他才十五岁，他复活了。他决计从国君那边把那席收买过来，作成自己的心腹。他向自己道："主上给那席钱，为了执行我们在欧洲被人唾骂的命令；我给他钱，为了泄露主上的秘密，他不会拒绝的。他有一个情妇、一个忏悔教士。情妇是一个下贱货色，有什么事，卖青菜、水果的女人第二天就全知道了。"

他到大礼拜堂去做祷告，见到了大主教。他问他道："圣·保罗教堂的协理神甫杜牙尼，是一个什么样人？"

"才低，野心大，没有廉耻心，非常穷；"大主教望着天道，"因为我们全有恶习！"

听见这种来自真正的虔诚与坦率的智慧语言，国务卿不由笑将起来。他把修道院院长找来，对他只说："你指导我的朋友财政大臣的良心；难道他就没有一句话告诉我？"

伯爵豁出去了：他要知道的只有一件事，就是法柏利斯将要遇难的时辰。他不打算妨害公爵夫人的计划。他和那席会面是一个有决定性作用的场面。伯爵采用最不逊的声调这样开始道："怎么！先生，你从波伦亚捉了一个我保护的捣乱分子；而且打算收拾他，居然也不禀报我一声？你晓得谁接我的后任吗？是孔提将军，还是你？"

国务卿和财政大臣商定了一个能保持各自职权的计划。我应当把阅读这持久阴谋的美妙细节的愉快留给你们自己才是。作者指挥成百人物进行阴谋，然而一丝不紊，就像一个能干的车夫，吆喝一辆十匹马的车一样。千头万绪，然而条理分明，尺寸合榫。城市、宫廷，一目了然。戏剧具有惊人的巧思、匠心，而又一清如水。空气在画面流动，没有一个人物闲在。吕道维克是公爵夫人的左右手，多少次患难证明他是一个诚实的费加罗①。他是一个得力人物，会得到重酬的。

有一个次要人物，然而幅度巨大，经常在作品出现：现在是同你们谈起他的时候了。他就是巴拉·费朗太，一个被判死刑的思想自由的医生。他在意大利流浪，完成他的宣传任务。

巴拉·费朗太是一位大诗人，就像席耳维欧·派立考一样，但是他是急进共和党，这又不同于派立考了②。我们用不着过问这个人的信仰。他有信仰，他是共和国的圣·保罗、少年意大利的殉难者，在艺术上，他是崇高的，就像米兰的圣·巴托罗缪一样，就像福瓦雅地耶雕刻

---

① 费加罗 (Figaro) 是博马舍创造的喜剧人物。先是一个流氓理发师，后来当了一位伯爵的大管家。
② 派立考 (Silvio Pellico, 1789—1854) 是意大利文学家，在奥地利监狱囚居九年。

的斯巴达克一样，就像马略凭吊迦太基的废墟一样[1]。他的一言一行都是崇高的。他有信仰者的信心、伟大与热情。无论国君、国务卿、公爵夫人在制作上、孕育上、实际上，有多高大，巴拉·费朗太这座优美的雕像，放在画幅一个角落，引人注意，令人赞美。不管你们是什么政见，立宪派也好，君主派也好，宗教派也好，他一定会把你们制服了的。他比他的贫困伟大，在他的窟穴深处开导意大利，没有面包喂他的情妇和他的五个孩子；为了养活他们，他到大路行窃，同时记下偷来的东西的数目和失窃的人们的名姓，将来他得势那一天，也好归还共和国这笔意外债务；行窃特别是为了付印他的论文，题目是《说意大利预算必须平衡!》。意大利有这样一类才学之士，真挚，然而误入歧途；有才分，然而昧于他们的理论的恶果：巴拉·费朗太就是一个典型。专制君主的国务卿们！多给他们钱，派他们到法兰西、美利坚去，不要迫害这些品质高尚、优异的真正的人，让他们取得知识去！他们将像阿耳费耶利，在一七九三年说："小民有了工作，贵人就谅解我了[2]。"

我热烈颂扬巴拉·费朗太的创造，远超过于我热烈喜爱这个人物。假使我占了一点微不足道的便宜，比拜耳先生先走一步，我在刻画人物上，却不如他了。一个严格而又有良心的共和党人，爱上一位支持专制政权的公爵夫人，我看出内心戏剧一定是十分伟大、十分强烈。我的爱慕毛夫利捏斯的米谢·克莱前公爵夫人，就不可能比桑塞外利纳公爵夫人的彼得拉克型的爱人巴拉·费朗太鲜明。意大利和它

---

[1] 圣·巴托罗缪（Saint Barthélemy）是耶稣门徒，米兰大礼拜堂有他的雕像，是十六世纪的杰作。
福瓦雅地耶（Foyatier，1793—1863）是法国雕刻家，斯巴达克（Spartacus）雕像是他的杰作。斯巴达克是罗马共和国时代奴隶起义（公元前74—前71）的领袖。
马略（Marius，公元前156—前86）是罗马的执政，晚年亡命到北非洲，当地官长不许他停留，他对使者说："告诉你的长官，你看见亡命的马略坐在迦太基的废墟上来的。"

[2] 阿耳费耶利（Alfieri，1749—1803）是意大利悲剧诗人。

的风俗、意大利和它的风景、萨喀庄园、危险、巴拉·费朗太的贫困，比巴黎文化的菲薄细节美丽多了。尽管米谢·克莱前死于圣·麦利事变，尽管巴拉·费朗太在犯罪之后逃往美利坚，意大利型热情高于法兰西型热情，而这一插曲，前前后后，本地风光十足，加以兴会淋漓，就没有法子争胜[①]。在一个在国民军制服之下、资产阶级法律之下，一切差别比在共和国三角钢盔之下更容易消失的时期，文学在法兰西根本就缺乏情人间层出不穷的困难，而这些困难不仅是美丽、新局势的来源，也是促使主题富有戏剧性的因素。于是一个过激分子热爱一个贵妇人的重大矛盾，也就难以逃出熟练的笔墨了。

除非是《清教徒》这本书，就没有一本书有一个人物，像拜耳先生所赋与巴拉·费朗太的精力一样，富有精力。他这个名字就是一种暗示[②]。在巴佛·德·玻尔雷与巴拉·费朗太之间，我无所用其迟疑，就选择了巴拉·费朗太：素描相同，但是尽管司各德是一位大色彩家，他缺乏拜耳先生涂在人物身上那种狄先的动人而又明朗的颜色[③]。巴拉·费朗太就是一整首诗、一首高于拜伦的《海盗》的诗[④]。读到这一段崇高而又极可谴责的文字，个个妇女要说："啊！这才叫作相爱！"

巴拉·费朗太在萨喀附近，有一个最稳妥的躲藏地点。他常常看见公爵夫人，他爱疯了她。公爵夫人遇见他，受了感动，因为巴拉·费朗太像在上帝面前一样，全告诉她了。他知道公爵夫人爱莫斯喀，所

[①] 参看巴尔扎克的小说《喀狄农贵夫人的秘密》(Les Secrets de la Princesse de Cadignon)。
1832 年 6 月 5 日，拉马克 (Lamarque) 将军出殡，因为他主张共和，人民对他很有好感，就利用出殡，进行暴动，和国民军相持到第二天失败，一个年轻工人领导一百二十个伙伴，在圣·麦利修道院前，曾经抵抗了十二小时。巴尔扎克设想克莱前 (Michel Chrestien) 死在修道院前。
彼得拉克来到法国南部，1327 年 4 月 6 日，见到一个叫做楼尔 (Laure de Noves) 的少妇，写了许多情诗，她拒绝了他，但是他到死不忘。
[②] 字义是"铁球"。
[③] 巴佛·德·玻尔雷 (Balfour de Burley) 是司各德 1817 年的小说《清教徒》(Old Mortality) 里的人物；他是一个清教徒，反抗政府，企图建立信仰自由。
[④] 《海盗》(Le Corsaire, 1814 年) 是拜伦的叙事长诗，写一个海盗视死如归，营救一个土耳其女子的故事。

以他的爱情就没有希望。意大利人的风趣有感动人的地方，公爵夫人就是这样：她给他快乐，许他吻一个有蓝血（意大利语言，表示出身贵族）的女人的白手。他有七年没有握过白手了，而这位诗人膜拜美丽的白手！他已经不爱他的女人了，她干粗活，为子女缝补衣服；一个不顾生活万分艰难，死守着他的女人，他不能丢了不管。这些正人君子的义务，一眼就看出来了。公爵夫人像一位真正圣母一样，同情一切。她宽恕他！啊！可不，像喀尔·散德一样①，巴拉·费朗太有他的小小识见要执行；他有他的教义传布、旅程奔波，激起少年意大利的热心。

他说："这些坏蛋，祸害人民，终享天年，是谁的过错？天父接我上天，会说什么呀！"

所以她向他建议：供养他的女人，在桑塞外利纳府给他一个搜索不到的小屋子躲藏。

桑塞外利纳府有一个大储水池，中世纪防长期围困修起来的，可以供全城一年用水。一部分房屋就靠在这美丽的建筑上面。头发灰白的公爵，消磨新婚夜晚，就对太太谈起储水池的秘密和他的秘密小屋子。一块老大的石头，只要顺着枢轴一转，水就全流出去，溢了帕马的街道。储水池有一堵厚墙，里头有一间空气稀薄的黑屋子，两丈高，八尺宽，除非拆毁储水池，就没有人能找出来。

巴拉·费朗太遇到坏日子，就躲在小屋子里头，可是他不肯接受公爵夫人的银钱。他发过咒，身上钱不许多过一百法郎。她送塞干②给他的时候，他正有钱，不过他还是拿了一个塞干。他说："我拿这个塞干，因为我爱你；可是这样一来，我在一百法郎以外，就多了五个法郎，万一我赶着现在上绞刑架的话，我会疚心的！"

---

① 喀尔·散德（Carl Sand, 1795—1820）是一位德国青年革命家，后经政府斩决。
② 塞干（Seguin）是意大利金币，当时约合十一至十二法郎。

公爵夫人向自己道:"他是真正在爱。"

难道意大利人这种率直心性,作家不是从实际生活得来的?莫里哀写一部小说描写意大利民族,——除去阿剌伯人,它是唯一信奉誓言的民族了,——也不会写的更好的。

巴拉·费朗太成了公爵夫人进行阴谋的另一只胳膊:这是一个可怕的工具,他的精力使人心惊胆战!有一夜晚,桑塞外利纳府出了这样一个场面。人民的狮子走出了它的穴洞。他第一次来到金碧辉煌的房间。他在这里见到他的情妇、他的偶像、他放在少年意大利之上、共和国与人类幸福之上的偶像;他看见她难过、流泪!国君收押了她世上最心爱的人,他用无耻的手段骗了她,而这暴君随时可以把她心爱的人处死①。

这崇高的堂·吉诃德似的共和党人就说:"这是一种不法行为,人民法官②本该追查。另一方面,作为一个私人,我所能奉献于桑塞外利纳公爵夫人的,只有我的性命:我奉献我的性命给你。在你脚边的这个人,不是一个宫廷玩物,而是一个人。"他想道:"她在我面前哭,她不怎么不幸了。"

公爵夫人道:"你想到你会遇见危险吗?"

"法官的回答将是:责任当前,性命算得了什么。人对你说:这是一个铁打的身子和一颗不怕天不怕地就怕你不喜欢的心。"

公爵夫人道:"你谈你的感情,你就再也见不到我了。"

巴拉·费朗太悒悒郁郁走开了。

我过分吗?这样的对话,难道不及高乃依的对话美?你们就想想看,这种段落正多,而且五色缤纷,全都这样美。公爵夫人见他这样高

---

① 原文是"这暴君握着大莫克莱斯(Damoclès)的宝剑"。大莫克莱斯是公元前四世纪塞拉库萨(Syracuse)的国王的幸臣,称道国王幸福。国王让他权当一天国王。他在饮宴中间,发现头上有一根马鬃,悬着一口宝剑,摇摇欲坠,他连忙请国王收回成命。

② 指自己而言。

尚，非常感动，写了一个条子，保障费朗太的女人和他的五个孩子的生活，瞒着不告诉他，因为她怕他听到他的家小有了这种保障会自尽的。

最后，就在人人谈起法柏利斯可能要被害死的日子，法官冒险出现了。他在夜晚进府，扮成方济各会修士，来到公爵夫人面前，发现她无声无息，哭作一团：她伸手致意，指椅子邀他坐下。巴拉扑在地上，祷告上帝，在他看来，这种美丽只有天上才有。他停住祷告道："他又献他的性命来了！"

公爵夫人眼神走失的样子，比啼哭更说明了她是一腔怒火，一丝柔情蜜意也没有了。她喊道："想想你说的话看！"

"他献他的性命，阻止法柏利斯受害阻止不了，也要替他报仇。"

她望着他道："就算我接受你的好意！"

她看见巴拉的眼睛闪烁着殉难者的喜悦。她站起来，去找一个月以前就为费朗太的女人准备好了的赠款文件："读好了！"

他读着，跪下去，呜咽着，要高兴死了。

公爵夫人道："还我文件。"

她就着蜡烛把它烧了。她道："千万别透露我的名字。万一你叫人捉去弄死，万一你一胆怯，我再一胆怯，法柏利斯可就没有救了。我要你到时候自己干掉自己！"

"我一定小心在意，忠贞无二，按时办到。"

公爵夫人以一种高傲口吻继续道："万一我被人发觉判刑，我可不要被人控告是我唆使你。没有我的信号，不要处死他。信号就是放水淹没帕马街道。大家一定会说起来的。"

公爵夫人的独断独行的口吻只有使费朗太开心。他走了。公爵夫人又把他叫了回来："费朗太，高贵的人！"

他回来了。

"你的孩子们怎么办？"

"这呀！有你。"

"拿着，这是我的钻石。"她给了他一个橄榄木小盒子。"值五万法郎。"

费朗太显出讨厌的神色道："啊！夫人！……"

"我也许永远不再见到你了。反正我要这样做。"

费朗太去了。门关了。公爵夫人又把他叫了回来。他见她直挺挺站着，心神不宁地回来了。伟大的桑塞外利纳投进他的怀抱。费朗太险些晕倒。她由着他吻抱，一见费朗太动手动脚，要不规矩了，就挣开身子，指门给他。

公爵夫人站了许久，问自己道："他是唯一真懂得我的男子；法柏利斯也会这样的，只要他能了解我。"

这卓越场面，我没有本领在这里细加解释。但是拜耳先生决不是宣传革命的人。他不支持弑君行径。他写的是事实，也照事实写。没有一个人，甚至于共和党人，读到这里，会起除却暴君的欲望。这是私人感情的游戏，如此而已。这只是一场需要特殊武器的决斗，而武器又要势均力敌。公爵夫人利用巴拉毒死国君，正如国君利用法柏利斯的仇人毒死法柏利斯一样。报复到国王头上，没有什么不可以。考利奥朗就报复到了他的国家头上；博马舍和米拉波就报复到了不欣赏他们的时代头上。这种做法不合道德，可是作者早就有了交代，道德不道德，他也就不闻不问了，正如塔西佗对提庇留的罪恶不闻不问一样[①]。他说："报复是一种违反道德的幸福，意大

[①] 考利奥朗（Coriolan）是公元前五世纪罗马共和国的名将，很有功劳，政府把他流放了，他率领敌军攻打罗马，直到家室哭求，才肯解围。
博马舍被控判罪，写过许多小册子攻击法官和王室。
米拉波（Mirabeau, 1749—1791）是法国大革命初期的领导人，早年他几次被家庭关进牢狱。
塔西佗（Tacite, 约 54—120）是罗马帝国时代的历史家。

利人之所以这样好报复,我相当相信是由于这一民族想象活跃的缘故。别的民族不饶恕,但是忘怀了。"道德家这样解说清楚了这一精力饱满的民族,他们中间出现了许多发明家,有最富、最美的想象,因而也有它掣肘的地方。人乍一看,觉不出这话意思深刻,其实很深刻,它解释清楚了那些涌在意大利人心头的浮言夸行。这是唯一可以和法兰西民族相提并论的民族,比俄罗斯人和英吉利人高多了,它禀赋有使它在许多方面优于所有民族的女性气质、敏感与辉煌气象。公爵夫人从这时起,又压倒国君了。在这以前,她所表现于这场大决斗的,是软弱和受给:莫斯喀老于为臣之道,成了国君的助手。吉娜一觉得报复有把握,就有了气力。她现在得心应手,可以扮演她的角色了。"法官"的勇敢激起她的勇敢。她又激起吕道维克的热心。这三个阴谋家,——莫斯喀一方面不过问他们,一方面又许可他的警察采取行动对付他们,假使发现了什么的话,——作出惊天动地的事来。

国务卿上了他的情妇的当。他相信自己失了她的欢心,也该当如此。如果他不是蒙在鼓里的话,他就永远不能演好他这失恋的角色,幸福瞒不过人,灵魂冒火也冒烟的。但是在公爵夫人蛊惑费朗太以后,她的喜悦照亮了国务卿,他终于明白过来了,只是不知道她要闹到什么地步,才肯罢休。

法柏利斯逃出监狱,就是奇迹。这需要身体强壮、心思灵活,亲爱的孩子几乎为这把命送了:他的姑母的衣服和手帕的香气把他救转过来。情男情女会喜欢这一无关重要的细节的,——作者有无数附带事故要写,然而照样没有忘记这一细节,——这就像一种旋律一样,放在乐章最后一节,点出恋爱生活最销魂的情境。任何步骤全想到了,没有大意的地方:莫斯喀伯爵带了八十多名奸细,协助越狱,但是作为国务卿,没有收到一份报告。

他兴高采烈，问自己道："我干了欺君的事。"

大家不说口令，也明白是怎么一回事，各自逃命去了。

大功告成，人人也该想到自己了。吕道维克是信差，他过了波河。啊！法柏利斯在他戴王冠的凶手的掌握之中，公爵夫人伏下来就像一头美洲豹子，蜷起来就像一条藏在荆棘里的蛇，贴住地就像库波尔的一个在烂泥里的印第安人，轻手轻脚就像一个奴隶，媚声媚气就像一个假情假意的女人，可是他一逃出他的掌握，公爵夫人就直挺挺站了起来：豹子露出爪子，蛇要咬人，印第安人要唱胜利之歌，她眉开眼笑，跳跃欲狂了。吕道维克不清楚巴拉·费朗太的底细，说起他来，就像老百姓一样："他是一个由于拿破仑的缘故受到迫害的可怜人！"吕道维克担心他的主妇神志不清。她把利恰尔大那块小封地赏给了他。他战战兢兢受这份重礼。他立的什么功劳啊？阴谋，又是为了教廷老爷，哦！没有赏也乐意干！

作者道："就在这时候，公爵夫人干了一件不仅就道德看来岂有此理，而且葬送了她一生安静的事。"说实话，大家以为她心花怒放，宽恕国君了。才不。

她对吕道维克说："你要是想要这块封地的话，先得干两件事，而且不要让人知道是你干的。你马上过到波河那边我的萨喀庄园，把灯点的亮亮的，让人还当失了火一样。我为了庆贺逃狱成功，早都准备好了。地窖有灯也有油。你带信给我的总管：让萨喀老百姓喝个烂醉，把我的酒桶、酒瓶统统喝光。圣母在上！有一个酒瓶满，一个酒桶有两指高酒，你就丢了利恰尔大那块封地！完了事，回到帕马，放掉储水池的水。——酒给我的萨喀的亲爱的老百姓，水给帕马城！"

听了这话，人人心惊胆战。这就是意大利性格。雨果先生让吕克莱丝·包尔加说："你们在威尼斯为我举行盛会，我在菲拉拉还你们一席晚宴，"就充分表现出来这种性格①。两个女人的话，一个半斤，一个八两。吕道维克听了，只觉得这话是一种盛气凌人的表示和一种意味隽永的揶揄。他重复道："酒给萨喀人，水给帕马人！"吕道维克办完公爵夫人的差事，回来送她住到拜耳吉拉太，把法柏利斯送到瑞士的罗加诺，因为总怕奥地利警察为难他。

法柏利斯越狱，萨喀灯火辉煌，帕马国家乱成一团。发水就没有怎么引起注意来。法兰西人犯境的时候，也有过同样的事。公爵夫人眼看就要受到重大的惩罚。她发现法柏利斯想念克莱丽雅，恹恹待毙，恼恨自己是大主教的首席协理，不可能娶他的意中人。

他在姑母身旁、马奏列湖畔，思念他的亲爱的监狱。这个女人布置罪行，像摘月亮一样把心爱的孩子救出监狱，只见他率直、单纯，却想着别处，不要多用心体会，也不像先前那样小心谨慎，一来就躲到他的吉娜、他的母亲、他的姐姐、他的姑母、他的恨不得和他关系还要亲密的女朋友②身边，她当时痛苦到了什么地步，无言可表，可是字里行间，影影绰绰，读者觉得出，也看得见。读者明明知道满足桑塞外利纳夫人的单相思就是罪恶，可是看见法柏利斯不理会她，却又难过。法柏利斯连感激的心思也没有。前任囚犯思念他的监狱，就像一位离职的国务卿，希望与人合作，东山再起一样。他弄来一些帕马——姑母深恶痛绝的城市——的风景画；他把要塞那一幅挂在他的房间里。他最后写了一封为越狱道歉的信给孔提将军，要克莱丽雅知道：离开她，他并不感到自由快乐。这封信（可以当成一篇玩世不恭的教会杰作看）对将军的作用，你们一想也就明白了。他发誓要报这个仇。公爵夫人害怕了，虽说报复是一句空话，但是为了安全起见，马奏列湖畔的

---

① 吕克莱丝·包尔加（Lucrèce Borgia, 1480—1519）是教皇亚力山大六世的私生女。雨果有同名的戏（1833 年）写她。她在威尼斯的舞会上受到侮辱，回到菲拉拉（Ferrare），举行晚宴，毒死那些侮辱她的人。话见于第三幕第二场。
② "女朋友"即吉娜与姑母。

村落,她每村约了一名船夫,泅到湖心,告诉他们,法柏利斯帮拿破仑在滑铁卢打过仗,可能有仇家找他为难,要他们四下留意;他们爱她,服从她;她酬谢他们。她就这样在各村留下一名奸细,许他们随时走进她的房间,就连夜晚她睡了也可以。有一天黄昏,她在罗加诺的交际场合,听说帕马的国君死了。她望着法柏利斯,向自己道:"我为他干的这事;坏一千倍的事我也干,而他悄不作声,无动于衷,想着另外一个女人!"

她这样一想,晕过去了。她这一晕,就许把她害了!大家抢上前来救她;法柏利斯却在想着克莱丽雅。她看着他,直打寒噤。她发现自己在一群好事者中间,有大神甫、当地官员等等。她恢复她的贵妇人的冷静,道:"他是一位伟大的国君,他的坏名声是别人造谣造出来的。这对我们是一个很大的损失。"

临到就是她一个人了,她向自己道:"啊!法柏利斯从那不勒斯回来,我在帕马我的公馆见他,当时我像小孩子一样幸福、快活,现在该我受罪了。我当时只要有一句话出来,也就行了,我也就甩了莫斯喀。有我在一起,克莱丽雅也就不在法柏利斯心上了。现在克莱丽雅把他赢过去了。她二十岁,我比她至少大一倍。到了该死的时候啦!一个女人活到四十岁,也只有年轻时候爱过她的男子们还看重她罢了!"

我引这段话,只为这种思维,来自痛苦,非常正确,几乎完全真实。公爵夫人的独白在半夜被响声打断了。

她说:"得,有人捉我来了;也好,和他们争夺我这颗头,我倒有事做了。"

根本不是那么一回事。莫斯喀伯爵在没有通知全欧洲以前,先打发他最忠心的信差,告诉她帕马的事变和那吕斯·艾尔乃斯提四世去世的详情来了:发生革命,巴拉·费朗太"法官"差一些些就胜利了,值五万法郎的钻石,他没有用到儿女身上,却全用在他的亲爱的共和国的胜利上了。莫斯喀平定了暴动,他在拿破仑底下打过西班牙,显出了小兵的勇敢和政治家的冷静。他救下那席的性命:这他后来懊悔之至。他最后详详细细说起那吕斯·艾尔乃斯提五世——爱慕桑塞外利纳夫人的年轻太子——即位的情形。公爵夫人可以回来了。太后膜拜她,理由读者知道,公爵夫人在先得意的时候,读者通过宫廷阴谋,已经了然了。太后写了一封可爱的信给桑塞外利纳夫人,封她本人公爵夫人①,兼内府女总管。不过,法柏利斯还回去不得,因为必须经过复审,撤销原先的判决。

公爵夫人把法柏利斯藏在萨喀,凯旋似的回到了帕马。主题就这样不费气力,又不单调,从本身得到了新的生命。天真的桑塞外利纳夫人最初得到那吕斯·艾尔乃斯提四世的恩幸,和毒死他的公爵夫人得到那吕斯·艾尔乃斯提五世的恩幸,中间没有丝毫类似的地方。二十岁的年轻国君爱疯了她,太后的女总管的无限权力抵消了女犯人的危险。这位小号路易十三把莫斯喀看成了他的黎塞留。首相在暴动期间,热心过分,一时兴奋,把他叫成了小孩子。这句话伤了国君的心。莫斯喀对他有用处,不过国君在政治上虽然只有二十岁,在自尊心上却有五十岁了。那席瞒着人进行工作,他搜查人民和意大利,打听出来巴拉·费朗太,穷的什么也似的②,在热那亚卖过八粒到十粒钻石。就在财政大臣进行地下工作的期间,宫廷是喜气洋溢。国君是一个羞怯的年轻人,像所有年轻人一样羞怯,可是追求四十岁的女人,异常坚决。的确,吉娜比往常更美了,看上去不过三十,她快乐,也让莫斯喀非常快乐,法柏利斯有救了,复审也就快了,原判撤销,宣布无罪,他是大主教协理,大主教已经七十八岁了,他有权继承的。

---

① 她过去是公爵夫人,由于丈夫的封邑的关系,现在却是她自己得来的封邑。
② 原文说他穷的像约伯(Job)一样。约伯是《旧约》里的信徒,接受上帝的考验,家破人亡。

桑·焦法尼公爵夫人①唯一不放心的就是克莱丽雅。至于国君那方面，她不过是寻他开心。他们在宫里演喜剧（职业喜剧，每一个人物一边说话一边编词，大纲贴在后台，用动作解释一切，有情节）。国君扮情人这种角色，吉娜总演女主角。实际上，女总管是在火山口上跳舞。这一段书是可爱的。就在喜剧顺顺当当进行的时候，出了祸事。那席告诉国君："陛下肯不肯出十万法郎，买下关于令先君去世的正确情报？"他得到了十万法郎，因为国君是一个小孩子。那席企图收买公爵夫人的领班女仆，后者一五一十禀知了莫斯喀。莫斯喀叫她不要拒绝。那席想办一件事，就是叫两个珠宝匠鉴别一下公爵夫人的钻石。莫斯喀放出反间谍，得知有一个好奇的珠宝匠就是那席的兄弟。就在喜剧演到幕间休息的时候，莫斯喀过去把这话告诉了正在欢欣之中的公爵夫人。

她告诉莫斯喀："我没有多少时间，不过我们还是到守卫室谈谈的好。"

到了守卫室，她笑吟吟对她的朋友国务卿道："你总怪我讲的秘密没有用，好罢！你听我说，艾尔乃斯提五世是我请上宝座的。我一定要为法柏利斯出那口气；当时我比今天爱他，其实我一向就心地清白。你不怎么相信我心地清白，没有关系，因为我犯罪，你也照样爱我！可不！我犯过一回罪：巴拉·费朗太拿了我的钻石。还要糟，我让他吻抱我来的，为的是他毒死那想毒死我们的法柏利斯的人。有什么不可以？"

伯爵未免惊愕道："你在守卫室讲这给我听？"

末一句话很可爱。

她道："是因为我急呀。那席得到了线索；不过我当时没有说起造

---

① 即桑塞外利纳公爵夫人。这是她本人受封的称号。

反,我厌恶雅各宾派。你细想想看。戏完了以后告诉我。"

莫斯喀并不心慌意乱,回答道:"我马上就说给你听。你在后台钉牢了国君,想法子弄昏他的头脑……不过千万……别打坏主意!"

有人请公爵夫人上戏,她回后台去了。

这部作品有许多美好的篇幅,巴拉·费朗太向他的偶像告别就是其中之一。不过我们到了主要场面、形成全书顶点的场面、女总管得到那吕斯·艾尔乃斯提五世和太后许可,焚烧那席的情报的场面、惊心动魄的场面,由于他们母子——觉得受她支配,就像受于尔散贵夫人那类天才支配一样①——三心二意,她一时无望,一时得救。这一场面只有八页,然而在文学艺术上,不容人作第二想。世上没有类似的东西可以相比。它是独特的,我不说什么,单单指出来也就够了。公爵夫人胜利了,她消灭证据,甚至于还带了一扎子公文给莫斯喀。他一边记下若干见证的名姓,一边嚷嚷道:"幸而下手早,眼看他们就要成功!"国君下令复审法柏利斯案件:那席只有干瞪眼。可是法柏利斯不照莫斯喀的愿望,投到首相管辖的市府监狱,却立时回到他的亲爱的要塞去了。将军认为越狱有伤他的体面,不但加严看管,而且决意害他。在市府监狱,莫斯喀保证他安全无事,可是关在要塞,法柏利斯就没有救了。

公爵夫人听到这消息,就像遭了雷殛一样,不声不响,如痴如呆。为了爱克莱丽雅,法柏利斯又去了对他来说是送死的地方,这女孩子给他一时幸福,而他为了这一时幸福,付上性命的代价:想到这上头,她就心痛,再一想到法柏利斯死在眼前,心又碎了。

这种危险早已存在了,并非为了场面热闹,才凭空臆造出来。这是法柏利斯在初次监禁期间激起来的热情的后果、是他越狱的后果、

---

① 于尔散贵夫人 (Ursins, 1642—1722) 出身于法国贵族,嫁到意大利,后来由于路易十四的支持,作了西班牙王后的内府女总管,干预政事,间接上成了西班牙的统治者。

是那席被迫签署复审案件的指令的忿怒的后果。所以作者即使写到最细微的枝节，也忠实遵守小说法程。也正由于严格遵守法则，——无论是一个选择得宜、发展得宜而又蕴借有力的主题的估计、思维与自然演绎的成就，或者是才分上个别的本能的成就，——才产生了伟大、美丽的作品所具有的这种强烈与持久的兴趣。

莫斯喀绝望了，他让公爵夫人明白：要一个年轻国君相信有人能在他的国家毒死一个囚犯就不可能。他建议除掉那席。他说："不过，你知道我在这方面多傻。我从前在西班牙枪毙过两个奸细，有时候天一黑，我就想到他们。"

公爵夫人回答道："那么，就给那席留下活命罢，我爱你到底在爱法柏利斯之上；我不愿意破坏我们晚年一道消磨的黄昏。"

公爵夫人跑到要塞，打听出来法柏利斯危在旦夕，就觐见国君去了！国君是一个小孩子，正如国务卿所料到的，不明白一个无辜的人，关在他的国家监狱，会有性命之忧。他不肯伤害自己的尊严，审判驾下的司法官员。最后，万不得已（毒药已经下了），公爵夫人答应下来满足年轻国君的要求，才把释放法柏利斯的圣谕抢到手。这个场面，在焚烧文件之后，有它的独特造诣。烧毁文件的时候，对吉娜来说，仅仅为了自己；但是如今，却是为了法柏利斯。法柏利斯一宣告无罪，就受封为大主教协理，将来有权继承大主教的职位，也就等于是大主教了。同时公爵夫人也找出方法——一个女人不爱你，存了豁出去的心，总会想出脱身之计来的——摆脱她应下国君的话。你们知道，她从头到尾是性格伟大的女子。结果就是内阁改组。莫斯喀和他的夫人离开了帕马，因为公爵夫人和他成了鳏寡，就结了婚。然而国事蜩螗，一年下来，国君又召回莫斯喀伯爵夫妇。法柏利斯成了大主教，非常得宠。

再下去就是克莱丽雅和法柏利斯大主教的恋爱故事。结局是克莱丽雅死了,他们心爱的小孩子死了,大主教退休,不用说,经过长期忏悔①,死在帕马的修道院。

我用两句话说明结尾,因为,尽管细节美丽,与其说它完整,不如说是草稿。如果照小说开始的样子发展结局的话,作品在什么地方告一了局,也就只有天晓得了。教士的恋爱,不就是一出好戏?大主教协理和克莱丽雅的恋爱自然也是一出好戏。这样一来,还得写一本书才成!

拜耳先生描绘桑塞外利纳夫人,有没有蓝本?我相信有。这座雕像,正如国君与首相一样,必有所本。是在米兰?是在罗马?是在那不勒斯?是在福罗伦萨?我不知道。我虽然私下相信世上有桑塞外利纳夫人这样的女子,但是为数极少,即使有几位我认识,我也相信作者放大原人,把她完全理想化了。这种工作尽管不可能作真人真事的推测,我们照样可以从拜某贵夫人方面看到桑塞外利纳夫人某些特征。她不是米兰人吗?她不也交过好运与厄运?她不也又精细又聪明②?

你们现在晓得了这座大建筑物的结构,我带你们围着它转过了一匝。我的迅速的分析是大胆的,你们相信我,因为像《巴马修道院》这样一部用密密扎扎的事实兴建起来的小说,要让你们有所认识,我在领会上就非大胆不可。我的分析虽然干枯,但是我总算也勾勒出了一个轮廓,你们可以批判我是不是过誉。不过仔细指出配合这座坚固建筑的精致雕刻,待在装璜它的小雕像、油画、风景、浮雕前面欣赏,也是难事。我的经验是这样的:我第一遍读它,感到十分惊奇,却也发现了一些错误。读第二遍的时候,我不觉得冗长了,开头我还嫌细节过于长,过于芜杂,现在也看出非如此不可了。为了作好报告,我又读了

---

① 不是"经过长期忏悔",依照原书,只有一年。
② 拜某贵夫人指拜耳交姚叟(Belgiojoso, 1808—1871)贵夫人,是意大利女革命家,一直在法国亡命。

一遍。我原先没有意思细读这本好书来的，后来我被作者的匠心迷住了，埋头细读，我觉得一切非常和谐，不是自自然然连在一起。就是通过技巧连在一起，然而天衣无缝，恰到好处。

　　下面是我看出来的错误，根据的与其说是艺术观点，不如说是任何作家应当尽量作到的牺牲观点。

　　假如我初读时觉得凌乱的话，这种印象是拥挤的印象，这本书因而显然就缺少方法。拜耳先生按照事故发生或者应该发生的样子，一件一件布置，可是他在安排事实的时候，犯了若干作家也犯的错误，就是用了一个在自然中真实然而在艺术中并不真实的材料。一位大画家看见一片风景，小心在意，不依样画葫芦，他多给我们它的神，少给我们它的形。所以拜耳先生的叙述方式虽然素朴，率直，并不造作，却也显出凌乱的危险。要人钻研的优点，反而有了被人忽视的危险。所以为了书的兴趣，我倒希望作者从他的关于滑铁卢战役的卓越描绘入手，缩短前面的叙述，改由法柏利斯口述，或者法柏利斯在福朗德一个村庄养伤，改由别人在这期间说起。作品这样一来，就显得轻盈了。东高父子、关于米兰的细节，都与正文无关：戏剧在帕马发生，主要人物是国君父子、莫斯喀、那席、公爵夫人、巴拉·费朗太、吕道维克、克莱丽雅、她的父亲、那外尔席夫人、吉赖狄、玛丽耶达。熟练的顾问或者富有常识的朋友，就可能劝他发展一下作者以为没有兴趣的若干篇幅，要求删削若干精致然而没有用的细节。柏拉乃斯院长这个人物，即使完全取消掉，作品也不会受到丝毫损伤。

　　我并不就此打住。这部作品虽然美丽，可是我在艺术的真正原则方面，也决不有所让步。最大的法则是结构统一：无论是灵感，无论是设计，没有它，就要凌乱。所以尽管标题另是一回事，伯爵夫妇回到帕马，法柏利斯当了大主教，作品就完结了。宫廷的大喜剧完了。作者也感到它是完了，在这地方写下他的案语，就像前人写到寓言结尾，点明教训一样。

他说:"我们可以得到这样一种结论:一个人如果快乐的话,一接近宫廷,他的幸福就疮痕累累了;而他的未来,在任何事上,也非依赖一个女仆的阴谋不可。

"另一方面,在美洲,在共和国,必须整天无聊,朝拜街头的老板,变的像他们一样愚蠢;而那边,又没有歌剧。"

假如法柏利斯披上罗马枢机主教的红袍,戴上大主教法冠,爱着嫁了克赖新日侯爵的克莱丽雅的话,假如你讲这给我们听的话,你是有意拿这年轻人的生平作成你的书的材料。但是假如你有意描绘法柏利斯的一生,你这位聪明绝顶的人,就该把你的书叫做《法柏利斯》或者《十九世纪的意大利》才是。想实现这样一种计划,就不该叫两位国君、桑塞外利纳、莫斯喀、巴拉·费朗太这些富有诗意的典型人物把法柏利斯比了下去。法柏利斯就该代表当时的意大利青年才是。要这年轻人作戏剧的主要人物,作者就非给他一种崇高的思想不可,就非使他具有一种高于四周有天才的人和他缺乏的感情不可。说实话,感情等于才分。感受是了解的对手,正如行动是思维的抗衡。一个有天才的人的朋友可以通过友情、领会,和他并驾齐驱。一个常人,有感情作基础,就可以比倒最伟大的艺术家。这说明女人为什么爱着一些蠢才。所以在戏剧里面,艺术家最妙的一个方法,就是(我们设想拜耳先生也有这种情形)让一个不能通过天才战胜四周人物的英雄通过感情称雄。这样的话,法柏利斯这个角色就需要再来一过。天主教的英灵就该伸出仙手,朝《巴马修道院》把他推过去,而这种英灵又该不时通过降福的举措折磨他。可是这样一来,柏拉乃斯院长就担任不了这种角色,因为研究占星学,又照教会的规定当圣者,是办不到的。所以作品不该再短些,就该再长些。

也许是开端的冗长,也许是这种另成一本书和绞杀材料的结尾,妨害作品成功，也许是已经妨害了。而且拜耳先生有时候在这本书里重复他说过的话，虽然只有读过他先前的书的人们晓得这种情形，但是这些人一定又是内行，专爱吹毛求疵。拜耳先生念念不忘于这一伟大原则：在爱情上，正如在艺术上一样，谁会说，谁吃瘪！就不该重复才是，因为他一向简练，常常要人寻思他的言外之意。他有说谜语的习惯，可是比起他的其他作品来，他这里说的谜语少多了，这值得他的真正的朋友向他道喜。

刻画人物，篇幅不长。拜耳先生通过动作和对话描写他的人物，所以寥寥数语，也就够了。他的描写不令人感到疲倦，他驰往戏剧，一句话、一点感想，就到了这里。三言两句，他就勾出了风景，素描有一点瘦，却也和本土相衬。他待的那个角落有一棵树，他就写那棵树；阿尔卑斯山四面环绕行动场所，他指出了一个大概，风景就完成了。旅客游过柏利安萨地区的科摩湖的周围，走过阿尔卑斯山的远峰脚下，穿过伦巴底平原，特别珍重这本书。风景的精神在这里得到美妙的表现，美丽的特征也有真实的体会，如在目前。

这部作品的弱点是风格，——单就字句的安排来说，因为思想十分清楚，支持词句。拜耳先生所犯的错误纯粹是文法上的：他像十七世纪作家那样随便、不正确。我引过的文字就说明他犯的是那一类错误了。一时动词的时间不相符，有时候又没有动词；一时尽是一些虚字，读者感到疲倦，情形就像坐了一辆车身没有搁好的马车，在法兰西的大路奔波。这些相当触目的错误表示工作粗糙。不过，假如法文是一层涂在思想上的釉子的话，我们就该原谅那些拿它覆盖美丽的油画的人，而不原谅那些只有釉子的人。假如拜耳先生用的釉子，有的地方发黄，有的地方起了裂纹的话，至少他让人看到一串有逻辑法则作根据的思想。他的长句造的不好，短句也欠圆润。狄德罗不是作家，他写文章多少有些像他；但是孕育伟大、有力，而且思想独特，表现也往往明白清楚。这种文章作风是学不得的。让作家们自以为是大思想家，未免太危险了。

拜耳先生得救，由于感情深沉：它使思想有了生命。所有喜爱意大利的人，对它有过研究与了解，读《巴马修道院》，都会感到兴会淋漓的。这美丽的国家的精神、禀赋、风俗、灵魂，活在这出永远引人入胜的长戏里和这幅异常美妙的巨大壁画——色彩绚烂，深深打动人心，满足最刁难、最苛求的心灵——上。桑塞外利纳夫人是意大利人，栩栩如生，简直就是喀尔劳·道耳齐的《诗神》的有名的头部、阿劳利的犹滴和古艾尔齐漏的西比耳——在曼弗利尼画廊①。他通过莫斯喀，画出了一个恋爱上饱经风霜的有天才的政治人物。这里是不见之于词藻（词藻是《克娜丽莎》的缺点）的爱情，而是见之于行动的爱情，永远前后相符、比政务更强有力的爱情、妇女梦想的爱情，它提高人对生活上琐细事故的兴趣。法柏利斯正是近代意大利的一个年轻人，受尽压制这美丽国土的想象活动而又相当笨拙的专制政体的折磨；但是，像我方才说的，使他摒弃爵位、退居修道院的主要思想或者感情缺乏发展。这本书表现南方的爱情，令人心折。显然北方不这样相爱的。这些人物个个心活，手快，就像血热、体温高似的，英吉利人、德意志人、俄罗斯人全不这样：他们达到同一结果，只有通过梦想中的设计、孤独的沉思、灵魂入迷以后的推理、他们的淋巴腺的燃烧。拜耳先生在这方面给了这部作品一种高深的意义、一种保证文学孕育有生命的感情。不幸却是，这差不多还是一种需要钻研的秘方。《巴马修道院》达到一种绝高的境界，读者对宫廷、风土、国家必须具有充分认识，才

---

① 喀尔劳·道耳齐（Carlo Dolci，1616—1686）是佛罗伦萨的画家。
  阿劳利（Allori，1577—1621）是佛罗伦萨的画家，他的父亲也是画家。
  犹滴（Judith）故事见于《旧约》，她到敌营，砍下敌人主将的头颅。
  古艾尔齐漏（Guercino，1591—1666）是意大利画家。
  西比耳（Sybille）是古代女巫。

能深入领会，所以像这样一本书，根本没有人睬理，我也就不奇怪了。任何脱俗的著作，都会这样不走运的。制造这些作品名声的高人，一个又一个，慢慢腾腾，不记名投票，选举结果要很晚才揭晓的。再说，拜耳先生一点也不懂得逢迎，他顶讨厌报章。不知道是性格伟大的缘故，还是自尊心过敏的缘故，书一问世，他就逃了，走了，跑到二百五十古里①以外，再也不要听人说起。他不找人写书评，也不拜访副刊编辑。他每印行一本书，就这样做。我爱这种高傲性格和这种敏感的自尊心。即使乞讨可以为人原谅，近代作家一来就求人捧场、写书评，也不见得就有好话回护。这是精神上的乞讨、贫困。不会有杰作被人忘记了的。舞文弄墨，扯谎，瞎恭维，不可能有生命给一本坏书的。

有过批评的勇气，跟着就有了称赞的勇气。的确到了承认拜耳先生的才能的时候了。我们的时代欠下他许多情分：难道不是他头一个带我们认识音乐方面最大的天才洛西尼的②？他时时刻刻在为这种法兰西不知道怎么样欣赏的荣誉进行辩护。如今轮到我们为这最熟悉意大利的作家辩护了，他为它扫清了征服者们的诽谤，对它的精神和它的禀赋作了精到的解释。

十二年来，我在社会上遇见过两次拜耳先生，第三次是在意大利人马路③上见到他，我还斗胆为了《巴马修道院》，当面向他称贺来的。他的谈话没有一次打消我对他的作品的意见。他的谈吐具有高度阔及耶与拉杜赦所表现的那种才情和那种风度。他在语言魅力这一点上，尤其和后者相像，虽然他长的很胖，骤眼看去，他的体态不衬温文尔雅的仪表；但是他像郝夫曼的朋友考来夫医生一样，转瞬间就改变了这种参差的印象。他有一个漂亮的额头，眼睛灵活锐利，嘴边流露

---

① 一古里 (lieue) 合四点四四四公里。
② 洛西尼 (Rossini, 1792—1868) 是意大利名作曲家。司汤达有一本专书介绍他。
③ 意大利人马路 (Boulevard des Italiens) 是巴黎一条出名的大街。

出讥笑的神情；总而言之，他的相貌完全说明他的才分。他说话总有那种打谜语口调、那种古怪作风——就连声名卓著的拜耳这个姓他也不用，不是今天署高道奈，就是明天署福赖代利克①。有人告诉我，他是拿破仑的左右手、著名工作者大吕的外甥②。拜耳先生自然而然也当过皇帝的差事；一八一五年他失去前程，从柏林来到米兰；北方生活与南方生活的对照引起他的注意，我们也就这样有了这位作家。拜耳先生是当代高人之一。这位第一流的观察家、这位卓越的外交家，无论是文字，无论是谈话，会经多方证明他的见解高超、他的实际知识广博，结局只是奇微塔味岐阿的领事，的确令人难以解释。在罗马为法兰西服务，没有人比他更相宜的了。梅里美先生早就认识拜耳先生，和他相仿，不过更优雅、更容易接近。拜耳先生著作等身，在观察细致上，在观念众多上，自成一格。几乎都和意大利有关。关于秦奇一姓的惊心动魄的案件，他第一个提供正确资料；但是他没有充分解释执行死刑的原因：这不干案件的事，而是党派纠纷与争夺财产的结果③。他那本《恋爱论》就比塞囊古尔那本好，他继承了卡巴尼斯④与巴黎学派的伟大传统；不过他的毛病是缺少方法，这我已经说过，成了《巴马修道院》的瑕疵了。他在这本短小论文，解释爱情发生的现象，大胆采用结晶这个字样，尽管大家一边用一边取笑，然而由于十分正确的缘故，一定会久远下去的。拜耳先生从一八一七年起就在写文章了，开头有一点自由主义气息，不过我不相信这位大估计家对议会政府那些瞎胡闹的事会有好感的。《巴马修道院》具有一种高深的意义，当然对

---

① 司汤达为了避免奥地利政府与教廷对他的注意，用笔名成了他的习惯。
② 大吕（Daru，1767—1829）是拿破仑十分倚重的大臣。拜耳的外曾祖母和大吕的祖母是异母姊妹。他是拜耳母族亲戚。就辈分来说，确实小一辈。
③ 秦奇（Cenci）是罗马一个有名的家族。司汤达曾经根据这一家人的凶杀事件，写过一篇故事《秦奇一家人》（Les Cenci），登在1837年7月1日的《两世界杂志》，后人收入他的《意大利遗事》。
④ 卡巴尼斯（Cabanis，1757—1808）是法国生理学家、医学家，认为身体、精神互有影响。

君主政体也不就是有害。他揶揄他心爱的东西，他是法兰西人啊。

夏多勃里昂先生在《阿达拉》的十一版的前言上说：他这本书改动极多，和以前的版本没有一点相同的地方。麦斯特伯爵承认写了十七遍《阿奥司特谷的麻风病人》①。我希望拜耳先生同样再下一次功夫，润色一下《巴马修道院》，像夏多勃里昂先生与麦斯特先生对自己心爱的书一样，给它打上完美的标志、无可指摘的美丽的印记。

(1840年9月25日，《巴黎杂志》)

---

① 麦斯特 (Maistre, 1763—1852) 是法国小说家，《阿奥司特谷的麻风病人》(Le Lépreux de la Vallée d'Aoste, 1811) 应当是《阿奥司特城的麻风病人》。

答复①

司汤达

一

奇微塔味岐阿,1840年10月16日。

先生,你为《修道院》费神写论文,我很惊异。我为那些建议比为那些赞扬的话还要感谢你。你对一个街头弃儿起了过高的怜悯。我原以为我到一八八〇年才有读者。想成名,就该娶拜尔丹小姐(她曾经根据雨果先生的词句作成一出歌剧)才是②。

我昨天黄昏收到杂志,今天早晨我就把《修道院》第一册的前五十四页缩成四五页。

写这五十四页,我感到非常愉快,我谈的是我心爱的东西;我从来没有想到写小说的艺术。年轻时候,我写过一些小说计划,可是一写计划,我就兴致索然。

我写上二三十页,就需要消遣,谈谈爱情,或者如果可能的话,大吃大喝,狂欢一下;第二天早晨,我忘得一干二净,然后看看昨天写的那一章的最后三四页,我就有了当天这一章。你保护的这本书,我是用六七十天口授出来的。观念坌涌,我就来不及写。

我不懂得法则。我蔑视拉阿尔坡到了憎恨的程度③。《绘画史》的见解④,我写这本书,就不断应用来的。拉阿尔坡先生和他的现存的信徒,我把他们比作一六〇〇年后没有生气的画家。除去你喜爱的那些人以外,我想一九五〇年左右,不会有人晓得他们的名字了罢。就我们见到的来说,我觉得也只有波吕东和格洛的《雅法的救济所》⑤可以存在下去。

我打算让那席·玻尔包诺等人在歌剧院后台出现⑥。帕马的国君派他们到巴黎作奸细。他们说的米兰话，一丝不走，引起了法柏利斯的注意。

这是不是一个介绍人物的方法？

总之，你那些可爱的赞扬的话，我固然认为来自对一部无名作品的怜悯，却也完全同意，除去关于风格那一点。不要以为我太狂妄。我只相信一个法则：风格不会太明白清楚，太素朴的。暴发户、自负者、等等……等等……就不晓得观念是什么东西；我们写出它们来，不会太明白清楚的。

夏多布里昂的美丽风格，从一八〇二年起，我就觉得滑稽。我觉得这种风格说了许多小小不真实的话。

先生，如果我斗胆同你谈谈风格的话，你会以为我狂妄自大到了极点。一个不大有人知道的作家，我把他捧上了天，居然还要人恭维他的风格。不过，另一方面，有病就不该隐瞒自己的医生。我要修改一下风格的，不过实对你说，许多段落一点没有改动，就照我原来口授的样子保留下来。

---

① 1840 年 10 月 15 日，司汤达收到发表巴尔扎克的书评的《巴黎杂志》，非常感奋，拟了三封回信，在 29 日寄出。高龙编辑司汤达《书信集》，把三封信稿拼成一封长信。现在经过亨利·马地诺 (Henri Martineau) 整理，恢复了三封信稿的本来面目。因为不晓得巴尔扎克收到的是哪一封信稿，所以就全保留下来。译者根据的就是亨利·马地诺新编的《书信集》，信稿见于第十册。
② 拜尔丹小姐 (Bertin, 1805—1877) 是法国作曲家和诗人。雨果根据自己的《巴黎圣母院》小说，写成歌剧《艾斯麦娜尔达》(La Esmeralda)，由她作曲。演出失败。她是《争论报》(Journal des Débats) 创办人兼主笔的女儿。
③ 拉阿尔坡 (La Harpe, 1739—1803) 是法国悲剧作家。比较有成就的是他的《文学讲义》(Cours de littérature) 关于十七世纪部分。
④ 全名是《意大利绘画史》(1817)。司汤达写这部《绘画史》(Histoire de la Peinture)，在文字上下过很大功夫，改过几遍。对各派画家也有独到的见地。
⑤ 波吕东 (Prudhon, 1758—1823) 是法国画家。
格洛 (Gros, 1771—1835) 是法国画家。《雅法的救济所》(Hospice de Jaffa, 1804) 原名是《雅法的鼠疫病人》(Les Pestiférés de Jaffa)。
⑥ 歌剧院指巴黎的歌剧院而言。

为了你不讨厌我这种做法,我有详细解释的必要。

我很少读书;在我为了消遣读书的时候,我就拿起古维永·圣·席尔的《见闻录》。这本书成了我的枕中书了。我也常念阿利奥斯托。只有两本书让我觉得写的好:费纳龙的《死人对话录》和孟德斯鸠①。

维耳曼先生的风格,譬如说罢,我就讨厌。我觉得这种风格的唯一好处,就是把骂人的话说客气了②。

这就是我的病根:卢梭、维耳曼先生或者桑夫人的风格,我觉得说了许多不必说的话,往往还是不真实的话。现在我说出了我的真心话。

为了在名词前后放一个形容词,我常常思索一刻钟。我要叙述:第一真实,第二像在心里那样明白清楚。

一年以来,我认为有时候应当描写描写风景或者衣服等等,使读者一新耳目;至于词句的美丽,以及词句的圆润、和谐(好比《宿命论者杰克》里的唁辞一样③),我经常认为是一种缺点。

就像绘画一样,一八四〇年的油画,将在一八八〇年成了滑稽东西;我想,一八四〇年的光滑、流畅而又空洞的风格,到了一八八〇年,将十分龙钟,就像如瓦杜尔的书信在今天一样④。

至于现时的成功,自《绘画史》以来,我就说了:我要是能把拜尔丹小姐(一位雨果先生制词的作曲家)娶到手的话,就好当国家学院的

---

① 古维永·圣·席尔(Gouvion Saint-Cyr, 1764—1830)是拿破仑的元帅,后来投效王室,当军政部部长。他的《见闻录》(Mémoires, 1831 年)记的是帝国时代的掌故。
阿利奥斯托(Arioste, 1474—1533)是意大利叙事诗人,《疯了的罗兰》(Roland furioso)是他的叙事诗杰作。
费勒隆(Fénelon, 1651—1715)是法国作家。《死人对话录》(Dialogues des morts, 1712)有七十九篇,他在这里表现了反对战争与奴役弱小民族的进步思想。
② 维耳曼(Villemain, 1790—1870)是法国批评家、巴黎大学教授、国家学院院士兼终身书记。司汤达去世前后,他是教育部部长。
③ 《宿命论者杰克》是狄德罗的长篇小说(1796)。全名是《宿命论者杰克和他的主人》。
④ 如瓦杜尔(Voiture, 1597—1648)是法国作家,死后留下二百封书信。他喜欢玩弄字句,卖弄才情。

候补院士了。

我想，五十年后，某一文学补缀家发表片段拙作，也许会以不矫揉造作和真实而为人悦读罢。

口授《修道院》的时候，我想，就照草样付印罢，这样我就更真实、更自然、更配在一八八〇年为人悦读了，到那时候，社会不再遍地都是俗不堪耐的暴发户了，他们特别重视来历不明的贵人，正因为自己出身微贱。包喀兰的寓言……《鸽子方法顶多》(il Cuculo a piu metodo)①。

我再说一遍，就我看来，法兰西语言的完美是费纳龙的《死人对话录》和孟德斯鸠。至于叙述的完美，是阿利奥斯托。学究们更喜欢塔索，其实他一天比一天声望低②。

我有一句不类不伦的话告诉你：许多关于桑塞外利纳公爵夫人的段落，是从考莱吉那里学来的。我觉得维耳曼先生就像彼耶·德·考尔陶③。

我从来没有见过拜耳交姚叟夫人。我见过很多回那席，原来是德国人。

我在一八一〇年与一一年，也算在圣·克漏住过罢，我写国君，就是照圣·克漏的宫廷生活写的④。

我想到一个我认识的活人，就对自己道：具有艺术上养成的每天早晨去追求幸福的同一习惯，而且也更聪明的话，他会怎么做？我当

---

① 包喀兰 (Bocalin) 疑即意大利讽刺作家包喀里尼 (Traiano Boccalini, 1556—1613)。重要作品有《巴尔纳斯音讯》(Nouvellea du Parnasse)。
② 塔索 (1544—1595) 是意大利叙事诗人。
③ 考莱吉 (Corrège, 1494—1534) 是帕马画派宗师。他对妇女形体有生动、细致的刻画。
彼耶·德·考尔陶 (Pierre de Cortone, 1596—1669) 是意大利画家，设立学校，在十七、十八世纪影响很大，但是格调不高。
④ 圣·克漏 (Saint-Cloud) 是巴黎近郊的名胜。拿破仑在这里即位，宫殿于 1871 年被普鲁士人烧毁。

时在圣·克漏看到梅特涅先生，戴着一只卡洛琳·缪拉的头发编成的镯子①。我在替大吕伯爵抄写东西，他因为工作繁重，要我缓和缓和空气，只好把秘密消息告诉我听。

拿破仑有一天黄昏派人来问，国玺房这边为什么笑的那么厉害。

拿破仑在 N 楼，大吕先生的会客室在 C 楼。

我写《修道院》的时候，先就想到桑德利诺夭亡，我很受这事感动。都彭先生取消了我写它的地位②。

我当时对自己道：小说上千上万，我要在一八八〇年有一点不同于众，我的主人公就该在第一册不谈恋爱，而且这里有两个女主人公。

我根本没有想到梅特涅先生拒绝我就任那桩事。不该有的事，我从不追惜。实对你说，我自负到一八八〇年，会有一点名气；那时候人很少说起梅特涅，更少说起小小国君了。死亡让我们和这些人换了角色。他们生时，可以对我们的身体，为所欲为，但是才一咽气，他们就无声无臭了。谁今天说起维莱耳先生③、路易十八？多少还说起一点查理十世，因为他是被逐走的。

这就是我的不幸：帮我想一个办法罢。为了白天工作，就得晚晌想到别的，不然的话，第二天早晨我就要讨厌我的材料了；这就是我在奇微塔味歧阿五千庸俗商人中间的不幸的来由。当地有诗意的只有一千二百名苦工犯人，可是我不和他们交谈。太太们寻思的是，让丈夫给她们买一顶法国帽子的方法。

---

① 卡洛琳·缪拉（Caroline Murat, 1782—1839）是拿破仑的妹妹，1800 年和缪拉结婚。1806 年到 1809 年，梅特涅是奥地利的巴黎大使。
② 桑德利诺是法柏利斯和克莱丽雅的私生子。
　都彭（Dupont）是《巴马修道院》的出版商。他嫌第二册太厚，司汤达只好三言两语把小说结束了。
③ 维莱耳（Villèle, 1773—1854）是复辟王室的国务总理（1821—1828）。

读到你的言论,我又高高兴兴看了一遍《修道院》若干段落。

为了报答杂志给我的一切又惊又喜的心情,我怎么样做才能让你也开开心啊?我不给你寄一封彬彬有礼、可以公开的信,再在信上带几句我对莫尔叟夫人(《幽谷百合》)和《高老头》的感兴,而是给你寄了一封真挚的信。

当心我听到的关于可爱的温得尔米尔的一句话。当心编到无可编的时候。前三期的新颖味道是隽永的①。

司各特的风格,你在巴黎也看的到,就是不算坏的《李隆小姐》的作者德莱克吕日先生的资产阶级风格②。

二

先生,昨天黄昏,我很惊异。你对一个街头弃儿起了怜悯。我原以为我到一八八〇年才有读者,某一文学补缀家在什么老书里头找到这些过分素朴的篇幅。

先生,给你写一封彬彬有礼的信,再容易不过,这种信你我都会写;不过,你的方式既然难得少有,我愿意跟你学,写一封真挚的信回答你。

我昨天黄昏收到杂志,今天早晨我就把《修道院》的前五十四页缩成四五页。我太爱谈我青年时期的快乐岁月了;事后我也感到了一些疚心,不过,想到我们的长老司各德的万分无聊的前半册和绝妙的《克莱武贵夫人》的冗长的引子,我也就心安了③。

---

① 司汤达在这一段谈他对《巴黎杂志》的印象。温得尔米尔的拼法疑是 Windermere,是英格兰最大的湖泊,在西北部。可能杂志有一个地方谈到了它。
② 德莱克吕日(Delécluze, 1781—1863)是《争论报》的艺术栏编辑。《李隆小姐》(Mlle de Liron, 1832)是他的长篇小说。他的重要作品是他的《回忆录》(1862)。
③ 《克莱武贵夫人》(Princesse de Clèves, 1687)是法国最早分析三角恋爱心理的长篇小说,作者是拉法耶特(La Fayette)夫人(1634—1693)。

我写过一些小说计划，例如《法尼娜》，我就写过①；可是一写计划，我就兴致索然。我口授上二三十页，天黑下来了，就感到拼命消遣的需要；我必须第二天早晨忘个一干二净；看看昨天写的那一章的最后三四页，我就有了当天这一章。

实对你说，《修道院》有许多篇幅就是根据口授本子付印的；我当时以为这样做，就会素朴，不会晦涩（我顶怕文笔晦涩），经你那么一说，我悔不该这样做了，我要学小孩子说：我再也不了。

口授了六七十回，监狱那一节我统统遗失了，只好重写。你觉得那些细节怎么样？不过，我存了坏心思，下一次马路上见到你，我要向你讨教一些主意。浮士达那一节是不是太长，该不该要②？法柏利斯有意要公爵夫人知道，他不可能相爱。

我蔑视拉阿尔波到了憎恨的程度。

写《修道院》的期间，我把我知道的《绘画史》的见解，不断应用到这本书上。譬如说，文学在法国，就落到彼耶·德·考尔陶的学生们手上（在线条画上，表情很快就起坏作用，意大利画家受害受了五十年）。

譬如说，桑塞外利纳公爵夫人是从考莱吉那里学来的（就是说，在我心上所起的效果，正如考莱吉的画在我心上所起的效果一样）。我之所以敢于这样胡言乱语，就是相信你会宽大为怀的。

我以为我们到了克楼颠世纪，眼下的书我就很少读。除去莫尔叟夫人和她的作家的其他作品、乔治·桑的几部长篇与苏里艾先生在报章上写的中篇之外，印出来的东西我就什么也没有读③。

---

① 《法尼娜》(Vanina) 最初登在 1829 年 12 月号《巴黎杂志》(Revue de Paris) 上，后来收入《意大利遗事》。
② 浮士达 (Fausta) 是一个有名的歌妓，法柏利斯在波伦亚认识她（第十二章与第十三章）。
③ 克楼颠 (Claudien) 是公元四世纪拉丁诗人，文词浮丽，缺乏真实感情。
苏里艾 (Soulié, 1800—1847) 是法国小说家与剧作家。

写《修道院》时，我为了表现得体，就不时念几页民法。

　　我常读的枕中书是圣·席尔元帅的《见闻录》；我行坐不离的作家是阿利奥斯陶。

　　夏多勃里昂写的东西，甚至于在一八〇二年（当时我在彼蒙特龙骑兵队伍当军官，离马连峨①三古里），我从来不能读二十页下去；我险些和人闹决斗，就因为我嘲笑"森林的模糊的树梢"。我从来没有读过《印第安人的草屋》②，麦斯特先生的文章我也读不下去。不用说，这说明我为什么写的坏；原因是过分喜好逻辑。

　　我觉得写的好的唯一作家就是写《死人对话录》的费纳龙和孟德斯鸠。我又读了一遍《阿利斯陶诺屋斯》或者《阿耳席的奴隶》③，哭了，这是不到两星期的事。

　　我打算让那席和利斯喀那在歌剧院后台出现，那吕斯·艾尔乃斯提四世在滑铁卢战役之后，派他们来当奸细的。法柏利斯从亚眠回来，注意到了他们的意大利人特有的视线和一丝不走的米兰话，这些奸细还以为没有人听得懂。有人告诉我，应当作好人物介绍，《修道院》像《见闻录》；人物在需要时逐步出现才是。我觉得我的缺点倒也值得谅解；难道我写的不是法柏利斯的生平？

　　总之，先生，你那些谬奖的话，我虽然认为多半是怜悯一个弃儿的缘故，却也同意于你说起的那些原则。现在我也该结束我这封信了。

　　你要觉得我这人狂妄自大到了极点。你心下要讲：什么，我写文

---

① 马连峨（Marengo）在阿里散德里亚（Alessandria）附近。1800年6月14日，拿破仑在这里大败奥地利军队。
② "森林的模糊的树梢"见于夏多勃里昂的小说《阿达拉》（Atala）。
　《印第安人的草屋》（La Chaumière Indienne, 1791）是拜纳尔旦的谴责小说。他在这里歌颂自然，责备社会制度。
③ 《阿利斯陶诺屋斯》（Aristonoüs）或者《阿耳席的奴隶》（L'esclave d'Alcine）是费纳龙的小说，叙述一个解放了的奴隶报答他的主人的故事，收入他的《寓言集》。

章捧他,在本世纪已经没有前例了,这家伙还不满意,又要人夸他的风格!

我只承认一条法则:明白清楚。假如我不明白清楚,我的全部创造就不存在了。我愿意说起莫斯喀、公爵夫人、克莱丽雅的内心变化。这是暴发户看不到的一个地带,如同拉丁语言学家兼货币总裁洛瓦伯爵,拉费特先生,等等,等等①……杂货店老板,尊贵的家长,等等,等等……

假如我在内容隐晦上再加以维耳曼先生、桑夫人等等的风格的隐晦(假定我也像这些美丽风格的领队,具有可贵的写作才分),假如我在内容艰深上再加以这种众口交赞的风格的隐晦,公爵夫人反对艾尔乃斯提四世的斗争,也就绝对不会有人懂了。我觉得沙陀布里安先生和维耳曼先生的风格说了许多有趣的琐细东西,但是不值得一说,如同欧扫②、克楼颠等等的风格一样;许多听来有趣然而不真实的琐细东西。

三

先生,昨天黄昏我很惊异。我想,从来没有人在杂志上受到这样的待遇,而且是由最胜任的评判来下评语的。你对街头一个弃儿起了怜悯。我对这种恩典作了相应的报答:我昨天黄昏读到杂志,今天早晨就把你推荐给社会的作品的前五十四页缩成四五页。

大概是文学炮制法惹起我对写作上快乐的厌弃罢:我把印书的愉快推到二三十年以后。一位文学补缀家到时也许会发现一些你过分奖

---

① 洛瓦(Roy,1764—1847)是法国复辟时期的财政大臣。
拉费特(Laffitte,1767—1844)是法国银行家,1830年革命,他在路易·菲利普初期政府担任财政部部长。
② 欧扫(Ausone)是公元四世纪拉丁诗人。

饰的作品的。

你有些话，过甚其辞，例如，《费德》即是。实对你说，我对作者很有好感，未免感到忿然了。

这部小说，你既然渎神读过三遍，下一次在马路上遇到你，我要提一些问题请教。

第一，好不好把法柏利斯称为"我们的英雄"？问题是不要过多重复法柏利斯这个名字。

第二，浮士达那一节，写出以后，显的很长，该不该删去？法柏利斯抓住这个现成机会，要公爵夫人明白，他对爱情没有领会。

第三，我觉得前五十四页是富有韵味的介绍。修改校样时，我就意味到了疚心，不过我又想到司各特的万分无聊的前半册和绝妙的《克莱武贵夫人》的冗长的引子。

我厌憎风格晦涩，实对你说，《修道院》有许多篇幅就是根据最初口授本子付印的。我要学小孩子说：我再也不了。不过我相信，自从宫廷生活在一七九二年毁灭以来，形式部分一天比一天不重要了。假如维耳曼先生——我举他作例，因为我把他看成法兰西学院的最高明的院士——把《修道院》译成法文的话，原来两册，他就非三册容纳不可。正因为大多数狡徒口才出众、夸夸其谈，所以我也就恨起演说口吻来了。夏多勃里昂在第六龙骑兵队里有许多赞赏者，我在十七岁上，为了他那句"森林的模糊的树梢"，险些和人闹决斗。我从来不读《印第安人的草屋》，麦斯特先生的文章我也读不下去。

我的枕中书是古维永·圣·席尔元帅的《见闻录》；我觉得孟德斯鸠和费纳龙的《对话录》写得好。除去莫尔叟夫人和她的伴侣之外，三十年来，刊印的东西我什么也没有读。我读阿利奥斯特，我爱他的叙述。公爵夫人是从考莱吉那里学来的。我认为未来的法兰西文学史，绘画史就说明得了。我们活在彼耶·德·考尔陶的学生手上，工作迅速,夸大所有的表现,就像高旦夫人会叫包洛麦群岛上的凿开的石头走路一样①。我在这部小说之后……写《修道院》时,我为了表现得体,每天早晨念两三页民法。

允许我说一句脏话罢:我不愿意挦搓读者的灵魂。那些夸饰的字句,例如,"拔起波浪之根的风",可怜的读者放是放过去了,可是情绪一过,会再想起来的。我正相反,却要读者:万一想到莫斯喀伯爵的话,找不出什么多余的东西去掉。

第四,我打算让那席、利斯喀那在歌剧院后台出现,那吕斯·艾尔乃斯提四世在滑铁卢战役之后,派他们到巴黎去当奸细。法柏利斯从亚眠回来,注意到了他们的意大利人特有的视线和一丝不走的米兰话,这些观察者还以为没有人听得懂。人人告诉我,应当作好人物介绍。我要大量减缩关于善良的帕拉乃斯院长的篇幅。我原先以为应当有些人物,一无所为,作用只在感动读者的灵魂;取消传奇空气。

你要觉得我这人狂妄自大到了极点。那些院士们,万一生在一七八〇年的话,会发现读众热爱他们的文字的;他们的伟大的机会有赖于旧制度。

半调子蠢才越来越多,形式部分也就越来越少。假如桑夫人把《修道院》译成法文的话,它会成功的,不过目前两册容纳得下的东西,就非三册或者四册不可。考虑考虑这个理由看。

半调子蠢才特别推重拉辛的诗句,因为他懂一行没有完的诗是什么;可是诗句一天一天成了拉辛才能最不足道的一部分。读众越来越多,也越来越不驯顺,他们希望看到更多的关于热情、关于一段生活等等的真实细节。除去高乃依之外,伏尔泰、拉辛等等,个个为了押韵,不得不写一些踩高跷的诗句。好了,这些诗句所占的位置,本该归真

---

① 高旦夫人(Cottin, 1770—1807)是法国小说家。
包洛麦群岛(Borromées)在意大利北部马奏列湖内,共有四个小岛,是一个有名的风景区。

实细节所有。

毕酿先生，以及散文方面的毕酿先生们，写一些除去典雅之外一无可取的东西，五十年内，倒足读众胃口，就是半调子蠢才也感手足无措，虚荣心要他们永远谈文学、摆出思索的架式，有日他们连形式也依附不上，如何是好？临了只好拜伏尔泰为上帝了。才情只有二百年寿命：伏尔泰到一九七八年将变成如瓦杜尔，可是《高老头》将永远是《高老头》。半调子蠢才失去他们的宝贝法则，无所依从，说不定在手足无措之下，很可能对文学丧失兴趣，去当信士。个个政治坏蛋都有一种演说、雄辩口吻，赶到一八八〇年，大家就要听腻了。也许那时候才有人读《修道院》。

形式部分一天比一天不重要。看看休谟①罢；假设以休谟的常识写一部从一七八〇年到一八四〇年的法兰西史；即使是用方言写，也有人读；它写的就像民法一样。你既然不喜欢《修道院》的风格，我修改就是，不过我将感到手足无措的。我不欣赏时下的风格，它使我失去耐性。今天的作家不是克楼颠，就是塞奈克②，就是欧扫。有一年了，我听人说，应当描写风景、衣服，给读者换换口味。别人这些东西，我简直看不下去！我试试看。

至于现时的成功，不是你在《巴黎杂志》上捧我，我就不作此想；十五年前，我对自己说：如果我娶到拜尔丹小姐的话，她一星期找人捧我三回，我就好当法兰西学院的候补院士了。俗不堪耐的暴发户，特别重视贵族，正因为自己出身微贱；等到社会不再为他们所玷污的时候，它也就不再在贵族报章之前下跪了。一七九三年前，上流社会是书的真正评判，现在它梦想九三年再来，却又畏首畏尾，不复成其为评

---

① 休谟（Hume, 1711—1776）是英国主观唯心主义的哲学家与历史家。他的《英国史》(1754—1761) 在当时享有盛誉。
② 塞奈克（Sénèque, 2—66）是罗马帝国时代悲剧作家与哲学家。

判了。看看托马斯·阿奎那（巴克街——〇号左右①）附近一家小书店借给邻居贵族的书目就明白了。也正是这种论据，使我绝对相信，不可能讨这些由于游手好闲而头脑迟钝的胆小鬼欢喜。

我写时根本没有想到梅特涅先生。一八一〇年，我在圣·克漏见过他，戴着一只卡洛琳·缪拉（当时非常俊美）的头发编成的镯子。以后我就没有见到他。不该有的事，我决不追惜。我是宿命论者，我瞒着不叫人知道。我心想到一八六〇年或者一八八〇年左右，我也许会得到若干成功。那时候人很少说起梅特涅，更少说起小小国君了。在马莱柏②时期，谁是英国首相？万一不是我不走运，恰巧想到了克林威尔的话，我拿稳了我不知道。

死亡让我们和这些人换了角色。他们生时，可以对我们的身体，为所欲为，但是死时一到，就永远被人忘怀了。一百年内，谁还说起维莱耳先生、马地雅先生③？即使是达莱以朗先生，也无能为力，除非他留下一部《见闻录》来，而且还要真好才成。可是《演员传奇》之于今日，正如《高老头》之于一八八〇年一样。孟斗隆先生是司卡隆时代的罗实耳德，还靠五十路易当了高乃依的保护人，然而是司卡隆使他传名后世④。

先生，你根据处世经验，立刻就看出了《修道院》由于行政细节的缘故，不可能影射法兰西、西班牙、维也纳那样一个大国。留下的就

---

① 在巴黎第七区。
② 马莱柏（Malherbe, 1555—1628）是法国诗人，对古典主义很有影响。
③ 马地雅（Martignac, 1778—1832）是法国复辟时期的内政部部长。
④ 《演员传奇》（Le Roman Comique, 1662）是法国怪诞派作家司卡隆（Scarron, 1610—1660）的长篇小说。
孟斗隆（Montauron）是法国居焉省（Guyenne）税务局局长，住在马赖剧场（Marais）附近，自命演员的保护人。高乃依的悲剧《西拿》（Cinna）就是献给他的（1643）。他酬谢剧作者，送了他二百皮司陶耳（当时值二千法郎）。
罗实耳德（Rothschild, 1743—1812）是德国银行家。
路易是法国一种旧金币，值二十四法郎。

是德意志和意大利的各小诸侯了。

可是德国人那样膜拜绶章，简直蠢不可言！我在他们中间待过几年，因为看不上眼，连他们的语言也忘了。你明白我的人物不可能是德国人。你顺着这条线索想下去，就会发现我要写的势必是法尔奈斯那样一个亡了的朝代。在那些亡了的朝代中间，法尔奈斯仗着祖先当过将军，最不隐晦①。

我想到一个我熟悉的人物，我让他保留下他在艺术上养成的每天早晨去追求幸福的习惯，随后我多给他一些聪明。我从来没有见过拜耳交姚叟夫人。那席影射一个德国人；我和他谈话谈过两百回了。一八一〇年和一八一一年，我住在圣·克漏，领会了作国王是怎么一回事。

好啦！我希望你读这本小册子读过三遍。先生，你说你不懂英文，你在巴黎就可以看到司各特的资产阶级风格，那就是《争论报》的编辑和不算坏的《李隆小姐》的作者德莱克吕日先生的笨重散文。司各德的散文并不典雅，尤其是浮夸触目，就像一个矮人，身上的线条一根也不丢掉。

我读了这篇惊人的论文——作家从来没有这样写过另一个作家。我斗胆对你实说，我一看到一句有一点赞扬过分的话（俯拾皆是），就失声大笑。我想象的出我的朋友读时所作的脸样。

例如阿尔古部长即是②。他从前是大理院的陪审官，和我职位相等，而且还是所谓朋友。一八三〇年来了，他当了部长；他那些我不相识的属员，以为艺术家有三十来个……③

---

① 法尔奈斯（Farnèse）是意大利一个阀阅世家，世代是帕马公爵，中间也出了一些能征惯战的将军。1731年后绝嗣。法柏利斯可能影射亚力山大·法尔奈斯（1468—1549）早年事迹。1534年，他当选为教皇，即保罗三世。
② 阿尔古（Argout, 1782—1858）是法国国家银行行长，当过几任部长。
③ 原信稿到此为止。

司汤达论文四篇

拉辛与莎士比亚①

写一些能使一八二三年公众感兴趣的悲剧,应当弹拉辛的老调,还是弹莎士比亚的老调?

在法国,这一问题似乎已经过时了。其实我们听到的,从来也只是一方的论点;政治见解完全背道而驰的报纸,《每日新闻》、《立宪报》,②只有一件事表示意见一致,那就是宣称法国戏剧不仅在全世界数第一,而且还是唯一合理的戏剧。假使可怜的浪漫主义要求听取一下它的意见,任何政见不同的报纸,都会同声加以拒绝的。

不过这种显著的恶感,丝毫吓不倒我们,因为这是门户之见。我们举出一件事实回答就成了:

十年以来,在法国最享盛名的文学作品是什么?

司各特的小说。③

司各特的小说又是什么?

杂有长篇描写的浪漫悲剧。

你可以举出《西西里的晚课》、《贱民》、《马克哈柏兄弟》、《赖古路斯》的成功演出来驳我们。④

这些戏很能引起快感,但是引不起戏剧的快感。而且缺乏极端自由的公众,喜欢听演员朗诵表现高尚情思的美丽诗句。

不过这是一种史诗的快感,并非戏剧的快感。一种强烈感情需要的那种制造假象的阶段,这里从来没有。正由于这种他们自己不领会的理由,因为不管怎么说,人在二十岁上,希望享受,不希望理论,并且这样作是对的;正由于这种秘密的理由,法国第二剧院⑤的青年观众,才那样容易接受剧本的故事,报之以最热烈的喝彩声。譬如说，还有比《贱民》的故事更可笑的？随便推敲一下，它都经不起的。人人这样批评来的，所以这种批评也就不起作用了。为什么？因为观众要的只是美丽的诗句。观众到现下的法兰西剧院寻求连续不断的华丽并有力地表现高尚情思的歌行。它们中间有若干诗句连接也就够了。情形就像勒白莱地艾街的芭蕾舞一样；⑥动作完全是为了引起美丽的舞步并加以说明才有的。马马虎虎，只要舞蹈娱目就算了。

我的话是无畏惧地说给误入歧途的青年听的。他们以为嘘莎士比亚，就表示自己有爱国心和国家荣誉，因为他是英国人。⑦这些辛勤的年轻人是法国的希望，正由于我对他们充满敬意，才对他们说严格以求的真理的语言。

关于拉辛与莎士比亚的全部争论，缩小来看，就是：遵守地点与时间的两个单一律，人能不能写出一些十九世纪观众十分感兴趣的戏、一些让他们涕哭与颤栗的戏，或者换一个方式讲，引起戏剧的快感的戏，而不是驱使我们去看《贱民》或者《赖古路斯》的第五十次公演的史诗的快感的戏。

我说，遵守地点与时间的两个单一律是一种法国习惯、根深蒂固的习惯、我们难以摆脱的习惯，因为巴黎是欧洲的沙龙，一向是颐指如意；不过我说，在产生强烈的感情和真正的戏剧效果上，这些单一律是

---

① 载《古典文艺理论译丛》1962年7月第3册，人民文学出版社版。
② 《每日新闻》创于1792年，在当时是保王党右派的机关报。《立宪报》创于1815年，是自由党的机关报，很受复辟政府的歧视。
③ 司各特关于中世纪的历史小说，从1820年起，风行大陆，模拟者辈出。
④ 《西西里的晚课》和《贱民》是德拉维涅（Casimir Delavigne, 1793—1843）的悲剧。《马克哈柏兄弟》（Les Machabées）是居路（Alexandre Guiraud, 1788—1844）的悲剧，写旧约故事。《赖古路斯》（Régulus）是阿尔鲁（Lucien Arnault, 1787—1863）的悲剧，写罗马共和国历史故事。
⑤ 建于1797年，又名"奥代翁"（Odéon）剧场，1946年并入法兰西喜剧院。
⑥ 指歌剧院，当时在勒白莱地艾（Lepelletier）街。
⑦ 1822年，英国剧团来巴黎演出，不受自由党欢迎，因为英国和德国属于神圣同盟军，最后打败了法国。剧团找不到剧场演出莎士比亚的戏，只得避开尚特莱因（Chantereine）一条小街的场合演出。司汤达的政见属于自由党，但是对巴黎人的冷淡很起反感。

毫无必要的。

我不妨问持古典主义论的人们一声：一出悲剧里表现的情节，你们为什么不许超过二十四小时或者三十六小时，地点不许改变，或者至少如伏尔泰说起的那样，地点的改变只能扩大到一个府第的不同房间？

国家学院的院士①——因为两小时内表现的情节，有一个星期或者一个月之久，就不逼真；因为演员在极短的时间，好比在莎士比亚的《奥赛罗》中，从威尼斯走到塞浦路斯，好比在《麦克佩斯》中，从苏格兰走到英格兰宫廷，都不逼真。

浪漫主义者——不单只这个不逼真、不可能，而是情节只占二十四小时或者三十六小时，同样是不可能。

院士——愿上帝不让我们那样荒谬，妄以为情节的假定时间可以和公演使用的实际时间完全相等。那样一来，法则就要成为天才的真正障碍了。对于模拟的艺术，要求必须严格，然而并非苛刻。观众很可以设想幕与幕间过掉几小时的，加以有乐队演奏合奏曲，分散他的注意，就更会这样了。

浪漫主义者——先生，当心你说的话，你把巨大的便宜给了我；那么，你同意观众可能设想，戏上的时间比他看戏的时间更长。不过，说给我听，你能设想戏上的时间会比现实的时间多一倍、多三倍、多四倍、多一百倍吗？我们停止在什么地方好？

院士——你们这些现代哲学家，也真古怪：你们责备诗学法则，因为，你说，它们拘束天才；要求时间单一律法则值得称道，你现在希望我们运用它，具有数学的准确性和严密性。那么，观众从领票进剧场

---

① 国家学院创建于十七世纪路易十三时代（1635年），会员共四十人，死一人，另选一人，成为文学方面最高的荣誉。他们的政治立场向例是正统的，文学见解也往往是守旧的，司汤达选择他们作为挑衅的对象不是没有理由的。

起，就能设想一年、一个月，或者甚至于一个星期已经过去了：难道这种显然违反全部逼真性的设想，你还觉得不够说明问题吗？

浪漫主义者——谁告诉你，观众不能这样设想来的？

院士——是理性告诉我的。

浪漫主义者——求你原谅我吧；理性不会教你这个的。如果不是经验教你的话，你怎么会知道观众能设想过了二十四小时，而实际只是在包厢坐了两小时呢？如果不是经验教你的话，你怎么能知道时间对一个百无聊赖的人显得长，对意兴盎然的人似乎在飞呢？一言以蔽之，可以决定你我之间的争执的，也就只有经验。

会员——当然喽，是经验。

浪漫主义者——好！经验早已在驳你了。在英国，有两世纪了；在德国，五十年以来，就在上演情节占整整几个月的悲剧，观众的想像也能充分适应。

院士——看，你引证外国人，又是德国人！

浪漫主义者——关于一般法国人，尤其是巴黎居民，对世界各民族具有的那种无可置疑的优越感，我们改天再谈吧。我承认你有权利说这话，这种优越感在你是发乎感情的；你们是被两世纪的奉承惯坏了的暴君。机会让你们巴黎人担负起在欧洲制造文学名誉的责任。一位有才情的女子，以对自然美的热情出名，为了取悦巴黎人，曾经喊道："世上最美的小河，是巴克街的小河。"①不仅是法国上流社会的全体作家，就是欧洲上流社会的全体作家，为了从你们这里换到一点点文学名声，也都在奉承你们。你们所谓的内心感情、精神特征，不是别的，只是一个惯坏了的孩子的精神特征，换一句话讲，是喜欢听旁人奉承的习惯。

---

① 指斯达尔（Staël）夫人。"热情"这个字样常见于她的名著《德意志论》。巴克街的小河在巴黎，已不存在。

还是言归正传吧。你能否认伦敦或者爱丁堡的居民、弗克斯和谢立丹①的同胞,看见像《麦克佩斯》这样的悲剧上演,一点也不痛心疾首吗?他们不见得一定都是傻瓜。而这出戏,每年在英国和美国赢得无数次数的喝彩声,从暗杀国王和他的儿子们逃走开始,直到结尾这些殿下率领他们在英格兰集会的一支军队回来,推翻嗜杀成性的麦克佩斯。这一系列情节势必要几个月才能完成。

会员——啊!你怎么也说服不了我,英国人和德国人,哪怕是外国人,真会设想看戏中间过了整整几个月。

浪漫主义者——同样你也永远说服不了我,法国观众看《伊菲革涅亚在奥利斯》②演出,相信过了廿四小时。

会员——(不耐烦)什么样的区别哟!

浪漫主义者——我们不动怒才好。出现在你脑子里的东西,你就屈尊用心观察一下吧。有些情节发生得非常迅速,你几乎就没有能力追随它们,看它们消失。习惯投在这些情节上面的纱幕,你试着掀开吧。关于假象这个字眼,我们还是弄清楚的好。当我们说观众的想像设想舞台上表现的事件所必需的时间的时候,我们不是说,观众的假象居然会相信全部时间真是这样过的。事实上情节带动观众,观众对什么也不惊奇,丝毫想不到时间过掉。你的巴黎观众看见阿伽门农在七点正唤醒阿耳戈斯;他是伊菲革涅亚来了的见证人;他看见她被带到神坛;伪善者卡尔卡斯在那边等她;假使有人问他的话,他会回答,全部事件需要好几小时。可是假使在阿实勒和阿伽门农争吵的期间,他掏表看时间,正好是八点一刻。哪一个观众惊奇呢?而他称赞的戏

---

① 弗克斯(Ch. J. Fox, 1749—1806)是英国政治家,常常站在反对政府的立场对法国资产阶级革命极表热情。谢立丹(Sheridan, 1751—1816)是英国剧作家与政治家,和弗克斯是好友。
② 拉辛的五幕悲剧(1674)。实际上是悲喜剧,因为女主人公最后没有死。和古希腊的同名悲剧相比,剧情已经复杂了。下文有简括的分析。

已经持续了几小时了。

原因是,甚至于你的巴黎观众,也养成习惯看时间以不同的脚步在台上、台下走动。这是你不能对我否认的一种事实。

所以甚至于在巴黎,甚至于在黎希留街的法兰西剧院,观众的想像也很容易接受诗人的假设的。这是一目了然的事。观众对诗人需要的幕间的时间,是自自然然地一点也不注意的,正如在雕刻方面,他想不到责备杜帕地或者包西奥①,说他们的雕像缺乏行动。这一点正是艺术的特点之一。观众不是书呆子的时候,就只关心只摆在眼面前的事实和情欲的发展。在称赞《伊菲革涅亚在奥利斯》的巴黎人的脑子里,和在欣赏古代国王麦克佩斯和邓肯的历史的苏格兰人的脑子里,情形正好相同。唯一的区别就在:巴黎人是家室富赡的子弟,有取笑别人的习惯。

会员——这就是说,依你看来,舞台假象对两边全一样?

浪漫主义者——根据国家学会的字典,有假象,在假象中,意思就是:自骗自。基佐②先生说,假象就是以虚妄的外表欺骗我们的一件事或者一种想法的效果。这样看来,假象的意思就是一个相信不存在的事物(例如在梦中)的人的行动。舞台假象就是一个相信台上出现的事物真正存在的人的行动。

去年(一八二二年八月),在巴耳地冒尔剧场执行警卫任务的兵士,看见奥赛罗在同名悲剧的第五幕将要杀死苔丝德梦娜,喊道:"我决不许一个该死的黑人,当着我的面,杀死一个白女人。"兵士边说边开枪,打伤饰奥赛罗的演员的胳膊。过不了几年,报纸会报导类似的事件的。好!这位兵士有假象,相信台上出现的行动是真的。可是一

---

① 杜帕地(Dupaty, 1771—1825)和包西奥(Bosio, 1768—1845)都是雕刻家,后者生于意大利,但始终在法国。
② 基佐(Guizot, 1787—1874)是法国历史学家与政治家,编过一部同义字字典(1809)。

位普通观众，在宴会淋漓之际，在饰曼里屋斯的达尔玛对他的朋友说"你认识这封信的笔迹吗"的时节，①热烈喝彩，就为这一句话喝彩，他没有完整的假象，因为他为达尔玛喝彩，不是为罗马人曼里屋斯喝彩。曼里屋斯没有做下任何值得喝彩的事，他的行动极其单纯，完全是为了他自己的利益。

院士——我的朋友，原谅我说话直率，你对我讲的这些话，都是老生常谈。

浪漫主义者——我的朋友，原谅我说的直率，你对我讲的这些话，是一个由于爱好清词丽句的长久习惯、而不能以一种严密的方式来理论的人的托词。

你不可能不同意这一点：人在剧场寻求的假象不是一种完善的假象。完美的假象是在巴耳地冒尔剧场执行警卫任务的兵士的假象。你不可能不同意这一点：观众很清楚自己是在剧场，他们在看一件艺术品上演，不是在看一件真事。

院士——谁想到否认这一点来的？

浪漫主义者——那么你认可我说的关于不完善的假象的话了？你要当心啊。

譬如说，一幕戏里不时出现两三次假象，每次有一分钟或者两分钟之久，你相信它是完整的吗？

院士——我不清楚。回答你这句话，我需要再上剧场几趟，体会一下我的内心活动。

浪漫主义者——啊！这倒是一句可爱的回答，而且出自真心诚意。你是国家学会的会员，我一下子就看出来了。你勿需乎你的同事

---

① 达尔玛（Talma, 1763—1826）是法国著名悲剧演员。《曼里屋斯》是拉弗斯（Lafosse d'Aubigny, 1653—1708）的悲剧（1698）。曼里屋斯（Manlius）是罗马共和国时代的总裁。在悲剧里，曼里屋斯拿着朋友写的一封出卖他的书信当面交给他看。

选举，就进得了国家学会。一个需要制造有修养的文学家的名声的人，自然就要小心在意，处处清楚，以一种非常准确的方式来理论的。你要当心啊。如果你继续这样真心诚意的话，我们就要意见一致了。

完善的假象的这些期间，我觉得比一般相信的次数要多，尤其是在文学争论中，根本不承认它存在，那就更多。不过这些期间的持久性是无限地短暂，也就是半分钟或者一分钟的四分之一。我们只看达尔玛，很快就忘记了曼里屋斯；在年轻的妇女这方面，时期比较长，这也就是为什么她们看悲剧要流那么多眼泪的缘故。

不过让我们探索一下在悲剧的那些期间，观众能有希望遇到完美的假象的这些愉快的刹那。

这些可爱的刹那，不在换景的期间遇到，也不正在诗人为观众跳过十二天或者十五天的期间遇到，也不在诗人单单由于告诉观众一件他必须知道的以前的事，不得不让他的人物之一来一段长篇叙述的期间遇到，也不在出现三四行作为诗句而引人注目的美妙的诗句的期间遇到。

完美的假象的这些愉快而又极其稀有的刹那，只能在演员唇枪舌剑，一场回肠荡气的戏的热烈气氛中遇到。例如，俄瑞斯忒斯听艾尔妙娜的吩咐，把皮洛斯暗杀了，艾尔妙娜却对他道：

"谁叫你杀的？"①

完美的假象的这些期间，从来不会在台上出现杀人的刹那见到，也不会在警卫捉人送进监牢的时候见到。我们不能相信这些事情全是真的，所以它们也就决不产生假象。这些片段之所以有，只是为了引

---

① 这里说起的人物都见于拉辛的悲剧《昂朵玛克》。这句对话见于第五幕，第三场。

出观众遇到这些非常愉快的半分钟的戏的。不过我说，完美的假象的这些短暂的期间，在莎士比亚的悲剧里比在拉辛的悲剧里更常见到。

人在悲剧里感受到的任何快感，都有赖于假象的这些短暂的期间的频繁，和在它们的空当，它们在观众心里留下的感情的状态。

和产生假象的这些期间最先抵触的，有一个东西，就是对一出悲剧的美丽的诗句的赞赏，不管赞赏有多正确。

假使我们想着要判断一出悲剧的诗句，那就更糟了。然而这正是巴黎观众初次去看《贱民》那出令人赞不绝口的悲剧的心情。

这就是浪漫主义的核心问题。假使你缺乏诚意的话，或者假使你不敏感的话，或者假使拉阿尔坡①把你僵化了的话，你自然就要否认我说起的完美的假象的这些短暂的期间了。

我承认我拿不出什么话来回答你了。你的感情不是我可以从你自己的心里抽出来放在你的眼面前来驳倒你的什么有形的东西。

我告诉你：你在这期间应当有那些感情。一般说来，凡是机构正常的人，在这期间，都有那种感情。你将回答我："原谅我说这句话，这不是真的。"

我这方面，没有什么话可添啦。逻辑在诗里所能望到的边界，我已经走到了。

院士——这是一种可憎的晦涩的形而上学。你以为这样就能嘘倒拉辛吗？

浪漫主义者——首先，只有江湖术士才以为教代数并不困难，或者拔一颗牙并不痛苦。我们讨论的问题是人类心灵所能想到的最困难的问题之一。

至于拉辛，我很高兴你谈起这位大作家来。人家以为提起他的名

---

① 拉阿尔坡（La Harpe, 1739—1803）是伪古典主义时期的法国批评家。司汤达对他一直没有好感。

字，我们就反感，其实他的名声是不朽的。他将永远是人类赞叹不已的最大天才之一。难道自从凯撒攻打我们的祖先高卢人以来，炮药发明了，他因而就不是大将军了？我们的奢望只是，假如凯撒活转过来，他要作的第一件事就是让他的军队有大炮。难道我们会说，卡地纳或者吕克桑布尔①是比凯撒更伟大的统领，因为他们有重炮兵工厂，三天就把阻挡罗马军团一个月的要塞打下来？对在马里酿②打仗的弗朗西斯一世讲："千万别用你的炮火，凯撒就没有大炮；难道你以为自己比凯撒还要聪明？"这种理由未免太妙了。

假如有不可争议的才分的作家，类如石尼艾先生、勒麦尔席艾先生、德拉维涅先生，敢于摆脱从拉辛以来就被认为可笑的法则的话，他们会为我们写出比《提拜尔》、《阿伽门农》或者《西西里的晚课》更好的作品来的。③难道《班陶》④不就比《克劳维斯》、《奥罗外斯》、《席台斯》，或者勒麦尔席艾先生写的任何一出极其规则的悲剧高明一百倍吗？

拉辛不相信人可以换一个样子写悲剧。假如他活在我们今天的话，敢于照新法则写，他会把《伊菲革涅亚》写得一百倍好的。这样一来，他不会单只引起赞赏、一种有点冷淡的感情，而会让人泪如泉涌。哪一个有头脑的人，在法兰西剧院看勒布栾先生的《玛丽·司土阿》⑤，不比看拉辛的《巴雅日》还要兴会淋漓？然而勒布栾先生的诗句是经不起推敲的；快感之所以多的巨大差异就在于：勒布栾先生敢于

---

① 卡地纳（Catinat, 1637—1712）和吕克桑布尔（Luxembourg, 1628—1695）都是路易十四时代的有名统率。
② 弗朗西斯一世曾在意大利北部的马里酿（Marignan）战胜瑞士人（1515 年）。
③ 石尼艾（M.-J. Chénier, 1764—1811）是法国资产阶级大革命中的人物，同时从事于悲剧的写作。《提拜尔》（Tibère）是他的著名悲剧，写于帝国时期，反对暴君统治，历经禁演，直到 1844 年，始得演出。《阿伽门农》（1794）是勒麦尔席艾（Lemercier, 1771—1840）的悲剧。
④ 《班陶》（Pinto, 1799）是一出历史喜剧，写葡萄牙人举行政变，企图推翻西班牙统治。戏只演出了几天。
⑤ 勒布栾（Pierre Lebrun, 1785—1873）是法国诗人与悲剧作家。《玛丽·司土阿》（1820）是根据席勒的同名悲剧而改写的。

是半个浪漫主义者。

院士——你讲了许多；也许你讲的有道理，可是你一点也没有说服我。

浪漫主义者——我早就想到你要这么说的。这回幕间休息有点长，好在幕起来了，就要结束了。我原来的意思是让你生生气，免得无聊。你同意吧，我成功了。

两位敌手的对话到此为止。我是对话的真正见证人，我是在尚特莱因街的池座里听到的，说不说出他们的名姓来全看我了。浪漫主义者有礼貌；国家学院的院士比他年纪大，所以他并不希望和他过分为难。不然的话，他还会讲：为了能领会自己的心情变化，为了能把习惯的纱幕撕开，为了能把我们说起的完美的假象的期间加以实验，还必须对生动的印象有一颗易感的心，必须不到四十岁。

我们有种种习惯；你冒犯这些习惯；除非从中加以阻拦，不然的话，我们将久久不敏感的。我们假定达尔玛在台上出现，扮演曼里屋斯，头发上面全是粉，梳成鸽子翅膀的样式，我们从头到尾，只有笑了。难道他因此就本质上欠崇高了吗？不会的；只是我们看不见这种崇高罢了。可是假使勒刊演曼里屋斯这个角色，头发并不扑粉的话，会在一七六〇年产生完全相同的效果的。[①]观众在整个演出的期间，只有他们的习惯受到冒犯，才会敏感。这正是我们在法国对莎士比亚的情形。他触犯大批那些可笑的习惯；这些习惯是我们读拉阿尔坡和十八世纪其他浅薄、虚有其表的修辞教师的著作得来的。顶糟糕的是，我们全有虚荣心，坚持这些恶劣的习惯在自然中有基础。

年轻人还能改变这种自尊心的错觉的。他们的心灵容易接受生动

---

① 勒刊 (Lekain, 1728—1778) 是法国悲剧演员。司汤达的意思是说，曼里屋斯在法国十八世纪舞台上的形象适应十七、十八世纪的法国的装束，如作古罗马共和国装扮，反而要让当时的观众发笑了。

的印象，所以快感也就能使他们忘记虚荣心；而向一个四十岁以上的人要求这种改变，却就不可能了。活到这种年龄的人，在巴黎对什么事情都有门户之见，甚至于对一些不相干而有同样重要性的事情，例如为了写些在1823年使人感兴趣的悲剧，应当遵守拉辛的手法，还是遵守莎士比亚的手法这种事情，也有门户之见。

李健吾译

后记 拿破仑帝国崩溃，曾经一再随军远征的司汤达，心灰意懒，觉得在复辟王朝待下去太没有意思，就去了他一向喜爱的意大利，在米兰定居下来。他过了五六年愉快的寓公生活。他接近的大多是文艺方面有爱国思想的进步人士。他们对浪漫主义的热烈的讨论使他很感兴趣，甚至于希望参加他们的讨论。他在一八一八年写了一些文章，预备译成意大利文。但是奥地利的统治加强了，进步人士在一八二〇年左右，不是逃亡，就是拘囚，司汤达也成了一个形迹可疑的外国人。警察局的出境通知终于下来，他只好回到他一直不回去的巴黎。

他在这期间又到伦敦去了一趟，不仅成为英国杂志的读者，而且成为他们的特约撰稿人。

从一八二〇年起，司各特的关于中世纪的历史小说，在法国风行一时，年轻一代的法国作家，几乎个个希望在这方面一显身手。维尼、梅里美、巴尔扎克、雨果、大仲马是其中的荦荦者。但是年轻作家最感兴趣的一个问题，还在悲剧方面。从进入十八世纪以来，路易十四时代的大作家就在法国成为一种典范存在，他们遵守的法则成为一种必须奉行的清规戒律。伏尔泰以一种揶揄的方式向他的同代人提出莎士比亚这个陌生的名字。德国狂飙运动的作家们把他提到一种绝高的位置。法国年轻一代的作家在寻思着：怎么办？走伪古典主义的老路？

总写一些古希腊、古罗马和外国故事？总像拉辛那样遵守三一律？

一八二二年七月，一个英国剧团来到巴黎，打算在圣·马丁门剧场上演莎士比亚的悲剧。英国是神圣同盟军组织者之一，一般人对英国是没有好感的。由于自由党人士的反对，剧团不能举行正式公演，被迫以预约方式，在一条小巷，作有限制的小型演出。司汤达不赞成这种狭隘的爱国主义精神的表示。他写了一篇论文，标题《拉辛与莎士比亚》，把反面对象集中在一向保守的国家学院方面。论文登在《英国和大陆的巴黎杂志》的十月号上。我们现在译出的就是这篇论文。

紧跟着他又写了一篇关于喜剧的论文《笑》，在《巴黎杂志》一八二三年一月号发表。后来又写了一篇《什么是浪漫主义？》，连同前两篇，作为一个小册子问世，标题仍是《拉辛与莎士比亚》，原来独立的论文，又在这里改成第一章、第二章和第三章的形式。我们必须指出，它没有能引起当代的注意。《红与黑》的作者比他的时代走快了一步。

一八二四年四月二十四日，国家学会举行会议，院士兼终身书记的欧皆（Auger, 1772—1829）发表讲演，攻击到处都在谈论的浪漫主义。政府报纸普遍加以宣扬。巴黎大学和教会也从各方面加以支持。原来由在野人士出面反对的情形，在不知不觉中，转变成为在朝派出面反对的政治形势。司汤达是一个敏感者。他决定加以反击，很快就写出了他的反驳。他在一八二五年三月付印《拉辛与莎士比亚》的第二个小册子，对王宫的统治和各种设施加以讽刺，收到轰动一时的效果。一八二七年，英国剧团再度来到巴黎，受到热烈的欢迎。

对于司汤达，浪漫主义等于现代主义的同义语。这种看法显然是受意大利方面关于这一问题的影响。古典主义是过时的现代主义。浪漫主义是当今的现代主义。他在序里这样讲道：

"在一六七〇年前后裁判拉辛和莫里哀的戏的侯爵们，穿绣花礼服，戴大而黑的假头发。它们值到一千艾居。没有比我们再和他们不相像的了。

"两位大作家企图奉承这些侯爵的爱好，并为他们写戏。

"我认为从现在起，应当为我们写悲剧才是。我们是公元一八二三年的年轻人，好议论，严肃，还有一点好妒忌。这些悲剧应当用散文写。在今天，亚历山大诗体最多也往往不过是一种掩饰蠢话的物化而已。"

圣·佩甫把司汤达说成浪漫主义的前卫。但是他对浪漫主义的看法，我们必须说，并不同于雨果的看法。如果《克伦威尔》的序言的作者，在重视莎士比亚这一点上和他相同，很快就在用诗写悲剧还是用散文写悲剧这上面有了分歧。司汤达也决想不到诗体悲剧会在《欧那尼》这一类戏里借尸还魂。他认为现代生活的复杂性不是诗句的整齐形式所能胜任得了的。对于司汤达，浪漫主义是走向生活，然而对于雨果，却是精神上的自由主义。司汤达更多的是现实主义者。

最后，我们还要指出，司汤达和雨果都反对三一律，但是他们都没有能从戏剧本身的规律深入三一律之所以能适应某一方面要求的必然性。它反映了艺术，特别是戏剧，必须集中的一个基本原则。司汤达和雨果对拉辛的成就不敢轻易加以否定，就说明拉辛的成就不止于诗句的美丽。他们既然不能一口否定拉辛的造诣，又怎么能一口否定和他的悲剧杰作不无关系的三一律呢？所以问题还需要深入。

司汤达对悲剧假象的说法，极有见地，但是在今天看来，他认为美丽的诗句，尤其是那种为诗而诗的句子，妨碍假象的完美，然而他否定的那些伪古典主义者的作品，诗句并不美丽，——至少不像拉辛的悲剧的诗句美丽。那么，这就不能简单地看成妨碍假象完美的唯一因由。三一律过分集中，会带来不良的后果。但是场面过多，结构过于松散，也会出现不良的后果。这一系列问题，也都需要深入分析。

谈一个反对实业家们的新阴谋①

你很想让自己
有用,就该克服虚荣心,
它在今天是道德的死敌。
西尔维奥·佩利科②

小对话

实业家 我的亲爱的朋友,我吃了一顿好极了的饭。
邻　居 你有口福,我的亲爱的朋友。
实业家 不单是为了口福。我认为,这是奥论给我的一份重大酬劳,为了让我有一顿好饭的快乐。
邻　居 嗨,这话可有点儿过分!
实业家 你,也许,是一位贵族?

这是圣西门先生的《问答》的一清二楚的节录,是一家具有为实业而战斗的风格晦涩的刊物的头六七期的节录。③

圣西门先生曾经说:"实业能力是应当居于第一列的能力;它应当是判断其他各种能力的价值并使之都为它的最大的优势而劳动的能力。"④

我们放过这话,人家就要取笑我们了。

我呀,也是一位实业家,因为花掉我两苏⑤的白纸,抹黑以后,卖价高了一百倍。说起这可怜的小小实业,不等于说我既不富又不贵吗?我因而倒发现自己处于一种领会实业主义与特权这两个敌对阵营的优越的地位。

我情愿相信,成千的实业家们,为人正直,个个赚回十万艾居⑥,加强法国的力量;不过这些先生们,搞公众福利,在搞他们的个人福利之后。他们是我尊敬的正直、清白的人们,我高兴看他们被任命为市长或者当选为议员;因为害怕破产使他们养成猜疑的习惯,再说,他们懂得计算。可是我找不出他们的行为有可钦佩的地方。我凭什么钦佩他们,甚于钦佩医生、律师、建筑师呢?

的确,我们这些老百姓,爱实业甚于爱特权,因为前者建议交

---

① 此篇是一篇评论文的附录,手稿上未注明是哪篇评论文,此文没有发表,凭手稿整理。——编者
② 西尔维奥·佩利科 Silvis Pellies(一七八九年——一八五四年),意大利作家,司汤达在米兰时和他有来往,认为是当时"意大利最大的悲剧诗人",奥地利统治者于一八二〇年加以逮捕,直到一八三〇年,才提前释放。他出狱后,发表有名的《我的监狱生活》。司汤达引用的诗句,出处不详。
③ 《问答》指《实业家问答》。全书共分四册,分别在一八二三年与一八二四年出版,其中第三册正文,是他委托他的学生、实证主义者孔德写的,他仅仅写了一篇短序,说明他们的思想不同之处:"就它的作者的观点而论,这份工作确实很好;但是他没有准确地达到我们为自己规定的目的,他没有说明他的学说的概况,就是说,他仅仅说明它的一部分,并使我们认为仅属次要的一些概况扮演了主要的角色。
"在我们形成的学说中,实业能力是应当居于第一列的能力;它应当是判断其他各种能力的价值并使之都为它的最大的优势而劳动的能力。
"实业家们应当承认属于柏拉图方向和亚里士多德方向的科学能力,对自己有同等用处,从而与以同等重视,同等地配给它们以活动的手段。
"这是我们的最一般的看法,和我们的学生的看法有显著的区别。他用的是亚里士多德的观点。就是说,物理学和数学研究在我们今天采用的观点;所以他认为亚里士多德方向的科学能力是第一能力,应当高于唯灵论,也高于实业能力和哲学能力。"圣西门预告自己要在第四册写出他的看法。译文根据的是一八七五年编订的《圣西门集》的一九六六年影印本。
"刊物"指《生产者》周报。这是空想社会主义者圣西门学派的机关刊物。一八二五年五月十九日,圣西门逝世,他的弟子罗德里格 Oinde Rodzigues(一七九四年——一八五一年)、一个年轻的犹太银行家,还有安凡丹 Pnozkes Enfantin(一七九六年——一八六四年)、一个破产的银行家的儿子,也是圣西门的弟子,在六月一日,以他们的姓氏命名,组织了一家股份有限公司,出版这个周刊。两人各认三股,每股一千法郎,最大的股东是从事政治活动的大银行家拉菲特 Jaepnes Laffite(一七六七年——一八四四年),认了十股;书商索特莱 Santelet 认了两股,承而《生产者》;其他各股(共总是四十股),由社会的同情人士分认了。有趣的是,司汤达抨击的小册子,也是这位书商印行的。在他的《美国通讯》中,司汤达写过一段简短的介绍:"一个新周报最近创刊了,用来宣传一种关于贸易和商业的勇敢而合理的见解。这个刊物采用著名的圣西门先生的原则……他建立了一个学生们表现得极为热衷的学派。我说起的这个有用的刊物,叫做《生产者》,是他的弟子们的机关刊物。"(《伦敦杂志》,一八二五年十一月,写的日子是十月十一日。)
④ 参看前注关于第三册短序的介绍。
⑤ 一"苏"等于五"生丁",二十"苏"等于一法郎。
⑥ "艾居"是旧铸的银币,少见的一种,值六法郎;通用的一种,值三法郎。

换,愿意同我们做生意,而后者却全力夺去我们的全部权利。实业家们的职业值得尊重;但是我们看不到他们凭什么比别的任何对社会有用的职业更该尊敬。用实业语言来说,负起在法国制造舆论的阶级,不管怎么看,将永远是每年有六千法郎收入的人们的阶级。只有这些人有闲暇为自己制造一种属于他们的舆论,而不是他们的报刊的舆论。思维是最便宜的欢乐①。富人觉得这乏味,乘马车去了歌剧院;它不给自己时间思维。穷人没有这个时间;他必须每天劳动八小时,他的精神永远倾注于完成他的工作。

思维阶级尊重一切对最大多数有用的人。它以高度尊重、有时候以荣誉犒劳威廉·退尔们、玻利埃尔们、里埃哥们、考德罗斯们,②一言以蔽之,那些人冒着绝大危险来力争从事他们相信对公众有用的事,不管相信对了,还是相信错了。

玻利瓦尔解放美洲的时候,帕里舰长航近北极的时候,③我的邻居

---

① 司汤达还有一个近乎矛盾的看法:"法国一切有时间思维的人们一切外省每年有四千法郎收入和巴黎每年有六千法郎收入的人们,全是中左派。他们不动摇地希望实施宪章、一种向财富缓慢而谨慎的进军;特别是,政府尽可能少过问商业、实业、农业,限制自己于管理司法和让它的宪兵拘捕小偷。"(《法国政治述略》,可能写于一八二四年十二月二日;《政治与历史杂文集》,第一卷,狄望出版社版。)
② 威廉·退尔 Guillaume Tell 是瑞士传说中十四世纪的民族英雄。他反抗奥地利的统治,射死它派来的最高官员,引起瑞士的独立运动。
玻利埃尔 Diag Ponlies(一七八三年——一八一五年)伯爵,在西班牙独立战争期间(一八〇八年——一八一四年),指挥游击队,抗击拿破仑军队;复辟后,他主张恢复宪法,反动王室把他关进监牢,判处死刑。
里埃哥 Riego y nccñeg(一七八五年——一八二三年)是西班牙第二次革命的成功的领导人。他的错误在与旧势力妥协,无力抵抗法国军队的血腥镇压,被俘后,判处绞刑。
关于西班牙的历次革命,马克思在他的《革命的西班牙》一文中有详细论述;《马克思恩格斯全集》,中译本,第十卷。
考德罗斯 codsus 是古希腊传说中的雅典国王。多立斯人进攻雅典,占卜吉凶,神谕:不杀死考德罗斯,就能取胜。后者听到这个消息,改装为伐木人,和多立斯士兵寻衅致死,雅典免于灭亡。
③ 玻利瓦尔 Bolivas(一七八三年——一八〇三年)是南美洲西班牙殖民地独立解放战争的领导人。一八一三年,他率领几百人,建立了委内瑞拉第二共和国;失败后,他争取各方支援,又在一八一六年,建立第三共和国。一八一九年,他又解放了哥伦比亚,当选为总统。一八二五年,他派遣远征军,解放上秘鲁,为了纪念他,共和国定名为玻利维亚。他计划解放的各西班牙殖民地组成一个南美共和联邦,有人诬蔑他企图建立帝国,他忿而隐退,随即逝世。
帕里 William Pavsy(一七九〇年——一八五五年)是英国的北极探险家。

靠织细棉布赚了一千万；这对他和他的子女再好不过。可是没有多久，他办了一份刊物，每星期六告诉我：我必须像钦佩人类的一位造福者那样来钦佩他。我耸耸肩膀。

实业家们贷款政府，常常迫使它们编出一份合理的预算和不滥用捐税。大概，就在这里，实业家们对公众事物的用处告终；因为他们并不关心他们的贷款是用在援助土耳其人方面，还是希腊人方面。①我在维耳曼先生的新作中，读到从土耳其人占领的君士坦丁堡逃出来的拉斯卡利斯与美第奇家族的一个年轻人的小对话②：

年轻人说：什么！占领你们近郊的热那亚人，③是你们的同盟、你们的商人！

不幸的希腊人回答：他们把我们出卖了。他们凭什么对我们忠诚？他们会跟土耳其人一样做生意。只有无私的勇敢才能营救我们。（《拉斯卡利斯》，第七页。）

---

① 罗马帝国一分为二，希腊隶属于东罗马帝国，即拜占庭帝国。应拜占庭皇帝的邀请，抵抗塞尔维亚人南下，土耳其人进入欧洲，逐渐发展成为唯一强大的军事力量，差不多占领了全部希腊大陆。希腊的独立战争开始于一八二一年，直到一八三二年，希腊作为一个王国，才勉强取得稳定的形势。
② 维耳曼 Fnangois Villemain（一七九〇年——一八七〇年）是法国复辟时期文学研究方面的权威性人物；一八一九年，他发表《克伦威尔史》，掀起年轻作家的克伦威尔热；他的新作即一八二五年发表的《拉斯卡利斯和十五世纪的希腊人》Lascanis ou les Grecs du 15ᵉ Siècle。司汤达对它的评价很低："这部作品完全失败。它集平庸之大成，集粉饰之大成。它比作者的《克伦威尔史》还要乏味，还要色彩虚假。"（《伦敦杂志》，一八二五年十二月，《英国通讯》，第五册。）
拉斯卡利斯是希腊大族，曾经在十三世纪初叶，在小亚细亚一带建立尼西亚希腊帝国。尼西亚 Nicée，即现在土耳其的伊兹尼克。移居到意大利的一支，其中如君士坦丁·拉斯卡利斯 Constantine Lascaris（一四三四年——一五〇一年），是研究古希腊文化的学者，他最早写出《古希腊语的文法》。
美第奇家族 Medieis 是佛罗伦萨共和国大银行家族之一，整整掌握了六十年的佛罗伦萨的政治与商业的命运（一四三四年——一四九四年）。
③ 热那亚 Gènes 是意大利北部之西的商埠，和北部之东的威尼斯，很早就是爱琴海上的商业竞争者。土耳其人在一四五三年夺回第四次十字军远征时攻陷的君士坦丁堡。

银行家们、钱商们，需要一定程度的自由。一位路特希尔德男爵①不可能在拿破仑治下存在，拿破仑也许会把一个不听话的债权人关进圣女佩拉吉的。②所以钱商需要一定程度的自由，没有这种自由，就不会有公众的信贷。可是百分之八的利息一出现，银行家很快就忘掉自由。至于我们，我们不会那么快就忘记其中最实业也最自由的二十家银行，借出钱去，被用作手段，收买并绞死里埃哥。难道我说的不是事实？就在我等的今天，实业发现埃及的帕沙③很有支付能力，不正在马赛为他造船？实业家们像法国公民一样使用他们的自由；他们按照他们的意图，运用他们的资金：随他们去吧；可是凭什么向我要求我的钦佩，而且滑稽透顶，以我对自由之爱的名义要求我这么做？

　　实业主义有点儿类似走江湖主义，收买报刊，不劳邀请，就把实业题目抢到手，还允许自己犯逻辑上一个小小错误：叫嚷什么实业是年轻而美丽的美洲享受的全部幸福的原因。对不起，实业仅仅利用了美洲具有良好的法律和没有可攻击的疆界的优势。实业家们在取得安全保证之后，仗着借给一家政府的钱，一时加强这家政府的力量；但是他们很少关心指导这种力量所采取的方向。假设一位煞神送给美利坚合众国一位拿破仑或者克伦威尔那样有野心的总统，利用即将担任总统的信用，借到四千万元，用这四千万元腐蚀舆论，指定本人为终身总

---

① 路特希尔德 Rothschild 是欧洲十九世纪最大的犹太金融家族。老家在法兰克福。迈尔·路特希尔德 Mayer Amschel Rothschild（一七四四年——一八一二年）是当地富裕的选侯的代理人。他的五个儿子分在五个国家开设银行。长子留在本地，次子在维也纳开设银行，支持统治阶层的反动活动，一八二二年，他和他的四个兄弟一同由奥地利皇帝封为男爵。三子在伦敦开设银行，贷款英国政府，抵制拿破仑的封锁与战争。四子在那不勒斯开设银行。五子在巴黎开设银行，支持复辟王室的反动活动。在法国和奥地利的铁路建设方面，他们是最早的投资者。
② 圣女佩拉吉 Sainte Pélagie 是一个女修道院，一七九二年改为监狱；复辟时期，政府往往把拘捕的政治家和作家关在这里。
　原注："洛代夫呢绒工场主先生们的案件。"
　案件不详。洛代夫 Lodève 县在法国南部，帝国时期，它的呢绒工场供应军用装备。
③ 埃及的帕沙 Pacha（总督）当时是土耳其苏丹的一个挂名的藩臣。一八二五年初，他的儿子率领大军，在希腊登陆，占领了许多解放的地区。

统。好，如果收入的利息很可靠的话，这期间，当代史就告诉我们，实业家们将继续借好几百万给他，就是说，加强他的力量，而不过问他用钱的方向。今天阻挠实业家们贷款西班牙国王的是什么？是这位国王道德败坏，还是缺乏支付能力？①

　　这些考虑是很简单，很清楚的；因而也就分量更重。所以你们看见实业主义的报刊不得不向之求援的晦涩与夸张。②难道他们没有称呼亚历山大大帝为第一位实业家吗？③你们注意，我不得不轻轻滑过证实我的理论的最惊人和最邻近的事实，因为我既不想在我的读者心里制造无所作为的憎恨，更不想进圣女佩拉吉。如同文明的所有的强大动力一样，实业造成一些善行和几种恶习的后果。借船给土耳其元首来进行开俄司的屠杀④的货殖家，说不定就是一位很节约和很懂事的人。他将是免费治疗的医院的好院长和极不道德因而极其危险的部长：所以，实业家们不适宜于任何位置。⑤

---

① 西班牙国王指斐迪南七世（一七八四年——一八三三年）；他的残暴统治没有能让他过几天太平的日子。他一再丧失政权，又一再在外国扶持下恢复他的反动统治。金融家们对他缺乏信任，当然是由于他没有还债的能力。
② 原注："看最后一页唯一的注。"而"最后一页唯一的注"只是一句："和第二二五页有关的注。"第二二五页指《英国通讯》一书的页数。我们从这里得不到什么东西，把"和第二二五页有关的注"这句话删掉。司汤达的意思是请读者看《生产者》第一期的"引言"，即他的抨击文字的附录。不过经过翻译，原文的"晦涩"反而不怎么明显了。
③ 原注："《生产者》，第二二页。"
④ 开俄司 Chio 是希腊的一个大岛，濒近小亚细亚西岸。希腊独立战争期间，海军首先收复爱琴海上的岛屿，但是一八二五年初，土耳其和埃及的联合舰队又先后加以占领。彼此的报复都很残酷。
⑤ 原注："圣西门：《问答》，第三八与三九页。"主要几段如下：
　　"随后您说，我们希望社会里只存在一个阶级、实业家们的阶级，您说错了：我们所希望的，或者不如说文明的进步所希望的，就是实业阶级构成各阶级中的这一阶级；就是别的阶级都依附于它。
　　"在愚昧时期，国家活动的方向主要是军事的，其次是实业的。在这个时代，社会的各阶级必须依附于军人阶级；当时的社会组织确实是这样的，倘使没有这种决定性的，唯我独尊的和绝对的特征，就会糟糕的。文明的进步带来一种情况，法国人民的方向主要变成了实业的；所以，实业阶级应当构成各阶级的第一阶级；所以，别的阶级应当依附于它。实业家们当然需要一支军队；他们当然需要法院；当然不该强迫产权所有者拿他们的资本投入实业，可是在文明的现阶段，由军人们、法学家们和有闲的产权所有者们来做公众财富的主要指导者，却是一种骇人听闻的事。"
　　"实业家们将构成社会的第一阶级；最重要的实业家们将不计酬地负起指导公众财富的管理的职责；法律由他们制定，别的阶级的位次由他们规定；他们将根据每个阶级对实业做出的贡献的大小，给每个阶级一种相应的重要性；这将是目前革命不可避免的最终结果。……"

任何行之以正的职业是有用的,从而是可尊重的;这是处于贵族与实业主义之间的思维阶级所宣称的古老真理;贵族想霸占全部位置;实业主义想霸占全部尊重,宣称可尊重的只有自己。然而,卡蒂纳,那样穷,还是压倒了萨密艾耳·贝尔纳尔。①路易十五时期的大实业家们在历史上几乎统统可笑,而那样穷的杜尔哥,倒是一位大人物。②

也许有人将设法答复我们,派给我们一些我们没有说过的话:所以必须说明两句。思维阶级小心翼翼地衡量他对用处的尊重,往往偏爱一位战士、一位手到病除的医生、一位保卫天真,不指望酬谢的学识渊博的律师,③甚于偏爱进口机器和雇用一万工人的最富的工场主。为什么?因为想要达到一种高度的尊重,一般说来,必须为某种高贵的目的而牺牲利益。历史留下姓名的那些最富的实业家们,扎梅特、萨密艾耳·贝尔纳尔、克罗扎、布雷,等等,做出过哪些牺牲呀?④我丝毫不想根据这种历史看法做结论:实业家们并不可敬!我仅仅想说,他

---

① 卡蒂纳 Catinat(一六三七年——一七一二年)是路易十四的一位将军,参军之前,当过律师,曾经统率大军,在法国东南部打了许多胜仗,由于非贵族出身,被迫隐退。
　萨密艾耳·贝尔纳尔 Samuel Bernard(一六五一年——一七三九年)是法国的大金融家,路易十四和路易十五经常向他贷款。
② 杜尔哥 Turgot(一七二七年——一七八一年)是法国"重农学派的首领之一、自由竞争的最坚决的支持者、利息的保卫者、亚当·斯密的教师"。(《德意志意识形态》,卷二,节四,《马克思恩格斯全集》,中译本,第六二二页。)他在一七七四年担任财政总稽核,大力进行改革,由于贵族反对,不得不在一七七六年辞职。
③ 原注:"例证:在德南作战的维拉尔将军,发现疫苗的杰纳医生,为路易十六辩护的马耳塞尔伯,死于巴塞罗那的马泽特。"
　德南 Denain 在法国北部。一七二七年七月,维拉尔 Villars 公爵(一六五三年——一七三四年),在法国的最后防线、德南一带,击溃强大的敌人,从而结束这场拖了多年的劳民伤财的西班牙王位继承战争。
　杰纳 Jenner(一七四九——一八二三年)是美国的名医。他在一七九八年发明牛痘苗预防天花。
　马耳塞尔伯 Malesherbes(一七二一年——一七九四年)是法国十八世纪一个比较开明的贵族,支持《百科全书》出版,试图进行各种改革。一七九二年,他在国民大会发言,为路易十六辩护,最后,上了断头台。
　马泽特 Mazet,不详。
④ 扎梅特 Zamet(一五四九年——一六一四年)是意大利的银行家。
　克罗扎 Crozat(一六五五年——一七三八年)是法国的金融家,曾经投资开掘运河。
　布雷 Bouret(一七一〇年——一七七七年)是路易十五治下的理财家与银行家,据说他为了避免破产而自杀。

375

们并非英雄。每个公民阶级有权利得到尊重；在这里和在别处一样，过分自负就要受到公正的嘲笑。思维阶级尊敬每位公民。蔑视也罢，咒骂也罢，①它把他们的蔑视送还给第三十代祖先参加过小路易十字军远征的高贵的男爵、帝国的粗野战士和为他的一千万而傲形于色并要用来买一个封建头衔的实业家，也就满意了。②这后一个阶级把美洲的全部幸福归功于自己，忘掉华盛顿、富兰克林和拉斐德，似乎成了我们目前最大的笑场。

可敬的圣西门先生说，实业主义收买的刊物以自负的风格也重复道："实业能力是应当居于第一列的能力；它应当是判断其他各种能力的价值并使之都为它的最大的优势而劳动的能力。"③

而一个车匠，一个农夫，一个细木工，一个锁匠，一个鞋、帽、麻布、呢绒、开司米的工场主，一个货车搬运工，一个水手，一个银行家，是一些实业家。这依然是圣西门先生列举的。④

一个像这样由全体农夫、全体细木工、全体鞋匠等等构成的庞大

---

① 原注："一位阔极了的实业家谈论达朗贝说：'这家伙想理论一通，每年一千艾居的收入也没有！'（有人认为这话是卡斯重元帅说的。）"
达朗贝 D'Alembert（一七一七年——一七八三年）是《百科全书》创办人之一。
卡斯垂 Castries（一七二七年——一八〇一年）伯爵做过法国的海军大臣，一七九一年亡命国外。编订者注："这个附于注后的括弧，初次见于一八六七年版，是柯龙加的。"司汤达本人，在一八三〇年回忆拜伦的文章中已经说起他听别人讲，是卡斯重说的："卡斯重将军嫌人恭恭敬敬地听达朗贝说话，就嚷嚷道：'这家伙想理论一通，每年一千艾居的收入也没有！'"（《文学杂文集》，第三册；狄望出版社版。）
② 小路易 Louis le Jenne 即路易七世（一一二〇年——一一八〇年），曾经号召十字军远征，一一四八年在大马士革大败而归。
"高贵的男爵"，显然指的不是银行家路特希尔德男爵。司汤达的矛头是指向一位真正法国出生的实业家男爵。同时以有封建爵号为荣，也确实是资产阶级上升期间常见的现象。司汤达这里只是以嘲笑口吻轻轻点了一下这位新贵。回头还要重点几笔。
③ 原注："《实业家问答》，第三册，第一页。"参看其注二。
④ 原注："《实业家问答》，第一页。"即第一册第一段的"答"："一位实业家是靠劳动来生产或者向社会的不同成员提供一种或者几种物质手段来满足他们的实物需要或者爱好的人；因而，一个播种麦子、饲养家禽和家畜的农业家，成了一位实业家，一个车匠、一个铁匠、一个锁匠、一个细木工，成了实业家；一个鞋、帽、麻布、呢绒和开司米的工场主，同样是一位实业家；一个货殖家、货车搬运工、一个商船上雇用的水手，成了实业家。所有这些实业家们聚在一起，靠劳动生产并向社会的全体成员提供全部物质手段来满足他们的实物需要或者爱好；他们构成三大阶级，即农业家、工场主和货殖家。"

集体，不能居于第一列，否则，人人会居于第一列；这未免让人想起那位喜剧哲学家，在他的请愿书里，向主公道：

"把您的所有城市变成出名的海港。"①

圣西门式的社会第一列有点儿人数过多，因为我们看见全体鞋匠、全体泥水匠、全体农夫和许多别的，都在这里；显而易见的都是，必须按照他们的成就来安排，就是说，按照他们的财富来安排这个高出于其他阶级之上的阶级的成员；哪个人该是所有能力的裁判？显然是财产最多的实业家、路特希尔德男爵先生，执行裁判职责时，不妨请六位巴黎最富的实业家协助，某某先生、某某先生……我太尊敬他们了，还不想把他们的名姓摆到这个滑稽的裁判席上。于是，我们的大诗人，拉马丁和贝朗热，赶紧写诗，②我们的杰出的学者，拉普拉斯和居维耶，探讨自然，宣布卓越的发现；③不是全体泥水匠、鞋匠、细木工、等等的大会，就是路特希尔德男爵先生这个特权阶级的首要人物，由公众每次举债就见到的六位银行家护送着，来裁判他们的能力。巴黎最富的银行家们，听说圣西门先生和他的学派为他们添上粉饰一新的尊严，我现在听见他们齐声呐喊：

---

① 出处不详。
② 拉马丁 Lamartine（一七九〇年——一八六九年），作为诗人，他的成名作是一八二〇年发表的《沉思集》。司汤达对它的评价是："我们的阔少爷，什么也不做，自然无聊之至，用敏感的名义美化他们的悒郁，在拉马丁先生的《沉思集》第一卷中发现他们为之殉难的萎靡与无聊。"（《伦敦杂志》，一八二五年五月，《英国通讯》，第五期）
  贝朗热 Besangei（一七八〇年——一八五七年）是法国著名的民歌诗人。司汤达对他十分钦佩："我的全部想法是，贝朗热是现存的第一位诗人；他的作品最有机会看到二十世纪。"（同上。）
③ 拉普拉斯 Laplace（一七四九年——一八二七年）是法国有名的天文学家与数学家，对物理学也有特殊造诣。
  居维叶 Cuvier（一七六九年——一八三二年）是法国有名的古生物学家，对比较解剖学有特殊造诣。

"危险莫过于一位无知的朋友,还不如一位懂事的敌手。"①

不过,别胡闹啦,人家会说贵族造出这些胡言乱语,取笑人民,就是说,取笑全体合法的主公的根源。我嘛,也读过穆勒、麦克库洛赫②、马尔萨斯和李嘉图,他们新近扩大了政治经济学的边疆。由于他们而为人注目的伟大真理,法国吸收的越多,编造国家预算就越少失误,开凿运河,尤其是修筑铁路,也就越多。

如果新刊物满足于散布这些自己也许并不理解的真理的话,我们就会在希望它风格上少些夸张,甚至于多添一点儿才气之外,祝愿它成功;不过,它又一次专横地为最富的银行家、工场主和货殖家要求一副尊重与尊敬的特大剂量,③因为,我再说一遍,我在真心实意地希望全体农夫、全体泥水匠、全体细木工幸福之外,不能尊敬他们。

"尊敬的基础是各有各的爱好之情;
"尊敬一切人,等于一个也不尊敬。"④

毫无疑问,百万之富的实业家们的阶级是很可尊重的;我万分真心实意地尊敬它,我愿意看见年年法国最有名望的一百位实业家们选入议会。然而这些真正的和正直的实业家们拒绝实业主义。凭你怎么样笨嘴拙舌地奉承他们,怎么样对他们讲,他们在发财的同时比一位部长有用,比一位伟大的将军有用,都不生效。拉斐德先生,不到二十

---

① 引自拉封丹 La Fontaine 的《寓言集》,第八卷,第十首《熊与花园爱好者》。睡眠的"花园爱好者"的鼻子上落了一只苍蝇,他的朋友、熊好意为他打苍蝇,一板子下去把它朋友一起打死。
② 麦克库洛赫 Mac Culloch(一七八九年——一八六四年)是美国资产阶级政治经济学家。
③ 原注:"我可以肯定,在英国,似乎没有比恭维富裕的工场主更可笑的事。很久以来,英国人就不干这类走江湖主义了。"
④ 引自莫里哀的喜剧《愤世嫉俗》Le Misanthrope,第一幕,第一场。

岁,厌憎他的几百万和他的家庭的信用为他在法国宫廷赢来的远大前程,奔向美洲,尽管在布兰代瓦恩河畔吃了败仗,对营救他的新祖国并不绝望。①当时在这同一美洲做交易的实业家,配跟这位年轻的将军争光荣、争功的,又在哪里?难道华盛顿不能把自己卖给乔治三世,像蒙克将军那样把自己卖给查理二世,从而变成公爵和百万富翁吗?②他厌憎这种好运,成了文明的英雄。

但是实业家如果一向不是英雄,少说也是各种能力的最高裁判。圣西门先生这样宣告,我承认我不觉得这种自负完全放错了地方。一位萨密艾耳·贝尔纳尔,或者一位库茨③,整天专心致志于发现欧洲和美洲缺钱的地方,迅速投资就有利可图的地方。

假如我不完全认为一位银行家,在他的交易经纪人和他的弹性书脊的账簿之间,是世上最能领会一位拜伦④或者一位拉马丁这样的天才在人心深处揭示的温柔或者高尚境界的人,对有关喜剧女神的事物,我的苛求就会少些。我重视实业家们搬演的喜剧。这不是对一种幼稚的爱情或者一份失效的婚约所制造的喜剧结局的满足,而是即将到手的好几百万的利润。你们应当明白,情节的手法和目的的重要性成正比。未来的莫里哀们将在这里汲取他们的喜剧题材。勉强照搬显赫的前辈惯用的情节技巧,不去另外创造一些手法,他们的天才就要白费了。然而,在世界平台上演喜剧演得淋漓尽致的人们,怎么就会不是许可在我们的平台上演出的小喜剧的好裁判呢?这出小喜剧到底是他们每天的行动的极不完善的复制品啊。

---

① 布兰代瓦恩河 Brandywine 在美国的费城附近,一七七七年九月,英军在这一带击败华盛顿的起义军,攻下费城。
② 蒙克 George Monk(一六〇八年——一六七〇年)是克伦威尔的部下,后者去世时,他是苏格兰方面军的司令官;一六六二年二月,他赶回伦敦,拥护查理二世复辟。
③ 库茨 Thomas Cootts(一七三五年——一八二二年)是英国的银行家,支持乔治三世镇压美国独立战争和反对法国资产阶级革命的战争。
④ 拜伦 Byron(一七八八年——一八二四年)是英国有名的讽刺诗人,他的影响是全欧洲性的。他号召英国人援助希腊的独立战争,病死于希腊。司汤达和他在米兰相识,有回忆他的文章。

不到一百年以前，在巴黎最稠密的居民区，人们看到一出情节戏，布局绝妙。①这样的戏，应该多写才是。受骗的人们不是一些霸尔多洛②；他们发大财，或者在最体面的位置上有好名声，就很好地证明了这一点。他们并不因而就不作为受骗者，在整个欧洲、甚至在美洲，被普遍地使用。这出可钦佩的喜剧什么也不短，勒·达弗工于心计，一个或者几个卡桑德也不多余。③甚至有双重情节（plot and underplot），像英国的古老喜剧那样。④可尊敬的霸尔多洛们受到勒·达弗令人赞不绝口的计谋的摆布，尽管这样，成功似乎加强信心，他们试着愚弄这个照达来朗看来比任何人才气都高的人物：公众先生。⑤

根据这个新例，谁还敢否认巴黎的头号实业家们，这出好戏的受害人或者英雄，没有裁判喜剧所必需的才分？

所以我和实业主义收买的报刊一道在想：实业能力不仅提供道德上最知名的人物⑥，而且某些最富的实业家们才是真正的裁判，即使没有任何其他能力，少说也有费加乐们、司卡班们⑦以及其他

---

① 指《费加乐的婚姻》，一七八四年在法兰西剧院上演，剧院院址当时在拉丁区。
② 霸尔多洛 Barthols 是《塞维勒的理发师》（一七七五）中受骗的老头子，在《费加乐的婚姻》中变成一个不重要的角色。
③ 勒·达佛 Le Dave 是喜剧《安得罗斯岛的姑娘》L'Andrienne 中捉弄老主人的男仆。现今读到的是公元前二世纪罗马喜剧诗人泰伦斯 Terence 的剧本。司汤达这里指的是一七〇三年的改编本，改编者是有名的演员兼剧作家巴隆 Baron（一六五三年——一七二九年）。
卡桑德 Cassandre 是即奥喜剧《眼科医生卡桑德》（一八七〇）中受骗的老头子。剧作者是皮斯 Piis（一七五五年——一八三一年）与巴雷 Bassé（一七四九年——一八三二年）。
④ "双重情节（plot and underplot）"，括弧内的英文为"主要情节与次要情节"。"像英国的古老喜剧那样"，指莎士比亚的喜剧，多有双重情节。
⑤ 达来朗 Talleyrand-Périgord（一七五四年——一八三八年）是法国有名的外交家、一个名副其实的历朝元老、一个政治机会主义者。
"可尊敬的霸尔多洛"或者卡桑德，应当是那位"高贵的男爵"。他受愚，又想和"摆布"他的人"愚弄"公众。
⑥ 原注："'显而易见，实业家们有一天掌权的话，将赋与道德以最大的力量来影响人们。'（《问答》，第一册，第五六页。）"
和我们读到的原文稍有出入："同样显而易见，这种制度将赋与道德以最大的力量来影响人们，同时使整个社会和它的每一个成员得到可能最多的积极的享乐。"制度"指"实业制度"。
⑦ 司卡班 Scapin 是莫里哀的《司卡班的诡计》中的男仆，和勒·达弗属于同一类型。

以工于阴谋和在公众尊重中占有崇高位置而为人所熟知的人物们的能力。

和这样的能力一比,杜邦(德·累尔)先生这样一位廉洁的裁判,算得了什么?住在一个租金三十六法郎的房间,可是拒绝给他第二天的演说稿仅仅添上一个字。①这小小的一个字,本身十分可敬,当时非常时髦,会在日落之前为他赚到每年一万五千法郎的收入和符合他的身份的最好的位置。

卡诺将军这样一位受愚者,算得了什么?当过十万人的十四路大军的作战部部长,去了马格德堡,死于贫穷之中。②

贝尔特朗将军这样一位英雄般的仆人,看来已经低了一格,算得了什么?主子受难,认为自己必须流亡到天涯海角的一个荒岛上,也许一待下去就是二十年。③

让两百伙计书写五五买进,六四卖出的票据,并流放自己于巴黎最美的居民区的一所价值两百万的府邸的深处:这种品格怎么会不把所有那些品格比得灰溜溜的?这样的能力,看见一位杜邦(德·累尔)或者一位多弩④穿过大街的泥地,对自己该起什么样的可鄙之情啊?谈到理智的优越性,鲁瓦埃-科拉尔先生几时写出一篇

---

① 杜邦(德·累尔)Dupont de l'Eure(一七六七年——一八五五年),多年担任鲁昂的法院院长,"百日"时期,支持拿破仑,复辟政府撤去他的官职。一八四八年革命,当选为临时政府主席。
② 卡诺 Lazare Carnot(一七五三年——一八二三年)是资产阶级革命政府的作战部部长,负责建军和作战的重大任务,被人称为"胜利的组织者"。他投票反对建立帝国,拿破仑不敢或不愿起用他,但是"百日"时期,他赶到巴黎,向拿破仑要求任务。复辟政府把他放逐国外,他死于划归普鲁士的马格德堡 Magdebourg。
③ 贝尔特朗 Bertrand(一七七三年——一八四四年)是拿破仑手下的将官,伴他到圣·海仑岛,直到他死。
④ 多弩 Daunou(一七六一年——一八四〇年)是资产阶级革命时期的政治活动家,负责组织教育与科研机构。拿破仑不怎么欣赏他,任命他为国家档案保管员。他晚年任教法兰西学院,研究法国中世纪史。

讲稿,①在辩证力上比得过一篇分成四条的协议书啊? 特别是第三条与第一条自相矛盾,征取缔约者们的正直感或者愚钝感,不发表这篇协议书倒也罢了。②

杜邦(德·累尔)先生几时施舍过两万法郎,留意向家家报刊不断登记来的?

不过放弃错用在这样一种严肃的题材上的打趣笔调吧。

甚至无私这种最容易做到的道德,实业主义最近也给一个新共和

---

① 鲁瓦埃—科拉尔 Royer-Collard(一七六三年——八四五年)是法国学理派的首脑,基佐、维耳曼等是他的学生。他主张君主立宪,是议员中自由派的领袖。
 原注:"'实业家们在智力方面超群出众。'(圣西门:《问答》,第一册,第十页。)"
 圣西门的原文是:"他们在智力方面超群出众,因为最直接有助于公众的繁荣的是他们的安排。"
②② "新共和国"指海地共和国。一八○四年一月一日,海地这个法国在加勒比海的殖民地宣布独立,拖到一八二五年,法国才正式承认,但是要求这个黑人国家赔偿过去移民的损失一亿五千九百万法郎(海地共和国无力偿付,一八三八年减为六千万法郎,拖到一八六○年,才还清三分之一)。我们知道,巴尔扎克笔下的高布赛克,就是赔款委员会的一个虚拟的委员,利用这个身份,大发其财。海地共和国发行的公债,委托前面说起的"高贵的男爵"、赫赫有名的大实业家泰尔弩 Guillaume Ternaux(一七六三年——八三三年)作为代理人,主持在巴黎公开标卖的事宜。拍卖的日子决定在一八二五年十一月三日。但是,由于投标的两家公司出价相同,公债停止拍卖。第二天,报上透露消息,说两位大银行家拉菲特和路特希尔德正在暗中进行这笔买卖。我们知道,拉菲特是《生产者》周刊的大股东,是《商业日报》的大老板。十一月九日,《商业日报》登出了代理人和银行方面的经纪人在十月二十九日拟订的协议书的全部内容:司汤达指出自相矛盾的第一条与第三条是:"十一月三日,我们将在开会期间,向各委员先生报告我们希望议定的价格。"这是第一条。第三条是:"倘使各方出价不超过各委员先生规定的最低价格,我们将以高于标价的二十五生丁收购公债。"
于是大名鼎鼎的自由派拉菲特,在司汤达看来,成了前面说起的勒·达弗或者司卡班这类"工于心计"的愚弄者。而扮演霸尔多洛或者卡桑德这类受愚者,在司汤达看来,成了泰尔弩男爵。
但是《商业日报》的前身是《立宪报》,已经被复辟政府停刊过几次了,所以司汤达在一八二六年的《英国通讯》中,称赞它是"我们的最好的一家日报"(《新月刊》,四月,《英国通讯》,第三册)。因为《商业日报》到底是自由派的报纸。
读报之后,十一月十日,司汤达写信给他的朋友马赖司特 Mareste,要他把存在他那里的《谈一个反对实业家们的新阴谋》的底稿送来,说他急于发表:"路过时,给我带抨击实业主义的文章来。我想在海地公债事件后,趁热发表。"
"泰尔弩先生也成了卡桑德。
"拉菲特先生同朝廷的两位公爵争夺部长,和他们一样欠高明。再者,经验让我明白,我宁可和拉瓦尔公爵一道用餐,也不和卡桑德—泰尔弩这样一个叫化子用餐。梯也里把这种人称为贵族……"
拉瓦尔 Laval 是法国贵族中一个大家族。夏多勃里昂子爵这个反动文人是这个大家族的一个分支。
梯也里 Thierry(一七九五年——八五六年)是法国历史学者,圣西门的弟子,后来离开了他,不过没有像孔德那样和圣西门公开闹翻。司汤达不满意他把泰尔弩这种新贵称为贵族。

国做出了这样一种怪榜样，^②还怎么敢要求头号荣誉，自居于杜邦（德·累尔）们、卡诺们、贝尔特朗们之上？

我明白，实业主义在某些经营问题上也许感到有些不安，对取得道德的荣誉和贷款的利润不见得会有反感，谋求混进真正与诚实的实业。可不，实业拒绝实业主义，拒绝它的包藏祸心的奉承，尤其是，令人望而生畏的有名无实的协会。

是的，我晓得里昂、波尔多、鲁昂有成百的正派的货殖家，不肯参加新近某些经营，不管利润多大，也不肯参加。

他们不要人宣讲他们的职业是唯一有用、唯一高尚的职业；而且他们有道德，而且一种无痕可寻的诚实的声望，甚至应付他们的竞争者，在他们看来，也比七六与八〇之间的差数可取，即使这笔差数来自一千二百万左右的大款。

实业家们将在近若干年内很有用；他们利用我们享受的自由的程度，将改变和改善法国的全部商业。他们宁愿赚四千法郎，也不揩国家预算四千法郎的油。一位百万之富的工场主将不再钻营一个县长的位置。

法国比英国幸运，不懂得遗产代管^①。贵人们将在近二十年内，不但不厌恶实业，还从它那里学会利用赋与我们的自由的程度来增加它的财富是有用的，惬意的。最高贵的侯爵，有两百万难得给他每年生产两万艾居的不动产，将卖掉他的一半土地，拿一百万投资细棉布工场，这对他个人，每年就有六万收入。从这时候起，这位特权者，本人将变成这部分自由的朋友；这部分自由是争取一种公众信用和所有工场的繁荣，尤其是细棉布工场的繁荣所不可少的；他不但不谋求政变，反而害怕政变。

---

① "遗产代管"是死者无直接继承人，将赠第三者代管。法国民法第八九六条禁止这种赠与，但亲属在习惯上不受这条法律的约束。

这可能是实业的未来的巨大用处之一，它将诱惑自由的自然敌人，让我们太太平平地享受这种头号利益。

只有两种方式赢得它：武器的力量，像克伦威尔或玻利瓦尔的做法，或者理论的改进。实业这位和平之友，靠这后一条路，才能有一天战胜右派和教会，引导我们实现宪章。①

不过我们轻信不得。理论是一尊严格之神；企图用它宣讲一种错误的见解，万能的理论就中断它的慈悲作用，文明就停顿了。所以促进法国的幸福，就要使我们的大实业家们看到他们每星期六让人宣告他们高于社会各阶级所串演的滑稽角色。在一个国家的生活里，每个阶级各有各的用处。希腊如果获得解放，成千的货殖家们将在那里定居下来；他们将往那里运送玻璃品、红木家具、图片、呢绒等等。不过允许商业繁荣的良好的法律，他们有智慧制定吗？不过歼灭土耳其人和严格执行这些良好的法律所必需的勇敢，他们有吗？

桑塔-罗萨在纳瓦里诺牺牲，有半年了；②拜伦勋爵想方设法为希腊服务，死了不到一年。为这种高贵的事业而献出他们的全部财富的实业家，在哪里？

思维阶级今年把桑塔-罗萨和拜伦勋爵铭刻在石板上，它在这里保存注定永垂不朽的姓名。一个是兵，一个是大贵人；这期间，实业家们在干什么？

---

① 原注："我们希望的自由不过是逐字逐句和经心经意地执行宪章所给的自由。我们没有足够的道德不计酬或者近似不计酬地执行省长、部长、各公众机关的官长的职责，就是说，多于宪章所允许的自由。大家知道，美利坚合众国的总统每年得到一亿两千五百万法郎；这也许比巴黎省长少。"

② 桑塔-罗萨 Santa-Rosa（一七八三年——一八二四年）是意大利北部皮蒙特的革命的领袖，失败后，亡命国外，参加希腊独立战争，在希腊东南部纳瓦里诺海湾的战斗中牺牲。

一位可敬的公民从西藏运来了母山羊。①

或许将有人责备我没有经常多引《生产者》自己的话；倘使大家愿意读一读下面的说明，就将领会我为什么不这样做。

---

① "可敬的公民"指泰尔弩。他在资产阶级革命时期，离开法国，到各国旅行，对英国的纺织工业很感兴趣，执政时期回国，创办呢绒工场，产品对大陆封锁政策很有帮助，拿破仑欣赏他，让他担任工场企业总会的主席。一八一九年，他引进西藏的母山羊，但是西藏的母山羊不适应新环境，失去克什米尔羊毛的柔性和光亮。帝国时期从印度进口的开司米（即克什米尔的变音）披肩，风行全国，为了竞争起见，泰尔弩仿制这种披肩，用他的姓氏命名，廉价推销。巴尔扎克笔下的苟狄萨尔 Gaudissast 就是泰尔弩披肩的推销员："我在奥尔良留下了一百六十二条泰尔弩披肩。说良心话，我不知道他们怎么用这些披肩，除非是披在他们的绵羊的背上。"复辟时期，他曾两次当选为议员，一直做到一八三〇年。圣西门贫困期间，曾经得到他的帮助，但是，一八二三年三月，在前者自杀未遂之前，他停止了这种经济上的帮助。圣西门在自杀前留下一封遗书，求他照料后事。《实业家问答》中提到的"开司米的工场主"，即泰尔弩。

《吕先·勒万》第一卷第二十七章
——关于镇压工人运动的一节

勒万犯了兵营的纪律:夜晚点名他不在,偏偏赶上这个礼拜他值勤。他连忙跑去找副官,副官建议他去见上校做检讨。这位上校是一八三四年所谓的一位热狂的中间派②,作为这样一派的人,非常妒忌勒万在上流社会受到的欢迎。这方面的失败,像英国人说的,就可能推迟这位忠心耿耿的上校提升为将军、国王的副官的机会,所以他用了几个铁面无情的字眼回答少尉的检讨:禁闭二十四小时。

……

第三天,早晨四点钟,有命令下来要勒万骑马。他发现兵营万分紧张。一个炮兵队的下级军官急着给长枪骑兵分发子弹。据说,相隔八或者十公里的一个城的工人们新近组织起来,联合起来了。

马勒上校巡查了一遍兵营,对军官说话,意思是要长枪骑兵听:

"问题在给他们一顿狠狠的教训。不要可怜这些坏蛋。有勋章好得。"

……

勒万所在的第七连,紧紧走在一队随时准备射击的炮车前面,炮车和弹药车的轮子震动着南锡的木头房子,引起那些贵妇人一种欢乐的恐怖……

勒万寻思道:"我很想知道,她们顶恨的是路易·菲利普,还是工人们……像瓦希尼先生说得文文雅雅的,我现在要去刺杀织工了。真要是冲突起来的话,上校可以得到大勋章,我哪,得到一种内疚。"

第二十七长枪骑兵队用了六小时,走完南锡到 n 城的八公里。炮车拖了联队的后腿。马勒上校接到三次紧急命令;每接到一次,他就换一次炮车的马；长枪骑兵改成步行，他们的马似乎拉炮车最合适。

走了一半路，县长莱隆追上了联队；他沿着队尾赶到队首，和上校说话，由着长枪骑兵冲他喝倒彩。他的瘦小的身材衬得他佩的剑更大了。窃窃私语变成了笑声，他设法避免，催马快跑。笑声加倍，还发出习惯的叫喊："他要摔！他摔不了！"

很快得到的是居民的反感，长枪骑兵才一迈进 n 城的又窄又脏的街道，待在破烂房屋的窗边的工人们的老婆和孩子，和不时在更窄的小巷犄角露面的工人们，朝他们发出倒彩。各方面的小铺子急急忙忙上门。

最后，联队开进城里的商业大街，商店统统上了门，窗边看不见一个人头，死一般的静。他们来到一个不规则和长极了的广场，有五六棵矮桑树；带着全城垃圾的一条臭河穿过广场；水是蓝颜色，因为河还用作几家染坊的下水道。

〔晾在窗口的汗衫的又旧又脏的可怜模样使人恶心。窗户的玻璃又脏又小，许多窗户没有玻璃，用写过字的有油渍的旧纸替代。到处是伤心的贫穷的动人形象，然而这心不是希望得到勋章，在这可怜的小城开刀的心。〕②

上校沿着这条河布置他的联队。就在这里，倒霉的长枪骑兵，渴的要死，累的要命，在八月的毒太阳底下晒了七小时，没有喝的，没有吃的。我们方才说过，联队一到，小铺子统统上了门，小酒馆上门上的更快。

一个长枪骑兵喊道："我们可凉快了。"

---

① 中间派即政府派。一八三一年，路易·菲利普有一次演说，"至于国内政策，我们没法保持一种中间路线"。
② 括弧是原稿有的，可能作者认为需要修改，或者别的什么的。

另一个声音回答:"我们可有好味儿闻啦。"

一个中间派的中尉尖着嗓叫着:"安静,妈的!"

勒万注意到自重的军官全保持一种紧张的静默,神情十分严肃。

勒万寻思:"我们现在面对着敌人。"

他注意了一下自己,觉得自己像在理工学校做一种化学实验那样冷静。这种自私的感情大大减轻了他对这类职务的厌恶。

和中校费姚斗谈过话的高个子中尉,一面咒骂工人,一面找他说话。勒万没有回答一句话,以一种难以言传的蔑视望着他。这位中尉才走开,就有四五个人用相当高的声音喊道:"奸细!奸细!"

人们受了大罪,有两三个被迫下了马。他们派打杂的差役去找泉水。池子挺大,里头泡着三个新被弄死的死猫,水让它们的血染红了。从"胜利之神"流出的发温的细线般的水,装满一瓶要好几分钟,联队却有三百八十名官兵。

县长和市长聚在一起,时时在广场上过来过去,设法买酒。

店主回答:"我卖给你们酒,我的铺子就要挨抢、挨砸了。"

每隔半小时,开始发出响亮的倒彩,向长枪骑兵致敬。

就在奸细中尉离开勒万的时候,他想出一个主意,派他的听差们到西古里以外的一个应该安静的村子去,因为那里没有手工业,没有工人。这些听差的任务是不管价钱多高,也要买回成百只面包和三四捆饲料。听差们办到了,四点钟左右,就见四匹马驮着面包和另外两匹马驮着干草来到广场。立刻出现了一种紧张的静默。这些乡下人过来和勒万说话,他给的钱多,却享受到了分给他的连队兵士不多的面包的愉快。

好几个不喜欢他的军官说:"看呀,共和派开始搞鬼了。"

费姚斗过来,老实不客气地向他为自己要了两三只面包和他的马的干草。

上校①走过他的部下，说漂亮话道："我担心的是我的马。"

过了一时，勒万听见县长对上校说：

——什么！我们不能给这些坏蛋几刀吗？

勒万心想："他比上校狠多了。"马勒不能指望用弄死几个织工来当上将军，莱隆先生却很可能升为省长，他有信心能在两三年内做到。

勒万分配面包的做法显出这种聪明的看法：城外附近有村庄。五点钟左右，每一个长枪骑兵分到一磅黑面包，军官们还分到一点肉。

天快黑的时候，有人放了一声手枪，不过没有打伤人。

勒万寻思："我不知道放枪的缘故，可是我打赌，这一声手枪是县长命令放的。"

夜晚十点钟，工人们不见踪影了。十一点钟，步兵开到，向他们移交过大炮和榴弹，后半夜一点钟，饿得要命的长枪骑兵联队，连人带马，回了南锡。他们六点钟来到一个十分安静的村子，面包很快卖到八苏一磅，葡萄酒卖到五法郎一瓶；好战的县长忘记调集军粮到这里了。关于这件大事的军事战略、政治等等细节，看当时的报纸②。联队争到了光荣，工人们证实的是一种显著的懦怯。

这就是勒万的第一次战役。

（载 1980 年 6 月《春风译丛》第 1 期）

---

① "上校"应当是"中校"，费姚斗是中校。
② 这不是作者有意推卸，当时的报纸经常刊登工人罢工的消息。不过作者的讽刺口吻已经显示了他对这次镇压行动的态度。

《生产者》,第一期

引言①

"我们的刊物有一个发展和传播一种新哲学的原则的目的。这种哲学以对人性的一种新领会为基础,承认地球上人类的使命以对人类最大的优势来开展和修改外在的自然;它借以达到这个目的的手段符合构成人的官能的三种关系:身体的,理智的和道德的;最后,沿着这个方向,他的劳动跟随着一种永远增长的进展,因为每一代把它的物质财富加在以往各代的财富上,因为对自然法则一种越来越开扩、越来越明确和越来越实证的认识允许他不断开扩和改正他的行动;因为对他的使命和他的力量的一些永远更为准确的概念引导着他不停地改进联合、他的最强有力的手段之一。

"根据这种观点来考虑,每个人的生命含有两个系列的行动;一个系列的行动的目的仅仅是本人的生存,而另一个系列的行动的成果,则是进一步发展人类的进步的行动,从而协力于人类的使命的完成;这样就出现了公众利益与私人利益的区别、全部道德的基础。

"国家与个人的进步与繁荣,有赖于这两类事实之间的一种美好的融洽。社会组合中的各种享受、个人全部需要的满足,也是完成人类法则的一些手段;社会组合,用数字意义上这种表现来说,就是以建立这种融洽为目的的理论与实践的劳动永远向之辐射而又到达不了的限制。依靠这种出发点的这种哲学的工作,联系到过去,主要就在探索人在每个时代、各种机关的劳动与行动、哪些有助于文明的发展,哪些曾经成为它的一种障碍;就在这头一类中哪些帮助是直接的或者间接的,以及确定各自的用处的性质、特长与程度。联系到未来与现时,它以一种实证和列举的方式，依靠对过去的一般事实的认识和法则的建立，专心于决定社会的目前的活动的目的、相应的道德与政治的关系的程序以及应当为准备它的建立所做的工作。

"在人的机关、劳动与行动中，它承认那些仅仅关联科学、美术和实业，永远直接地并越来越有助于文明的发展的机关、劳动与行动；承认所有那些相反地并不确切地属于这三种活动目标的任何一种的机关、劳动与行动，只是间接地有助于文明的发展……"等等，等等。

一八二五年[②]

据手稿整理，翻译时间约为 1978 年。

---

① "引言"是《生产者》的总编辑塞尔克莱（一七九七年——八四九年）写的，他和司汤达相识，当天写了一封长信，谴责"收买"这个词，并指责后者的做法是"孤立与夸大"："你说的是你不懂的事，你不懂你说的事。"他彬彬有礼地称赞司汤达的文章有才气。后者回了他一封信（一八二五年十一月三十日），节译如下："……什么！你真以为我的小册子像我所有发表的东西那样充满才气吗？我自己并不这样想：我们之间第一个对立的看法。我认为黑的东西，你看成白；我们只能彬彬有礼地尊重彼此的才气。……

"……我只能全心全意地接受你说起的一切和你在政治经济学上无可辩驳的高超和我这方面的无能。这两种真理在我同样是显而易见的。……

"十一月七日的《辩论日报》，和这期间某天的《投石者》，使我认为一些有几百万和有虚荣心的大人物，引导着这个刊物，同时为他们赚钱和争取巴黎人们的友谊。

"……你可能容易地知道，尽管十分尊重记者的地位（这是我们的时代的讲坛），我不了解任何报刊的组织。我过去以为《生产者》的编辑们就是《商业日报》的编辑们。一个报刊既然头几年亏损许多钱，我还相信，实业筹集一些资金，提供声誉鹊起的手段，博取编辑先生们对它发自本心的高度评价。……"

塞尔克莱认为司汤达的小册子不值得严肃的周报答辩，但是十二月三日，《生产者》第十期却发表了卡莱尔 Armand Carrel（一八〇〇年——八三六年）执笔而不署名的正式的反击文章。司汤达没有理睬。他很可能不知道是卡莱尔写的。

② 译自《文学杂文集》，第二册；狄望出版社版。

圣西门论文四篇[①]

① 此文原为译者作为《空想社会对巴尔扎克的影响》的附录而翻译的,圣西门的这四篇论文均未在中俄文献中收入。遗憾的是此译作并未得以发表。

论欧洲社会的改组
或论欧洲各民族集合为一个整体并保持其民族独立的必要性与办法

圣西门伯爵写与他的

学生欧居斯坦·梯也里

1814年10月①

卷头语

这本书是在紧急情况下写成的；按说应该做更大的发展，并更迟些问世才是。提前出版，毫无疑问，对我本人有害。不过，任何人既然为有益于世界而写作，就该懂得不把自己计算在内。

如果读者对这篇论文印象良好，时间所不许可于我在这一版加以发展的，第二版将有所扩充。

大家记住，这本书只在教会和欧洲各种形势的政治关系之中涉及教会，而基督教也仅仅作为一种舆论加以考虑；它是这些关系的基础，而它的持续的变革会在各种方式上加以修改。

前 言

在我们的学识的进程中所出现的革命，人类精神的进步，对每一个世纪都打上它的标记。

十六世纪在神学方面下过苦功夫，或者不如说，这是本世纪的才学的特征，作家几乎都关心科学问题。

文艺的花朵盛开于十七世纪，近代文学的杰作产生了。

前一世纪的作家是哲学家。他们指出社会的强大制度的基础是偏见与迷信，他们打倒来自后者的迷信与政权。这是革命与批判的世纪。我们的世纪的特点是什么？到现在为止，看不出来。难道它永远踏着前一世纪的脚印？而我们的作家难道只是前代哲学家的回声？

我不这样想；人类精神的进程、欧洲骚乱使人急切地感到这种对全面制度的需要，全都告诉我，研究重大政治问题将是我们时代的目标。

前一世纪的哲学是革命；十九世纪的哲学应该是组织。

制度的缺陷导致整个社会的毁灭；古老的制度延长产生于其间的时代的愚昧与偏见。难道我们不得不在野蛮与愚蠢之间加以选择？

十九世纪的作家们，帮我们取消这种伤心的抉择全看你们了！

社会秩序已经推翻了，因为它不再符合智慧：创造一个更好的秩序，全看你们：政府瓦解了，靠你们来组成。

毫无疑问，这样一种工作是艰辛的；不过，不是能力所不能及；你们控制舆论，而舆论控制世界。

我斗胆导航，因为有益于人类的希望支持着我；所以在这第一篇论文中，我冒险浅探一下欧洲的形式和改组它的方法。

一位国王想伟大，应该保护学问与艺术。这句重复了多次的话，是还没有得到听取的一种真理的含糊的表现。

在国王当中，只有那些在世上从事于一次伟大的业绩，紧紧跟着他们的世纪的运动，步入他们的同代的写作所开阔的道路才行。我没有必要讲起其中的理由；它是不言自明的。

查理五世和亨利八世是神学家，保护神学，他们的统治也确实比风流儒派的弗朗索瓦一世更明智。

---

① 1814 年 4 月 6 日，拿破仑宣布退位。路易十八的复辟统治开始。5 月 30 日，和平签字。10 月，维也纳会议开始工作。这本小册子写于此时。

路易十四一个人在他的世纪的国王之中光彩奕奕，而路易十四，在全欧洲，是文学和那些致力于文学的人们的保护者。

十八世纪只有两个君主出名，叶卡捷琳娜和伟大的腓特烈；他们是哲学家和哲学的支持者的朋友。

哪些国王将赏识我们的世纪的作家的工作？

如果统治人民的智慧的两位王爷事前就成为一切高贵与良好事物的保护者，肯想到促进某一位国王时代的人类精神的流程，他致力于他的伟大，我们的全部努力的目标、我们的全部工作的期限、欧洲改组这一课题就会多么快地完成！

致法兰西与英吉利

诸位大人：

在十五世纪末，欧洲所有的国家形成一个单一的政体，内部本身是承平的①，武装起来，对付它的组织的与它的独立的仇敌。

罗马的宗教在全欧洲通行无阻，是欧洲社会的消极的纽带；罗马的教会是它的积极的纽带。处处只靠自己，成为各民族的同胞，它有自己的政府和自己的法律，是放射活跃这一巨大政府的意志和使之行动的推动力。

教会的政府，如同欧洲各民族的政府，是一个有等级的贵族制度。

一块独立于政权之外的土地，太大了，难于征服，太小了，占有者就能变成征服者；它是教会头头的驻地。舆论把他们的权力抬高到过往的权力之上；他们拿它约束民族的野心；它们又靠他们的政治平

---

① 原注：我说"承平"，是和后来一天的情况比较而言。

衡欧洲；当时这是有利的，后来一个民族占了优势，就变得糟糕透了。

罗马的宫廷就这样控制着别的宫廷，正如后者控制着人民一样。欧洲成了一个庞大的贵族，分为一些更小的贵族，从属于前者，接受它的影响、它的裁判、它的决定。

任何以一种舆论为其基础的体制，不该比舆论命长。路德一在精神上动摇了这种做成对教会的力量的古老的尊敬，就破坏了欧洲的稳定。欧洲有一半人摆脱掉教皇的锁链，等于砸烂了它和庞大的社会的唯一的政治联系。

一种叫作权力平衡的政治工作缔结了建立事物的一种新秩序的威斯特伐利亚和约①。欧洲分成两个力求维持均衡的联盟：这等于制造战争，并在体制上予以支持：因为两个势力相当的联盟必然是敌对的，而敌对就是战争。

此后，每一个强国就只关心加强它的军事力量。于是一小撮征召于一时而不久又遭散的兵士，到处变成永远存在、差不多永远活跃的可畏的军队；因为自从威斯特伐利亚和约缔结以来，战争就成了欧洲习见的情况。

英吉利在这种紊乱之中建立它的威力：这种紊乱，先前，甚至于现今，还被称为政治体系的基础。英吉利比大陆的民族聪明多了，它了解这种平衡的意义；它以一种双重的手法，使这种平衡对自己有利，损害别的国家。

海把它和大陆分开；它创造了一种民族的宗教和一个不同于欧洲所有的政府的政府，停止和大陆居民的共同之处。它的体制不再以偏见和风俗为基础，而是以永存和共同为基础，应当成为整个体制的基础、以人民的自由和幸福为基础。

---

① 1648年。

内部以一种健康和坚强的组织来巩固，英吉利全面转而向外，开展一种强大的行动。它的对外政策是统治全世界。

它鼓励本国的航运、商业和实业，对别国的这些事业却加以阻扰。它全力以赴地支持压制欧洲的一些专横的政府，为它自己维护它所给与的自由和好处。它的财富、它的武器、它的政治，它统统用来维持这种所谓的平衡，自相摧毁大陆的武力，而自己却为所欲为，不受惩罚。威胁侵略全世界的英吉利强权的这个巨人，就来自这种双重政治体系。英吉利靠着它，内部自由而幸福，对外冷酷而横暴，一世纪以来，愚弄整个欧洲，随心所欲地摆布它。

这样一种情况，太骇人听闻了，不能再存在下去。欧洲的利益是从磨难它的一种暴力下面解放自己，英吉利的利益是不要等武装起来的欧洲解放自己。

大家不要错以为医治这些疾苦要凭一些秘密的交涉、靠内阁的一些琐碎交易；只要没有一种政治联系把英吉利和分开的大陆拢在一道，欧洲就不可能有安宁与幸福。

欧洲过去构成一个联合的社会，靠相同的制度团结在一道，受制于一个面向民族的政府，如同各民族的政府今天面向个人一样：这样一种情况是可能挽救一切的唯一状态。

我当然不是要人从尘埃下面拖出这种古老的组织，它的无用的残渣今天还在祸害欧洲：十九世纪离十三世纪太远了。对欧洲相宜的，我今天建议的，是一种本身坚强的体制，有来自事物的本性的原则在支持，独立于时来时往的信仰和短命的舆论之外。

它像革命帝国那样，由进步的智慧促成，永远给事物带来一种更好的秩序；它像溶解欧洲巨体的政治危机那样，为欧洲准备下一个更完善的组织。

这种重新组织不能立刻完成，一次完成，因为要把古老的制度完全破坏掉，必须基于某一天创建更好的制度。树立后者，摧毁前者，只可以慢慢地来，在不知不觉的阶段中来。

英吉利民族，由于住在岛上，比欧洲其他民族更宜于从事航海，从而离偏见与生长的习惯就更远，首先推翻封建政府，建立当时不为人知的体制。

欧洲古老的组织破坏了一半，它的残余继续在全大陆存在：尽管有些地方改动了，政府依然保持着它们早先的形式；北方不承认教会的权力，南方也不承认；它只是奴役民族的一种手段，约束王公们的一种暴力。

但是，人类的精神绝不无所事事：智慧在传播，到处都在完成对古老制度的摧毁。权力的滥用被纠正了，错误被破坏了，而新的权力却一点也没有建立起来。

原因就是创新的精神必须全凭一种政治力量，这种力量存在于唯一的英吉利；它斗不过全大陆的力量，后者保卫专制政体与教皇威信的一切残余。

今天，法兰西可以和英吉利联合，成为自由原则的支柱；为了改组欧洲；全看它们的武力结合与活动。

这种结合是可能的，为其法兰西正如英吉利一样自由；这种结合是必要的，因为只有它能保证两国的安静，解除威胁它们的灾难；这种结合能改变欧洲的情况，因为联合起来的英吉利与法兰西比此外的欧洲更强。

从事于写作的人们可以做到的，就是指出什么是有意的；至于付诸实行，全看掌握权力的人们了。

诸位大人，只有你们能加快欧洲这种革命，这种革命早在罗马前开始了，必须以事物的唯一的力量来完成，而延宕下去，就会造成无穷的危害。

要你们这样做的,不光是你们的利益,而是一种更强大的利益。你们所统治的人民的安定与幸福。

如果法兰西与英吉利继续为敌,对我们和对欧洲,就会造成最大的灾难;它们的政府是相似的,因而政治原则的利益是一致的,它们如果团结起来,它们就一定走上安静与幸福的道路,而欧洲也就和平在望了。

英吉利国家不需要为它的自由和它的伟大再做什么:它的意愿应当是,它也应当设法促其实现的是,普遍的自由、普遍的活动;但是,它如果坚持专横,如果不放弃它对各国繁荣的敌视,……大家知道,欧洲曾经以什么样的方式惩罚野心不那么大的法兰西。

欧洲社会的改组

第一卷

政府的最好的形式;论证国会形势是最好的方式。

第一章 本书的观点

欧洲经过一次剧烈的骚乱,唯恐陷入新的祸难,感到一种持久的休息的需要;欧洲各国的君王为了给它和平,聚在一堂。他们似乎都希望和平,他们都以明哲闻名,然而他们的愿望得不到实现。我问自己,为什么面对欧洲的苦难,政治的全部努力失效;在我看来,成就欧洲,只有普遍改组。我想出一种改组的计划;本书的目的就是阐述这个计划。

我先建立改组欧洲所必需的原则;我随后交代原则的应用,最后我在现有的条件下寻求开始执行的方法。所以第一卷可能有一点抽象,第二卷比第一卷少，第三卷又比第二卷少，因为在最后一卷，我们只谈我们目睹的事变，我们人人不仅是这些事变的参与者，也是它们的旁观人。

第二章 关于议会

目前在维也纳举行一个会议；它是干什么的？它能干什么？这就是我打算考虑的。这会议的目的：重新建立欧洲列强之间的和平，约制每一个强国的奢望，调节各个列强的利益。该不该希望达到这个目的？我以为达不到，我这种希望的依据是这样的。

会议的成员没有一个根据一般的观点对问题加以考虑；甚至于没有一个成员具有威望。每一个成员，不是一位国王的代表，就是一个民族的代表，他的权力、他的职能、他的使命，全是从这里来的，全看主子的脸色行事，参加会议，就为提出他所代表的强国的特殊的政治计划，指出这个计划符合大家的利益。

任何一方，都拿特殊利益来衡量普遍利益。奥地利设法说服大家，为了欧洲的安定，它必须在意大利具有一种强大的地位，必须占有加利西亚和伊利各省，必须重新获得它对整个德意志的统治；瑞典拿着地图，说明大自然要挪威归于它；法兰西要求莱茵河和阿尔卑斯山脉作为自然的边界；英吉利以为海洋的警察是它的天然权利，作为最不可动摇的政治体系，要大家尊重它在这方面的霸权。

这些要求，以保证欧洲的和平的名义自以为是、也许于心无愧地提了出来，得到塔列兰辈、梅特涅辈与卡斯卡尔辈[①]的支持，然而说服不了任何人。每一个建议将被搁置；因为除去建议者，任何人将在这

---

① 塔列兰 Talleyrand 是拿破仑信赖的大臣，当时投靠路易十八，为他组成第一届复辟内阁。梅特涅 Metternich 是奥地利首相。卡斯卡尔 Castlerergh 是英国外交大臣。"辈"字是多数的意思，泛指列强的代表。

里看不见自己的利益,也看不见共同的利益。彼此将以不满的心情分手,互相指责会议无所成就;达不到协议,达不到协调的利益,达不到和平。一些特殊的联盟、一些利益敌对时的结合势将再度把欧洲投入这种难以挽回的战争的悲惨境地。

事情的发展将还要加以更好地证明:善意、智慧、和平的没有力量使之不再出现。一个会议又一个会议,又是条约,又是协定,又是妥协,不管你们做些什么,结局仍是战争,你们毁灭不了它,顶多也就是换换战场罢了。

可是这类极少成就的情形,没有让人看清他们的无能。虽然经验老远就像我们喊叫,必须改换方法,政治上的陈规陋习却让人不敢背离。大家宁可怪罪苦难之大,也不怪罪补救之弱;大家继续自相残杀,不知道什么时候屠杀结束,对结束也不存希望。

人人知道,人人在讲,欧洲处于一种狂暴的境地;于是这种境地是什么?哪里来的?永远这样下去?有没有可能终止?这些问题依然得不到解答。

政治纽带正如社会纽带:彼此的团结应当用类似的方法加以保证。任何民族与民族的集结,如同任何人与人的集结,必须有共同的制度,必须有一种组织:不这样做,只好听命于武力。

希望欧洲靠条约和会议取得和平,等于希望一个社团靠管理和协议存在;希望欧洲和平,双方必须具有一种团结意志、协调行动、促使利益相同和语言坚定的同心同德的力量。

我们对所谓的中世纪怀有一种极端蔑视的成见;我们看见的中世纪只是愚蠢的野蛮时代,我们不注意这是欧洲的政治体系建立于他的真正的基础、一种普遍的组织之上的唯一的时代。

我承认当时那些教皇贪权、乱搞、横暴,关心的不是抑制那些国王的野心,而是满足自己的野心;教会参与那些王公的争吵,为了压制各民族而不受到惩罚，要他们变得愚昧无知。所有这些祸害、愚昧的时代的痛心的果实，破坏不了这种制度的好处：它存在一天，欧洲就绝少战争，而这些战争也绝少重要性。①

路德的革命猜疑摧毁教会的政权，查理五世就定出独霸天下的方案，菲利普二世、路易十四、拿破仑和英吉利民族都试图走他的老路，于是宗教战争起来了，而以最长的战争、三十年战争告终。

尽管这许多例子十分触目，偏见却大到这般地步，最大的才分也扳不倒它。人人以为欧洲的政治体系开始于十六世纪；人人把威斯特伐利亚和约视为这个体系的真正基础。

可是检查一下这个时期以来的事情，就能明白列强的平衡是所能制造的最虚伪的组合，因为和平是它的目的，它产生的却只是战争，而且是什么样的战争！

只有两个人看出这种苦难，试图加以挽救；这就是亨利四世和圣·彼耶院长②；但是前者在完成他的计划之前死掉，后人也就把它忘掉，后者言过其实，被人当作幻想家看待。

用一种政治制度把欧洲各民族连在一起的观点，当然不是一种幻想，因为这样一种情况曾经存在了六世纪，战争在这六世纪绝少发生，也不可能。

去掉这个使圣·彼耶院长的计划成为无稽之谈的巨大机器，它的原型正是这样：它希望通过欧洲各国的一个联合的、共有的政府，在欧洲建立起它的不切实际的持久和平。

这种组合，即使不能实行，甚至于本身不完善、有缺点，也是十五世纪以来所产生的最有内容的概念；问题在于，只有经过多次劳而

---

① 原注：十字军远征夺目的是使萨拉散人放弃征服欧洲的意图；远征是反对它的自由的仇敌的联合一致的战争。
萨拉散人是中世纪欧洲人对阿拉伯的称谓。
② 圣·彼耶 Saint-Pierre 院长（1658—1743）写过一本《持久和平的方案》，批评路易十四。

无功的尝试和探讨，才能取得成果；而头一个想到一个正确观点的人，很少能让它清晰、准确，而清晰、准确地获得，都永远有待于时间。

圣·彼耶院长的书很少有人去读，大家仅仅知道它的标题和认为是一位正人君子的梦想的名声。

第三章 持久和平的检查

圣·彼耶院长的建议是，欧洲的所有的君主成立一个普遍的联邦，它的五项主要条款大致如下

"一：缔结的君主任命的全权代表，在一个指定的地点、构成一个永久的会议。

"二：规定各君主在会议中和被邀请参加条约的各君主应有的投票权的数目。

"三：保证协会的每一个成员对他的国家的所有权；保护他的身体、他的家族、他的权力不受任何外国势力的干涉或者他的臣子的叛变。

"四：会议将是会员的权力的最高裁判；每一个会员的利益都在这里接受制裁。

"五：任何违反条约的联邦将被驱出欧洲，作为公开的敌人逐出会议。

"以联合的方式、共同的开支武装自己，对付被驱出欧洲的任何国家。"

这样一种联邦，完全不实际，这是第一个缺点；会议等于虚设就在于他们各自的力量。没有共同的观点就达不到协议。在一道商讨的君主或者他们任命和可以撤换的全权代表，除去特殊的观点，他们能有别的观点吗？除去他们自己的利益，他们能有别的利益吗？如果罗

马教廷制止得了世俗列强的野心,因为这个教廷全体成员有一种共同的利益,就是他们高于所有的宫廷的利益,就是国王们任命不了教皇、他的教廷会议,任何强权也不能加以废黜。

亨利四世曾经在他的基督教共和国①,自以为用一个简单的条文就排除得掉这种差错;条文的指向是:每一个强国首先应当着力于维持社会,在公众利益之后再提他的私人利益。亨利四世胸襟开朗,以为他容易做到的事,人人应当容易做到;不过,他倾踬了,这就可以让人明白,面对着权利的诱惑,一个国王即使正直也无能为力。

共同体首先关心公共利益,必须有赖于配备的事物的力量;不过,我觉得我把话说早了,未免走得太远。我应当回到我已经开始的检查。

圣·彼耶院长的结构(假定可能)的第一个效果,就是当时早已成为定局的秩序在欧洲延续下去。这样一来,原本存在的封建的残余就没有可能摧毁了。更有甚者,它有利于权力的滥用,使各民族对君主的大权望而生畏,去掉它们反对暴政的任何办法。一句话,这种设想的组织不会是别的,只会是王公们之间维持权力的一种相互保证。

人使用杠杆,却说不明白杠杆是什么东西;在人懂得组织是什么之前,就有民族组织、政治组织。在政治上犹如在任何种类的学问上,人在懂得为什么必须做之前,做了必须做的事;在理论来自事件之后,人所想的经常低于已经偶然执行的东西。

这就是这次出现的情况。欧洲十四世纪的组织,无限地高于圣·彼耶的计划。

任何政治组织,如同任何社会组织,都有它的根本原则成为它的本

---

① 亨利四世,是波旁王朝的开创者、路易十四的祖父。亨利四世原是新教徒,为了夺得王位,改奉天主教。在他的统治下,两派暂时相安无事,所以这里用了"共和国"字样。他最后被一个天主教徒刺死。

质，没有这些原则，它就不存在了，就不产生人所期待于它的效果了。

圣·彼耶院长低估了教皇组织的基础的那些原则；它们有四个：

一，为了把几个民族联结在一起而构成的任何政治组织，不仅保持每一个民族的独立性，而且应当在体系上是同一性质的，这就是说，所有的组织应当是一个唯一无二的概念的结果，从而政府，在任何一级，应当有一种类似的形式；

二，一般的政府应当独立于民族的政府之外；

三，构成一般政府的那些人，就他们的地位而言，应当倾向于具有一些一般的观点，特别关怀一般的利益；

四，他们本身具有一种使之强大的力量，这种力量不应当来自本身之外；这种力量就是公众舆论。

教皇的组织就以这些原则为基础，它的用处是它们造成的；不过，时代的愚昧不许可良好运用这些原则，反而把它变坏了。

首先，用之于一般政府和各民族政府的是封建制度，这种制度基本上是要不得的，因为它完全有利于统治者，有害于被统治者。

其次，教皇经常使用他的过于专横的权力，如同国王的权力，干扰欧洲，让它无法和平。

最后，形成一般的力量的舆论掺杂着种种迷信，结果是教会想维持它的权力，必须维持迷信，阻挠理智的进度。

弄明白这一点，想达到各民族的一个社会的可能的最好的制度，向前迈上一步也就行了。拿下述的三个条件加在上述的原则之上就成：

一，让可能的最好的制度运用于一般的政府和民族的政府；

二，让一般政府的成员受制于为建立共同利益的事物的力量。这一条件就包括在前一条件之内；

三，让他们的舆论的力量以任何时期和任何地区不能加以动摇的关系为基础。

第四章 可能的最好的制度

我希望寻找一下，有没有一种单单由于它的性质而善良的政府，基础是独立于时期与地区之外的确实可靠的绝对的普遍的原则。

假如我解决这个问题，按照截到现在为止议论政治问题的方式，我就会开展一场新的无终无了的讨论。不过，把已经关于这种事可能说过的话抛在一边吧，我帮助自己探讨的只有两个原则，在这方面，全部讨论、推理和经验都是明白无误的。

任何科学，不管属于哪一类，只是有待解决的一连串的问题、有待审查的一连串的问题，它们相互之间的区别仅仅在于这些问题的性质。所以，应用于其中一些问题的方法应当适用于所有的问题，原因只在适用于其中一些问题；因为这种方法只是一种独立于用之以研究的对象之外而又不改变后者的性质的工具。

更有甚者，任何科学得到明确的答案，和这种方法的应用有关。依靠这种的方法，科学变成实证的，不再成为一种推测的科学；这仅仅得之于模糊、错误和犹豫两可的多年之后。

到现在为止，政治问题没有引入观察各种科学的方法。

停止科学的这种婴儿时期的年月应该到了，停止也确实符合愿望；因为社会秩序的骚乱出自政治的黑暗。

什么是可能的最好的制度？

作为导致共同福利的制度将是以之成立各种机构，而各种权力也将安排成这样式：公众利益受到最深入和最完整的方式的对待。

公众利益的任何问题，单单作为一个问题来看，如同任何其他问题，应当用同一方法来解决。

为了解决任何等次的一个问题，逻辑为我们提供了两种方法，或者不如说含有两种工序的一种方法：综合与分析；我们用前者来拢抱被检查的事物的整体，或者，我们先验地加以检查；我们用后者来分解，在细节中加以观察，或者寻根问底地加以检查。

由综合得来的结果应该用分析加以核查，而分析得来的结果应该加以核实；或者，这样说也是一样，一个问题只有经过先验和寻根问底地相继检查，才说得上是用一种可靠和完整的方式加以处理。

这样做过，我说，最好的制度是其中的每一个有关公众利益的问题永远经过先验和寻根问底地相继检查。

所以现在只省下寻找什么样的计谋才可以组织一种制度，能使公众利益的任何问题在这里得到我方才说起的方式的检查。

想做到这一点，第一个必要的安排就是建立两种不同的权力；它们的构成是这样的：一个根据民族的一般利益的观点导致事物的考虑，另一个根据构成民族的个人的特殊利益的观点导致事物的考虑。

我把第一种权力叫做一般利益的权力，第二种权力叫做特殊或者地区利益的权力。

每一种权力都该授以孕育和建议它认为必要的全部立法步骤的权利。

截到现在为止，大家只看见两种权力，从不同的道路走向统一的目的；但是根本的安排、形成制度的力量的安排，却是关于一种权力的任何决定只能事先由另一种权力审查和赞同之后才可以付诸实施。

用这种方式，任何关系到一般利益的立法步骤就将在特殊利益的关系之下加以审查，而特殊利益也是如此；或者，用逻辑的名词来说，任何先验地形成的立法步骤将寻根问底地加以审查，而寻根问底地形成的立法步骤也是如此。

这样制定的将是完善的法律，因为它的形成不经两种权力的合作，就得不到许可和实施，从而证明它同时符合民族的福利与个人的福利；或者，换一个说法，任何公众步骤未经逻辑方法从严论证为有利和明智之前，不得付诸实施。

既然我上面说起的两种权力的平等是制度的基础，而一种权力一旦压倒另一种权力，平等就是走了样，因为这样一来，就是从一个观点审查问题，一般利益不牺牲于特殊利益，就是特殊利益牺牲于一般利益，所以必须建立一个第三种利益、我们不妨称之为约制或调节权力，用来维持其他两种权力的平衡，把它们抑制于它们的公平的界限以内。

第三种权力应当拥有再度检查已经由另外两种权力检查过的公众利益问题的权利，纠正差错的权利、否决在它看来有缺点的法律的权利、建议别的法律的权利，拿这些法律立即交给早先两种权力审查。

确立原则并把制度建立于基础之后，剩下的就是用次要的安排加以支持，约制它的活动范围，保证它的稳定性。

这些可以根据时期和地区而有所变化的安排，应当是三种宪法权力的早期工作；要靠它们来创造它们、改变它们、破坏它们。

一种以方才建立的原则为基础而设施的制度，好处就像一个良好的三段论证法那样明确，那样绝对，那样有普遍性。

大家不要以为这种制度是一种不切实际的理论、最多有利于写作者舞文弄墨的一种无稽之谈；它存在，它已经存在了一百年了，而这一百年的试验正好支持推理。由于它，一个民族自由了，成为欧洲最强大的民族。

第五章 英吉利的制度

英吉利由一个议会、最高的权威统治着；它由三种权力组成：国王、众议院和贵族院。什么是这三种权力的性质、作用、标志？是我要检查的。

国　王

一目了然，一个问题的全部幅员所需要的视线一致性，一个人比起几个人合起来要便利多了；所以，一般利益的权力，如果希望能管理得好，就该放在一个人的手里。

民族就是国王本人，他关心的是它的伟大与光荣，把国家看得比什么都重要，又不像任何一个公民那样受制于国家的某一部分，所以不管建议什么，只能从一般观点出发，从一般利益出发。①

在法律的形成上，国王只有创意和否决权；不过，他是任何行政权力的唯一受托人。

制定法律的权利与执行法律的权力之间的区别就在：前者希望细分，好让公众利益的任何问题得到充分的讨论和解答；而后者则需要集中在一点上，以便处处能统一执行。

众议院

如同一个问题想在总的方面得到全面理解，希望以这种只有一个人能具有的一般观点加以检查一样，这种没有一个细节能隐蔽，全部以相同的准确性加以掌握的集中力，只能得之于人们的一种集会的分工。

众议院由各省的代表、国家的所有的公会的成员组成，他们以他们的集会代表地区或者特殊的任何种类的利益。

像国王那样，这种议会有创议和否决它认为不适宜的法律的权利，全面执行我所谓的特殊利益的权力，因为构成它的每一个人倾

---

① 原注：看下文第六章，王国的划分。

向于优先考虑他所代表的省的利益，或者他是其成员的团体的利益。

从这种是国王与大多数代表并肩致力于法律的形成的制度的安排，像我方才说起的，得出上面说起的两种权力的协作：一般利益的任何一个步骤执行不了，如果伤害大部分的特殊利益，正如特殊利益的任何一个步骤执行不了，如果违反一般利益的话。

贵族院

让人担忧的是，国王会影响大多数代表的决定，或者大多数代表会影响国王的决定；让人担忧的是，国王或者大多数代表会弄错民族利益和特殊利益；所以必须有所配备，避免在协议中或者无意中出现的错误。

一个在舆论方面、出身方面、劳绩方面、财富方面占有优势的人们的团体，安置在国王与大多数代表之间，再度审查所做出的决定，加以平衡，加以修改，或者提出新的决定。

他们执行这种中间性的权力，即我称之为约制或调节的权力。

从另一个观点来考虑，贵族院针对国王和大多数代表，中断这种个人与公会走向绝对权力的倾向。它约束它们于它们的界限以内，因为它关怀的是维护它自己作为一个团体而存在的特权；因为平衡一旦被破坏，不是国王压倒大多数代表，就是大多数代表压倒国王，国家就变成了专制的或者人民的，而每一位贵族就不得不从政府成员的行列下降到廷臣的行列。

第六章 续

把制度建立在它的基础上，还不算数，必须提供条件不使它的基础动摇。

国王代表全国的利益，正如大多数代表代表国家各部分的利益；解决任何公众利益问题，前者从一个单一的一般原则、民族的福利出发；代表却从几种特殊原则、个人的利益出发。

然而代表们是选举出来的，王权却是世袭的；世袭对人民是一种保证，继承时不出乱子，不过绝不保证安放在王座的出身就是最有能力坐在这里的。

制度把这一部分的立法权交到国王的手里，倘使他缺少它所要求的才分，就管理不好；倘使他不公正，他所受托的行政权就将用于个人的报复和专权的行为。

为了避免这类流弊，王室按照后者的性质分成两个不同的部分：一部分属于排场、豪华、荣誉、王权的一切标志；另一部分属于事务的管理：前一部分以世袭方式相传，交在统治王朝的手里；第二部分，基本上是选举性质，托付给首相。

内阁的责任是使人民预防权利的任何滥用和任何恶意的管理。

王室的这种分法，一方面有荣誉而无权，另一方面有权而无荣誉；根据这种分法，世袭与选举所有的一切优点就为人民的福利聚集起来，不会由于它们有问题而引起任何流弊。

财政大臣不由国王任命，而由民族任命。国王被迫选择在众议院获得多数的人来担任。

一旦多数强有力地支持某人，某人就进入内阁，取代免职的部长，而不引起骚乱和争执。①

制度的优越性做成法律的优越性，继而良好的法律又加强了制度。财产有保证，个人自由有安全感，还有这种思想与写作的自由，在

---

① 愿意寻找更多的细节的人们可以参看得拉包尔德 De Laborde 先生关于代议制贵族的著作。这本书充分说明英国制度有关王权与部长选举这一部分。

统治者与被统治者之间建立了一种更亲密的交流关系，让国家的工作听到他们协商的声音；所有这些法律、一种良好的健康的组织的结果，借给它一种它从自己身上找不到的支持，使声音更高。

除去英吉利制度的这些特殊安排之外，还有别的安排，我不谈起，因为他们只对英吉利人民相宜。

孟德斯鸠认为，每一个民族需要一个对自己合适的政府形式（因为只能有一个良好的政府形式，唯其只有一个推理的方法），假使这样说不对的话，至少这样说是对的：格局接受者的习惯和建立的时日，这种普遍形式需要多种的修改。

第七章　结论

观察的科学的方法应当用到政治上；推理和经验是这种方法的成分。依靠推理，我寻找什么是可能的最好的制度的时候，我找到议会制度；我询问经验的时候，经验就来证实推理所证明了的东西。将近一百年以来，英吉利完成它的革命，在它那里建立了这种各方面得到充分发展的政府形式，难道我们没有看到它的繁荣和它的强大每天都在增涨？哪一个民族在内部更自由和更富足，在外部更伟大，在实业、海运和商业的技术方面更灵巧？这种独一无二的强大是怎么来的，如果不是来自这个比欧洲所有政府都更自由、更精力充沛、更有利于一个民族的幸福与光荣的英吉利政府？

第二卷

欧洲所有的民族应该受制于一个民族议会，协力形成一个一般的议会，以决定欧洲社会的共同利益。

第一章　欧洲社会的新组织

我分析了欧洲的旧组织，我指出了它的优点与缺点，我说明用什么方法才可能保全前者，排除后者。我随后证明如果有一个本身良好的政府形式，这个政府只能是议会制度。这些情况自然导致下面的结论。

凡是在旧组织的地方，用议会政府的形式替代等级或者封建的形式，单只这种代替就可以得到比前一个更完善的新组织，不像它那样短暂，因为它的优越性并非得之于绝不改变的事物的本性。

所以，总结我到现在为止所说的话，就是：欧洲会有可能的最好的组织，假使它的全部民族，个个受制于一个议会，承认一个高于所有政府并获有审判它们的分歧的权力的一般议会的绝对优势。

我这里不谈民族议会的建立；经验已经说明它的组织应当是什么模样；我仅仅指出欧洲一般议会怎么样才能构成。

第二章　欧洲议会的代表院

生在一个随便什么地方的任何人、随便一个什么国家的公民，由于教育、关系、所能见到的典范，永远获致某些多少有些深刻的习惯，把他的视野伸展到他个人福利的界限以外，把他本人的利益和他的作为成员的社会的利益混合起来。

从这种加强和转化为感情的东西，得出一种一般化他的利益的倾向，就是说，永远把这些利益压缩在共同利益之中；这种倾向，有时候减弱，不过绝不消灭，我们叫做爱国心。

任何民族政府，只要良好，每一个人有的爱国心，在他成为成员的时刻，就变成身体的精神或者意志，因为一个良好的政府的必然属性就是政府的利益也是民族的利益。

这种身体的意志是政府的灵魂，它促使所有的行动在这里团结起来，所有的运动协调起来，走向同一的目的，满足同一的动机。

在欧洲政府这里，如同在各民族政府这里，它的全体成员没有一种共同的意志，它就不能行动。

而这种身体的意志，在一个民族政府里，产生民族的爱国心，在欧洲政府里，只能来自一个更为宽阔的一般观点，一种可以称之为欧洲爱国心的更开扩的感情。

孟德斯鸠说，制度形成人；所以，这种促使爱国心走出祖国的边疆之外的倾向。这种考虑欧洲利益远在民族利益之上的习惯，对于那些理应构成欧洲议会的人来说，将是建立它的一种必然的结果。

这话是正确；不过，另一方面，人也形成制度，而制度能不能建立，全看他们是否事先就能形成，或者至少有所准备。

因而欧洲议会的代表院，即欧洲制度的两种活跃的权力之一，有必要只接受这样的人们：由于更开阔的关系、少受生长的习惯所挟制的习惯、用途不限于本民族的使用并向所有的民族扩散的劳动，他们更能很快就形成这种理应是身体的精神的一般观点、这种理应是欧洲国会的身体的利益的一般利益。

一些商人、一些学者、一些司法官和一些行政官，而且只能是他们，有资格被请来组织大议会的代表院。

说实话，一切和欧洲社会有共同利益的东西，都可以引入科学、艺术、法律、商业、行政与实业。

在欧洲能读书写字的每百万人，应当在大议会的代表院有一个商人、一个学者、一个行政官和一个司法官做代表。这样，假定欧洲有六千万人能读书写字，代表院将有二百四十名成员构成。

每一个成员的选择将由他所隶属的公会进行。每人的任期是十年。

代表院的每一个成员应当有两万五千法郎的年收入、至少在地产方面。

不错，财产做成政府的稳定，不过这也只是在财产不和学识脱节之下，政府才能牢固地立于财产之上。所以，让有显著成就的没有财产的人们和有财产的人们一同参加政府，就合适了，为的是才分和财富不分离；因为才分是最大的力量、最活跃的力量，如果不和财产结合起来，很快就会白占财产的。

所以，每一次选举，在最知名的没有财产的学者、商人、司法官和行政官当中，应当选出二十名成员进入欧洲议会的代表会，而且每人送两万五千法郎的地产年收入。

第三章 贵族院

如同一个民族议会的每一个贵族应当以财富在他居住的地方驰名，欧洲议会的全体贵族应当以财富在全欧洲驰名。

欧洲议会的每一个贵族应当有五万法郎的年收入，至少在地产方面。

国王任命贵族院议员。名额不受限制。

议员是世袭的。

贵族院议员有二十名来自这样的人或者这样的人的后裔：由于他们在科学、实业、司法和行政的勤劳，曾经对欧洲社会被认为做出最有用的业绩。

欧洲议会送这些成员五万法郎的地产年收入。

除去最先任命的二十名之外，议会每届改选，选一名贵族，并送他五万法郎的地产年收入。

第四章 国王

　　欧洲社会的最高领袖的选择，具有十分重要性，要求做出极为细致的选择，我发在稍迟印行的第二本书里讨论，作为这本书的补充。
　　欧洲议会的国王应当最先执行职责，决定两个议会的形成；为了建立大议会不出现革命和骚乱，活动应当由他开始。

第五章 大议会的内外活动

　　欧洲社会一般利益的任何问题，都应当在议会提出，由它审查并加以解决。它是政府之间可能出现的争论的唯一裁判。
　　假使欧洲居民，无论属于哪一个政府，有任何一部分愿意另外形成一个政府，或者受另外一个政府管辖，决定的将是欧洲议会。而它的决定根据的不是各政府的利益，而是各民族的利益，建议也永远以欧洲联邦的可能的最好的组织为目标。
　　欧洲议会将对一个城市和它的土地具有全部的产权和主权。
　　议会将对联邦具有它认为必要的收捐收税的权力。
　　对欧洲社会有一般用途的任何措施将由大议会指导：例如，开凿运河，连接多瑙河同莱茵河、莱茵河同波罗的海，等等。
　　没有对外的活动，就没有内部的安定。联邦政府维护和平的最可靠的办法将是不断向外发展，并不间歇地在内部进行大规模的工程。欧洲人种比所有别的人种优越，可以移居到世界各地；让世界各地像欧洲一样可以旅游，可以居住，欧洲议会应当不断地拿这种做法来促进欧洲的活动，并持之以恒。

全欧洲的公众教育将置之于大议会的指导与监督之下。

大议会要用心编制一部既是一般又是民族与个人的道德法典,在全欧洲讲授。在这里要清楚欧洲联邦所奉行的原则,是最好的,最牢固的,唯一能使社会像它所能达到的那样幸福,无论是就人性来看,无论是就其知识的情况来看。

大议会将允许良心的全部自由和各种宗教的自由传播;但是它将禁止这类宗教:它们的原则违反规定的道德的大法典。

所以,在欧洲民族之间,将有成为任何政治结带和基础的东西:制度的一致性、利益的联合性、格言的近似性、道德与公众教育的共同性。

第六章 结论

按说这本书应当更长,理由也相当清楚。为了不转移读者对重要考虑的注意,在一些还有待于探讨的细节上分心,我现在就不再讲下去了。

第三卷

法兰西与英吉利,具有议会政府的形式,可以而且也应当形成一个共同的议会,负起调理两个民族的利益的责任。

——英吉利—法兰西议会对欧洲其他各民族的影响。

第一章 欧洲议会的建立,促成这一建立的方法

人们可能长久认识不到对他们有利的事物,但是弄清楚和加以运

用的时间总要到来。

法兰西人采用了英吉利的制度，欧洲各民族一旦对它的优点有了足够的认识和欣赏，也将相继加以采用。

而欧洲各民族将由各民族议会治理的时间，毫无疑问，是一般议会在破除困难之后得以建立的时间。

这种论断的理由十分明显，我可以不必赘述了。

但是这一时期离我们还很远，在这相隔的期间，欧洲可能受到可怕的战争、不断的革命的蹂躏。

免欧洲于这些新的灾难、继续成为混乱的悲伤的结果，怎么做才是？向技术求救，在一个离我们更近的时间，找出毁灭它的原因的方法。

我回答我说的话。

欧洲各民族一旦活在议会体制之下，欧洲议会的建立的工作就不困难了。

结局就是，欧洲议会一开始建立，代表性政府所管辖的部分欧洲居民就将在武力上超过隶属于专制政府的部分居民。

而欧洲这种情况只是事物的现实情况：英吉利人和法兰西人不可否认地在力量上高于欧洲别的民族，英吉利人和法兰西人有议会政府形式。①

因而从现在起，开始欧洲的重新组织是可能的。

英吉利人和法兰西人进入社会，在它们之间建立了一个共同的议会；这个社会的主要目的就是在扩大中把别的民族吸引到自己这边来；结果就是，英吉利—法兰西政府对各民族赞成代表制度的党派表示好感；它以全力支持它们，为的是隶属于专制王国的各民族建立议

---

① 原注：我所谓英吉利人和法兰西人的政治力量，包括他们的外交优势和为他们的事业的胜利用他们得到的钱进行贿赂的方法。

会；为的是任何民族，一采用代表性政府的制度，就能和社会团结在一道，在公众议会代表所选出的代表，而欧洲组织也就将在不觉之中完成而且免去战争，免去祸害，免去革命。

第二章 英吉利—法兰西议会

英吉利—法兰西议会的组织应当只是我所建议的欧洲大议会。

法兰西人只有代表的三分之一；这就是说，每一百万能读能写的人当中，英吉利人应当有两个代表，法兰西人只有一个。

这种安排之所以重要有两个理由：首先，因为法兰西人对议会政治还不那么熟悉，需要英吉利人的监护，他们已经获得一种较长的经验；其次，英吉利人同意创建，应当作出某种牺牲，让法兰西人从中得些好处。

第三章 以一种共同的纽带把法兰西和英吉利的利益连接起来

法兰西和英吉利的联合可以改组欧洲；到现在为止，这种联合不可能，如今是可行的了，因为法兰西和英吉利具有同样的政治原则和同样的政府形式。不过，要好事成功，仅有可能性就够了吗？毫无疑问，这是不够的，还需要大家心甘情愿去做。

英吉利和法兰西彼此都受到一种巨大的政治动荡的威胁，彼此都不能从自身取得避免这种威胁的方法。不相互支援，两个国家全不可避免地要倾踬；唯一的解救是一种奇异而又幸运的偶然机会：它们想不发生一次不可避免的革命，就是这种必然增加各自的繁荣并结束欧洲的苦难的联合。

第四章 检查英吉利的政务

在英吉利，分享公众舆论的人不仅是内阁派和反对派；这种分裂只是一种更大、更老而且一直存在的分裂的一个部分：民族分成两派：辉格党人和托利党人。①

托利党人一直占有多数，结局就是到现在为止，内阁由他们掌握，因而英吉利现今的处境是他们造成的结果。

我们不妨看一眼英吉利的处境。

英吉利打败了，消灭了所有能集合起来与它为敌的海军。所以海军帝国整个在它手里。它直接统治亚洲与非洲。它把南美洲政府的开销和困境留给西班牙人和葡萄牙人，而它攫去全部利润。它从北美洲人那里夺走任何成为它的商业敌手的办法。

由于它知道独霸欧洲的这种平衡，就能在大陆为所欲为；它操纵这里的战争与和平；它掌握全世界的商业；它在农业和实业方面超过其他民族。

所以，英吉利的活动对其余的人类发生了历史记载的最广泛、最具大、最惊人的影响；从而英吉利达到光荣与强盛的极端。

但是英吉利所欠的债款超过王国的土地价值：结局就出现了一种勉强撑持的情况；这种勉强撑持的情况大大地提高了生活必需品的价格，从而提高劳动力的价格，又必然提高成品的价格；银钱和纸的正常比例乱了，交易经常陷于无利可图的境地，等等。

英吉利民族的爱国心，只要有拿破仑的威胁存在，就会设法支持政府应付它受到的巨大压力；但是在处境平静之下，它能继续这样维持下去吗？毫无疑问，不能；如果不立即抢救，一种财政革命、一种政

---

① 关于托利党和辉格党的真正面目，参看马克思的《英国的选举。——托利党和辉格党》。《马克思恩格斯全集》，卷八，人民出版社。

治革命就免不掉了。在辉格党人的煽动之下,这种革命的速度势将迅猛起来,因为对于他们说来,革命是唯一实现他们的原则和夺取领导权的方法。我们谈一谈辉格党人。

他们竭尽全力反对和美洲打仗。他们认为大不列颠应当不迟疑地承认它的新世界大陆的臣民所要求的这种作为一种恩赏的独立,但是如果受到拒绝,他们就感到非战不可。他们中间没有一个人赞成英吉利对印度的专横、不公正、残暴的行为。①

自从法兰西革命开始以来,在革命的整个期间,辉格党人不断宣称,英国政府应当对促使法国改变政体和建立代议制度的党表示欣赏;柏克②和托利党人公开抨击,并以这种耸人听闻的谈话轰动英吉利:"法兰西人经过自由的考验",辉格党人当时就回答:"难道政治上最大的进步,不是来自人类最强烈的危机和流血最多的灾殃吗?我们的先祖,不就像法兰西人那样,曾经有过他们的忿怒和疯狂的时日?没有像他们在他们的无辜的过往的血里染脏了他们的双手?难道我们的压路人就不比他们的雅各宾人更荒唐、更敌视任何社会原则?难道克伦威尔就不比拿破仑专制?而我们之所以成为现在的样子,就由于我们有过和法兰西革命十分相似的革命;由于革命,英吉利人民才能在本国自由,对国外各民族称王霸道。我们相信,无论我们做出什么样的努力来咒骂和阻挠他们的革命,法兰西人最后将从这里得到好处,如同我们曾经从我们的革命得到好处一样;他们将向我们一样自由和伟大。所以,在他们软弱的时候,在我们的抢救还能使他们免于威胁他们的忧患的时候,让我们现在保护他们吧。"③

---

① 辉格党人没有机会公开宣扬最自由的意见;今天他们对费迪南的行为表示厌恶,劝告英国政府支持西班牙人民反对他们的国王:大家知道,他们中间有好几位送钱救济挪威人。
② 柏克 Edmond Burke (1729—1797),强烈反对法兰西资产阶级革命,著有《对法兰西革命的意见》一书。
③ 原注:参看当时议会的辩论。

总之，辉格党人不断宣布这种原则，大不列颠会引致更完整，更安全，如同大陆各民族会更自由一样。他们不断向托利党人重复："想阻挡欧洲各民族这种什么也阻挡不住的知识方面的进步，他们白费力气；他们被迫用在事业上的巨大开支，不仅达不到目的，而且把公众债务提高到这样一种数字，别说还清本钱，就连利息也无法偿付；这种债务必然造出一种虚假财富的程序：促使食品涨价，因而提高工资，又导致成品涨价；成品涨价就会增加进口，减少出口，结局是开支增加和收入减少；最后，国家不再有能力偿付它的债务的利息，破产就不可避免了。"

事变告诉英国民族，辉格党人的话有道理；英国民族开始感到改变它的外交政治方案的必要性。

可是为什么托利党人经常获得多数选票，永远击败辉格党人？为什么内阁必然是国家事务的管理，截到现在为止，由他们掌握？难道还由他们管理下去？管理多久？

英吉利人有一秘密感觉：他们的自由会受到损害，如果他们和还很愚昧的民族有密切关系，生活在一种自由体制之下；所以，主张专制和英吉利孤立的托利党人就必然获得多数选票，因为他们当时的见解和人民的利益一致。

此后，由于拿破仑统治全球的庞大和疯狂的计划吓坏了英吉利人，每一个公民不做辉格党人，不做托利党人，只做英吉利人，所有的见解并成一个：援助祖国的需要。

但是，现在，英吉利用不着害怕了，可以和法兰西联盟了，因为法兰西和它有同样的制度，现在祖国没有危险了，公民有空间权衡两党的见解，考虑哪一个当主持内阁了。

所有英吉利人的公众舆论是有点儿分量的，因为他们在或多或少的数字上都是国家的债主，从而他们每一个人都盼望国家履行它的诺言。所以，所有的辉格党人都该站出来，一方面由于有控制政务的愿望，一方面由于有阻止国家破产的愿望；何况现在他们看清破不了产，跟他们夺取政治的行动是分不开的，个人的利益在他们心里抵消了观念的利益，他们都该安心等待，遵循事务的进展，因为如果他们试图加以阻止的话，担心自己受害。

结局就是，政府还该由托利党人掌握，只要他们能借到钱，要待多久就待多久，而托利党人忠心于他们的旧的政治体制，将设法在法兰西制造纠纷，再度阻挠实业在这里发展。

不过，英吉利政府将被迫向人民宣布它没有能力再偿付它的债务的利息的时间快要到了，这是容易看到的；这时候，政治上受到一次重大的打击，政府就将从托利党人这边落到辉格党人的手里。

现在，问题在于弄明白，有没有一种方法避免英吉利破产，让政府为一种更自由的外交政治方案摆脱现有的方案，就是说，政府从托利党人过渡到辉格党人的手里无需乎革命和破产。

我相信这是可能的；不过，英吉利要找到这样的办法，必须到国外寻找，而不是在国内；它只能得之于和法兰西的联合。英吉利仿佛一家大商业公司，有一些豪华的建筑物，可是为这些建筑物欠下了一大笔债；如果它找得到一个富裕的合伙人，就欣欣向荣了，否则，就必然失败。

不过，不仅英吉利需要法兰西，法兰西也需要英吉利，彼此在共同结盟上全有一种同样的紧迫的利益。

第五章　检查法兰西的政务

法兰西采纳英吉利制度，不是由于政治上的任性，或者意外的巧合：上百年的劳动为采纳它在铺平了道路。

为了法兰西重新组织，它必须推倒许多阻难，如同教皇的权威、国王的不受限制的权力、贵族与教会的特权、支持它们的强大的财富。

摧毁过去舆论所捧起来的这些权力，必须又靠舆论来开始，这是十八世纪的工作。教会成为笑柄，专制权威可憎，贵族不受尊重。

整整一世纪的劳动成果：《百科全书》，以决定性的打击，一下子扫除掉支持旧秩序的根深蒂固的所有偏见、深入人心的所有谬论。

美洲的战争又加快了作家们准备的革命。这些自由与建立自由的制度、合众国的捍卫者从一个自由被压迫的民族的交往所带来的这种对任何暴政的憎恨，很快就得到一部分民族的赞同；危机开始了。

王室的权力、贵族与教会的权力，早已根基动摇，只能摆出一副空架势来反对。财产没收了，头面人物亡命了，国王本人也得不到宽容。①

路易十六爱他的人民，他有善良过往的一切品德；不过，即使提图斯②身居他的王位，也会像他一样倒台。他没有那种坚强品质，正如他的为人软弱一样，救不了他。受攻击的不是他，而是王座；生的偶然性让他登上了王座，王座倒的时候也把他带下去了。

法兰西革命的全部热忱、各种的疯狂活动、各种的恐怖事态，也都在英吉利革命中再现了。③两边的目的是相通的；两边都是相同的事故在引导；人类精神的进展确实是一样的，经久不变的，并不按照时间或地区而有所变化。④

两国的革命如此相似，我们一下子就可以勾勒出它们的共同特

---

① 原注：我先前说到的财产与才分在政府的结合方面的必要性，法兰西革命是一种证明。贵族与教会是国家的大地主，放任知识集中于没有财产的人们的阶级，被后者推翻了，财产由这边转入推翻他们的人们的手里。
② 提图斯 Titus 是罗马帝国的皇帝（79—81），在罗马帝国的皇帝中以"仁爱"出名。
③ 英吉利革命发生于法兰西革命之前，"再现"词欠妥。
④ 从阶级斗争的角度来看，总的方向相同，但是具体情况大不相同。措辞的概括性太强。

征，继而应用在每一次的革命上面。①

两国的革命全可以分成五个不同的时期，用引人注目的事件加以区别。

第一时期　知识的进展明确了旧社会秩序的缺陷，使人感到需要一种新的组织；人人具有进行这种幸福的改变的意愿；国王、权贵、人民，都想在这方面有所作为；大家只有一个目的、一个倾向、一个意愿，就是，公众的幸福；不管代价多大，都决心要把它弄到手；

私人利益在全体利益之前消失了。

第二时期　魅力终止，当着各种牺牲，人后退了，从远处望去，原以为牺牲算不了什么；人为轻率的热心后悔；这种对广泛福利的炽热的、激怒的、盲目的喜爱变的更平静，更内向了；大家计算得失；有些人对先前的安排不满意，跟同党人斗争，力谋阻止新事物的进展；革新者力谋在他们鼓动起来的群众中间寻找支持；有些人民社团成立了。

第三时期　由最愚昧的阶级掌握的各种权力机关，管理不好，无政府状态出现，内战和饥饿加重公众的苦难。

第四时期　骚乱到了极点，精疲力竭的有才之士力求恢复秩序和从属关系，一个人的专制似乎不比人民的专制那么讨厌；不管是谁，敢于统治，就受欢迎。于是，群众中间出来了一个大胆的野心家、一个克伦威尔、一个拿破仑，有坚定的意志做武装，有公众的需要做堡垒，从乌合之众的无赖的手里夺过权力，集中在他的手里；因为只有武力能粉碎人民的力量，一种好战的统治在无政府状态的民主废墟上建立起来了。

第五时期　经过多次动乱，平静产生了，人民智力健全的部分在

---

①　此注译者给了标注数字，却未给出注释。——编者

开头所希望的改变，用不着费气力就在进行了，民族终于看到它先前希望实现的那种社会秩序，既不痉挛，也不混乱。

这就是英吉利革命和法兰西革命的简史；这里关于前者的分析，我请读者分神去核实；至于后者，我们中间活到五十岁的人，哪一个不对国民大会的美好岁月、立法会议的疯狂活动和制宪会议的残酷作为留下种种的记忆？哪一个人不忿恨法兰西从暴政底下解放出来的专制，哪一个人看见路易十二和亨利四世的后裔，有他们祖先的品德，在长久流放之后，给我们带回符合我们知识的制度，不感到喜悦？

有些事的系列就跟算数的级数一样，在四个共同数字之后，都无限地相同了。①而法兰西和英吉利的革命，作为事的两个系列来考虑，有五个相似的时期，法兰西革命的第五个时期就是现况。所以，我们可以说，倘使英吉利革命有第六时期，法兰西革命，性质相同，肯定会有同样性质的第六时期。英吉利革命的第六时期就是驱逐斯图亚特王室。②

这样的祸殃对法兰西会是可怕的，可是事物的力量在威胁着我们朝这个方向走。现在的问题不在乎自骗自，眼睛躲不开这个朝前走的未来。必须加以阻止、消灭；而想做到这一点，不往这上头想是不成的。

第六章　法兰西的新革命的因素

法兰西有过一个特权等级，纵览所有的荣誉和所有的重要官职。

---

① 原注：为了预防数学家方面的任何反驳，我补充一句话：我这里说起的算术级数，不管是什么数字，最多只限于前面的四个数字；我拿来和它们比较的事的系列，包括完全跟着前一个式子走的一些数字，它们的同一性的理由多于必要性。（译者："事的系列"或"一些数字"，指"五个"时期）
② 指 1688 年的政变，大资产阶级推翻斯图亚特 Stuarts 复辟王朝。

贵族,加上拿破仑后封的贵族,现在分成敌对的两派,心怀不满。旧贵族一向把国家的尊贵之位看成自己的囊中物,看见一群新人占有他们祖先的席次,心里有气。新贵族由于他们的财富而傲形于色,又善于执行他们的职务,因为在成为贵族之前就在执行了,正如旧贵族认为一切成就得之于他们的出身,新贵族认为得之于他们的知识;有些职务,他们以为只有他们自己能完成,却教给一些游手好闲或亡命在外的不熟悉业务的老人承担,他们看不下去。①

旧人与新人之间的斗争特别表现于军人阶级,而军人阶级在法兰西任何时期都是第一阶级。在拿破仑治下服役的军官,经过许多辛勤与胜利,有一部分人的薪俸低了一半,每天看见新部队成立,他们的长官现在没有受过他们的劳累,也没有立过他们的战功,心里难过是无疑的了;尤其让他们忿忿不平的是,一个镀了金的闪亮的王室,没有光荣,没有战争的经验,被安置在那曾经使欧洲颤抖的旧警卫队之上。

另一方面,旧贵族要收回全部军职。在他们看来,不管是没有的,还是从来没有过的,都同样被窃取了;他们同时要求他们有过的和他们可能弄到手的;面对着许多相反的利益、许多敌对的奢望,出现了一个普遍的呼声:对过去的缅思、对现在的不满。

如果我们放下社会的第一阶级来看第二阶级,我们首先看见的是司法官僚和他们密切相关的人员,他们失去他们的政治重要性和光宗耀祖的崇高名位,感到屈辱;如果司法阶层不指望享有他们旧日的特权,至少也会希望,像在英吉利那样,高级法官在议会也有席位。

商业阶层,如银行家、批发商、制造商,等等,缺乏完全脱离政府的而又牢固的银行的基地;事业缺乏孤立;在事业方面有成就的人不

---

① 原注:旧贵族虽然丧失财产、官职、荣誉,在舆论中还有足够的力量,跟靠革命而掠夺去了的人们斗争。原因在于有人喜爱在旧贵族方面寻找那种法兰西的古老的荣誉、骑士时代的那种重视光荣的激情的残余,而社会秩序的变化像没有消灭旧贵族对他们祖先的回忆一样,也没有消灭那种激情。

受尊重；这个对一个国家的强大十分重要的阶层，还在受到贵族的奢望和只对贵族的尊重的压制。

在没有财产的阶层那里，只有一个反对这些聚拢的权利的呼声，这些权利的收税方式让他们想到最可憎的暴政。

法兰西港口和岸边的居民抱怨只能沿海航行，不能开展他们的活动，到远洋航行，由于我们最重要的殖民地的丧失和英吉利的霸权主义，他们的远洋航行受到了禁止。

社会各界及全部法兰西人，起来反对政府在割让比利时问题上所显示的软弱；大家一肚子气，眼睁睁看着奥地利攫走了波兰一部分和伊利里各省①，俄罗斯掘走了克里米亚、芬兰和亚洲的广大地区；普鲁士攫走了西里西②和一部分波兰；而屈辱的法兰西，却缩回到它的旧疆界。

第七章　续

所有这些怨言，在民族的不同阶段中，及其对立的利益、失望的情绪，同时聚拢，反对步伐既不坚定又不坦率的政府。

二十五年以来，法兰西推翻了它的旧政府形式，轮流采用和放弃了十种不同的制度；这些尝试表现在党派的热狂所产生的惊人的暴行，可以说曾经是由旧秩序上升到我们说起的秩序的阶梯。民族为之疲劳的代表制今天获得信赖，似乎是它全部祝愿的中心，实际上也应当是，因为政府形式是最好的形式。所以不再有理由害怕再来一次革命，改变国家制度，因为舆论已经承认这种制度是不可动摇的，倘使我

---

① 伊利里各省 provinces Illyriennes 是拿破仑帝国时期的名称，即巴尔干半岛沿亚得里亚海一带的山地。
② 西里西 Silésie 地区在奥德 Oder 河流域，第二次世界大战之后，绝大部分并入波兰，小部分并入捷克。

们受到政变的威胁，受打击的将不是制度的权力，而是行使权力的人们。

法兰西议会自从成立以来，大多数人民不喜欢它的所作所为；在民族政策上，如同在对外政策上，它似乎是同样地软弱无能；大家原先希望它首先关心的是保证出版自由、人身自由与内阁责任；对于被统治者说来，这些是他们不受迫害的唯一保证。

我们一般地检查了一遍议会，不妨也进一步检查一下构成它的这种权力。

在拿破仑暴政之下形成的代表，不敢相信他们不是人家随意使用的工具，只有少数人不是，他们的名气相当大，我没有必要一一列举了；大家看见法兰西议会有鼓吹专制权力的人；有些人靠制度才弄到一些本钱，却拿到他们得之于制度的一种权力来反对制度，他们做出一种古怪的选择，宁愿做一位部长的走狗，也不要做国家崇高社团之一的成员。

在贵族议员里，同样是少数人的勇敢，他们知道，什么是他们的权力，该怎么用就怎么用，同样是多数人的软弱，由人摆布。这个贵族院还不是世袭的，完全握在国王的手心。

工作中不公正，两院对制度问题意见分歧所产生的政府观点的凌乱，又被国王所加强；专制权威的观点形成他的哲学和他的性格，它们使他疏远，童年的习惯权力和身边人们的劝告不由他自己就这样了：一边有他的明智诱导，一边又有他的教育让他眷恋往日；在这两种势均力敌的战斗之中，胜的转眼败了，败的转眼胜了，踌躇，犹豫，其活动之所以不同，只是一时冲动的结果，而他的决定也只是内心活动的失调而已。

正是由于整个议会这种犹疑两可的状态，在一种被破坏而又不能重返的事物程序和另一种众人向往而又还不稳定的事物程序之间，才产生种种差错和种种怨言。

希望调和不能调和的事是一桩了不起的怪事，身兼专制国王和议会国王，成为一种独裁体制和代表体质的古怪混合体，除去混乱之外，还能怎么着？何况是一位为所欲为的部长的走狗，贵族议员是国王的意愿的奴才？这种杂种政府形式，代表权在这里是一种对滥用权力丝毫无能为力的虚有其表的器物，正是我们今天所看到的。明明是不能并存的两种事物程序，偏要它们并肩而行，这种混淆来自一个原因，就是管理宪法权力的人们缺乏经验。假使在法兰西建立议会政权的打击，先就摧毁人们在前政府之下形成的习惯，启发每一个人对社会组织有正确的认识，现在怨言就少了，而我们收到的差错的威胁也就少了。毫无疑问，时间和经验一定会教育统治我们的人；但是好处来得慢，祸害近在身边，经验却姗姗来迟。

大家回想一下，英吉利政府还在托利党人的手里，托利党人费尽心机阻挠法兰西民族达到目前的情况而一无所成，现在又设法要它回到过去，干扰已经摇摇摆摆合着①不稳定的政府的步伐，我们②就将看见法兰西被安置在一个火山上，火扑灭的越慢，爆炸起来会越凶。

第八章　革命的步伐

民族不满意、英吉利搞鬼、政府软弱，使法兰西面临再次革命的威胁。

下次革命的打击落在谁的头上？落在代表头上？而代表仅仅是为一个时期选出来的，它只能取消他们不会永久保存也不可能希望再弄到手的一种权力。落在贵族议员头上？可是贵族议员还不是世袭制，

---

① 原稿上为"和"，"合着"起了动词的作用，也许是译者匆忙中的失误。——编者
② 编者添加的字，原句中似乎缺了主语。——编者

不等他们的社会存在消灭干净，每一位贵族议员就可能不复是议员了。落在国王头上？而今样样变了，王朝是世袭制，王座是仅有的领地，王族仅有的存在。

所以，下次革命对两院无能为力，它的全部重量一定落在国王和他的家族头上；这种可怕的祸殃的原因就是法兰西的王权还没有划分。

倘使行政王权早就和世袭王权分开，政变仅仅威胁行政权，打击只落在部长头上，和国王不相干；可是二者集中在一点上，一个受打击，另一个就会跟着受打击。

内阁的责任是王朝最可靠的保障和最坚固的壁垒。

今天，由于对政府旧形式已经习惯了的残留心情，有一部分民族把一切归之于国王，让国王成为一切的中心、一切的动机，而把所有其他权力都看成王权的一种表现。这种没有摧毁干净的见解，其所以还维持下来，使法兰西人爱自己的主子的缘故，也因为大家喜欢服从所爱的人们，其实最有损于国王的利益、最有害于王朝、最适于推动前进中革命的全部力量来反对自己；因为引起所有反对信任的国王的怨言的，正是这种见解；大家把所有的罪恶都推到他身上，所有的过失都搁在他头上。

如果没有办法挽救这种祸害的话，我对一种不可避免的苦难的先兆，也就闭口不谈了，因为犯不上白让法兰西痛苦一场；不过，我们既然还没有落到绝望的境地，可以避免我们当前的危险，而指出怎样避免是重要的，我闭口不谈反而有罪了。

第九章 在法兰西避免第二次革命的方法

我方才说起威胁法兰西的革命的原因；不管这些原因有多少，可以一下子全部消灭。

一个民族的自尊心受到损害，全民族的这种隐痛就延伸到个人方面，使每个人更痛切地感到个别的祸殃；这种自尊心一旦得到满足，所有个别的不快之感也就消失在普遍的满意之中。

法兰西民族，今天虽然软弱无力，可是一和英吉利在政治上团结起来，就将在欧洲扮演头一个角色，而和法兰西一同倒下去的法兰西人的自尊心，也就同它一道恢复了。

从而所有的奢望将被忘却，所有的利益搀和起来，所有的自尊心得到满足，或者，现在正在猛烈活动着的这些激情，很快就将自行减弱，自行消失。

法兰西也将在它和世界其他地区的关系之中分享英吉利正在享受的好处。

法兰西和海上帝国结成一体，就将开展商业、增加实业，打开还处于虚弱，也可以说是不存在的远洋航运。

一种促使周转更为灵活的纸币，对法兰西实业的复兴是必要的；一个由英吉利—法兰西议会建立而为两个民族所共有的银行，将在这方面满足商业阶层的愿望。

最后，由于我们民族政治上的主人、英吉利人的密切的商业的配合，法兰西的公众舆论就将获得牢固的基础；英吉利议会和英吉利—法兰西议会对法兰西新议会所起的影响，将把它带上真正的宪法方向，坚定政府的步伐，摧毁这种来自旧习惯和新见解的战斗的犹疑不决的状态。

第十章　总结有关法兰西和英吉利的考虑

我现在从法兰西和英吉利的共同利益的高度来看问题。

细心听取我的看法的人们，和我一同升到这种高度，在这里发现一种抑制两个民族的祸害的方法，如今再来看一下攸关民族利益的这些组合，我们一直考虑的就是这些组合，而且还要继续考虑下去；接下来看到什么？对抗、战争、内外交困。

英吉利发现革命接近，吓坏了，加倍致力于实现它的政策；它冷静地盘算欧洲的新战争和法兰西的新灾难；它支持黑人的事业，蹂躏它的兄弟国家的土地。整个欧洲听到纵火焚烧华盛顿的消息在发怒[①]；不过，它的诡计、它的压迫的政策、它自己为之战栗而又自以为是被迫犯下的罪行，都拯救不了它，顶多只能推迟威胁它的危难而已。

大家设想英吉利专心致志于粉碎叛乱，为了使别的民族贫穷而自己负债，为了使它们衰弱而自己衰弱，好像只有同归于尽才能救它；大家看见它被自己的暴行所吓倒，还在寻思新的暴行，把整个人间的憎恨吸引到自己这边来，为了多拖延几天这种惶惑不安的骚乱和永远在增加的恐惧的悲惨境地，尽管表面盖着强大和繁荣的外衣，也无济于事。大家再设想一下它和法兰西团结在一起，从而挽救不可避免的破产，又强大，又幸福，不犯罪，不害怕，别国的繁荣毫不损害它自己的繁荣；大家说给我听吧，这两种境地，哪一种更可取。

法兰西在推翻它的旧政治体制的危机之后，没有把新的体制建立起来。

法兰西应当以一种大大防范的行动把英吉利的债务看成它必须保证祖国在欧洲能自由地努力的结果。从祖国观点出发，它可以和各民族发展关系，在同意分享一种牺牲的负担的同时，分享牺牲的成就；而英吉利以同样高贵的热情，把它经过百年的自由所聚集的好处也让法兰西共同享受。

[①] 1814年8月，英国又与独立的美国开战，派遣海军登陆，其中一个支队冲入华盛顿，烧毁美国政府的主要大厦。

两个民族彼此都不要被这种巨大数字的债务吓到；它将永远往小里减下去；因为一个自由了的民族一参加英吉利—法兰西议会，债务就将按照它的财富的比例变成共同的了。

人越少危害别人的利益，创造自己的利益的时候，也就越少感到对方的抗拒，也就容易达到自己的目的。所以，这句格言经常被人重复：只有在别人的幸福之中寻找自己的幸福，人才能真正快乐。这句格言和下一句格言同样确凿，同样实在：抛入某一方面的物体，运行中受阻或者迟缓，倘使半路遇到抛入相反方向的其他物体。

第十一章　关于德意志

欧洲有一个民族的政府，似乎在欧洲民族当中只有一个普通位置，可是，它的特性、它的科学、它的哲学使它和普通位置有无限的距离。

德意志民族具有最纯洁的品德、一种从不令人失望的真诚、一种经得住任何考验的正直。在最可怖的战争期间、最残酷的敌对期间、最难忍受的压迫期间，这种特性依然存在。在这个饱经法兰西蹂躏的国家，从来没有一个法兰西兵由于被出卖而丧生。

海上贸易差不多完全被剥夺了，德意志反而摆脱掉这种唯利是图的精神，正是这种精神使算计取代高情操，导致利己主义，导致忘记伟大和高贵的品质；人在这里不像在英吉利那样问起：这人值多少？意思是：他有多少家私？品德在这里不拿财富来衡量。

一件特别引人注目的事是，这种天性的善良、这种奉上的淳朴，本来是民族的特性，也扩展到政府方面；专制威权在这里是温和的、慈爱的。

一个民族可以从三方面查看，从三种不同的境地理会：第一种是在专制政府之下卑躬屈节；乐于自己的努力处境；最渴望的是统治者的宏伟，没有比恩遇更高贵的事了。

第二种是由于哲学的智慧和情操的高贵，能使自己高出所处的社会境地；摆脱那些必须靠下流手法博取宏伟的观念；看出在某种事物之外有更和人相称的东西，一边朝这个方向走，一边对抗事物的冲击，不过并不设法改变水道。

第三种，毫无疑问，最好的一种，是构成一个一个政府，只要相配，每一个人可以做它的成员，用他的全部心思、他的工作、他的智慧来维持和改善已经建立的社会秩序。这末一种境地是英吉利和法兰西的境地；第二种是德意志的境地。

在奴隶处境的屈辱之中，把自己提高到最高贵的情操的高度，毫无疑问，是好事；依靠思想的独立性，避开专制统治的约束，是好事；可是更好的事，我想，是能缔造一个自由的政府，大家能在它下面安居乐业，而不卑躬屈节，而不感到屈辱。

德意志冲出它的社会境地，高于它的社会境地；英吉利和法兰西把自己提高了，把政府提高到自己那样高。

第十二章 续

德意志现在让人感到一种巨大的波动；自由的观念在一个人的头脑里萌芽；人人讲，革命在准备着。

关于英吉利革命的回忆，关于法兰西革命的更近的回忆，吓坏了德意志民族：它不敢相信有许多缺点保存下来，它希望它的特性能拯救它；它在自骗自。

不管是什么样的民族特性，都应付不了事物的力量，而现在的关键就是事物的力量。财产不改变，社会秩序就不改变。对社会福利的热衷可能使人最初同意做出这种改变所要求的牺牲,这是任何革命的第一阶段;但是很快就后悔了,不敢了,这是第二阶段。倘使没有财产的人们不武装起来,有财产的人们是不能被征服的,从而,发生内战、放逐、屠杀。

谁能保证一个民族不受这些苦难?办不到。除非有一种外来的力量,保护力主社会秩序的人们,抑制那些反对革命的有财产的人们。

英吉利革命的祸殃是避免不了的;因为当时欧洲没有一种力量能支持一个自由政府的建立。

英吉利可能拯救法兰西,英吉利当时却拒绝援助。它不但不灭火,反而还想火上加油:法兰西陷入血海之中了。

英吉利和法兰西的老路子,德意志今天还在走:同样的祸殃在威胁它,同样的援助能拯救它。

更要命的是,德意志特有的一种情况必然加强它的革命的暴力:它比英吉利和法兰西要做更多的事。它不光需要改变它的制度,还必须能把自己合成一个国家,在同一政府之下,把许多分散的政府团结起来。分散的德意志受制于任何人;只有团结起来,它才能抬头。

英吉利—法兰西议会的第一件工作应当是促进德意志的重新组织,让它的革命不那么长,不那么可怕。

德意志民族,就人口而论,几乎占有欧洲的一半,位置又在欧洲中心,尤其是性格高贵而大方,以团结在一个自由的政府之下,注定在欧洲扮演第一个角色。

团结的德意志一加入英吉利—法兰西议会,三个民族的共同议会一建立起来,欧洲其他部分的重新组织就更快了,更容易了;这个时候要来的,因为被选入共同政府的那些德意志人的见解,具有那种纯洁的品德、那种不同语种的高贵的情操,而且由于范例的强大作用,将与英吉利人和法兰西人并驾齐驱;后者由于商业事务的影响,更关心私人，对他们本人的利益也不那么漠不关怀。于是议会的原则也就更自由了。

它的工作更大公无私，它的政策更有利于其他民族。

结 论

我写这篇文章，希望证明建立一种适应知识形势的政治体制，创造一种有武力能制止各民族和国王的野心的一般权力，本身能在欧洲构成一种和平而稳定的事物秩序。从这个角度来看，我所建议的组织计划仅仅扮演一个二等角色，因为，即使丢在一边不用，即使根本要不得，我也会做我已经做的事，除非已经另有一个什么计划得到认可。

从另一个角度来考虑，我建议的计划是这篇文章的最重要的部分。许久以来，大家一致认为政治体制的基础已经被摧毁，必须另建立一个体制；不过，尽管这种见解四处播散，尽管疲于革命和战争而有所准备的头脑急于掌握恢复与安定的所有方法，却没有能使人走出古已有之的常规惯例。大家搞来搞去的依然是旧原则，好像不能再有什么更好的原则一样。大家用千方百计来组合旧体制的成分，但是想不出一点新的东西。我陈述的组织计划是第一个具有一种新的和一般的特征的计划。

毫无疑问，重建欧洲社会的计划如果是一位最伟大的君主构思的，或者至少是一位熟悉政务并以政治才能出名的国家人物构思的，那就符合愿望了。得到一种巨大权力或者巨大名望的支持，这个计划就会更快地引人注意；不过，人类理智的弱点不许可事物采取这种步骤。那些每天指导工作的人们，被事物的力量困住了手脚，不得不从得到支持的旧体制的原则建立他们的全部理论；既然没有更好的体制，他们能在同时走两条相反的道路吗？在他们的注意力不断地回到古老的体制和陈旧的组合的同时,他们的头脑能设想一种新的体制和新的组合吗?

经过巨大的努力和巨大的工作,我才获得欧洲各民族的共同利益的观点。这种观点是我们能领会威胁我们的祸害和避免祸害的方法的唯一的观点。倘使那些知道政务的人们也升到我获得的这种高度,我看见的东西,也都看见了。

公众舆论的分裂来自每一个人给自己制造了一些过于狭隘的视野,因而不敢离开他为自己固定下来的观点,结果是考虑事物态度的顽固。

对于正直的人们,只有一个方式推论;对于他们也只有一个方式观看,假如他们考虑的是事物同一边的话。假如有些人的见解极其相反,而他们的情操同样高贵,判断同样正直,对公众福利同样热衷,对过往同样拥戴,原因就在每一个人有他自己的观点,而又舍不得放弃。倘使大家的精神境界更高,止步于我设法安置它的地方,所有的见解就都合成一个了。

于是一次有效的改变发生了,它的成就为国家造福,我们看见的将都是崇高的心灵、开明的才思,都是孟德斯鸠,都是雷鲁阿尔[①],都是昂布雷[②],都是朗玉内斯[③],还有许多人,见解分歧,而情操相同,大家走向一个目标,在共同道路上互相帮助。

欧洲各民族将感到在进入民族利益之前,必须先调节一般利益的观点,毫无疑问,这个时间要来的。而后,祸害将开始减少,骚乱将开始平静下来,战争将开始消逝;我们不断地走向的终点正是这里;人类

---

① 雷鲁阿尔 Raynouard (1761—1836) 是法兰西革命时期的政治活动家,同情吉伦特派。也写悲剧,晚年成为法国市政史文学与法国中世纪诗歌的研究者。
② 昂布雷 D'Ambray 子爵 (1760—1829) 是法国复辟时期贵族院主席。过去他一直平安无事地待在他的领地。
③ 朗玉内斯 Lanjuinais 伯爵 (1753—1827) 是 1795 年制宪会议主席,复辟时期是贵族院议员。

的精神运送我们的终点也正是这里！不过，哪一个最配得上人类智慧的人，在朝这里慢步前进，或者跑步前进？

诗人的想象把黄金时代放在人类的摇篮里，在原始岁月的愚昧与粗野之中；其实应当往这里流放的，倒是铁的时代。人类的黄金时代不在我们后面，而在我们前面①，在社会秩序的完美时期；我们的祖先看不到它，我们的子孙将有一天到达，而我们的责任是为他们开路。

（完）

（约译于1978年3月，据手稿整理，未见发表）

---

① 反对卢梭与一般悲观论者的社会发展每况愈下的观点。

关于对抗1815年同盟会的措施的意见

（节译）①

H. 圣西门写与 A. 梯也里

1815年5月18日

前 言

我们曾经讲起我们的民族和英吉利民族的联盟，当时这种联盟尽管符合愿望，却没有可能做到；现在这是必要而且可能做到的了，我们再谈一次。这篇文章不算长，因为事变层出不穷，而必要性又日渐增长。我们没有规定同胞的行为的虚荣，不过，我们心想，每一个人有责任，在困难时刻帮助祖国出主意；不管我们的看法正确与否，我们都要完成这一责任。即使对公众福利的热忱有时候可能犯错误，也不该不做声。

……………………

第一章 写作的观念

新近欧洲有七个国家的领袖成立了一个同盟来对付法兰西；这个同盟以共同的开支武装一百万人；以一百万人来和它对抗是摆在面前的最简单的观念。但是，如果同盟的力量不完全在它的军队，而法兰西的安全也不在它的军事对抗；如果同盟的军队被摧毁，同盟的原则也会永远存在，战争也会无休无止再次发生，该怎么办才是？

……………………

第二章　结盟的需要

同盟的列强里面，有四个对其他强国具有极大的优势，只要我们和四个中间的一个结成牢固与持久的联盟，就可以取得一种强大的平衡来应付现状，并得到一种雄伟的力量为未来预防一种新的进攻，或者使我们更能抵抗。

这四个强国是英吉利、俄罗斯、奥地利与普鲁士。

我们要做的，就是检查一下这些强国，看哪一个能参加我们的联盟，该做些什么，什么事是办得到的。

……………………

第四章　关于奥地利

由于两位皇帝之间存在家族关系②，法兰西政府和奥地利政府之间的联盟是有可能的。

哪些是这一联盟的条件？他需要法兰西民族做什么？

奥地利的野心的远大目标是保证它对意大利的统治；条约的第一个条件会是诱使我们帮它实现这一计划；由于意大利人的意愿是反抗奥地利的统治，这就会导致我们侵犯意大利的独立，结局就是对它扮演同盟对我们扮演的同一角色，就是走向我们的反面，让我们自相矛盾。

而且，使这一同盟更为容易的同一理由，同时也使它更为危险。

---

① 共十三章。这本小册子写于拿破仑在 1815 年 6 月 22 日滑铁卢战败之前。"同盟"之沙俄、奥地利、普鲁士与英吉利四国。作者用"对抗"一词，说明当时的军事与政治形势。

② 指拿破仑皇后是奥地利皇帝的公主。

奥地利王室加固拿破仑王座，得到它的支持，在这种相互依赖之中，获得的利益具有欧洲旧王座的特征；家族的关系加强这种相互依赖，其实早该开始了。拿破仑的威权和奥地利皇帝的威权的基础是相同的，由于两个政府的密切关系，奥地利方面主权的习惯、精神、原则，不改变法兰西方面的精神和原则就不可能。可是，维也纳宫廷的原则是所以参加同盟的国王的原则，而参加同盟的国王的原则又使他们今天成为我们的敌人，结果必然就是，拿破仑不再对我们的事业有利了，不但无利，而且有害，不再有助于我们反对那些国王，而且有助于他们反对我们，他和同盟站在一起。

这种团结，说实话，今天可能掩护我们民族不独立的情况；可是谁先我们保证这种团结可以持久，有助于对我们的第二次进攻？经验警告我们，我们要依靠它。从而我们只会迈出一种走向不明确的步子，却到不了目的地。

第五章　关于俄罗斯

俄罗斯是一个完全侵略性的强国；自从彼得大帝以来，它谋求的只是扩张；这是它的体制，这是它的努力和政策的唯一目的。也只是从这种观点出发，它才同意和法兰西结盟。

所以这种联盟让我们必须做出两种选择，或者同意同它一道成为侵略者，或者方便它的侵略而我们不做侵略者。

可是希望靠侵略来增强我们的力量，等于一方面放弃我们的政治原则，阻挠别的民族独立，另一方面，危害我们本身的自由，因为我们必须赋予国家领袖一种大于合法权力的权力，从而破坏制度的平衡。

其次，如果我们仅仅赞助俄罗斯的野心计划，我们就会使这个强国更为凶恶，因为就它的智慧来说，已经太可怕了；我们加强它的力量，只要一位皇帝一变心，这些力量有一天就会掉转头来收拾我们；为了避免一种危险，我们反而面临一种更大的危险。事实上，俄罗斯有了我们的援助，就会增强到这种地步，变得和今天的同盟一样强大。可是同盟由不同的成分构成，可能瓦解；而统一、集中、不可离析的俄罗斯的力量会更为可怕。

和俄罗斯结盟，不比和奥地利结盟更为牢靠，也绝不可能牢靠。

第六章　关于普鲁士

法兰西政府和普鲁士结盟完全没有可能，因为这个民族对拿破仑具有一种强烈的憎恨，而普鲁士民族，比俄罗斯和奥地利知识都更丰富，对政府有相当大的作用，能使它害怕签订一种违背人民意愿的条约。

第七章　关于英吉利

和英吉利结盟，我们就会获得我们想从结盟中获得的全部好处。
……………………

第八章　总结前几章

结论是和四个强国结盟对我们是必要的，其中有两个，我们的政府不能以任何方式缔结条约，有两个如果我们和它们缔结条约，我们就将改用一种同时违反我们的原则和有害于我们的利益的政策。

事物的力量和原则迫使政府在这方面不起任何作用；起作用的只是民族。

而民族今天并不分散，不但聚在一起，而且有组织，有一意志和作用的核心，从而可以行动。

这个意志和作用的核心在"五月广场大会",[①]关心对我们相宜的结盟应当是它。

这样靠决心和纯粹属于民族的步调而构成的结盟，第一个好处就是同盟，不管是哪一个盟国，本质是民族的盟国，而不是国家的盟国，因为那就成了政府的盟国；它和我们的关系独立于任何内部变动之外，这些关系不受国君命运的牵挂，也不受变化莫测的任何政体的牵连；它们永远是稳定的，永远是伦同的。我们的革命没有完成，我们这里还不稳定，可是，不管哪些人在统治，民族永远是民族，它的利益不变，它的关系必须不受变动的影响。

路易十八的政府有些盟国，它的盟国是我们的盟国；它们现在是我们的敌人，然而永远是它的盟国。谁有一天不说，拿破仑的盟国也同样如此这般。

第九章　关于法兰西民族的作用

民族应当对欧洲列强有影响。在谈作用之前，有必要汇报一下什么叫做权力。

在俄罗斯，权力，就是皇帝；在奥地利，还是皇帝；在西班牙，是国王。在英吉利，一样吗？在法兰西，倘使过去有组织的话，也是这样

[①] 拿破仑于 1815 年 3 月 20 日从流放中回到巴黎，路易十八逃出法国；5 月 1 日，在广场举行大会，宣布全民选举，批准帝国宪法的增加条文。举行大会的地点本来叫"战神广场"Champ de Mars，所谓广场当时是军事学院的大操场。

吗？在任何国家，民族是积极的，它根据它的能力和它的政治智慧的比例分享权力。

所以就出现了这些情况：一个政府是一种权力，还有政府和民族同时都是权力，甚至于还有仅仅民族是权力，如果民族能有一部纯粹民主性质的宪法的话。

对一个权力起作用，所以就成了对一个政府起作用，或者对一个政府和被统治的民族起作用，或者仅仅对一个民族起作用，全看帝国的政治形势。

从而我们民族采取行动，就面对着一个政府或者一些民族。让我们检查一下对什么样的政府或者什么样的民族，我们能起对我们的观点有利的作用。

第十章 民族对政府的作用

除去英吉利，欧洲各国的社会秩序所依据的原则本质上不同于支持法兰西社会秩序的原则。主权在它们那里是专制，在我们这里是它受法律的限制。人民在它们那里只有服从，而我们，则坚持我们的权利，往来方便自然而然地让人们感受相同，希望相同，各政府倾向于害怕它们的民族和我们发生关系，它们厌恶和我们结盟。

英吉利政府并不畏惧我们宣扬的原则，因为它本身的基础就是这些原则，可是有一个理由让它离开我们，就是我们的革命没有结束，就是我们对待原则的态度还不坚定，就是我们迄今只在破坏。它一定担心我们这里爱闹事的精神向英吉利扩散，称为改革的信号；这些改革一旦实现，它的权力就要削弱。

所以，和我们结盟，对各政府的利益极为有害，它们也就绝不同意。

对内，一种更专制的权力；对外，一种更扩大的统治：这正是各政府的野心，这正是它们的第一个兴趣。我们和其中一个结盟，让它的利益和我们的利益相同，就会有意让自己成为压迫或者侵略的同谋者。一个政府可能希望这样做，还带动一个民族这样做，但是一个民族不可能希望这样做，也不会自己这样做。

至于英吉利政府，我们已经把它和它们分开了，除去它一有机会就反对法兰西之外，而且也没有改变的表示，因为它今天是同盟国的灵魂与首脑，它要成为大陆的一个强国的计划越发使它今天不要和我们结盟；因为它的意图是削弱我们，让自己更能放手执行它的计划。

第十一章　民族和各民族的作用

各国政府与我们之间既然难以出现任何同盟，我们不再有孤立的唯一方法就是接近民族。

至于整个由政府控制的各民族，问题事先就解决了；我们没有对它们施加影响的任何办法，它们和我们之间没有任何共同的东西；这就是奥地利和俄罗斯。

可能使之接近我们的事业的仅有的民族，就是德意志北部、意大利与英吉利的民族；因为德意志和意大利的民族，比其他民族进步，感到独立的需要，它们缺乏的就是一种决定它们这样做的努力的支援，而我们有可能成为这一支援。英吉利和我们的民族之间，有社会各界、民族利益、制度的最完整的一致性。

而在意大利，首先，运动不能达到目的，如果没有强大的武力与之以支持的话，因为奥地利军队占据着这里的战争。那不勒斯人也许对我们是一个有力的支援，不过，他们对这件事无能为力，因为他们自己试图做这件事,并不成功:意大利憎恨他们,不要他们帮助①。所以,我们必须靠自己来煽动、支持意大利的叛变;必须往意大利输送许多军队,可是在我们的边疆有可能处处受到攻击的时候,这样做并不慎重。

至于德意志北部的民族,一心就想报我们的仇,任何别的激情,甚至向往西方自由的激情,也得为这一激情让路;他们希望屈辱我们,需不需要一个更好的体制,不在话下。他们不听我们的建议,正如不听那不勒斯人的建议一样。憎恨越强烈,两方面也就越疏离。②

所以,给我们剩下的只有英吉利民族。不可能和其他民族靠拢,已经说得再清楚不过,我们只有两条路选择:不各行其是,就是和它联合起来。这是我们的最后出路;这条路不通,我们就路路不通。不过,两个民族有那么多的共同利益,彼此那样互相需要,跟我们联合,对应激励有那样大的好处,有些措施已考虑周详,就该下决心这样做了。

第十二章 采取的步骤

如果英吉利民族今天像我们这样聚合起来,施加影响于王权,像我们这样是它的行动的主人,有自由采取它的步骤,只对自己负责,靠拢的方法就简单和容易多了;我们的民族大会宣布我们的安排,规定条约的原则,这不是事实。英吉利民族有宪法;它有它的政府,它只能通过政府活动,而这个政府又是参加同盟的政府之一。

但是,英吉利在它纯粹的意愿方面,如果现在一无所为的话,统

---

① 那不勒斯一向由西班牙与法国轮流统治,1860年,统治者,波旁王室被推翻后,1861年,经过全民投票,并入意大利王国。所以这里说起"那不勒斯人",其实应当是"那不勒斯人的统治者"。
② 拿破仑的军事占领与勒索使德意志宫廷与人民无不感到屈辱。拿破仑的大军从莫斯科溃败之后,普鲁士建军,柏林大学为之一空。同盟军在滑铁卢战场的胜利,主要因素是普鲁士军队增援及时。

治者不让步,它根据它的宪法的性质对它们施加强大的压力,它们如果坚持反对它的明白无误的意愿的话,政府就会以一种骤然的变动落入民族的友人、讨论它的愿望的人们的手心。

所以,只要我们发表宣言,向英吉利民族表示,我们的民族有一种坚定不移的决心,要和它团结,我们感到只有和它结盟才对我们相依,我们希望的也就只是这个,就会对它发生巨大的影响。
……………………

(约译于1978年3月,据手稿整理,未见发表)

无产者阶级

（未完成的手稿）

  构成这一阶级的人们，根据实证观点所形成的进步的自然尺度来衡量，感到他们的命运并没有改善；事实是，他们仅仅以一种模糊的方式感到他们的权利。假如有人问他们的话，他们没有能力一清二楚地说明用什么办法才能减轻他们的处境的苦难，不过，他们也必然十分肯定地意识到议会有可能做到他们的肉体和政治的存在达到无限更好的境界，而这却迄今没有做到。

  他们的不满意来自两种很不相同的情况：一种不满意是直接的，就是我们方才说起的一种，另一种是间接的，我们下面就要说起。

  实业阶级没有一种团结的感觉，也可以说是行会的感觉，把所有的成员联合在一起，结果就是波峦、泰尔弩，或者格罗·得·昂维利耶先生（Perrin Gros d'Anvilliers）的工场的低级工人也把自己看成他们的头头脑脑的伙伴，如同杜耐勒和孔代①的军队的兵把自己说成他们的将军的军队的弟兄。实业阶级的头头脑脑的境遇现在改善了许多，他们得受革命以前得不到的尊重。他们的财产，就是说，股票财产，由于有了选举法，大致说来都提高了，而实业阶级的雇工还什么也没有得到，看见他们的头头脑脑变成了伯爵或者男爵，从而上升到封建阶级，必然要闹情绪了。革命以前，构成实业阶级群众的工人得到支持，因为他们和银行家、批发商与工场主的企业有共同利益关系。今天，他们发现他们被本阶级一切当权的人物所抛弃，也就必然对目前的政治做法要闹情绪了。

  我们总结一下这个问题，可以说工人阶级闹情绪有几种原因，而目前最主要的原因是失业、挨饿。

有什么办法来绥靖构成法兰西人民绝大多数的工人的情绪？有什么办法来满足他们的正当要求？这就是采取保证他们工作的步骤，这样一种步骤首先需要弄到一大笔奖金，而唯一弄到必需的钱财的办法，就是取消别的开支，尤其应该取消最大的开支：继续军队是无可置疑的最大开支，所以遣散军队是满足人民，是他们幸福、不受他们不满的影响而应当采取的首要步骤。②

到现在为止，当局一直是用武力来镇压无产者、阻止他们扰乱社会秩序。这种措施必需的一半银钱足够他们乐于归依政府。至于政治骚乱所引起的内部骚乱，大家已经看到政府很容易就把他们平息下来。力求法兰西人更幸福，你们就会以最有效的方式保证他们的平静。

(约译于 1978 年，据手稿整理，未见发表)

---

① 杜耐勒 Turenne 子爵 (1611—1675) 是路易十四时期的元帅。孔代 Condé (1621—1686) 亲王是同一时期的统帅。
② 原注：作战部用的全部银钱，对民族是无法回收的损失。可是这项银钱用在贫穷阶级获得工作就将增加民族收入，如果工程选择得当，尤其是懂得组织这些工程的管理，从特殊利益的角度加以监督的话。

452

与工人书

(1821年)

先生们：

我对我的工作提出的主要目标，就是尽可能改善你们的处境。我没有任何职位，我没有任何权力：所以，我能为你们效劳的唯一手段，就是为你们出些好主意。我请你们对耕作、制造与商业机关讲讲下面的话。我认为这样做，你们一定可以从中得到巨大好处，你们的生活立即得到改善。去讲的人该是你们。

"耕作、制造与商业主要机关的主管先生们：

"你们富有，我们贫穷；你们靠脑子劳动，我们靠胳膊劳动；从这两种存在于我们之间的基本原则差别中得出的结论就是，我们是，也应当是你们的下属。

"先生们，由于你们是我们的主管，我们希望国王听到的苦情，我们应该向你们陈述；这也正是我们这样做的缘故，请你们把我们对你们说的话上奏国王陛下。亨利四世以为政府的种种努力应该集中于每个星期天都让我们吃到炖鸡；现在的波旁王室可以实现这位善良的王爷的愿望了，而王室是以他的后裔为荣的。

"先生们：

"我们的粗浅认识足以使我们看出，法兰西民族的事务被管理的很糟，它的收入被乱用掉，它的活动被乱指导，或者不如说，由于它受到的错误指导，它瘫痪了。

"我们的粗浅认识还足以使我们看出，让民族富足是容易的，它迄今既不幸福也不强大，而做到这些也容易；我们的粗浅认识也足以使我们想出到达这一伟大目标该用的方法。

"先生们：

"法兰西土地价值，至少有十年，可以提高一倍。要做到这一点，就该垦荒、弄干沼泽地、开辟新路、修治现有的道路、铺设必需的桥梁来缩短运输、开掘一切有利于航行也有利于灌溉的运河。

"实现普遍改善法兰西土地的良好计划，并不缺乏资金。资金将一涌而至，如果国家（满足于增税，其后果必然是财富增加。）尽可能允许承办者获得大功告成之后的全部利润的话。

"劳力也不缺乏，因为，我们方才说起的办法是唯一有利于提高生产的普遍活跃的办法，由于不采用这种办法，大部分民工经常失业。耕作的通常劳动在收获期间才用得着全部劳力；可是，收获已结束，八分之一的居民足够应付耕地、播种、耙整、晒打和看管家畜；结果就是别的作业用不着居民的地方，一年有大半时期，绝大部分工人失业。估计下来，在不收获的整个空闲时期，该有六百万民工找不到工作。①

"先生们，我们方才说的话，你们千万要放在心上，仔细考虑一下我们提出的建议，你们就容易认识到，只要政府宣布尽可能允许以提高法兰西的土地价值为目标的工程承揽者获得这些工程的全部特殊好处，这类工程就会立即争办，就会有人热衷进行，迅速完成。

"你们会同样认识到，采取这一办法，你们和我们一样，都获得社会所能让我们享受到的最重要的好处。它将增加你们的财富，它将给

---

① 原注：我们并不断言，在不收获的空闲时期，有六百万人找不到工作，不过，我们说，在整个这一时期，有六百万人可以用来干我们方才说起的活计，而不损害生产过剩。

我们工作，从而生活宽裕。

"你们和我们中间那些从事农业的人们，将直接享受这一企业开展的好处；那些从事制造作业与商业的人们，即使好处对他们是间接的，也绝不吃亏；因为耕作工人个个全年有工作，结果将是他们每月收一亿二千万到一亿五千万的工资，每年消费一千五百万到七八亿之多，这将增加制作业和商业的活跃，幅度之大，迄今还不存在，甚至在英吉利也不存在。

"眼下公众事务的管理，缺点很多，原因首先在于：管理人员过多，下级人员过多，这样一来，管理费用极度膨胀，民族受到一种极为沉重的压力，面对它没有丝毫利益。

"管理不善，还可以从另一个更为重要的角度来看，就是，管理人员来自没有管理才能的社会各阶级；这些阶级的利益，在许多方面，违反生产阶级的利益，生产阶级是我们的阶级，它的工事的直接目的是提高民族的权力、宽裕与幸福。

"管理人员的恶果，比起下级人员的冗多和处于首要管理地位而毫无疑义的领导集团的巨大薪金所产生的恶果要无限地更大。

"就眼前的管理费用来看，节约的数字顶多也就是每年达到二十亿。倘使管理人员改用有才能的人，关心赋予事业部门以最大获利的人的话，无论在土地价格方面，无论在股票价格方面，我们不夸大地估计，法兰西每年可以增加三十亿资金。

"总之，眼下的管理主要是由贵族、法学家和军人掌握。而这三个阶级专心致志于挥霍实业的产品，而对指导生产者的工作完全无能，甚至于兴趣只在反对实业出成果，因为这类成果导致增加生产者的重要性，减低贵族、法学家和军人的重要性。

"先生们，眼下恶劣管理的直接受害者是我们工人阶级；它缴纳大部分捐税，工资方面却一无所得；只有它受到无力可用的打击；因而我

455

们努力寻求以一种特殊方式作为压在我们头上的祸害的补救办法，也就很自然了。

"先生们，你们有才能而又富裕，所以我们工人受到这些弊病的打击远比你们更为直接、更为强烈，因为，对于我们绝大部分的人来说，从生活必需品的角度来看，苦难就是从这里来的。所以指出结束我们的贫困的办法的，不得不首先是我们，而公众事务的管理一旦走上轨道，我们的贫困将肯定终结。

"这就是我们向你们的建议。

"你们是我们的主管，由于文化进展的影响，你们变成民族最重要、最有才能的人物，我们请你们要求国王让你们把指导公众事务管理的责任承担起来；我们请你们禀告国王，你们有把握每年给法兰西增加三十亿的财富；你们有把握做出我们'每星期天吃炖鸡'的种种办法；最后，你们有把握建立一种持久的安定，消灭所有捣乱的政党。它们个个希望拿公众的钱财为自己的利益服务，所以不管你怎么来制止，只要随人挥霍公众的钱财，它们就将继续存在下去。

"先生们，我们委托你们以我们的名义进行这一要求；这将是两千五百万人的共同要求。而这一要求符合正义的全部原则，它的直接目的是改善民族绝大多数的命运，我们有理由希望这将引起国王陛下的注意。"

工人先生们：

今天反对改善你们命运的起着一些重要作用的唯一阻力，来自事业机构的主管对管理公众事务的才能缺乏信心。我将不断写文章来驱散他们的忧虑，并改正他们对日常所犯的另一些错误的看法，这对他们，也对你们，都是极为有害的。

工人先生们，

　　我有幸是

　　　　　　　　　　你们的极其谦恭的仆人

　　　　　　　　　　亨利·圣西门

　　　　　　　　　　黎塞留街，34 号

　　附言： 希望看到这本小册子的任何一位实业家，都可以到舍下来取，我送给他们，也送给他们的朋友。

　　　　　　　（约译于 1978 年，据手稿整理，未见发表）